Lynsay Sands

Beau, Ténébreux et Vorace

Les Vampires Argeneau – 4

Traduit de l'anglais (États-Unis) par Anne-Virginie Tarall

Milady

Milady est un label des éditions Bragelonne

Titre original : *Tall, Dark and Hungry*

Suivi d'un extrait de : *A Bite to Remember*

ISBN : 978-2-8112-0534-8

Bragelonne – Milady
60-62, rue d'Hauteville – 75010 Paris

E-mail : info@milady.fr
Site Internet : www.milady.fr

Pour David

jumeaux

Lucian
(1534 av. J.-C.)

Jean-Claude
(1534 av. J.-C. – 1995)
(mort au cours d'un incendie accidentel)

Luna — ép.
(morte au cours de la chute de l'Atlantide)

ép. Sabia — ép.
(morte au cours de la chute de l'Atlantide)

Leigh Gerard
(1976)

Compagne véritable
(décapitée par Vita Notte vers 1490)

Enceinte

Fille 1 Fille 2
(mortes au cours de la chute de l'Atlantide)

Marguerite
(1265)
ép.
Julius Notte
(534 av. J.-C.)

Lucern
(1390)
ép.
Kate C. Leever
(1977)

Bastien
(1591)
ép.
Terri Simpson
(1970)

Étienne
(1689)
ép.
Rachel Garrett
(1972)

Lissianna
(1798)
ép.
Gregory Hewitt
(1965)

Luciana (2006)

Christian
Notte (1491)

Arbre généalogique de la famille Argeneau

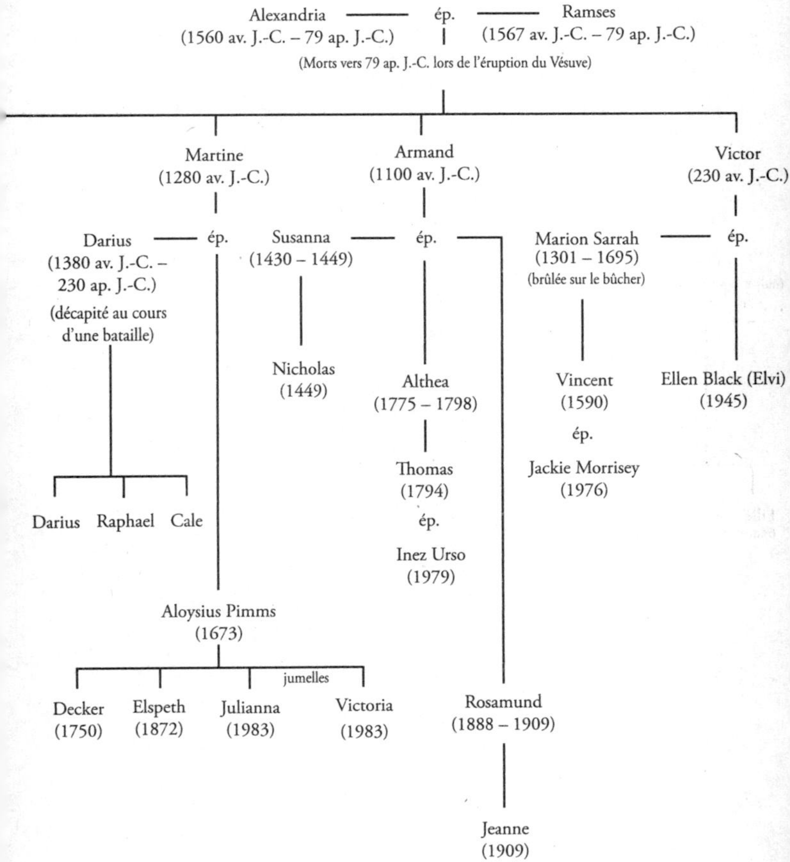

Chapitre premier

— C'est excellent.

Amusé, Bastien regarda Kate C. Leever prendre une bouchée du poulet au citron qu'elle avait commandé et l'offrir à son frère Lucern. Il le fut encore plus quand Lucern ouvrit la bouche, murmura quelques mots appréciateurs, mâcha et avala.

Jamais de sa vie il n'avait vu Lucern manger ; celui-ci faisait toujours semblant. À la naissance de Bastien, son frère avait déjà plus de deux cents ans, et il s'était lassé de la nourriture humaine même très raffinée. Les mets les plus fins finissaient par perdre tout intérêt au bout de quelques siècles. Ayant lui-même plus de quatre cents ans à présent, Bastien trouvait que manger n'était qu'une perte de temps, mais il devait encore le faire, parfois, au cours des réunions du conseil d'administration ou de dîners, pour éviter que l'on devine sa véritable nature.

— C'est délicieux ! s'exclama Lucern. Tout ça s'est beaucoup amélioré avec le temps, n'est-ce pas ?

— Non, le corrigea Bastien. Le goût est sans doute toujours le même, mais l'amour réveille tes papilles et ravive ton désir pour la nourriture.

Lucern haussa les épaules. Il n'eut pas l'air contrarié que Bastien ait pris un ton si moqueur en prononçant le mot « amour ». Il admettait volontiers ses sentiments pour la jeune femme à côté de lui.

— Tout est plus vivant et excitant désormais. Je me surprends à poser un regard neuf sur le monde, à voir ce qui m'entoure comme Kate le voit. Je ne suis plus blasé comme avant. Cela me change agréablement.

Bastien garda le silence. Il se contenta de lever son verre de vin. Mais alors qu'il en buvait une gorgée, il éprouva une sorte de pincement au cœur en entendant les paroles de Lucern. S'il avait analysé ses sentiments, il aurait su qu'il s'agissait de jalousie. Mais Bastien n'était pas prêt à se l'avouer. L'amour ou la solitude n'avaient pas leur place dans sa vie ; il était trop occupé. Bastien avait toujours été responsable. À la mort de leur père, c'était lui qui avait repris les rênes de l'entreprise familiale. C'était dans sa nature. Il passait sa vie à régler les problèmes des siens, qu'ils soient d'ordre privé ou professionnel. Au moindre souci, c'était vers lui qu'on se tournait, et il en avait toujours été ainsi. Bastien avait dirigé les affaires au nom de son père pendant les siècles où Jean-Claude Argeneau avait sombré dans la boisson, ce qui l'avait mené à sa perte. Il était mort brûlé, l'une des rares façons d'anéantir les êtres de leur espèce.

— Alors, Bastien…

Il plissa les yeux au ton de Kate. Il la connaissait depuis assez longtemps pour savoir qu'il signifiait : « Nous sommes sur le point de nous occuper d'une chose déplaisante, mais néanmoins nécessaire. » Il l'entendait très souvent, mais toujours adressé à Lucern. Il n'avait pas l'habitude qu'elle l'emploie avec lui.

— Nous t'avons invité à déjeuner pour une bonne raison.

Bastien haussa les sourcils. Il s'en était douté quand Lucern l'avait appelé et convié à les rejoindre au restaurant *La Bonne Soupe*. Son frère savait qu'il n'appréciait plus de manger. Bastien avait donc pensé que l'invitation soudaine devait avoir un rapport avec le mariage prochain du couple, mais il ignorait ce que son frère attendait de lui.

L'union aurait lieu dans deux semaines, ici même, à New York. Cette ville avait semblé un choix tout désigné pour la cérémonie, puisque Kate, et maintenant Lucern, y vivaient et y travaillaient. L'aîné des fils Argeneau avait emménagé à Manhattan six mois auparavant pour se rapprocher de sa fiancée, qui était aussi son agent. Rester auprès d'elle pendant qu'elle faisait les derniers ajustements précédant sa transformation lui avait semblé être une bonne idée. En plus des changements physiques, devenir l'une des leurs impliquait d'adopter de nouvelles habitudes et de s'entraîner à certaines choses, alors Lucern avait déménagé à New York pour l'aider à s'y préparer ainsi que pour régler les derniers détails des noces. Heureusement, sa qualité d'auteur célèbre lui donnait ce genre de liberté.

Bastien devait admettre que New York était le meilleur endroit pour y tenir la cérémonie et le repas du mariage, même si aucune de leurs familles n'y vivait. Les Argeneau venaient de Toronto, et les Leever, la famille de Kate, étaient originaires du Michigan, mais tous les amis et collègues de travail de la jeune femme vivaient là. Et c'était aussi dans la Grosse Pomme que Kate, et désormais Lucern, vivaient et travaillaient. Or tout le monde savait qu'il était plus facile de faire tous les arrangements nécessaires à un mariage réussi quand on se trouvait sur place.

Au début, Luc avait eu l'intention d'occuper le luxueux appartement situé au dernier étage de l'immeuble de bureaux des Entreprises Argeneau à New York jusqu'au mariage. Mais, après y avoir emménagé, il avait rendu visite à Kate, et était resté avec sa fiancée. Quand Bastien avait fui Toronto, et sa mère, qui jouait les marieuses, pour travailler à Manhattan, Lucern avait déjà emporté la majorité de ses affaires dans le minuscule deux pièces de Kate, et Bastien avait eu l'appartement pour lui tout seul. Comme toujours. Il aimait mieux cela, et il n'avait pas vraiment hâte d'être envahi par la famille venue pour les noces. Heureusement, il se consolait en se disant que cela ne durerait qu'un week-end, après quoi il aurait de nouveau la paix… et il n'aurait plus à craindre les interventions de sa mère.

Il secoua la tête au souvenir des dernières manigances de Marguerite. Elle s'était toujours mêlée de la vie de ses enfants, impatiente de les voir heureux, mais sa dernière tentative avait réussi à choquer Bastien. Il était le dernier des enfants de Marguerite à être encore célibataire, et elle était déterminée à le voir s'épanouir dans une relation amoureuse, comme ses frères et sa sœur. Il la comprenait d'une certaine manière, mais elle avait dépassé les bornes. Encouragée par le succès du mariage de sa fille Lissianna avec un psychologue, Marguerite s'était mise à la recherche d'une psychologue pour Bastien dans l'espoir qu'il en tomberait amoureux. Elle avait pris des rendez-vous chez chacune des thérapeutes de Toronto, découvert lesquelles étaient célibataires, et choisi celles qu'elle aimait le mieux et qui d'après elle plairaient à son fils. Puis Marguerite avait déclaré être une vampire et implanté dans l'esprit des pauvres jeunes femmes l'idée de parler de sa « démence » avec un membre de la famille. Bastien avait passé des semaines à courir dans toute la ville, à faire le tour de toutes les psychologues pour effacer leur mémoire et s'assurer que les idées farfelues de sa mère n'auraient pas de conséquence. Puis il était parti vivre à New York, refusant de faire les frais d'une autre manœuvre de sa mère.

L'inactivité rendait Marguerite complètement dingue. Il espérait que la grossesse de sa sœur Lissianna, annoncée peu de temps auparavant, l'occuperait un moment. Bastien n'avait rien contre l'idée de s'installer et de partager sa vie avec quelqu'un, comme ses frères et sœur, mais il n'essayait pas non plus de provoquer les occasions. Il avait vécu seul si longtemps qu'il finissait par se demander s'il n'en serait pas toujours ainsi. Joséphine avait peut-être représenté son seul espoir d'être heureux.

Ne voulant pas ressasser les souvenirs de l'humaine qu'il avait aimée et perdue, Bastien regarda Lucern, puis Kate.

— Alors, qu'est-ce que vous attendez de moi ?

Le couple échangea un regard, et Lucern répondit :

— Tu aurais dû commander quelque chose, petit frère. C'est moi qui invite.

Bastien fut vaguement amusé par leur tactique pour gagner du temps. Comme lui, son frère détestait avoir besoin d'aide.

— Eh bien, ce doit être un bien gros service pour que tu sois prêt à ouvrir ton portefeuille, plaisanta-t-il.

— Tu me fais passer pour un pingre, fit remarquer Lucern, fronçant les sourcils.

— Tu l'es. Ou du moins tu l'étais, se corrigea Bastien. Tu sembles t'être beaucoup amélioré depuis que Kate est entrée dans ta vie. Elle a réussi à te faire délier les cordons de ta bourse. Il fut un temps où tu n'aurais jamais songé à vivre dans une ville aussi chère que New York.

Luc haussa les épaules.

— C'est là qu'elle vit, éluda-t-il.

— En fait, c'est moi qui ai besoin d'un service, annonça Kate.

— Oh ?

Bastien se tourna vers elle avec intérêt. Il aimait bien sa future belle-sœur. Elle était parfaite pour Luc. Son frère avait de la chance de l'avoir trouvée.

— Oui. Ma meilleure amie Terri… en fait, il s'agit de ma cousine. Ou plutôt, elle est les deux : ma cousine et ma meilleure amie, mais…

— C'est ta demoiselle d'honneur, n'est-ce pas ? l'interrompit Bastien.

— Oui !

Elle lui adressa un sourire radieux, heureuse qu'il s'en soit souvenu. Mais elle n'aurait pas dû être surprise. Bastien n'oubliait jamais aucun détail. D'autant que son rôle de garçon d'honneur faisait de lui le cavalier de la mystérieuse jeune femme. Ils allaient passer tout le mariage ensemble. Alors comment aurait-il pu ne pas se la rappeler ?

— Qu'y a-t-il ? demanda-t-il alors que Kate continuait à sourire en silence.

Quand elle hésita, il insista :

— Doit-elle arriver en même temps que tous les autres ou un ou deux jours avant ?

— En fait, elle sera là deux semaines avant le reste des invités, reconnut Kate. Elle a pris une partie de ses vacances pour venir nous aider à préparer le mariage.

— Ce qui est une excellente idée, marmonna Lucern avant d'ajouter : Nous aurons besoin de toute l'aide qu'on voudra bien nous apporter. Si tu savais comme il est compliqué d'organiser un mariage, Bastien. D'abord, il faut définir une date, réserver une salle, choisir les invitations et les envoyer. Puis il faut sélectionner un traiteur, décider du menu, des vins qui seront servis, des fleurs à utiliser pour les compositions, de la musique à l'église, d'engager un groupe ou un DJ pour la soirée. Enfin, il y a les couleurs, les fleurs, les smokings et les robes, et ainsi de suite. (Il secoua la tête.) C'est incroyable que les couples survivent à cela et réussissent à mettre sur pied un mariage. Suis mon conseil : si tu trouves un jour chaussure à ton pied, évite ces bêtises et file à Las Vegas !

— Éviter ces bêtises et filer à Las Vegas ? répéta Kate, incrédule.

— Oh, non, Kate, je n'ai pas voulu dire…, commença Lucern, essayant de revenir sur ses propres paroles.

— Je sais bien qu'un mariage est pénible à organiser, mais le pire doit être derrière vous, non ? demanda Bastien, essayant de sauver son frère de la colère visible sur le visage de sa fiancée.

Soulagé, Lucern saisit la perche avec gratitude.

— Eh bien, oui. La majorité des décisions ont été prises, mais il semble qu'il y ait toujours autre chose. La semaine dernière, c'était faire des fleurs en papier toilette. Qui sait ce que sera la suivante ?

— Des fleurs en papier toilette ? s'étonna Bastien.

— En mouchoir en papier, le corrigea Kate, d'un ton agacé. Nous les réalisons avec des Kleenex.

— Oui, acquiesça Lucern avant de se tourner vers son frère pour lui expliquer : Elle m'a montré comment plier et attacher tous ces mouchoirs, puis les ouvrir pour en faire des fleurs qui décoreront les voitures du cortège. Je lui ai dit d'engager quelqu'un pour les fabriquer, ou de les acheter, mais elle a insisté, disant que c'était une tradition dans sa famille. Des fleurs achetées ne feraient pas l'affaire. Alors j'ai passé une semaine entière à froisser, nouer et évaser des feuilles en papier toilette.

— Des mouchoirs ! feula Kate.

— Certaines sont en papier toilette, l'informa Lucern.

— Quoi ?

Elle lui adressa un regard horrifié.

— Je suis tombé en panne de Kleenex, et tu voulais qu'il y en ait un nombre précis pour les voitures, alors j'ai utilisé du papier toilette. Je ne crois pas qu'on verra la moindre différence. Et puis, je n'ai pas pu te poser la question. Tu travaillais tard, comme d'habitude.

Il se tourna vers Bastien et expliqua :

— Elle fait des heures sup, depuis quelque temps, pour faire le boulot de Chris en même temps que le sien.

Bastien haussa un sourcil, mais Kate grimaça.

— Ce n'est pas ça. C.K. s'occupe de ses écrivains, et moi des miens. Mais il doit se rendre à une conférence en Californie aujourd'hui, et je serai là en cas d'urgence pendant son absence. Je me suis donc arrangée pour m'avancer dans mon travail, pour ne pas prendre de retard, au cas où il se passerait quelque chose, si tu vois ce que je veux dire.

Bastien hocha la tête, puis il remit la conversation sur les rails.

— Donc, ta demoiselle d'honneur arrive avec deux semaines d'avance. Elle devrait être ici très bientôt. Où va-t-elle loger ?

— Ah. (Kate eut l'air mal à l'aise, puis elle lâcha un soupir.) C'est à ce sujet que j'ai un service à te demander, reconnut-elle. Tu comprends, j'ai pensé à l'inviter chez moi, mais mon appartement est vraiment petit. Je n'ai qu'une seule chambre minuscule, et c'est tout ce que je peux me permettre à Manhattan avec mon salaire. Et, avec Lucern et moi, c'est déjà très encombré. J'ai songé à mettre Terri à l'hôtel, Luc a même offert de payer son séjour, mais je sais qu'elle insisterait pour le faire elle-même. Et avec toutes les dépenses qu'elle a déjà en tant que demoiselle d'honneur, je ne veux pas lui en imposer encore d'autres. Elle n'en a pas les moyens, pourtant elle refuserait de l'admettre.

— Fière ? interrogea Bastien.

— Oui. Très. Sa mère l'a élevée seule, et Terri s'est débrouillée sans l'aide de personne depuis la mort de tante Maggie quand elle avait dix-neuf ans. Elle est têtue et a du mal à demander de l'aide et à en accepter.

Bastien hocha la tête. Il comprenait. Lui-même était fier. Trop, sans doute, par moments.

— Tu voudrais qu'elle loge chez moi, devina-t-il.

— Oui, si tu n'y vois pas d'inconvénient, admit Kate, pleine d'espoir.

Bastien sourit avec indulgence. La fiancée de son frère agissait comme si elle lui demandait un immense service. Il n'en était rien. L'appartement était très grand et comptait cinq chambres. Bastien n'y passait que très peu de temps, aussi ne verrait-il sans doute jamais la jeune femme. Il abandonnerait Terri entre les mains expertes de la gouvernante, et elle ne serait vraiment pas un problème pour lui.

— Aucun souci, Kate. Elle est la bienvenue. Quand doit-elle arriver ? Ce week-end, je présume, s'il est prévu qu'elle soit ici deux semaines avant le mariage ?

— Oui, répondit Kate, avant d'échanger un autre regard avec Lucern. En fait, elle arrive aujourd'hui.

— Aujourd'hui ?

Bastien ne prit pas la peine de cacher sa surprise.

— Je sais. Je suis navrée de te demander ça à la dernière minute. Je l'aurais fait plus tôt, si j'avais su. À l'origine, Terri devait venir comme les autres, la veille du mariage. Mais elle a décidé de me faire la surprise et de prendre des congés. Je l'ai appris il y a une heure, quand elle s'est dit qu'elle ferait bien de s'assurer que j'étais à la maison si elle ne voulait pas passer deux jours sur mon paillasson. Alors, elle m'a appelée de l'avion.

— Eh bien, c'est une bonne chose qu'elle l'ait fait, commenta Bastien, qui remarqua un autre échange de regards entre Lucern et Kate.

Il plissa les yeux. Apparemment, il ne s'agissait pas seulement d'accueillir la demoiselle d'honneur de sa future belle-sœur chez lui. Ils ne lui avaient pas encore tout dit. Et soudain, Bastien comprit.

— Je suppose qu'il faut aller la chercher à l'aéroport ?

— Eh bien, elle devait prendre un taxi, mais tu sais combien c'est cher, et elle…

— … ne peut pas se le permettre, et tu sais qu'elle n'acceptera pas que tu la rembourses, alors tu lui as dit que quelqu'un viendrait la chercher, termina Bastien pour elle.

Kate plissa les yeux.

— Tu lis dans mes pensées ?

— Non, lui assura-t-il. Ce n'était pas difficile de le deviner.

— Oh. (Elle se détendit.) Tu as raison. Est-ce que je t'en demande trop ?

Bastien coula un regard à son frère, et Kate ajouta :

— Lucern peut t'accompagner, bien sûr. Il a proposé de s'y rendre seul, mais il ne connaît pas les autoroutes, ou l'aéroport, aussi bien que toi et il pourrait se perdre. Je serais allée l'accueillir moi-même, mais je suis débordée au boulot en ce moment, et je…

— Luc et moi irons la chercher, promit Bastien en souriant, admirant la diplomatie de Kate, qui faisait de son mieux pour ne pas froisser son fiancé.

Lucern n'avait pas besoin de connaître le chemin. Il aurait pu prendre l'une des voitures avec chauffeur de la société. Mais, pour tout dire, Lucern n'était pas très sociable. Il n'était plus aussi renfermé qu'à une époque, mais il était encore très maladroit dans ce genre de situation, et

Bastien soupçonnait Kate d'avoir peur qu'il accueille sa cousine et meilleure amie avec un grognement signifiant : « Suivez-moi », puis qu'il reste silencieux pendant le reste du trajet. De son côté, Bastien avait affaire à des humains tout le temps, et il était bien plus sociable. Et, heureusement pour Kate et cette Terri qu'il ne connaissait pas encore, il avait justement un programme peu chargé pour l'après-midi même. Il pouvait donc leur rendre ce service sans problème.

— Super, dit Lucern avec flegme. T'est-il venu à l'esprit, Katie, mon amour, que tu envoies deux hommes chercher ta cousine et meilleure amie à l'aéroport et qu'ils ignorent à quoi elle ressemble ? Comment allons-nous la retrouver ?

— Faites une pancarte avec son nom, suggéra-t-elle joyeusement. À vous deux, je sais que vous l'accueillerez et veillerez à ce qu'elle arrive à bon port.

Bastien fut amusé par l'expression dubitative de son frère. Le ton de Kate avait été un avertissement : *Ramenez-la-moi saine et sauve ou bien...*

— Zut, il faut que j'y aille. Nous avons une réunion de la production cet après-midi. C'est pour ça que je ne peux pas m'absenter du bureau pour aller à l'aéroport moi-même, expliqua Kate en se levant. (Elle se pencha pour embrasser Lucern, commença à se redresser, puis pressa encore ses lèvres contre les siennes, avant de soupirer.) Je t'aime, Luc.

— Je t'aime aussi, Kate, répondit-il.

Il passa vivement la langue sur la lèvre inférieure de sa fiancée, et l'instant suivant les deux amoureux s'embrassaient de nouveau.

Bastien leva les yeux au ciel et tourna son attention vers la salle du restaurant. L'expérience lui avait appris qu'il y aurait encore bien des soupirs et des baisers avant que Kate s'écarte enfin de Lucern. Ces deux-là étaient impossibles. Il ne pouvait qu'espérer que leur « lune de miel » finirait bientôt. Mais il craignait qu'il n'en soit rien. Cela faisait presque un an que son frère Étienne avait épousé Rachel, et deux depuis le mariage de Lissianna et Greg, et aucun des deux couples n'était encore sorti de cette phase débordante de désir et de passion. Toute sa foutue famille semblait s'y complaire. Ils étaient tous si pitoyables. Il était le seul, à l'exception de leur mère, qui ne passait pas un temps fou à flirter en public et en privé, dès que l'occasion se présentait. D'un autre côté, ni sa mère ni lui n'avaient de partenaire.

Bastien ne fit pas attention à la pointe de jalousie qui le transperça quand Kate soupira encore, puis gémit tout bas. La seconde suivante, il tourna la tête vers elle quand elle dit d'un ton très professionnel :

— Ceci pourrait vous aider. (Elle s'était redressée et tirait quelque chose de son sac.) C'est une photo récente. Terri me l'a envoyée par e-mail le mois dernier. Maintenant, il faut que j'y aille. Soyez gentils avec elle.

Elle posa le cliché entre eux sur la nappe, tourna les talons et se fraya un chemin au milieu des tables pour gagner la sortie du petit restaurant bondé.

— Dieu, elle est merveilleuse, murmura Lucern en regardant Kate marquer une pause et faire un pas de côté pour laisser entrer quelqu'un.

Bastien leva les yeux au ciel quand il s'aperçut que ceux de son frère étaient rivés sur le derrière de sa fiancée. Se rendant soudain compte qu'il regardait dans la même direction, il se détourna et se concentra sur la photographie. Terri devait être âgée d'une trentaine d'années. Elle avait des lèvres pleines, retroussées par un sourire espiègle, et de grands yeux pleins de douceur.

— Une beauté, commenta-t-il, remarquant qu'elle et Kate étaient très différentes.

Elle était aussi brune que Kate était blonde, et aussi bien en chair et toute en courbes que la fiancée de Lucern était filiforme. Mais elle n'en était pas moins renversante, dans son genre. Elle lui faisait penser à un fruit mûr.

— Vraiment ? demanda Lucern, distrait, suivant toujours sa future femme des yeux.

— Si tu cessais de dévorer Kate du regard pour jeter un coup d'œil à la photo, tu le verrais par toi-même.

Lucern consentit enfin à se retourner pour lui adresser un regard amusé, puis il obéit.

— Elle n'est pas mal. Mais pas aussi belle que Katie.

Bastien ricana.

— À tes yeux, aucune femme n'est aussi belle que Katie.

— Tu as raison, affirma Lucern, levant son verre pour boire une gorgée de whisky avant d'admettre : Kate est parfaite à mes yeux. Nulle ne lui arrive à la cheville en rien.

— Pardonne-moi, frangin, mais je crois que l'expression moderne est : tu l'as dans la peau.

Bastien secoua la tête, amusé. Il aimait bien Kate, mais elle n'était pas parfaite. Presque, mais pas complètement.

— Alors, quand doit atterrir l'avion de cette Terri ?

Lucern consulta sa montre, haussant les épaules.

— D'ici à une heure environ.

— Quoi ? croassa Bastien.

— Comment ça, « quoi » ?

— Tu plaisantes ! Elle n'arrive pas dans une heure !

— Si.

Bastien le regarda sans ciller un instant.

— Quel aéroport ?

— JFK.

— Seigneur Dieu.

— Quoi ?

Lucern eut l'air inquiet, et Bastien balaya le restaurant du regard, cherchant leur serveuse. Bien sûr, elle était introuvable. Il suffisait qu'ils aient besoin d'elle pour qu'elle disparaisse, sans doute en cuisine.

— Tu aurais pu dire ça plus tôt, bon sang, grogna Bastien. Merde, Kate aurait pu le faire. Elle sait qu'il faut une heure pour arriver à JFK. Où diable est cette serveuse ?

— Elle n'a pas dû se rendre compte qu'il était si tard, dit Lucern, trouvant une excuse à Kate. Elle est un peu distraite ces temps-ci.

— Ah oui ? Eh bien, ce sera entièrement sa faute si nous sommes en retard.

— Nous y serons à temps, lui assura Lucern d'un ton apaisant, alors que la serveuse sortait de la cuisine.

Lui faisant signe, il ajouta :

— Terri devra récupérer ses bagages et passer la douane.

Bastien secoua la tête, dégoûté. Lucern ne s'inquiétait plus jamais de rien, mais deux cents ans dans le monde des affaires avaient fait de Bastien un homme soucieux des détails.

— Elle doit peut-être faire tout ça, mais nous, nous devons prendre la voiture et arriver là-bas. Espérons que la circulation sera fluide, aujourd'hui.

Laissant Lucern régler l'addition, Bastien prit son téléphone portable et appela son chauffeur. S'il conduisait lui-même ou prenait un taxi la nuit, il utilisait toujours une voiture avec chauffeur le jour. En plus de s'épargner la corvée de devoir chercher une place de stationnement, cela lui évitait de rester au soleil plus longtemps que nécessaire. Chaque fois qu'il devait quitter son véhicule pour se rendre quelque part, il courait jusqu'à la porte. Il aurait pu supporter de marcher à la lumière du jour quelques minutes, ou plus, mais chaque fois il devait ingérer une plus grande quantité de sang, et cela pouvait constituer un inconvénient.

Une fois sûr que son chauffeur était en route, Bastien referma le clapet de son téléphone d'un claquement sec et le rangea dans sa poche. Puis il réfléchit à la meilleure manière de gérer la situation. Il utilisait une limousine avec chauffeur quand c'était nécessaire, mais son chauffeur habituel était en vacances, et Bastien n'avait pas envie de passer une heure à surveiller tout ce qu'il dirait. Ils allaient donc devoir retourner au bureau pour y prendre son propre véhicule. Ils emporteraient aussi quelques poches de sang, en cas d'urgence, décida-t-il. Toutes ses voitures avaient des vitres traitées pour ne pas laisser passer les UV, mais s'ils tombaient en panne, ou s'ils crevaient et devaient changer un pneu ou marcher sur une courte distance, la situation pouvait devenir désagréable, voire dangereuse.

Tout cela prendrait du temps et augmenterait les risques de ne pas être à l'heure pour accueillir Terri, mais si la chance était avec eux et la circulation fluide…

— Le trafic est dense, fit remarquer Lucern un peu plus tard.

Bastien laissa échapper un petit rire.

— Bien sûr. C'est la loi de l'emmerdement maximal. (Lucern grogna.) Attrape mon attaché-case sur la banquette arrière. Tu vas devoir fabriquer la pancarte.

— Tu crois que nous ne reconnaîtrons pas Terri d'après la photo ?

Lucern prit la mallette et la posa sur ses genoux.

— Peut-être. Mais je préfère ne pas trop compter là-dessus. Si nous la ratons, Kate nous tuera tous les deux.

Luc émit un autre grognement. Il n'avait jamais été très bavard. Bastien supposait que c'était la raison pour laquelle Kate avait voulu qu'il l'accompagne pour prendre sa cousine et meilleure amie à l'aéroport. Les seules fois où Luc desserrait les dents, c'était quand elle était là. C'étaient aussi les seuls moments où il souriait. Kate révélait chez lui des facettes inattendues de sa personnalité, qui disparaissaient ou mouraient dès qu'elle quittait son champ de vision. Quand elle n'était pas là, impossible d'arracher plus de deux mots à Lucern. Généralement, il répondait d'un simple grognement.

— Qu'est-ce que j'écris ?

Bastien lui coula un regard en coin. Non seulement Lucern avait fait une phrase entière, mais il tenait un grand bloc-notes et un crayon qu'il avait sortis de l'attaché-case et se tenait prêt à écrire.

— Simplement son nom.

— Ah oui. (Lucern écrivit le nom « Terri » sur la feuille, puis il s'arrêta.) Quel est son nom de famille ?

— Tu me demandes ça à moi ? C'est la cousine de *ta* fiancée, pas de la mienne.

— Oui, acquiesça Lucern, pinçant les lèvres, pensif. Kate ne l'a pas dit au déjeuner ?

— Non, pas que je sache. (Bastien lui jeta un autre coup d'œil.) Tu ne sais vraiment pas ?

— Je ne m'en souviens pas.

— Eh bien, Kate l'a sans doute mentionné une fois ou deux au cours des derniers mois.

— Sans doute.

Lucern garda le silence un instant, puis il se pencha au-dessus du bloc pour écrire.

Soulagé que son frère ait pu se rappeler le nom de la jeune femme, Bastien reporta toute son attention sur la circulation, non sans baisser brièvement les yeux sur sa montre.

— Si son avion n'est pas en avance et que le passage à la douane dure une vingtaine de minutes, nous y serons juste avant qu'elle perde espoir et saute dans un taxi. Où irait-elle, si elle ne trouvait personne venu l'attendre ?

— Sans doute au bureau de Kate.

— Super. Kate en serait ravie. Espérons que l'avion sera à l'heure.

Ce ne fut pas le cas.

— Il aura deux heures de retard, grogna Lucern alors qu'ils traversaient le terminal des arrivées. Dire que nous nous sommes dépêchés, tout ça pour poireauter pendant des heures.

Bastien sourit discrètement de l'agacement de son frère. Dès leur arrivée à l'aéroport, ils avaient appris que le vol de la cousine de Kate avait dû faire une escale imprévue à Detroit pour cause de « problèmes mécaniques » et y était resté jusqu'à ce que ceux-ci soient réglés. Il arriverait ainsi avec deux heures de retard. Bastien avait d'abord été inquiet, puis il s'était rendu à un guichet, où il avait appris que les toilettes étaient tombées en panne. Bien sûr, l'hôtesse au sol ne lui avait pas dit cela. Il s'était brièvement glissé dans son esprit pour y trouver l'information. Les compagnies aériennes n'avaient pas envie de ce genre de publicité, et préféraient faire référence à de mystérieux « problèmes mécaniques » qu'admettre que des W.-C. s'étaient bouchés. Elles n'avaient pas besoin de la devise « Voler dans des cieux d'excréments ».

Ayant deux heures à tuer jusqu'à l'arrivée de Terri, Bastien et Lucern s'étaient réfugiés dans un bar, qu'ils avaient déniché dans le hall des départs le plus proche. Ils étaient retournés ensuite aux arrivées pour y attendre la jeune femme, espérant qu'elle ne serait pas retenue trop longtemps par les formalités habituelles. L'un et l'autre n'en pouvaient plus de patienter et avaient hâte de quitter l'aéroport, où régnait la cohue des voyageurs stressés et des amis ou parents impatients.

— Ils arrivent, annonça Bastien quand les premiers voyageurs éreintés apparurent. Où est ta pancarte ?

— Ah, oui.

Lucern tira la feuille de papier de sa poche. Quand il l'eut dépliée, Bastien vit ce qu'il avait écrit et la lui arracha des mains, incrédule.

— « Terri, cousine et meilleure amie de Kate » ?

— Je n'arrivais pas à me rappeler son nom de famille, répondit Lucern, haussant les épaules. Elle se reconnaîtra. Allez, dépêche-toi de la lever et de la montrer. En voilà tout un tas : elle pourrait se trouver parmi eux.

Bastien se tourna vers la porte que des voyageurs franchissaient par groupe de trois ou quatre. Il semblait qu'ils n'avaient pas été retenus du tout à la douane.

— On dirait qu'ils ont travaillé deux fois plus vite pour sortir leurs bagages et leur faire passer les contrôles, dit-il.

— Hmm, fut tout ce que Lucern trouva à dire. (Bastien brandit son papier.) Ils doivent essayer de rattraper un peu du temps perdu.

Les deux hommes se turent alors que plusieurs dizaines de personnes les dépassaient pour être accueillies par leurs parents ou amis et quittaient le hall des arrivées. Bastien en compta environ cinquante avant de repérer une jeune femme qui venait droit vers eux. Il ne l'aurait peut-être pas reconnue si elle n'avait pas souri en les voyant, malgré sa lassitude. Sans s'en rendre compte, il laissa retomber ses bras, baissant sa pancarte du même coup.

Comme sur la photo, elle était toute en courbes, mais sa coiffure était différente. La queue-de-cheval avait disparu, et ses cheveux châtains tombaient en ondulations souples sur ses épaules. Bastien remarqua avec intérêt qu'elle portait un jean. Un jean blanc, un tee-shirt de l'université de Leeds et des tennis blanches. C'était une tenue confortable, parfaite pour voyager.

— Lucern ! (Elle adressa un sourire éclatant à Bastien, s'arrêta devant lui et, après une brève hésitation, l'étreignit chaleureusement.) Kate m'a tellement parlé de vous. C'est un plaisir de rencontrer l'homme qui la rend tellement heureuse.

Bastien baissa les yeux sur le sommet du crâne de la jeune femme, surpris, tout en lui rendant automatiquement son étreinte. Lucern semblait amusé par la scène. Voyant cela, Bastien s'éclaircit la voix alors que la cousine de Kate le lâchait et reculait d'un pas.

— Terri, je présume ?

Elle rit de son ton guindé.

— Oui, bien sûr. (Puis elle marqua une pause, pendant laquelle, inclinant la tête sur le côté, elle l'étudia.) Kate avait raison. Vous devez être le plus bel homme de tout New York. Elle a dit que c'est comme ça que je vous reconnaîtrais, lui confia-t-elle avec un large sourire.

Bastien se surprit à répondre à son sourire, bêtement flatté par le compliment, jusqu'à ce que Lucern, las d'être laissé de côté, annonce :

— Alors, il ne peut s'agir que de moi. Je suis Lucern, le plus bel homme de tout New York. Celui que vous venez de serrer dans vos bras est mon frère Bastien.

Terri Simpson tourna un regard surpris vers l'homme qui venait de parler. Il mesurait deux ou trois centimètres de moins que celui qu'elle avait étreint, et il l'observait avec amusement. Elle fut étonnée de ne l'avoir pas remarqué. Il ressemblait à s'y méprendre à celui qu'il avait appelé Bastien, à quelques détails près. Ils avaient le même nez, mais sa lèvre inférieure n'était pas aussi pleine que celle de son frère, qui avait également une mâchoire mieux définie. Leurs yeux aussi étaient différents. S'ils avaient tous deux des iris bleu argenté, ceux de Bastien étaient plus profonds et emplis d'une émotion indéfinissable qui interpellait Terri.

Pour être honnête, elle était soulagée qu'il ne soit pas Lucern. Décidant de ne pas s'appesantir sur cela, elle alla étreindre le fiancé de sa cousine.

— Mes excuses, Lucern, j'ai vu la pancarte et j'ai supposé... (Elle laissa sa phrase en suspens alors qu'elle le serrait dans ses bras et s'écartait.) Vous devez m'avoir attendue pendant des heures ! Je suis désolée.

— Vous n'y pouviez rien, dit Bastien, alors vous n'avez pas à vous excuser. Puis-je vous prendre ça ?

Terri se retrouva délestée de ses bagages quand Bastien s'empara de la poignée de sa valise et Lucern fit glisser son sac de son épaule. Puis les deux hommes l'entraînèrent hors du bâtiment. Quelques minutes plus tard, elle était assise à l'avant d'une Mercedes, sur l'autoroute.

— Vous devez être épuisée après un tel vol.

Terri adressa un sourire à l'homme assis à côté d'elle. Bastien. Elle aimait ce nom. Elle aimait aussi son genre. Elle ne craquait généralement pas pour les hommes d'affaires, mais il avait de l'allure dans le costume de grand couturier qu'il portait. Jetant un coup d'œil par-dessus son épaule, elle aperçut le fiancé de Kate, silencieux sur la banquette arrière. Il avait pris un bloc-notes, qu'il tenait sur les genoux, et en noircissait une page. Pour la première fois, elle s'aperçut qu'il portait un pantalon en toile et un pull. N'étant pas un homme d'affaires, il n'avait pas besoin d'un costume.

— En fait, j'ai dormi un peu, répondit-elle enfin, se renfonçant dans son siège.

Il semblait évident que Lucern n'allait pas faire la conversation. Kate l'avait avertie qu'il n'était pas très sociable, et elle avait promis de se débrouiller pour que son frère l'accompagne à l'aéroport. Kate ne lui avait pas précisé que ledit frère était encore plus beau que son Lucern. Terri décida qu'elle allait devoir discuter avec sa cousine, qui n'aurait pas dû omettre ce genre de détails. Une petite préparation mentale lui aurait été d'un grand secours. Parce qu'elle avait l'impression d'avoir pris un coup sur la tête. Encore sous le choc, elle avait une drôle de sensation au creux de l'estomac.

— Je suis affamée, mais pas si fatiguée que ça. J'ai un peu dormi dans l'avion, mais entre le retard et tout, il s'est passé beaucoup de temps depuis le dernier repas qu'on nous a servi à bord.

— Nous y remédierons dès que nous serons arrivés à l'appartement, dit Bastien, son regard croisant brièvement le sien avant de retourner se perdre dans la circulation. Ma gouvernante est une excellente cuisinière, et elle sera ravie d'avoir une chance de montrer ses talents.

— J'en déduis que vous ne mangez pas très souvent à la maison.

— Pourquoi ça ?

Terri s'étonna de son ton cassant, puis elle haussa les épaules.

— Si c'était le cas, si vous donniez beaucoup de dîners, votre gouvernante ne serait pas ravie d'avoir la chance de cuisiner pour quelqu'un.

— Oh. Oui. Bien sûr.

Il fronça les sourcils, puis il afficha un sourire teinté d'ironie.

— Je vais attendre Kate chez vous ? demanda Terri.

La surprise qui se peignit sur les traits de Bastien éveilla sa curiosité. Quand il regarda dans le rétroviseur, Terri se retourna pour jeter un coup d'œil à l'autre passager de la voiture, mais Lucern ne les écoutait pas. Il griffonnait toujours dans son carnet. Elle étudia de nouveau Bastien, dont le visage était grave.

— Kate ne vous a rien dit ? soupira-t-il.

— Me dire quoi ?

— Vous allez loger dans mon appartement. Le sien est trop petit pour vous trois.

— Nous trois ? demanda Terri.

— Vous, Kate et Lucern.

— Oh, bien sûr !

Il ne lui était pas venu à l'esprit que Lucern ait pu déjà emménager avec Kate, mais, s'ils étaient aussi amoureux que sa cousine le lui avait dit, Terri supposa qu'elle aurait dû s'en douter. Pourquoi aurait-il continué à vivre à Toronto, puisqu'elle était à New York et que, par chance, sa profession lui permettait de se déplacer au gré de ses envies ? Il habitait avec Kate, c'était normal. Et ils déménageraient dans un logement plus spacieux que son deux pièces très prochainement. Mais Terri connaissait bien sa cousine : Kate ne changerait pas ses habitudes et pourvoirait à ses propres besoins jusqu'au mariage. Et donc Terri allait devoir loger chez le futur beau-frère de Kate.

Elle se sentit mal à l'aise à l'idée qu'il allait devoir supporter sa présence durant les deux semaines à venir. Elle n'aimait pas s'imposer.

— Je devrais peut-être prendre une chambre dans un hôtel. Je ne veux pas vous envahir.

— Ce ne sera pas nécessaire, lui assura Bastien Argeneau d'un ton ferme. J'ai cinq chambres et, comme je l'ai déjà dit, une gouvernante. De plus, je suis très occupé en ce moment, alors vous ne me verrez pas beaucoup. Vous pourrez aller et venir comme bon vous semble. Vous êtes la bienvenue dans ma maison.

Chapitre 2

— Sortez !

Terri resta stupéfaite face à l'expression paniquée de son hôte. Elle avait du mal à croire qu'il se soit soudain tourné vers elle pour lui crier ce mot, alors qu'ils venaient juste d'arriver chez lui.

Il leur avait fallu près d'une heure pour cela. Bastien et elle avaient bavardé pendant presque tout le trajet, et Terri avait consacré beaucoup de temps à essayer de déterminer l'origine de son accent. Il était léger, et elle n'arrivait pas à le situer alors même qu'elle avait acquis une bonne oreille au cours des dernières années qu'elle avait passées en Europe. Sa façon de s'exprimer était également inhabituelle : il parlait parfois avec un formalisme digne de temps plus anciens, mais tout aussi souvent dans un langage moderne. Terri croyait discerner une pointe d'accent londonien dans sa voix, mais elle n'en était pas certaine.

Quand elle avait compris qu'elle n'y arriverait pas en l'écoutant parler, elle avait tenté d'étudier ses traits pour deviner ses origines… et fini dans une autre impasse. Sa beauté mystérieuse aurait pu être méditerranéenne, mais la pâleur de sa peau rendait cette hypothèse improbable. Quant à son nom, Bastien Argeneau, il était indéniablement français. Kate lui avait dit que la famille venait du Canada, mais ils étaient originaires de Toronto, qui se trouvait dans l'Ontario. Cependant, elle supposait que les Argeneau pouvaient quand même être d'ascendance québécoise. Et ce qu'elle prenait pour un léger accent anglais aurait pu être canadien. Elle en avait rencontré un ou deux au cours de sa vie, mais elle n'avait pas prêté attention à leur façon de parler.

Admettant enfin qu'elle n'arrivait pas à situer son accent, Terri avait laissé tomber en se promettant d'interroger Kate plus tard et s'était concentrée sur leur conversation. Ils n'avaient abordé que des sujets neutres, comme le temps qu'il faisait et le mariage. Sujets sécurisants, qui n'avaient rien révélé de personnel, et Terri avait compris qu'ils étaient destinés à la mettre à l'aise avec ce parfait étranger chez qui elle allait séjourner. Il avait pris plusieurs fois la peine de lui assurer qu'elle était la bienvenue, ajoutant aussitôt qu'il était terriblement occupé et ne serait pas chez lui assez souvent pour être dans ses jambes.

Quand Bastien avait garé la voiture dans le parking souterrain de l'immeuble Argeneau, Terri était détendue et tout à fait contente de son sort. Ils avaient bavardé et ri encore en récupérant ses bagages dans le coffre, et même Lucern avait cessé d'écrire et s'était joint à la conversation. Ils avaient souri des taquineries de Bastien, qui prétendait que son frère était « aveuglé par l'amour », alors que les portes de l'ascenseur s'ouvraient sur l'appartement et qu'il les conduisait dans sa demeure. Puis il s'était arrêté net – Terri lui était même rentrée dedans – et il s'était retourné avec une expression paniquée pour lui crier :

— Sortez !

Au temps pour être la bienvenue chez lui.

— Bastien ? demanda Lucern, posant le bagage de la jeune femme pour rejoindre son frère. Qu'est-ce…

La manière dont sa voix mourut alors qu'il regardait dans la pièce lui apprit qu'il y avait là quelque chose d'un grand intérêt, mais Terri n'y voyait rien derrière les larges épaules de Bastien.

— Vincent ! aboya Lucern. Lâche la gouvernante de Bastien !

C'en fut trop pour Terri. Contournant Bastien, elle jeta un coup d'œil dans le salon et au couple qui se trouvait là. De prime abord, il semblait qu'ils avaient interrompu des ébats amoureux, mais la méprise ne dura qu'une seconde. Terri se rendit compte que l'homme – elle supposa qu'il s'agissait de Vincent – portait une cape noire. Et ce qu'elle avait pris pour une étreinte n'était autre que la posture classique du baiser d'un vampire à sa victime. Il paraissait mordre le cou de la vieille femme.

Terri haussa les sourcils, puis elle sentit des mains se poser sur ses épaules. Elle supposa que c'étaient celles de Bastien, puisque Lucern se tenait devant elle, mais elle n'y prêta pas attention car celui-ci poursuivit, toujours sur le même ton :

— Bon sang, Vinny ! Laisse cette femme tranquille !

— Tu sais que je déteste être appelé Vinny, Luc. Appelle-moi Vincent. Ou, mieux encore, Dracula ! corrigea l'homme à la cape avec un mauvais accent transylvanien.

Il se redressa et se tourna vers eux. Durant quelques secondes, l'irritation fut lisible dans son regard, puis il remarqua Terri et aussitôt son expression changea, devenant avenante et charmeuse.

Abandonnant l'employée chancelante, Vincent traversa la pièce d'une démarche légère pour venir se camper devant la jeune femme. Retroussée ainsi par un sourire, sa bouche était sensuelle, mais ce fut son regard bleu argenté et affamé qui retint aussitôt l'attention de Terri. Il enveloppa l'une des petites mains de la jeune femme dans la sienne et la porta à ses lèvres.

—Enchanté, ronronna-t-il.

Terri ouvrit la bouche pour répondre, mais la surprise l'en empêcha quand il retourna sa main pour presser ses lèvres contre son poignet.

—Arrête ça !

Bastien s'interposa. Il prit Terri par le coude pour l'éloigner et utilisa sa main libre pour flanquer une calotte à Vincent. Si le fait que les trois hommes avaient les yeux du même bleu argenté unique et la même beauté ténébreuse avait échappé à Terri, ce geste, que seul un parent agacé pouvait se permettre, finit de la convaincre que Vincent était un Argeneau.

—Qu'est-ce que tu fais ici, Vincent ?

—Dracula, insista l'intéressé, reniflant puis se dirigeant vers le fauteuil le plus proche. (Attrapant sa cape, il la tint de manière à la faire tournoyer autour de lui avant de s'asseoir d'une façon très théâtrale.) J'ai le premier rôle dans *Dracula*. La comédie musicale.

—La comédie musicale *Dracula* ? répéta Bastien, incrédule.

Vincent esquissa un large sourire.

—Ouais. Cool, hein ? Le *premier* rôle ! acquiesça-t-il. Je suis une vraie présence sur scène.

—Seigneur Dieu, souffla Bastien.

Il semblait horrifié par tout cela, mais Terri était fascinée. Elle avait consacré beaucoup de son temps au théâtre communautaire local, et elle adorait la comédie. Se libérant de la poigne de son hôte, elle avança vers le canapé et s'assit à un bout pour demander :

—Vous utilisez la méthode ?

—Mais oui ! (Il lui adressa un sourire éblouissant.) Comment avez-vous deviné ?

— Eh bien, la scène que nous venons de surprendre suggérait que vous…

Terri s'interrompit dans un silence étonné quand elle s'aperçut que la gouvernante ne chancelait plus. En fait, elle s'était évanouie, et Lucern, qui l'avait rattrapée, la soulevait dans ses bras.

— Où est sa chambre, Bastien ? demanda-t-il.

Les deux autres hommes se retournèrent et découvrirent que la gouvernante avait perdu connaissance.

— Oh. Je vais te m…

Bastien s'arrêta soudain et posa sur Terri un regard hésitant, comme s'il répugnait à la laisser seule avec Vincent.

— Dis-moi simplement où, et je la mettrai au lit, dit son frère, résolvant ainsi son dilemme.

— Ce couloir, dernière porte à droite, indiqua Bastien, montrant du doigt l'un des corridors qui partaient du grand salon.

Secouant la tête, Terri regarda Lucern emporter la vieille femme. La gouvernante ne semblait pas avoir très bien pris la scène jouée par Vincent. Elle y avait réagi de façon disproportionnée… Sans doute était-elle un peu peureuse. Terri se tourna de nouveau vers l'acteur.

— Comme je le disais, ce que nous venons de surprendre a été révélateur. Ainsi, vous devez vivre un rôle pour qu'il vous semble réel ? Entrer dans la peau de votre personnage ?

— Exactement ! répondit Vincent, souriant toujours d'une oreille à l'autre. Je suis très consciencieux. Si je dois jouer un barman, je travaille dans un bar pendant un temps. Si c'est un vendeur, je me fais embaucher dans une concession automobile. Heureusement, avec ce rôle, je n'aurai pas besoin de beaucoup comp…

— Vinny !

Terri et Vincent tournèrent la tête au ton de Bastien. Son expression était si grave que l'acteur jugea sans doute plus sage de ne pas le reprendre. En fait, il sembla lire bien davantage que Terri dans le regard de Bastien, et au bout d'un long silence elle le vit hausser les sourcils.

—Elle n'est pas l'une d'entre nous ?

—Non.

L'expression de Bastien était glaciale. Terri était un peu surprise par cette transformation. Il lui avait semblé attirant, amical et pas du tout intimidant… jusqu'à cet instant, où il lui paraissait même un peu dangereux. Dans le bon sens du terme, bien sûr, décida-t-elle en admirant ses larges épaules et la coupe impeccable de son pantalon. Il était beau, bien bâti et…

—Tu n'as pas répondu à ma question. Que fais-tu ici ?

La question froide de Bastien tira Terri de la liste qu'elle dressait de ses atouts, et elle reporta son attention sur les deux hommes.

—Je viens de te le dire, j'ai le premier rôle dans…, commença à répondre Vincent.

—Parfait, l'interrompit Bastien. Ça explique ce que tu fais à New York. Mais je veux savoir ce que tu fais *ici*. Chez moi.

—Oh, rit Vincent. Tu veux dire dans l'appart de tante Marguerite, n'est-ce pas ? Elle a dit que je pouvais y loger jusqu'à ce qu'on sache si la pièce va durer, auquel cas je prendrais mon propre appartement.

Bastien ferma les yeux une seconde et maudit intérieurement sa mère. Elle avait le cœur si généreux, et malheureusement Vincent avait raison : c'était bien l'appartement de Marguerite Argeneau. Son père avait acheté l'immeuble des années auparavant et avait fait construire le logement à son sommet, au-dessus des bureaux.

Il y avait cinq chambres, une pour chacun de ses enfants, s'ils le souhaitaient. À la mort de son père, Bastien avait commencé à loger là chaque fois qu'il était à New York, et il avait fini par le considérer comme sa maison parce qu'il était le seul à y mettre les pieds. Mais en vérité sa mère en était toujours la propriétaire, et elle avait tous les droits d'y inviter qui bon lui semblait.

En toute honnêteté, Marguerite n'avait pas dû penser que cela poserait le moindre problème. L'appartement était immense et, Vincent jouant le soir et Bastien travaillant le jour, en toute logique, tout aurait dû bien se passer. Il doutait qu'ils se seraient croisés souvent. Mais ils n'étaient pas dans une situation normale. Et la présence de Terri lui causait un dilemme, parce que Vincent était un mordeur.

Non, Vincent n'avait pas été en train de se mettre dans la peau de son personnage quand ils étaient entrés… ou peut-être que si, puisqu'il ne se promenait généralement pas avec une cape noire… mais, dans ce cas précis, cela avait coïncidé avec un petit en-cas. Prélevé sur sa gouvernante, pour couronner le tout !

Bastien adressa un regard noir à son cousin. Vincent, comme son père avant lui, ne pouvait pas survivre en buvant du sang en poche. Ils avaient besoin d'une enzyme spéciale qui mourait aussitôt que le sang était prélevé du corps humain. Bastien faisait travailler son laboratoire sur la question, mais, jusqu'à ce qu'ils aient pu trouver une solution, Vincent devait se nourrir directement à la source. Néanmoins, il aurait dû avoir assez de jugeote pour ne pas se sustenter chez Bastien. On lui avait donné une meilleure éducation que cela.

— Navré, dit Vincent avec un haussement d'épaules chagriné, sans même essayer de faire semblant qu'il n'avait pas lu dans les pensées de Bastien. Le vol a été long, et j'avais faim. Mais il n'y a pas eu de mal.

Bastien se passa la main dans les cheveux en soupirant. Il semblait que Vincent avait raison : il n'y avait pas de mal. Terri avait présumé qu'il s'imprégnait de son personnage. Ce qui rappela à Bastien l'une des choses que Kate avait dites au sujet de sa demoiselle d'honneur. Terri était professeur à l'université de Leeds et elle passait beaucoup de temps à travailler bénévolement pour le théâtre local. Loué soit le Seigneur pour ses petites faveurs. Cela lui épargnait la corvée de trouver une excuse pour expliquer ce qu'ils avaient surpris. Grâce à ses connaissances du monde du théâtre, elle était arrivée toute seule à la conclusion évidente. C'était beaucoup plus facile que d'imaginer la vérité : que Vincent, et les autres Argeneau, étaient des vampires.

— Ta gouvernante se repose, annonça Lucern en revenant au salon.

Bastien hocha la tête.

— Merci, Luc. (Il adressa un regard à son cousin.) Alors, c'est quoi cette histoire de premier rôle dans une comédie musicale ?

— *Dracula*, acquiesça Vincent. Je l'ai décroché la semaine dernière. Les répétitions commenceront bientôt. (Il sourit joyeusement.) C'est tout à fait atroce. La musique est pourrie, les dialogues ridicules… et ils veulent qu'on adopte ce stupide accent transylvanien. Bref, je suis sûr que ce sera un succès. Je lui prédis une longue vie.

Terri éclata de rire, et Bastien se surprit à sourire à ce son mélodieux. Elle était adorable quand elle souriait et irrésistible quand elle riait.

— *Tu bandes pour la cousine de Kate ?*

Bastien sursauta quand la pensée de Vincent s'insinua dans les siennes. Son cousin continuait à lire dans son esprit.

Il fronça les sourcils, puis se raidit quand l'interphone sonna. Quelqu'un était monté et attendait qu'on lui ouvre. Sans une clé comme celle que Bastien avait toujours sur lui, l'ascenseur devait être ouvert depuis l'appartement. Mme Houlihan, la gouvernante, avait dû faire entrer Vincent. À moins que Marguerite lui ait confié son trousseau.

— Ce doit être Kate, dit Lucern, semblant d'un seul coup revigoré à cette idée.

Il était toujours surprenant de voir la transformation qui s'opérait en Luc chaque fois que sa fiancée était là. On aurait dit qu'un interrupteur était actionné et qu'il prenait vie. Bastien se demandait souvent ce que cela faisait d'aimer de nouveau la vie, comme Lucern en faisait l'expérience.

Il ne le saurait peut-être jamais, se dit-il sans la moindre rancœur. Il gagna l'unité encastrée dans le mur et appuya sur un bouton. Une image de l'intérieur de l'ascenseur apparut. C'était bien Kate, mais elle n'était pas seule.

— Qui est avec elle ?

Lucern approcha pour regarder de plus près.

— C'est C.K.

— C.K. ? demanda Bastien.

Lucern hocha la tête. Terri les avait rejoints et regardait l'étranger.

— C'est le collègue de Kate, un agent comme elle, n'est-ce pas ?

Elle se tourna vers Lucern pour confirmation, et il opina de nouveau du chef.

Bastien activa la commande de l'ascenseur pour l'autoriser à monter jusqu'à l'appartement.

— Pourquoi l'a-t-elle amené ici ?

Lucern haussa les épaules et s'empressa de gagner le hall d'entrée, mais Bastien savait qu'il n'était pas mu par la curiosité. Son frère se fichait certainement de la présence de l'agent. Luc était seulement impatient de voir Kate. Il était *toujours* impatient de voir Kate.

—Je suis Vincent Argeneau. À qui ai-je l'honneur ?

Bastien pivota et vit que son cousin avait de nouveau pris la main de Terri. Il allait interrompre cette petite scène... dès que la jeune femme aurait décliné son identité. Il ignorait toujours son nom.

—Terri. Terri Lea Simpson.

—Avez-vous déjà foulé les planches ? Vous devez faire quelque chose en rapport avec le métier pour connaître la méthode. Vous êtes suffisamment jolie pour être actrice.

—Oh, non. (Terri rit du compliment et secoua la tête.) J'ai toujours été intéressée par le théâtre, malheureusement je n'ai aucun talent dans ce domaine. J'enseigne l'écriture de script et je suis bénévole au théâtre local.

Ce fut tout ce que Bastien avait besoin d'entendre. Il s'avança vers eux, avec l'intention de mettre un terme au flirt de son cousin. Mais la porte de l'ascenseur s'ouvrit au même instant, et la détresse de Kate attira son attention dans le hall.

—Oh, Lucern ! Tu ne devineras jamais ce qui vient de se passer !

Après une brève hésitation, qui prit fin quand Terri passa devant lui pour rejoindre sa cousine, Bastien la suivit, libéré de son dilemme. Apparemment, c'était une journée à problèmes.

—Après la réunion de production, Chris est rentré chez lui pour finir de faire sa valise et rassembler ses affaires pour la conférence en Californie. Il a oublié son attaché-case au bureau, son vol était à 17 heures et il n'avait pas le temps de revenir le chercher, alors je lui ai dit que je partirais tôt pour le lui apporter. Et heureusement que j'ai eu cette idée !

— Euh, Kate ? Crois-tu que nous pourrions aller dans le salon pour que je puisse mettre le pied en l'air ? demanda son collègue. Ma jambe me fait un mal de chien.

— Oh. Bien sûr, Chris. Il est censé garder le pied surélevé, expliqua-t-elle aux autres. (Elle lui prit le bras pour le conduire au salon.) Sa jambe est cassée.

Bastien se contenta de hausser un sourcil. C'était plutôt évident, puisque l'agent avait le membre dans le plâtre.

— Comment est-ce arrivé ? demanda Terri, qui semblait la seule à s'en soucier.

— Oh, Terri ! s'écria Kate. (Lâchant Chris, elle se retourna pour la serrer dans ses bras.) Ils t'ont trouvée. Comme était ton vol ? J'espère que tu ne vois pas d'inconvénient à rester ici, mais mon appartement est si petit, et maintenant que je dois quitter la ville, je ne voudrais pas que tu te retrouves toute seule et…

Bastien, qui souriait de voir Chris lutter pour garder l'équilibre depuis que Kate l'avait abandonné, revint à la réalité à ces mots. Il se tourna vers sa future belle-sœur.

— Tu quittes la ville ?

Terri et Lucern posèrent la même question en même temps, mettant un terme aux effusions entre les deux femmes.

— Oui, je…

— Kate ! cria l'agent, qui perdait son combat et allait s'écrouler.

— Oh, Chris !

Kate pivota juste à temps pour l'attraper par le bras et l'empêcher de tomber, puis elle l'aida à aller s'asseoir. Elle se pencha pour installer sa jambe sur la table basse en acajou de Bastien, puis la suréleva encore avec deux des coussins noirs, dont la teinte mettait en valeur le coloris bleu-gris du canapé, pour protéger le bois et pour que C.K. soit plus à l'aise. Enfin, elle se redressa avec un soupir.

— Où en étais-je ?

— Tu nous expliquais pourquoi tu dois quitter la ville, gronda Lucern, approchant d'elle d'une manière qu'une autre femme aurait pu trouver menaçante.

Kate en profita seulement pour partager avec lui un moment de tendresse. Elle lui glissa un bras autour de la taille et se pressa contre lui avec un soupir qui aurait pu être de soulagement ou de plaisir.

— Oui, enfin, je disais que je devais rapporter l'attaché-case de C.K. chez lui. Mais personne ne m'a répondu quand j'ai sonné, et je savais qu'il m'attendait, alors je suis allée trouver la gardienne de l'immeuble et je lui ai demandé de monter avec moi. Elle m'a ouvert la porte et nous sommes entrées en l'appelant. Je l'ai entendu crier dans la salle de bains, et vous ne croirez jamais pourquoi.

— Pourquoi ? demanda Terri.

— Les toilettes de l'appartement du dessus avaient traversé le plafond et atterri sur lui.

— Pas seulement les toilettes, corrigea Chris, l'air un peu gêné. Il y avait aussi une bonne partie du plafond.

— Oui, et il était coincé dessous. Les conduites étaient cassées, et de l'eau lui cascadait dessus.

— De l'eau claire, précisa le blessé.

— En effet. La gardienne s'est empressée d'aller appeler une ambulance et un plombier, et j'ai aidé Chris à se dégager.

— Il ne s'agissait pas seulement des toilettes, Kate ! répéta Chris, un peu plus mal à l'aise chaque fois qu'elle prononçait ce mot.

— Ensuite… (Elle marqua une pause et soupira.) Je l'ai accompagné à l'hôpital, bien sûr.

— Évidemment, roucoula Lucern. Tu es toujours si attentionnée, Kate.

Elle sourit du compliment et l'embrassa.

— Quel rapport avec le fait de quitter la ville ? demanda Terri.

Kate cessa d'embrasser Lucern et poursuivit son histoire.

— J'ai dû appeler le bureau et leur expliquer que des toilettes étaient tombées sur Chris.

— Il y avait aussi une bonne partie du plafond, Kate !

Chris était vraiment irritable, mais Bastien réussit à ne pas rire. Il supposait qu'il le serait aussi s'il avait été écrasé par des toilettes.

— À la seconde où ils ont compris, ils ont commencé à s'inquiéter pour la conférence en Californie.

— Ils veulent que tu y ailles à sa place, soupira Lucern, l'air grave.

— Oui, confirma Kate. (Elle frotta la poitrine de Lucern d'une main.) La conférence dure cinq jours, je dois arriver la veille et repartir le lendemain de la clôture, alors je serai absente une semaine en tout. Tu vas me manquer, mon amour.

— Non, je ne vais pas te manquer. (Lucern lui embrassa le front.) Je t'accompagne.

— C'est vrai ? (Son visage s'illumina comme le ciel un 14 juillet.) Oh, Lucern !

Le couple se laissa aussitôt aller à échanger un nouveau baiser. Bastien s'attendait à un autre marathon d'embrassades, mais à sa grande surprise Kate s'écarta de son fiancé au bout de seulement quelques secondes. Elle partit vers la sortie, entraînant Lucern dans son sillage.

— Nous n'avons pas une seconde à perdre. Nous devons réserver un billet pour toi, et…

— Euh… Kate ? appela Bastien, arrêtant le couple qui venait d'arriver devant l'ascenseur et appuyait sur le bouton. Tu n'oublies pas quelque chose ?

Kate se retourna avec un regard interrogateur, tandis que la porte s'ouvrait. Elle balaya des yeux toutes les personnes présentes dans la pièce et s'arrêta sur Terri.

— Oh, Terri ! (Elle s'empressa d'aller serrer encore sa cousine dans ses bras.) Je suis terriblement désolée de tout ça. Je sais que tu es venue pour m'aider, mais personne d'autre ne peut partir à ma place, et, pour être honnête, il ne reste plus grand-chose à faire pour le mariage. Tout a été réglé. Alors, détends-toi, amuse-toi, et visite New York. Prends du bon temps. S'il te plaît, ne m'en veux pas !

— Bien sûr que non ! rit Terri en lui rendant son étreinte. Tu dois y aller. Et puis, c'est moi qui viens de débarquer sans te demander ton avis. C'est bon, vas-y. Tout ira bien.

— Euh, Kate ? dit Bastien quand elles se séparèrent.

Lorsqu'elle le regarda, il montra du doigt le canapé où était assis son collègue, jambe surélevée. Il n'avait pas voulu parler de Terri, quand il avait suggéré qu'elle oubliait quelqu'un. En fait, il ne lui était pas venu à l'esprit qu'elle devait sans doute des excuses et des explications à sa cousine. Le travail, c'était le travail. En revanche, il croyait qu'elle ne pensait déjà plus à C.K.

— Oh ! (Elle écarquilla les yeux en voyant Chris.) Je suis désolée. J'ai oublié de demander.

— Demander quoi ? s'enquit Bastien, qui avait peur de connaître la réponse.

— Chris ne peut pas rentrer chez lui tant que son appartement ne sera pas remis en état, et il n'a nulle part où aller. Tu as Mme Houlihan, elle pourrait veiller sur lui, alors… j'espérais qu'il pourrait rester ici. Si ça ne te dérange pas, ajouta-t-elle.

— Bien sûr que ça ne le dérange pas, dit Lucern en venant la prendre par la main pour la conduire à l'ascenseur. On peut toujours compter sur Bastien. Il veillera sur tout le monde en notre absence, et il nous enverra même ce dont nous aurons besoin quand nous serons là-bas.

Bastien fronça les sourcils, étrangement agacé par ces paroles, malgré leur véracité. Ils s'étaient toujours tous tournés vers lui. Et, dans la situation actuelle, il leur enverrait certainement ce dont ils pourraient avoir besoin en Californie. Autrement dit, du sang. Mais si d'ordinaire être celui sur qui tout reposait ne l'ennuyait pas, pour quelque obscure raison, le fait que Lucern présume qu'il s'occuperait de tout, comme toujours, était plutôt énervant.

— Nous appellerons en arrivant, lui assura Lucern, appuyant sur le bouton.

Bastien les regarda sans ciller alors que les portes de métal se refermaient sur eux, puis il se tourna lentement vers ses invités. Terri se tenait debout près de lui, l'air un peu perdue. Elle avait pris le reste de ses congés pour sauter dans un avion et traversé un océan depuis l'Angleterre pour aider sa cousine à préparer son mariage, et ladite cousine ne serait pas là.

Chris remuait sur le canapé, mal à l'aise. Il aurait sans doute préféré ne pas avoir d'accident et être dans un avion pour la Californie. Quoi de plus compréhensible ?

Et Vincent se tenait près de l'agent et de Terri, les regardant tour à tour, comme s'il essayait de décider lequel constituerait un meilleur en-cas. Bastien ne fut pas surpris que son choix se porte sur la jeune femme.

— J'ai besoin de me mettre quelque chose sous la dent, Bastien, dit son cousin. Le vol a été long.

— Tu dîneras dehors, merci bien, répliqua l'intéressé.

— D'accord, acquiesça-t-il aussitôt ; un peu trop vite au goût de Bastien, qui sut ce qu'il allait faire ensuite. Dites-moi, Terri, vous n'avez pas faim ? Vous voulez sortir manger un morceau ?

— En fait…

— Mme Houlihan vous préparera quelque chose, intervint Bastien, s'approchant de Terri d'une manière protectrice.

Qu'il soit damné s'il laissait son cousin planter ses crocs dans sa chair. Elle était… eh bien, elle n'était pas au menu.

— Croyez-vous qu'elle pourrait me préparer quelque chose également ? demanda Chris d'un ton un peu hésitant. J'ai faim aussi.

— Oui, elle cuisinera pour vous deux, acquiesça Bastien, avant de couler un regard à son cousin. Tu vas devoir te débrouiller tout seul.

— Je suis sûre que Mme Houlihan ne verrait pas d'inconvénient à nourrir trois personnes, intervint Terri.

— Vincent a… un problème alimentaire. Il a besoin d'un régime particulier, et je n'ai rien ici qui pourrait lui convenir, j'en ai peur.

Bastien choisit ses mots, sachant que son cousin comprendrait le message : toutes les personnes sous son toit étaient sous sa protection, et en tant que telles ne constituaient pas des proies acceptables. Ou du moins Terri et Mme Houlihan. Bastien ne connaissait pas Chris et il se fichait que Vincent le morde, sauf que, s'il le faisait, l'une des femmes risquait d'en être témoin. Non, Vincent allait devoir arpenter les rues pour trouver sa nourriture. Cela ne devrait pas être si difficile.

— Je vais voir si Mme Houlihan est assez remise pour préparer un repas. Pendant ce temps, Vincent, veille à bien te tenir.

Il allait sortir quand il se ravisa et se retourna. Il fut heureux de l'avoir fait, car Vincent s'était déjà rapproché de Terri, les yeux rivés sur son adorable cou.

—Je devrais sans doute vous montrer votre chambre au passage, Terri. Vous pourrez vous installer pendant que Mme Houlihan s'occupe du dîner.

Vincent prit un air narquois, mais il ne dit rien.

—Oh, c'est gentil, merci.

Terri ramassa son sac et s'avança vers sa valise, mais Bastien fut plus rapide.

—Par ici, déclara-t-il, et il l'emmena hors du salon.

Il lui donna la chambre à coucher où dormait Lissianna quand elle était en ville. C'était la plus féminine, et elle avait l'avantage d'être située à côté de celle des maîtres de maison, qu'il occupait. Il pourrait ainsi garder un œil protecteur sur elle, se rassura-t-il alors qu'il la faisait entrer dans la pièce décorée en bleu et rose.

—Mme Houlihan veille à ce que tous les lits soient toujours propres et le ménage fait, au cas où un membre de la famille ou des amis arriveraient à l'improviste, dit-il en mettant la valise au pied du lit. Mais, si vous avez besoin de quoi que ce soit, n'hésitez pas à demander.

—Merci, c'est très gentil, répondit Terri en posant son sac, dont elle ouvrit la fermeture Éclair en ajoutant : Comme c'est dommage que l'ami de Kate ait été blessé par la chute de toilettes. C'est un accident pour le moins étrange. Et qui est survenu au plus mauvais moment.

Bastien sut qu'elle se disait qu'elle n'avait plus aucune raison d'être un fardeau pour lui désormais. Mais ses paroles lui firent surtout comprendre qu'il avait abandonné le collègue de sa future belle-sœur aux griffes de son cousin. Chris était seul avec Vincent.

—Elle sera encore plus contente de votre présence ici, lui assura-t-il. En fait, vous pourriez bien vous retrouver à en faire plus que prévu pour ce mariage.

Terri eut l'air un peu rassérénée à cette idée.

— Je n'avais pas pensé à ça.

— C'est pourtant la vérité. Kate vous sera reconnaissante d'être venue. Lucern et elle se sont démenés comme de beaux diables pour tout préparer et régler les problèmes de dernière minute. Maintenant, ce sera à vous d'y faire face. À vous et à moi.

— Mais oui, vous êtes le garçon d'honneur ! se souvint-elle en souriant, avant de poursuivre : Kate m'a dit que votre mère lui a été d'un grand secours, alors je n'étais pas certaine qu'elle ait besoin de moi. Mais j'avais déjà réservé mon vol, alors me voilà.

— Mère a été fidèle à elle-même, acquiesça Bastien. Mais Lissianna est enceinte, alors elle est occupée à aménager une chambre d'enfant et à tout préparer.

— Lissianna ? C'est votre sœur, n'est-ce pas ? demanda la jeune femme. Kate l'a mentionnée une fois ou deux.

— Oui.

Il hésita avant de reconnaître :

— Je ne sais pas grand-chose à votre sujet. Kate a parlé de vous à Lucern, mais je ne le vois pas si souvent. J'ai passé les six derniers mois entre le Canada et l'Europe, et je viens juste de revenir à New York, expliqua-t-il pour qu'elle ne soit pas offensée. J'ai remarqué que vous n'aviez presque pas l'accent anglais. Vous n'êtes pas née là-bas. Y avez-vous immigré parce que votre mari en est originaire ou…

— Je ne suis pas mariée, corrigea Terri.

— Oh !

Bastien hocha la tête, incapable de s'empêcher de sourire. Il fut heureux de cette nouvelle, même s'il n'était pas prêt à en analyser la raison.

— Bien. Prenez votre temps pour vous installer. Je vous appellerai quand Mme Houlihan aura fini de…

Il s'interrompit quand un hurlement lui parvint du salon.

Chapitre 3

Jurant entre ses dents, Bastien quitta la chambre d'ami en courant. Alors qu'il s'empressait de regagner le salon, il fut conscient que Terri le suivait, et il aurait préféré qu'il n'en soit rien. Dieu seul savait ce qu'ils allaient trouver. Enfin, puisque Vincent était dans l'appartement, il le devinait aisément. Il avait peut-être essayé de mordre de nouveau Mme Houlihan sans parvenir à contrôler son esprit, mais Bastien en doutait. Vincent était aussi vieux que lui, et il n'avait aucune difficulté à manipuler ses victimes. Donc, Mme Houlihan avait dû le surprendre en train de s'attaquer au collègue de Kate.

Bastien comprit que c'était bien cela dès qu'il arriva dans le salon. Vincent était sérieux lorsqu'il disait avoir faim. Il était toujours penché par-dessus le dossier du canapé, les dents plantées dans le cou de C.K. Il ne s'était pas arrêté quand Mme Houlihan avait fait irruption dans la pièce, se contentant de la clouer sur place d'un regard. Nul doute qu'il essayait de contrôler l'esprit de la gouvernante alors qu'il se nourrissait, mais Bastien put constater aussitôt qu'il échouait lamentablement.

Terri était sur les talons de Bastien, et il fut alarmé à l'idée qu'elle soit témoin de cette scène. Mais, quand elle entra, Vincent rétracta ses crocs et se redressa.

Alors qu'il commençait à se détendre, Bastien remarqua l'expression horrifiée de la gouvernante et suivit son regard jusqu'au cou de Chris Keyes. Il grimaça en découvrant les deux perforations rouges, d'où une goutte de sang coulait, telle une larme écarlate. Le regard qu'il adressa à Vincent lui fit baisser les yeux. Découvrant le problème, ce dernier tendit les bras pour tourner nonchalamment la tête de sa victime hébétée afin de dissimuler les marques de morsure à Terri.

Heureusement, celle-ci sembla ne rien remarquer. Elle se concentra sur la gouvernante.

— Tout va bien, dit-elle d'un ton apaisant en s'avançant vers la vieille femme. Madame Houlihan, je présume ?

La gouvernante n'était pas d'humeur à être calmée. Elle s'écarta de Terri comme si cette dernière avait la peste.

— Non, tout ne va pas bien, cracha-t-elle, avant de se tourner avec fureur vers Bastien. Vous avez été un bon employeur, monsieur Argeneau. Vraiment. Mon travail ici a été facile, je ne le nierai pas. Vous n'êtes presque jamais là, je n'ai pas besoin de cuisiner et tout juste de faire un peu de ménage. Je passe la majeure partie de mes journées à regarder mes séries préférées. Mais voilà que vous avez amené ces… ces… démons ici. (Elle les balaya tous du regard.) Je ne suis le dîner de personne. Je démissionne.

— Madame Houlihan !

Bastien voulut la suivre quand elle quitta précipitamment la pièce, mais il s'arrêta quand Terri lui posa une main sur le bras.

— Vous devriez peut-être la laisser partir, suggéra-t-elle à mi-voix. Elle semble très nerveuse. Je veux dire, elle ne peut pas réellement croire que Vincent est un vampire ! C'est tellement stupide. Je pense qu'elle est bouleversée parce qu'elle vient de comprendre qu'elle allait devoir travailler, pour changer.

— Vous avez probablement raison, acquiesça Vincent, dont l'expression innocente ne réussit pas à berner Bastien une seule seconde.

Il riait silencieusement de cette situation. Il avait toujours eu un drôle de sens de l'humour.

— Je n'en doute pas, déclara Bastien, parce que c'était plus simple. Mais il faut quand même que je lui parle.

Il devait s'occuper de la mémoire de la vieille femme. Il serait impossible de la garder, à présent, du moins tant que Vincent et les autres seraient là, mais il devait effacer certains de ses souvenirs pour qu'elle ne répète pas ce qu'elle avait vu.

Bastien gagna le hall d'entrée et s'arrêta net, incrédule. Il s'était attendu à trouver Mme Houlihan en train de prendre sa veste au portemanteau, mais la pièce vide. Cette pièce n'avait que deux issues : l'ascenseur et la porte qu'il venait de franchir. Elle n'avait pas pu partir si vite. Qu'avait-elle fait de ses affaires ? Des vêtements dans sa chambre ? De son manteau ?

Il retourna dans le salon et alla droit vers le mur où était encastré l'écran diffusant une vue de l'intérieur de l'ascenseur. Toujours allumé, on pouvait y voir une image en noir et blanc de la gouvernante bouleversée. Elle descendait vers le rez-de-chaussée, les bras croisés dans une pose défensive, tapant du pied avec nervosité en regardant défiler les étages.

Mme Houlihan était partie. Juste comme cela. Elle avait vécu dans cet appartement pendant près de dix ans, et elle s'était enfuie, laissant toutes ses possessions derrière elle. Bastien avait du mal à le croire. Seigneur, il devait la rattraper et arranger la situation, d'une manière ou d'une autre… et il ne songeait pas seulement à effacer sa mémoire, mais à la dédommager. Où allait-elle aller, pour l'amour de Dieu ?

Il se retourna vers les autres, sur le point de s'excuser, puis il se ravisa. Terri le regardait avec sollicitude, croyant qu'il était ennuyé à l'idée de perdre son employée. Vincent affichait un large sourire, pas du tout embarrassé d'avoir mis la vie de Bastien sens dessus dessous. Et C.K. remuait inconfortablement sur le canapé. Il était visiblement sorti de la torpeur dans laquelle Vincent l'avait plongé pendant qu'il buvait son sang.

— Euh…

Bastien regarda l'agent, qui grimaça.

— Ça vous ennuierait d'aller me chercher un verre d'eau ? Ils m'ont donné des antalgiques à l'hôpital, mais leur effet commence à s'estomper, et j'aurais besoin d'en reprendre.

— De l'eau ? Aucun problème, dit Bastien, soulagé que Vincent ait au moins réussi à effacer la mémoire du collègue de Kate pendant qu'il se nourrissait.

Il coula un regard vers Terri. Il avait promis qu'elle mangerait elle aussi. Mais il avait également dit que Mme Houlihan préparerait son repas. Et Vincent… il devait s'occuper de Vincent.

Ce fut à cet instant que Bastien sut que le destin avait tout chamboulé. Sa vie bien ordonnée avait disparu et, en cet instant, il n'était pas sûr de la retrouver. Du moins pas avant le mariage de Lucern et Kate. Combien de temps, déjà ? Ah, oui. Deux semaines. Quatorze jours en enfer, puis sa vie redeviendrait peut-être normale.

Comment est-ce arrivé ? se demanda-t-il avec un mélange de confusion et de désarroi.

Ce genre de chose n'arrivait tout simplement jamais à Bastien. Il était l'homme des détails… Il n'avait jamais de problèmes, il résolvait ceux des autres.

Pourtant, il avait bien un problème. Trois, en fait. Terri, Vinny et l'agent. Correction : quatre, parce qu'il devait rattraper Mme Houlihan afin d'éviter qu'elle parle de son cousin. Il supposait qu'il pourrait aussi la convaincre de reprendre sa place, mais en revenant à l'appartement elle risquait de se rappeler ce qui s'était passé. Une situation, un mot, ou simplement la vision de Vinny avec sa cape noire et ses crocs, pourrait réveiller sa mémoire. Car lui et les siens ne pouvaient pas vraiment effacer les souvenirs, ils se contentaient de les enfouir. Et c'était ce qu'il devait faire, et vite, pour éviter des ennuis futurs. Mais d'abord, il fallait installer ses invités, et parler à Vincent. Sinon, Terri pourrait très vite avoir les mêmes morsures que l'agent.

À propos de lui, Bastien se dit qu'il allait le loger dans une des chambres d'ami. Il y serait plus en sécurité. Cela semblait être une sage décision. S'être fixé un objectif donnait à Bastien le sentiment de maîtriser de nouveau la situation, en dépit du chaos qui régnait autour de lui.

— Très bien, dit-il en se tapant dans les mains. Organisons-nous. Vous avez besoin d'une chambre… euh…

Il regarda l'homme, incapable de se souvenir de son nom. Pourtant, il le connaissait, un peu plus tôt. *C-quelque chose*, pensa-t-il, mais le prénom continua à lui échapper. Sans essayer de cacher son irritation, il demanda :

— Quel est votre nom, déjà ?

— Chris. Chris Keyes. Mais Kate doit m'appeler C.K. quand elle parle de moi.

— Oh, oui.

Bastien s'en fichait, vraiment. Il avait plus urgent à l'esprit pour le moment. Son regard alla se poser sur Vincent.

— Quelle chambre as-tu prise ?

— Celle de Lucern.

— Bien. Je donnerai donc celle d'Étienne à Chris.

Il plaçait le blond entre Vincent et Terri. Avec un peu de chance, si Vinny avait faim, il se jetterait sur la première source de nourriture à sa portée et laisserait la jeune femme tranquille. Bastien ne voulait vraiment pas avoir à botter les fesses de son cousin devant ses invités. Ou du moins pas devant Terri. Il se fichait de ce que l'agent pouvait penser de lui.

Christopher, se rappela-t-il, choisissant naturellement la version longue du prénom et oubliant les diminutifs.

— Vous pouvez marcher ? lui demanda-t-il.

— Pas sans un coup de main, reconnut l'intéressé sur un ton d'excuse.

Bastien grimaça. Il semblait qu'il allait devoir le porter ici et là comme un bébé. Ce n'était pas vraiment un problème, il pouvait faire cela sans effort. Mais cela l'ennuyait.

— Vous n'allez pas l'emmener dans sa chambre tout de suite, n'est-ce pas ? s'enquit la cousine de Kate quand Bastien s'avança vers l'agent. Il n'a pas encore mangé. Et, vous savez, je n'ai pas vu Kate avec un sac quand ils sont arrivés. (Elle observa le blessé avec inquiétude.) Vous n'êtes pas passés à votre appartement pour prendre des vêtements ?

— Nous n'en avons pas eu le temps, avoua C.K., visiblement malheureux. Kate a appelé l'aéroport de l'hôpital dès qu'elle a su qu'elle devait prendre ma place, puis elle a couru me déposer. Il n'y avait plus qu'un vol pour la Californie ce soir sur lequel il restait encore deux sièges, et elle n'avait pas une seconde à perdre. Elle devait venir chercher Luc et partir, si elle voulait arriver à le prendre.

Bastien ne fut pas surpris d'entendre que Kate avait prévu que Lucern l'accompagnerait. Ces deux-là étaient devenus inséparables dès l'instant où Luc l'avait transformée.

— Il va avoir besoin de vêtements, souligna Terri sur un ton d'excuse.

— En effet, acquiesça Bastien.

Encore un autre problème qu'il allait devoir régler.

Terri lui tapota le bras dans un élan de sympathie.

— Il semble que ce ne soit pas votre jour.

Bastien faillit lui assurer que tout irait bien, qu'il avait l'habitude de gérer les crises, mais il craignit que cela mette un terme à la manière dont Terri le touchait pour le réconforter. Il aimait bien son contact. Alors, pour la première fois de sa vie, Bastien se tut, secoua la tête et joua le jeu.

— Vous avez raison.

— Euh…

— Quoi ?

Il jeta un regard noir à Chris Keyes, ennuyé parce qu'il venait d'interrompre ce bref interlude.

— Croyez-vous que je pourrais avoir ce verre d'eau ? demanda-t-il. L'antidouleur qu'on m'a donné à l'hôpital… il m'en faudrait une autre dose, maintenant.

— Va lui chercher à boire, Vinny.

— Vincent, corrigea son cousin avec fermeté. Et vas-y toi-même. Je ne suis pas ta bonne.

— Non, mais c'est ta faute si je n'en ai plus, gronda Bastien. Alors, fais ce que je te dis.

— J'y vais, intervint Terri, et elle partit avant que Bastien ait pu protester.

Mais dès qu'elle eut quitté le salon, il se rappela qu'elle ignorait où était la cuisine. Heureusement, elle avait emprunté le bon couloir. Elle trouverait son chemin, se rassura-t-il, puis il se massa le front d'une main en réfléchissant aux tâches qui l'attendaient, et dans quel ordre il devrait les accomplir.

Pour commencer, il devait s'occuper de Vincent. Il valait mieux éloigner son cousin de l'appartement et l'envoyer se trouver quelque chose à se mettre sous la dent. C'était le seul moyen de l'empêcher de mordiller ses invités. Puis Bastien irait à la recherche de Mme Houlihan et changerait ses souvenirs, il ferait un crochet par l'appartement de Keyes pour lui prendre des vêtements, et il achèterait de la nourriture pour Terri et Chris. Enfin, il aiderait ce dernier à gagner sa chambre, et il pourrait profiter de sa soirée avec la charmante cousine de Kate. Cette pensée le fit sourire, jusqu'à ce qu'il se rappelle que Vincent serait de retour à ce moment-là… en grande forme et prêt à tout tenter pour séduire Terri. Et la mettre dans son lit. Le sourire de Bastien s'évanouit quand il dut reconnaître que sa vie était devenue un enfer.

— Bastien ?

Ses pensées sinistres s'évaporèrent alors qu'il se tournait vers Terri. Elle était revenue. Elle tendit une tasse qu'il supposa remplie d'eau à l'agent, puis elle vint vers lui. Il sourit. C'était vraiment une très jolie femme. Elle était belle et généreuse, et elle avait pris une grande partie de ses vacances pour parcourir près de 4000 kilomètres et aider sa cousine et meilleure amie à préparer son mariage. Tout cela pour être abandonnée comme un chiot sur le paillasson de Bastien. Et pendant ce temps, ladite cousine et son fiancé Lucern voyageaient et assistaient à des conférences d'écrivains, faisaient l'amour dans des hôtels et s'embrassaient à tout bout de champ comme les deux tourtereaux écervelés qu'ils étaient.

— Pendant que j'étais dans la cuisine pour rapporter un verre d'eau à Chris, j'ai jeté un coup d'œil et j'ai remarqué que vous n'aviez rien à manger.

— Oh ? lança Bastien d'un ton vague, se disant qu'il était sans doute péjoratif de la comparer à un chiot abandonné.

Cette femme n'avait rien de canin. Elle était plutôt comme un chat : souple et gracieuse.

— Rien de rien, ajouta-t-elle.

— Je vois.

Bastien laissa son regard descendre le long de sa silhouette. Toutes ses courbes n'étaient peut-être pas très félines, et sans doute était-ce pour cela que la comparaison ne lui était pas venue aussitôt. Mais elle avait de grands yeux verts comme ceux d'un chat. Très semblables à ceux de Kate, à présent qu'il y pensait. Ce devait être un trait de famille, décida-t-il en plongeant son regard dans le sien avant de reprendre son inspection. Elle avait un corps magnifique que son tee-shirt de l'université de Leeds et son jean blanc mettaient en valeur. Non, elle n'avait vraiment rien d'un bébé chien.

— Ni même de vaisselle, poursuivit Terri. J'ai trouvé une tasse qui devait appartenir à Mme Houlihan, une bouilloire et des sachets de thé, rien d'autre. Dans toute la cuisine. Hé, ho ? Bastien ? Vous m'entendez ?

Bastien cligna des yeux quand le ton inquiet et vaguement exaspéré de Terri réussit à le tirer de sa rêverie. Il lui fallut une minute pour comprendre ce qu'elle venait de dire pendant qu'il la déshabillait du regard, mais ses paroles finirent par atteindre son esprit conscient.

— Pas de nourriture. Ni de vaisselle. Bien. Nous irons faire des courses demain. En attendant…

Il se retourna pour balayer la pièce du regard, passant sur l'agent qui se tortillait toujours en grimaçant, son cousin amusé et le salon dans son ensemble pour s'arrêter sur le bar.

— Il y a des verres dans le bar, annonça-t-il, se sentant triomphant. Et nous… euh…

Que faisaient donc les humains quand ils n'avaient pas envie de cuisiner ? Oh, oui ! Ils…

— Nous ferons livrer ? suggéra Vincent.

— Je le savais, cracha Bastien.

La famille pouvait être une plaie, parfois. Il se tourna vers Terri en soupirant, s'efforçant de sourire et de ne pas faire attention à son expression stupéfaite.

— Ce soir, nous achèterons des plats à emporter, et demain nous irons faire des courses.

— Ouais. (Elle hocha la tête avec lenteur, puis elle l'inclina sur le côté.) Vous vivez ici depuis longtemps ?

— Environ trente ans dans cet immeuble, mais plus d'un siècle dans cette ville, répondit Bastien, avant de cligner des yeux et de se reprendre : *Ma famille* possède cet appartement depuis deux décennies. Aucun de nous n'y vit vraiment. Je l'utilise quand je suis à New York pour affaires. D'autres membres de la famille y logent quand ils sont en ville, ajouta-t-il en coulant un regard à son cousin.

— Je vois, sourit Terri, puis elle secoua la tête et tira plusieurs billets de la poche arrière de son jean. Puisque nous allons devoir acheter à dîner, voilà ma contribution. Qu'est-ce qu'on prend ?

— Ce qui vous plaira, mais rangez votre argent. Vous êtes mon invitée.

— Mais…

— Pas de « mais ». Vous êtes mon invitée, dit-il d'un ton ferme.

Pour mettre fin à la conversation, il se retourna vers Keyes. Bastien, l'air grave, tira aussitôt de sa poche le petit carnet et le crayon qu'il gardait toujours sur lui, pour ce genre de situation, et il le lui tendit.

— Donnez-moi votre adresse et vos clés : je passerai prendre quelques affaires quand Vincent et moi irons chercher à dîner.

Il ne s'agissait pas d'une requête.

— Toi ! (Il pivota vers son cousin pendant que C.K. se mettait à écrire.) Vincent, retire cette cape et prépare-toi à sortir.

— Et vous…

Il reporta son attention sur Terri, et la seule vue de ses yeux doux et de ses lèvres qui le semblaient encore plus lui fit perdre son attitude professionnelle. Un sourire étira ses lèvres, et sa voix prit un ton plus gentil.

— Asseyez-vous et détendez-vous, Terri. Je serai bientôt de retour.

Puis il récupéra carnet et crayon, prit les clés que lui tendait l'agent et attrapa son cousin par le bras pour l'entraîner vers l'ascenseur.

— Je crois qu'il vous aime bien.

Terri tourna les yeux vers Chris Keyes alors que les portes de l'ascenseur se fermaient sur Bastien et son cousin Vincent.

— Pardon ? demanda-t-elle, surprise.

— Eh bien, il vous traite mieux que nous.

Terri ne prêta pas attention à ce commentaire. Le blond remuait sur le canapé. Il semblait souffrir.

— Puis-je faire quelque chose pour vous aider à être plus à l'aise ?

— Non. Enfin, si ça ne vous dérange pas, un autre coussin sous ma jambe serait le bienvenu en attendant que l'antidouleur fasse effet. Merci pour l'eau, à propos.

— Pas de quoi. (Terri accéda à sa requête.) C'est mieux ?

— Pas vraiment, mais je m'en contenterai.

Elle se mordit la lèvre face à cette réponse maussade. Les hommes étaient de vrais bébés quand ils étaient souffrants ou blessés.

— Je vais retourner dans ma chambre pour défaire ma valise, annonça-t-elle, se dirigeant déjà vers le couloir. Criez si vous avez besoin de moi.

— Vous croyez qu'ils ont la télé ici ?

Terri marqua une pause sur le seuil et balaya la pièce du regard. Elle ne vit pas de téléviseur, mais il y avait une télécommande sur la table basse, près du pied de C.K. Revenant sur ses pas, elle la prit et l'étudia, de plus en plus perdue. Cette chose avait plus de boutons qu'un clavier d'ordinateur, et tous étaient marqués d'un symbole ou d'une abréviation incompréhensibles. Sur deux d'entre eux était inscrit « TV », mais avec un signe différent. Terri appuya sur le premier et pivota, surprise, quand un ronronnement métallique lui parvint du mur d'en face. Elle haussa les sourcils quand toute une portion coulissa vers le haut pour révéler un grand écran.

— Voilà, dit-elle d'un ton soulagé.

Elle actionna le second bouton, et l'écran s'alluma. Heureuse d'avoir résolu le problème, elle tendit le boîtier à C.K. et sortit, contente de pouvoir s'échapper sans être de nouveau rappelée.

Elle trouva sa chambre sans difficulté et ferma la porte derrière elle avec un petit soupir. Rien n'avait tourné comme elle l'avait prévu. Terri pensait passer sa première nuit sur le canapé de Kate, dans son douillet petit appartement, à partager un saladier de pop-corn avec sa cousine pendant qu'elles se remémoraient le passé et parlaient du mariage à venir. En fait, elle s'en était fait une joie. Elle s'était attendue à devoir tout laisser dans sa valise pendant deux semaines, à dormir sur un sofa plein de bosses et à passer son temps à courir pour régler les derniers détails à la demande de Kate.

Au lieu de cela, elle était dans l'une des chambres immenses du somptueux appartement des Argeneau, avec des tiroirs pour y ranger ses affaires, sa propre salle de bains, une télé grand écran, et rien à faire. Terri supposait qu'il serait presque honteux de se plaindre, mais elle aurait vraiment préféré que tout se passe comme elle l'avait imaginé.

Secouant la tête, Terri attrapa sa trousse et se dirigea vers la pièce adjacente pour y ranger ses affaires de toilette. Elle entra, et force lui fut d'admettre que cette pièce était aussi belle que la chambre. Grande, luxueuse, et toute à elle. Son regard passa sur la baignoire, les plantes vertes, le fauteuil en osier, le double lavabo et termina sa course sur… une autre porte. Curieuse, elle posa ce qu'elle tenait sur la coiffeuse et s'avança pour l'ouvrir.

Terri haussa les sourcils à la vue qui s'offrit à elle. Elle avait pensé que sa chambre était magnifique ? Celle-ci devait être celle des maîtres de maison. Un lit immense se dressait au milieu, une antiquité, supposa-t-elle, avec un baldaquin à ciel ouvert et de lourds rideaux sur le tour. Tous les autres meubles, la commode, les armoires, la table, le canapé et les fauteuils, étaient également anciens. La pièce était plus vaste que son cottage de Huddersfield, en Angleterre.

Après avoir hésité sur le pas de la porte, Terri osa y pénétrer, se sentant comme une voleuse. Il était possible qu'il s'agisse de la chambre de Marguerite Argeneau. Après tout, Vincent avait précisé qu'il s'agissait de l'appartement de la mère de Bastien.

Si c'est sa chambre, alors elle est inoccupée pour le moment, se dit-elle.

Cela libéra Terri d'une partie de sa culpabilité à l'idée de fouiner un peu.

La pièce comportait trois portes. Toujours aussi intriguée, Terri gagna la première et l'ouvrit. Elle donnait sur le couloir. Elle la referma vivement et passa à la seconde, qui lui révéla un grand dressing. Tous les vêtements qui y étaient pendus étaient masculins : surtout des costumes, mais aussi quelques tenues un peu moins formelles, pour casser la monotonie. Des pantalons en toile et en velours, des polos et des pulls. Mais pas un seul jean.

C'était donc la chambre de Bastien. Terri commença à refermer la porte, mais son regard tomba sur une grande tige de métal, au fond, dans un coin.

Le mari aujourd'hui décédé de Terri, Ian, avait passé beaucoup de temps à l'hôpital pendant son combat contre la maladie de Hodgkin qui avait fini par l'emporter. Au début, Terri avait cru qu'il était important qu'elle le garde à la maison pour qu'il conserve le moral et qu'il lutte contre la maladie. Quand elle avait passé la phase du déni et accepté qu'il ne survivrait pas, elle avait été déterminée à faire en sorte que sa vie soit aussi heureuse, normale et confortable que possible. Il était mort chez lui, entouré de sa femme, de son frère Dave et de l'épouse de celui-ci, Sandi. Terri connaissait bien tous les appareils médicaux, à cause de cette période de sa vie. Elle savait reconnaître une potence quand elle en voyait une. Et rien, absolument rien ne pouvait expliquer la raison de la présence d'une telle chose dans la chambre de Bastien.

Puis elle se souvint que c'était en fait celle de la mère de ce dernier, et que le mari de celle-ci était décédé. Kate ne lui avait jamais dit comment le père Argeneau était mort. Terri en déduisit que cela s'était passé comme avec sa mère, et Ian : une longue et douloureuse fin. C'était une pensée déprimante, et rien de tout cela ne la regardait… à moins que Bastien se confie à elle. De toute manière, elle n'avait rien à faire là. Elle n'était qu'une fouineuse.

Terri referma le dressing et hésita, tiraillée entre le désir de continuer à fureter et celui d'arrêter et de faire demi-tour. Puisqu'il ne restait qu'une seule porte à franchir, le choix ne fut pas difficile : elle était là, alors autant satisfaire sa curiosité une bonne fois pour toutes.

Un cri d'émerveillement étouffé lui échappa quand elle poursuivit sa visite des lieux. Il s'agissait d'une salle de bains plus grande que sa chambre. « Luxueuse » n'aurait même pas commencé à la décrire. Même « opulente » n'était pas un mot assez fort. Les toilettes, le bidet, les lavabos, la douche et le jacuzzi... tous étaient blancs, avec des robinets dorés. Et elle avait l'impression que, dans ce cas précis, cela signifiait « doré à l'or fin ». Le sol était en marbre noir veiné de blanc et d'or, et il y avait des miroirs partout. La pièce était tout simplement décadente. Et elle lui laissait entrevoir certaines possibilités...

Terri retourna à sa propre chambre, par la salle de bains. Alors qu'elle fermait la porte derrière elle, elle se demanda pourquoi ces pièces communiquaient. Cela ne l'ennuyait pas, non, et elle n'avait pas l'intention de fermer à clé ou quoi que ce soit. Sa cousine ne l'aurait jamais abandonnée dans une maison où elle aurait été en danger. Elle était juste curieuse...

Haussant les épaules, Terri approcha de la commode et ouvrit sa valise pour commencer à ranger ses vêtements.

— Je ne vois pas où est le problème.

— Tu ne peux pas te nourrir sur mes invités. Point, dit Bastien d'un ton ferme.

Il faisait la leçon à son cousin depuis que les portes de l'ascenseur s'étaient refermées sur eux.

— Tu es tellement timoré, Bastien, rit Vincent. J'aimerais bien te voir chasser à l'ancienne, comme je dois le faire. C'est fatigant, à la longue, tu sais, de toujours traquer ta proie pour te nourrir.

— Oui, je sais. J'ai dû le faire aussi, rappelle-toi, répliqua-t-il. Et je sais que ça peut être ennuyeux, mais quand même… pas question que tu mordes mes invités. Alors, sois un bon cousin et va te trouver un petit en-cas qui te calera l'estomac jusqu'à demain. Et pas dans les veines de ceux que j'héberge.

— Oh, très bien, acquiesça Vincent, avant de hausser un sourcil. Mais je devrais d'abord t'aider à aller chercher le dîner.

— Je peux me débrouiller, merci, rétorqua Bastien.

En quatre cents ans, personne n'avait jamais suggéré qu'il puisse ne pas être capable de faire quelque chose. Il avait été compétent presque dès la naissance.

— Vraiment ? lança Vincent d'un ton léger. Je parie que tu n'as jamais commandé à emporter. Je doute même que tu aies jamais dû t'en inquiéter. Les seules fois où tu t'en approches un peu, c'est quand tu demandes à ta secrétaire de faire venir un traiteur pour une réunion d'affaires.

Il avait raison, mais Bastien ne desserra pas les lèvres, refusant de l'admettre.

— Tu vas aller chez McDo, prendre du chinois, une pizza ou des subs ?

— C'est quoi, des subs ? s'entendit demander Bastien.

— Ah, ah ! Tu ne sais même pas ça !

— Très bien, tu as gagné. Je n'ai jamais acheté de nourriture à emporter.

Et quand il sortait avec une femme, il était plus du genre à lui offrir du caviar et du champagne. Non, à son dernier rendez-vous il n'avait pas pris de la nourriture à emporter.

— Et maintenant, tu vas me répondre ? C'est quoi, des subs ?

— Des sandwichs à base de petits pains longs, coupés en deux dans le sens de la longueur et fourrés à la viande, au fromage, à la laitue et toutes sortes d'autres choses.

Bastien fit la grimace.

— Ça semble dégoûtant.

— Oui, hein ? acquiesça Vincent. Je suppose que tu n'as pas demandé à Terri et à Chris ce qu'ils souhaitaient manger, n'est-ce pas ?

— Non, admit-il.

Il s'en voulut de ne pas y avoir pensé, mais il s'enquérait rarement auprès de quiconque de ce qu'il ou elle voulait manger. Il était celui qui prenait les décisions : il faisait en général ce qu'il y avait de mieux pour tout le monde, ou bien il en chargeait quelqu'un d'autre. Il était comme cela, et il n'allait pas changer maintenant, décida-t-il.

— Quel est le choix le plus sain ?

Vincent réfléchit.

— Probablement les sandwichs. Du moins, si les campagnes de pub disent vrai. Ils renferment tous les nutriments nécessaires à un humain adulte... et on peut perdre cinquante kilos en les mangeant.

— Quoi ? s'étonna Bastien.

— C'est sérieux, rit son cousin. Un type a mangé un sandwich à tous les repas pendant quelque temps, et il a perdu beaucoup de poids. (Il marqua une pause et parut songeur.) Mais tu sais, il allait les chercher à pied au restaurant le plus proche de chez lui, alors c'est peut-être aussi pour ça.

— Vincent, quelle nourriture à emporter est la plus saine ? répéta Bastien avec exaspération.

— Les sandwichs, insista l'intéressé. Ils contiennent les quatre groupes d'aliments... ou bien c'est cinq ? (Levant une main, il commença à les énumérer tout en les comptant sur ses doigts.) Laitage, pain, viande, légumes... Oui, je crois qu'il y en a quatre pour les humains.

— Peu importe. Je prendrais des... subs.

— Je t'accompagne, proposa Vincent.

L'ascenseur s'ouvrit sur le parking souterrain.

Bastien secoua la tête.

— Merci, mais je vais m'en sortir. En plus, je dois m'occuper d'une ou deux autres choses.

— Rapporter des vêtements à Chris ?

— C'en est une, oui, dit Bastien en traversant le garage presque désert.

La plupart des employés rentraient chez eux sans attendre, le vendredi soir.

— Et l'autre ? s'enquit Vincent.

— Retrouver Mme Houlihan et effacer sa mémoire.

— Pour quoi faire ? Personne ne croira cette vieille pie ! On pensera qu'elle a perdu l'esprit.

— Et si ce n'est pas le cas ? cracha Bastien, avant de marquer une pause pour tourner un regard soupçonneux vers son cousin. Par pitié, dis-moi que tu trafiques les souvenirs de tes victimes pendant que tu te nourris, que tu ne les laisses pas repartir en criant à qui veut les entendre : « J'ai été mordu par un vampire ! » Tu as plus de jugeote que ça, n'est-ce pas ?

En fait, il ne s'inquiétait pas pour sa jugeote. Vincent adorait les poussées d'adrénaline. Prendre des risques, c'était comme une drogue pour lui.

— Bien sûr, lui assura son cousin.

Soulagé, Bastien se remit en marche.

Vincent poursuivit :

— Je me serais occupé du cerveau de la vieille bique, si vous n'étiez pas arrivés. J'ai réussi à brouiller celui de l'agent, et j'aurais fait la même chose avec la gouvernante, si la Belle au bois dormant et toi vous n'aviez pas déboulé sans crier gare.

— La Belle au bois dormant ?

Bastien jeta un regard à son cousin.

— Ce nom lui va comme un gant, glissa Vincent avec un sourire espiègle. Il suffit de la regarder pour deviner qu'elle est pleine de désirs qui ne demandent qu'à être éveillés.

— Tu vois ça ?

— Bien sûr. Elle est comme un fruit mûr, un papillon prêt à sortir de sa chrysalide.

Bastien sursauta. Cette description, ce terme de « fruit mûr » lui était venu à l'esprit la première fois qu'il avait vu Terri, sur la photographie. Apparemment, Vincent avait le même œil que lui.

— Pourquoi dis-tu ça ?

— La manière dont elle marche, s'habille et parle. (Vincent haussa les épaules.) Tout ça.

— Oui, mais…

— Bon, où vit Mme Houlihan ? l'interrompit Vincent.

Bastien se focalisa aussitôt sur son problème le plus pressant : sa gouvernante. Son *ex*-gouvernante. Et où elle se trouvait.

Bastien sentit revenir son agacement au galop et il le dirigea contre l'homme qui marchait à côté de lui.

— Elle vit, ou vivait, à l'appartement, répondit-il.

Vincent siffla entre ses dents.

— Et elle a tout laissé derrière elle quand elle est partie ? Je ne crois même pas qu'elle se soit arrêtée pour prendre son manteau ! Ce n'est pas bon signe. (Il secoua la tête alors qu'il examinait la question, puis il passa vite à autre chose.) Alors, où crois-tu qu'elle soit allée ? Chez son fils ? Sa fille ?

— Elle a un fils et une fille ? demanda Bastien.

Il était si surpris qu'il s'était arrêté de nouveau.

—Comment diable voudrais-tu que je le sache ? Ce n'était qu'une supposition, dit Vincent en riant. (Son regard se fit plus vif.) Tu l'ignores ?

—Je ne sais pas si elle a de la famille à New York, reconnut Bastien en soupirant avec tristesse.

—Seigneur Dieu, Bastien ! Elle travaillait pour toi, et tu n'as pas la moindre idée si elle avait des enfants et une famille ? Bon sang ! Tu es un cas. Tu fais ta chochotte à l'idée que je me nourrisse en mordant des humains, mais tu les traites comme du bétail.

—C'est faux, protesta Bastien.

—Ah oui ? Quel est son prénom, alors ?

—À qui ?

—Ta gouvernante.

Bastien grimaça et se tourna vers sa voiture. Il s'était arrêté derrière. Sans plus faire attention à son cousin, il tira les clés de sa poche et appuya sur le bouton de la télécommande pour déverrouiller les portières. Il se sentit soulagé quand il se glissa à l'intérieur. Jusqu'à ce que son cousin monte à son tour.

—C'est Gladys, dit Vincent d'un ton un peu suffisant.

Bastien ne lui prêta aucune attention. Il enfonça la clé de contact et fit rugir le moteur.

—Je me renseigne toujours sur le nom du donneur avant de me nourrir, poursuivit son cousin d'un air pompeux, tandis que Bastien démarrait et roulait vers la sortie. Je n'aime pas les traiter comme du bétail… Hé !

Il s'agrippa au tableau de bord pour ne pas traverser le pare-brise. Bastien avait freiné d'un coup sec, à moitié toujours à l'intérieur du parking, à moitié dans la rue.

—Voilà pourquoi on a inventé la ceinture de sécurité, dit-il avec une satisfaction maussade. (Il se pencha par-dessus son cousin pour ouvrir la portière.) Dehors.

Vincent l'observa avec surprise, puis il afficha ce large sourire que Bastien trouvait si agaçant.

— D'accord. Débrouille-toi tout seul, puisque c'est ce que tu veux. Mais c'est vrai, tu sais. Tu ne te nourris plus d'humains, mais tu les considères comme des animaux.

— Et toi, non, bien sûr, cracha Bastien alors que l'autre vampire sortait de la voiture.

Vincent se redressa sur le trottoir, se retourna et se pencha pour regarder Bastien.

— Non, pas moi. Certains de mes meilleurs amis sont humains.

Il marqua une pause pour s'assurer que l'information était passée avant de demander :

— Tu peux en dire autant ?

Il claqua la portière, laissant Bastien le regarder s'éloigner dans la rue.

Chapitre 4

— Merde, marmonna Bastien, appuyant sur la commande pour verrouiller les portières avant de se renfoncer dans son siège.

Si énervant que cela puisse être, Vincent avait marqué un point. Bastien n'avait pas un seul ami qui ne soit pas de son espèce. Il avait des collègues humains, mais seulement par nécessité, et il les tenait à distance autant que possible, n'ayant de contacts avec eux que lorsque les affaires l'exigeaient.

Et, en effet, il n'avait pas pris la peine de s'enquérir du prénom de Mme Houlihan, ou de quelque autre détail la concernant. Pourquoi aurait-il fait cela ? Elle mourrait, et il devrait la remplacer, comme il l'avait fait avec celle juste avant elle. Et la précédente. Les humains finissaient toujours par s'en aller.

Traitait-il les mortels comme du bétail, même s'il n'avait plus besoin de les mordre pour se nourrir ? Bastien détestait devoir l'admettre, mais c'était une possibilité.

— Merde.

Il lâcha un long soupir, puis sursauta quand on tapa à la vitre. Tournant la tête, il vit Vincent, qui lui faisait signe de la baisser. Bastien enfonça le bouton qui la commandait.

— Je viens de penser à un truc. Tu ferais peut-être bien d'appeler la Belle au bois dormant pour t'assurer qu'elle n'est pas végétarienne. Elle en a l'air.

Sur ces mots, Vincent se redressa et repartit.

Bastien remonta la vitre, puis sortit son téléphone portable. Il composa le numéro de l'appartement, pas du tout sûr que Terri ou Chris oseraient répondre, n'étant pas chez eux. Heureusement, la jeune femme décrocha à la troisième sonnerie et dit poliment :

— Résidence Argeneau.

— Salut, Terri, c'est Bastien Argeneau.

Il marqua une pause, grimaçant de sa façon pompeuse de se présenter. La partie « Argeneau » n'était pas vraiment nécessaire, n'est-ce pas ? Il poursuivit.

— Je pensais rapporter des subs pour le dîner. Ça vous convient ? Vous n'êtes pas végétarienne, n'est-ce pas ?

— Ce serait super ! répondit-elle. Non, je ne suis pas végétarienne. Pouvez-vous aussi me prendre des chips et un soda ? Des chips goût barbecue, un Dr Pepper, et un sub complet. Je veux tout, y compris les rondelles de piments.

— Euh... d'accord. Un complet. Avec piments, répéta Bastien, sortant le carnet de sa poche pour y noter la commande, sous l'adresse de Chris Keyes. Des chips goût barbecue et un Dr Quoi ?

— Pepper. Un Dr Pepper. Dois-je demander à Chris ce qu'il veut ?

— Euh, oui, bien sûr. Ce serait bien, acquiesça-t-il avant de tressaillir.

Elle avait dû poser le combiné sur une table, parce que le bruit fut presque assourdissant. Il attendit une minute, puis elle revint au bout du fil.

— Vous êtes toujours là ?

— Oui.

— Chris veut un sandwich à la viande hachée, des chips nature et un Canada Dry.

— Viande hachée, chips nature et Canada Dry, marmonna Bastien en écrivant la liste. De la viande hachée… Comme dans les spaghettis à la bolognaise ?

— Oui.

— Oh. D'accord. (Il marqua une pause puis se racla la gorge.) Tout se passe bien, là-haut ?

— Oui. Chris regarde la télé, et je défais ma valise, répondit Terri. Où êtes-vous ? Vous ne pouvez pas être bien loin. Vous venez de partir.

— En bas, dans le parking. J'allais partir, reconnut-il. J'ai pensé qu'il valait mieux vous demander si vous étiez végétarienne ou quelque chose comme ça. Je ne voudrais pas vous rapporter un sandwich que vous ne pourriez pas manger.

— Non, je ne suis pas végétarienne. J'aime la viande.

Bastien sourit de son enthousiasme. Vincent s'était trompé sur au moins une chose.

— Vous l'êtes ? demanda-t-elle avec curiosité, avant d'éclater de rire. En fait, je ne crois pas, ou vous ne seriez pas en train de suggérer des subs. D'un autre côté, c'est possible, corrigea-t-elle. Vous pourriez manger des sandwichs végétariens. Mais vous ne me semblez pas être ce genre d'homme.

— Vraiment ? s'enquit-il avec un large sourire. Et quel genre suis-je, d'après vous ?

— Un homme qui aime son steak saignant, dit-elle d'un ton ferme. J'ai raison ? Vous aimez votre steak saignant ?

— Très saignant, répondit-il, solennel.

Son rire l'aida à se libérer un peu de la tension qui s'était accumulée pendant sa conversation avec Vincent. Alors qu'il écoutait ce son cristallin, Bastien s'aperçut qu'il n'avait pas envie de raccrocher. Il aurait aimé rester là, à discuter avec elle. Enfin, il aurait préféré lui parler en personne, face à face, pour voir ses yeux pétiller d'humour quand elle parlait, la manière dont son visage s'animait et devenait expressif, et dont ses mains bougeaient comme deux oiseaux en vol quand elle expliquait quelque chose. Il l'avait trouvée charmante et plutôt distrayante durant le trajet depuis l'aéroport.

— Bien, appelez-nous si vous avez un problème pour trouver l'appartement de Chris. Je lui passerai le téléphone, et il pourra vous donner des indications.

Bastien hocha la tête. Elle lui disait implicitement de raccrocher et de se mettre en route. Cela lui fit presque l'effet d'un rejet. Elle n'était pas aussi désireuse que lui de rester là, à discuter. Il s'éclaircit la voix.

— Oui, c'est d'accord. À plus tard.

Il coupa la conversation avant qu'elle ait pu répondre, embarrassé et un peu en colère à cause de son engouement à parler avec elle. Elle n'était qu'une humaine, se rappela-t-il, et en tant que telle elle ne valait pas la peine qu'il perde son temps. Elle serait encore là pendant trente ou cinquante ans, puis elle tomberait raide morte, elle serait mise dans un trou dans le sol, et son corps se transformerait en poussière, comme celui de Joséphine.

Bastien déglutit avec peine au souvenir de l'unique amour de sa vie. Il était jeune, alors, seulement quatre-vingt-huit ans, et il prenait du bon temps sans vraiment se soucier des femmes avec qui il s'amusait. Jusqu'à Joséphine. Il était tombé éperdument amoureux d'elle. À tel point qu'il avait préféré passer outre au fait qu'il pouvait lire dans ses pensées. Pourtant, sa mère répétait à qui voulait l'entendre que c'était le signe qu'un couple ferait de très mauvais compagnons pour la vie. Il lui avait révélé son secret, la suppliant de le rejoindre dans sa nuit éternelle, ou du moins ce qu'il voyait comme telle à l'époque. Les vampires ignoraient alors qu'il leur serait permis de vivre au soleil grâce à la création des banques du sang et à la sécurité qu'elles leur offriraient.

— Joséphine, murmura-t-il en rangeant son téléphone portable.

Le grand amour de toute son existence. Il lui avait offert la vie éternelle et tout ce qu'il possédait, ce qui n'était pas rien. Mais, trouvant repoussant ce qu'il était, elle l'avait éconduit. Joséphine l'avait cru sans âme. Elle avait été si terrifiée par lui qu'elle était tombée à genoux pour prier Dieu et le supplier de la délivrer sans attendre. Elle avait craint de mettre son âme en péril par le seul fait de connaître Bastien. Il avait dû effacer sa mémoire et abandonner la jeune femme. Et, dans l'ombre, il l'avait regardée tomber amoureuse d'un humain, l'épouser, porter ses enfants, vieillir et mourir. Il en avait eu le cœur brisé.

Un coup de Klaxon ramena Bastien à la réalité et il jeta un coup d'œil dans le rétroviseur. Une personne s'était attardée au bureau et désirait rentrer chez elle. Il bloquait la sortie.

Se forçant à agir, Bastien quitta le parking souterrain et tourna à droite pour éviter les embouteillages. Il remonta plusieurs rues sans penser à rien, puis il se dit de réfléchir à ce qu'il devait faire, ou il passerait la nuit à tourner en rond.

Sa priorité, c'était Mme Houlihan, bien sûr, mais il ne savait pas par où commencer pour la retrouver. Comme Vincent le lui avait fait comprendre, il ignorait jusqu'à son prénom, et encore plus si elle avait de la famille. Il supposa que c'était le cas. La vieille femme ne se serait pas mise à la rue, restant sans toit, affamée et frigorifiée, juste pour lui échapper. N'est-ce pas ?

Bastien grimaça. Pour autant qu'il sache, c'était possible. Il ignorait tout de son ancienne gouvernante. Autrement dit, il ne pouvait pas s'occuper d'elle pour le moment. Il allait devoir laisser tomber et mettre sa secrétaire sur la question dès le début de la semaine. Meredith avait eu affaire à Mme Houlihan quelques fois, et peut-être en savait-elle plus à son sujet que lui. Sinon, elle pourrait trouver qui avait engagé la vieille femme et ce que ces personnes savaient d'elle. Bastien ne se souvenait même plus depuis combien de temps elle était à son service. Elle n'avait été qu'une employée anonyme de plus… jusqu'à ce soir.

Cette affaire étant en attente, Bastien décida d'aller chez… Comment diable s'appelait-il encore ?

— Chris ! s'exclama-t-il d'un ton presque triomphant quand il parvint à se rappeler le nom de l'agent.

Christopher. Keyes. Il devait passer prendre des vêtements à l'appartement de cet homme, puis acheter des sandwichs, des « subs », où qu'on vende ces choses, et rentrer à l'appartement pour réfléchir à ce qu'il allait faire de ses invités en attendant d'engager une nouvelle gouvernante. Même s'il mettait sa très efficace secrétaire sur le coup, trouver une remplaçante à Mme Houlihan prendrait des jours, sinon des semaines. À cause de ce qu'étaient les Argeneau, tous leurs employés devaient être triés sur le volet.

— Hum. Des semaines sans gouvernante, murmura-t-il, pensif, en jetant un coup d'œil à l'adresse sur son carnet.

Il tourna à l'intersection suivante pour aller dans la bonne direction générale. Des semaines, pendant lesquelles il serait responsable de ses invités. Du moins en ce qui concernait Terri. Il ne l'était pas vraiment de C.K. Il n'avait pas eu son mot à dire au sujet de sa présence chez lui ; il la tolérait, voilà tout. Mais Terri… il avait accepté de la recevoir. Pour lui, cela signifiait qu'il devait veiller à sa sécurité et son bien-être. Et cela incluait de la tenir hors de portée de Vincent.

Peut-être allait-il prendre quelques jours de congé, rester à l'appartement et garder un œil sur elle. L'idée de prendre des vacances lui était tellement étrangère qu'il fut surpris de l'avoir eue.

Des vacances. Il réfléchit avec sérieux à la question, et cela lui sembla la meilleure chose à faire s'il voulait s'assurer que la jeune femme serait en sécurité. Bastien était sûr que Kate ne le lui pardonnerait jamais, s'il laissait Vincent mordre sa cousine. Lui-même en serait très malheureux. La seule pensée des lèvres et des dents de son cousin sur la peau tendre du cou – ou de quelque autre partie – de Terri lui répugnait. Oui, il allait prendre des congés et... Eh bien, rester confiné dans l'appartement serait ennuyeux. Il ne se voyait pas faire cela. Il ne s'était jamais prélassé de toute sa vie. Il était sans cesse en mouvement, toujours occupé.

Il enfonça le frein quand le feu devant lui passa au rouge, puis il regarda autour de lui jusqu'à ce que son attention soit retenue par une affiche au-dessus de ce qui avait l'air d'un terrain vague. Elle donnait les dates et horaires d'un marché aux puces. Bastien la regarda avec intérêt. C'était le week-end, et le printemps, autrement dit les marchés aux puces et les vide-greniers allaient fleurir dans toute la ville. Il se demanda si Terri aimerait se rendre dans un ou deux d'entre eux pendant qu'elle séjournait à New York. Puis il repéra un taxi jaune avec une publicité pour le Metropolitan Museum of Art sur le toit.

Elle apprécierait peut-être de le visiter. Bastien n'avait pas mis les pieds au Met depuis son ouverture à Central Park en... 1880, crut-il se rappeler. Cela faisait-il si longtemps ? Il fronça les sourcils, réfléchissant à la date, mais il était presque certain que c'était la bonne. Il avait toujours eu l'intention d'y retourner, mais il n'avait jamais pu trouver le temps.

Seigneur Dieu, cela faisait-il vraiment plus de cent vingt ans qu'il n'avait pas pris deux heures pour visiter un musée ? Eh bien, il était grand temps qu'il le fasse, se dit Bastien. Il inviterait Terri à l'accompagner. Ça lui plairait sûrement. Mais pas pendant le week-end. Il y aurait bien trop de monde. Lundi serait sans doute préférable. Il songea à cela alors que le feu changeait de couleur, et il leva le pied du frein pour le mettre sur l'accélérateur. Oui, il l'emmènerait faire un tour dans les marchés aux puces et les vide-greniers le samedi et le dimanche, puis au musée le lundi. Et après ? Les possibilités ne manquaient pas dans une ville comme New York. On y donnait des pièces de théâtre et autres spectacles. Il n'avait pas assisté à ce genre de représentation depuis…

Bastien frémit face à ce calcul. Il était presque certain que cela faisait plus longtemps que sa dernière visite au musée. L'idée ne lui avait pas semblée intéressante, jusqu'à présent. Il lui suffisait d'imaginer les choses à travers les yeux de Terri pour que cela change tout.

Cela lui rappela les paroles de Lucern un peu plus tôt dans la journée.

« *Tout est plus vivant et excitant désormais. Je me surprends à poser un regard neuf sur le monde, à voir ce qui m'entoure comme Kate le voit. Je ne suis plus blasé comme avant. Cela me change agréablement.* »

Bastien écrasa le frein et se figea sur son siège, sourd au concert de Klaxon derrière lui. Il provoquait un embouteillage, et il s'en moquait. Son cerveau était en ébullition. Tout semblait plus intéressant quand il s'imaginait le faire découvrir à Terri. Il s'inquiétait de son bien-être, ce qui n'était pas habituel chez lui, et il était distrait par l'idée de la tenir à l'écart de Vincent. Idée qui, il le savait, n'avait rien à voir avec ce que Kate pourrait dire ou penser. Il doutait qu'elle serait ravie si C.K. était mordu, mais cela n'ennuyait pas vraiment Bastien. Non. Il voulait protéger Terri de Vincent parce que la seule pensée de son cousin la courtisant sous son nez le rendait malade, car… elle l'intéressait.

Des coups contre la vitre lui firent tourner la tête. Un des conducteurs était sorti de son véhicule, et il vociférait et frappait du poing la portière de Bastien. Celui-ci ne comprenait pas un mot de ce que l'homme disait, les Klaxon noyant ses paroles, mais il supposa qu'il n'était pas content d'être coincé là. Bastien regarda sa bouche remuer pendant quelques secondes, puis il implanta une suggestion dans son cerveau pour qu'il se taise et retourne à sa voiture. Quand l'inconnu s'éloigna, Bastien appuya sur l'accélérateur, et la Mercedes repartit.

L'incident avait tourné ses pensées dans une autre direction. Influencer le conducteur furieux avait été un jeu d'enfant. Pouvait-il contrôler et lire l'esprit de Terri ? Si c'était le cas, elle n'était pas faite pour lui. Si cela ne l'était pas… Il allait devoir patienter jusqu'à ce qu'il rentre chez lui.

Impatient, Bastien accéléra, maudissant le fait que Chris Keyes vivait à Morningside Heights, dans l'Upper West Side, loin de son riche quartier.

Quand il arriva à l'adresse indiquée, Bastien découvrit qu'il n'aurait pas eu besoin des clés : la porte de l'appartement était grande ouverte. Une femme d'âge mûr se tenait à l'intérieur, les mains sur les hanches, et bavardait avec les deux hommes qui emportaient des bouts de plâtre et autres matériaux de construction. Bastien supposa qu'ils étaient là pour déblayer les vestiges du plafond. Il entra et s'avança vers la gardienne de l'immeuble. Perdant de précieuses minutes, il lui expliqua qu'il était là à la demande de Chris Keyes. Quand il ne réussit pas à la rassurer, il s'infiltra dans son esprit et lui ordonna de ne pas s'apercevoir de sa présence.

Puis il s'occupa ensuite des deux ouvriers avant d'être enfin libre de gagner la chambre à coucher.

Alors qu'il quittait l'appartement, Bastien songea avec irritation qu'il aurait dû commencer par là. Il avait fourré toutes sortes de vêtements dans un sac de gym, trouvé par terre. Le jetant sur le siège passager, il mit le contact, puis marqua une pause. Il faillit ressortir de la voiture pour demander au premier passant où il pourrait trouver des subs, mais il se ravisa aussitôt. Il attendrait d'être plus près de chez lui pour se renseigner. Si ces sandwichs étaient chauds, comme le suggérait l'utilisation de viande hachée, il voulait qu'ils le soient encore quand il passerait la porte. Ils avaient l'air assez dégoûtants comme cela, ce n'était pas la peine de les servir froid pour couronner le tout.

Malheureusement, il comprit très vite que plus il s'enfonçait dans le quartier huppé de la ville qui abritait le siège des Entreprises Argeneau, plus les subs étaient rares. Quand il se fit indiquer le restaurant le plus proche, il dut faire demi-tour pour le trouver. Il découvrit aussi que ces sandwichs étaient très appréciés, parce que la queue à l'intérieur était tout simplement horrible. Bastien fut tenté de faire une incursion dans l'esprit de chacun des humains devant lui, mais il se força à la patience et attendit comme tout le monde. Il n'y avait aucune urgence. Rien n'aurait pu excuser ce genre de manipulation.

Une demi-heure plus tard, et plus de deux heures après avoir quitté l'appartement, Bastien monta dans l'ascenseur, les affaires de Chris dans une main et un sac en papier contenant trois subs, un sachet de chips nature, deux sachets de chips goût barbecue, deux Dr Pepper et un Canada Dry dans l'autre. Il avait commandé ce que voulait Terri en double, pour avoir quelque chose à faire pendant qu'elle dînerait. Il ne voulait pas qu'elle se demande pourquoi il ne mangeait pas.

— Le héros conquérant est de retour, dit Vincent quand il entra dans le salon.

Bastien ne fit pas attention à lui, les yeux rivés sur ses invités, bouche bée.

— Ils se sont endormis ?

— Tu t'attendais à quoi ? demanda son cousin, amusé. Ça t'a pris un temps fou. Je suis rentré il y a une heure, et j'étais parti à pied, pour chasser mon dîner, pas pour l'acheter dans le restau au coin de la rue.

Bastien tourna vers lui un regard soupçonneux.

— Tu as mangé dehors, n'est-ce pas ? Tu n'as pas…

— Non, je n'ai pas mordu tes invités, lui assura Vincent, avant de désigner du doigt l'agent qui dormait en position assise, la tête dodelinant sur la poitrine. Lui, je crois qu'il est KO à cause des analgésiques. Et Terri a eu une très longue journée. Il est tard.

Bastien plissa les yeux en entendant la voix de son cousin se faire plus tendre.

— Il n'est que… (Il leva sa montre pour lire l'heure.) … 21 heures.

— Pour toi, mais il est 2 heures du matin en Angleterre, souligna Vinny.

— Oh, oui.

Bastien regarda la jeune femme endormie, puis le sac de nourriture qu'il tenait à la main. Même s'ils avaient l'air vraiment dégoûtants, les subs sentaient bon.

— Tu crois que je devrais la réveiller pour qu'elle mange ?

— Non. (Son cousin secoua la tête.) Elle est debout depuis 4 heures du matin, heure anglaise.

— Quatre heures du matin ? répéta Bastien, effaré.

Il posa le sac sur la table basse.

— Son avion décollait à 10 heures. Elle a dû se faire enregistrer trois heures avant, et Huddersfield est à plus de soixante minutes de l'aéroport de Manchester. Entre tout ça et un vol de sept heures qui en a duré neuf à cause d'une escale imprévue à Detroit... sans parler de la traversée de la ville en voiture... elle a eu une journée terriblement longue et épuisante. Mieux vaut la laisser dormir.

— Hum.

Bastien hocha la tête, puis il foudroya Vincent du regard. Il avait apparemment discuté avec Terri avant qu'elle tombe de fatigue, ce qui l'ennuyait au plus haut point.

— Depuis quand dort-elle ?

— Environ une demi-heure.

Il acquiesça. S'il avait fallu une heure à Vincent pour trouver son repas et revenir, il n'avait donc eu qu'une trentaine de minutes pour discuter avec Terri. Bastien ne put décider s'il était irrité à l'idée que son cousin ait pu bavarder avec elle tout ce temps, ou se féliciter que sa conversation n'ait pas été assez stimulante pour la garder éveillée. Se disant que cela n'avait pas d'importance, il contourna la table basse et souleva doucement la jeune femme dans ses bras.

— Tu vas la border ? le taquina Vincent.

— Elle aura un torticolis si elle passe la nuit ici, répliqua Bastien dans un murmure.

Il la porta jusqu'à sa chambre, réussissant à ouvrir la porte et à la poser sur le lit sans la réveiller. Puis il alla prendre le duvet de la sienne, et il la couvrit avec. Il ne voulait pas risquer de la tirer de son sommeil en essayant de dégager celui qui était coincé sous elle. Quand elle fut installée pour la nuit, Bastien se redressa et l'étudia un instant.

Éveillée, Terri Simpson était un curieux mélange de contradictions. Elle était drôle, gentille, sexy sans en avoir conscience, et possédait un sens de l'humour à la fois caustique et malicieux. Endormie, elle n'était qu'innocence, avec son visage doux et lisse. Elle semblait être une humaine charmante, aussi belle à l'intérieur qu'à l'extérieur. Il était rare qu'il ait une si haute opinion d'un mortel, ou de quiconque, d'ailleurs. La plupart des gens qu'il rencontrait feraient n'importe quoi pour mettre la main sur ceci ou cela. Il avait appris que tout le monde avait un objectif; le truc, c'était de découvrir lequel.

Mais Bastien ne voyait pas cela dans cette femme. Elle avait pris un avion et fait des kilomètres pour consacrer une bonne partie de ses vacances à la préparation du mariage de sa cousine. Il ne la connaissait pas depuis longtemps, mais d'après ce qu'il avait pu voir, Terri préférait donner que recevoir. Elle n'attendait rien et était même un peu gênée quand il lui fallait demander quelque chose. N'importe qui aurait été ravi d'être logé dans un endroit luxueux au lieu de devoir dormir sur le vieux canapé bosselé de Kate, pourtant cette femme n'avait pas paru à l'aise à cette idée. Et elle n'avait pas été heureuse que Bastien refuse sa participation à l'achat du dîner qu'elle n'allait pas manger. Il en saurait davantage dans les jours à venir, mais pour le moment il semblait à Bastien qu'il avait enfin rencontré une femme qu'il pourrait apprécier et respecter… sans jamais devoir se demander si elle n'attendait pas quelque chose de lui.

Terri soupira et remua sur son lit, et Bastien sourit. Puis il cligna les yeux de surprise quand un ronflement sonore monta de sous les draps. Il la regarda, stupéfait, se couvrant la bouche pour étouffer son rire et sortit rapidement de la chambre.

Eh bien, pensa-t-il en fermant la porte, *personne n'est parfait.*

Gloussant tout bas, il retourna dans le salon et prit la place de Terri sur le canapé. Il y sentait encore la chaleur de son corps, et il apprécia la sensation avant de tendre la main vers le sachet de nourriture.

— Et lui ? demanda Vincent en montrant C.K. pendant qu'il étudiait les subs.

— Eh bien quoi, lui ?

Bastien prit l'un des paquets de chips goût barbecue, se débattit avec lui un moment et réussit enfin à l'ouvrir.

— Lui aussi risque d'avoir un torticolis, si tu ne le mets pas au lit, souligna Vincent.

Bastien haussa les épaules. Jetant un coup d'œil dans le sachet, il vit de fines tranches de pomme de terre assaisonnées avec des épices rouges.

— Tant pis pour lui. Il aurait dû aller se coucher.

Vincent gloussa, puis il ravala un cri quand Bastien prit une chips et mordit dedans avec prudence.

— Que fais-tu ?

— Je goûte les chips, répondit-il en mâchant la tranche craquante et délectable, la faisant tourner dans sa bouche pour mieux en apprécier le goût.

Ce n'était pas mauvais. Pas mauvais du tout, même. Il ne se rappelait pas avoir eu la même sensation la dernière fois qu'il avait essayé un peu de nourriture.

— Mon Dieu, souffla son cousin.

— Quoi ?

Bastien l'interrogea du regard.

— Tu manges. (Vincent semblait ne pas pouvoir détacher son regard de lui.) De la nourriture. Tu dois être amoureux.

Bastien déglutit, puis il aboya un rire.

— Être amoureux, ce n'est pas comme être enceinte, Vincent. On ne se met pas à manger parce qu'on est amoureux.

— Tous ceux d'entre nous qui sont tombés amoureux se sont remis à manger, dit son cousin d'un ton grave.

Bastien y songea alors qu'il avalait, puis il dégusta une autre chips. Oui, Lissianna s'était remise à manger. Il n'était pas sûr, pour Étienne, mais il avait vu Lucern le faire. Sa mastication ralentit, puis il secoua la tête et se força à se détendre. Il venait juste de rencontrer Terri. Il ne pouvait pas être amoureux. Il l'appréciait beaucoup, peut-être, mais il ne l'aimait pas. Et deux rondelles de patates frites, ce n'était pas vraiment « manger », ou du moins n'était-ce pas sa définition de ce mot.

— En parlant de nourriture, quand t'es-tu nourri pour la dernière fois ?

Il ne put s'empêcher de sursauter, surpris par la question. Bastien savait que Vincent ne faisait pas référence à la chasse, simplement à l'ingestion de sang. Et, à son grand étonnement, il se rendit compte qu'il n'en avait pas bu depuis tôt le matin. Il avait commencé à ressentir la faim alors qu'il attendait Terri à l'aéroport, mais il n'y avait plus pensé depuis qu'elle l'avait serré dans ses bras. Il avait été bien trop occupé par tout ce qui s'était passé ensuite. Bastien refusait de penser que la venue de Terri était la seule cause de sa distraction. Il y avait eu aussi l'arrivée inopinée de Vincent, le départ de la gouvernante, Kate débarquant avec son collègue, puis repartant avec Lucern en lui laissant ledit collègue sur les bras. Oui, la journée avait été pleine de surprises.

Malheureusement, cela n'expliquait pas pourquoi, alors que les choses s'étaient enfin tassées, il n'avait toujours aucun désir de boire du sang. Peut-être fallait-il qu'il le voie et le sente pour réveiller son appétit. Dès qu'il serait dans sa chambre et sortirait une poche du réfrigérateur encastré dans son lit, la faim se ferait certainement de nouveau sentir.

Bastien referma le paquet de chips et le fourra dans le sac en papier avec le reste de la nourriture, puis il se leva pour l'emporter dans la cuisine. Alors qu'il le déposait dans le réfrigérateur désert, il se souvint de ce qu'avait dit Terri sur le contenu de la pièce elle-même : elle n'avait trouvé qu'une théière, une tasse et des sachets de thé. Il referma la porte du frigo et ouvrit un ou deux placards. Mme Houlihan avait vécu dans un studio situé à l'arrière de l'appartement, avec sa propre kitchenette. Il ne doutait pas un instant que celle-ci était pleine de vaisselle et de nourriture. Contrairement à celle de ses employeurs.

Bastien allait devoir remédier à cela. Pour l'heure, il n'avait rien à proposer à Terri, quand elle se réveillerait, à part du thé.

Et des subs froids, supposa-t-il en refermant la porte du frigo pour sortir son carnet de sa poche.

Il prit des notes alors qu'il quittait la pièce et gagnait sa chambre. Sa secrétaire allait avoir du pain sur la planche… dès lundi, quand il l'appellerait au sujet du remplacement de Mme Houlihan et de son désir de prendre quelques jours de congé. Elle ferait aussi le nécessaire pour que ses placards et son frigo soient approvisionnés quand ils rentreraient du musée. En attendant, il emmènerait Terri manger dehors. Ce ne serait pas un problème, puisqu'il y avait des tas de restaurants à New York.

— Et tu sifflotes et souris, en plus. Deux autres signes qu'un homme est amoureux.

Bastien regarda autour de lui et remarqua Vincent adossé nonchalamment à la porte de la chambre de

Lucern. Debout, jambes croisées aux chevilles, les bras sur la poitrine, il l'observait, amusé.

— Je ne sifflotais pas.

— Si.

Bastien ne prit pas la peine de nier encore. En fait, il était plus que possible qu'il ait été en train de siffloter alors qu'il longeait le couloir. Il n'était sûr de rien. Et quand bien même, cela n'avait été qu'un acte inconscient. Il se disait qu'il avait dû être en train de sourire. Oui, au moins cela. Il se sentait heureux, après tout. Mais il n'aurait pas pu faire les deux en même temps.

— Personne ne peut sourire et siffloter à la fois, contra-t-il.

— Quand tu es apparu, tu souriais, puis tu t'es mis à siffloter. Tu faisais aussi tinter les piécettes dans ta poche, l'informa Vincent. Tu as tous les symptômes de l'homme amoureux et insouciant.

— Comment diable pourrais-tu le savoir ? demanda Bastien avec irritation.

— Je suis acteur. (Vincent haussa les épaules.) Connaître les signes extérieurs d'une émotion, c'est mon métier. Je ne peux pas jouer un homme amoureux si j'ignore ce genre de choses. Et toi, mon cousin, tu montres tous les premiers symptômes de l'homme qui est en train de tomber amoureux.

— Je viens juste de faire sa connaissance, protesta Bastien.

— Hum. L'amour est une drôle de chose, et il frappe souvent vite et fort. Mais tu le sais déjà, poursuivit son cousin d'un ton solennel. Et j'ai dit « tomber amoureux »... Tu n'en es donc pas encore là.

Sur ces mots, il se retourna et disparut à l'intérieur de la chambre de Lucern, laissant Bastien seul dans le couloir. Il faisait référence à Joséphine, quand il avait dit « mais tu le sais déjà ». À l'époque où Bastien avait aimé Joséphine, Vincent et lui étaient très proches. Vinny avait été témoin de sa douleur quand la jeune fille l'avait éconduit et traité de monstre. Jusque-là, Bastien avait profité de la vie et de tout ce que le monde des humains avait à lui offrir. Mais quand elle lui avait brisé le cœur, il s'était désintéressé de tout et plongé dans les affaires. Depuis lors, il avait travaillé dur et prospéré. L'argent était la pierre de touche de sa vie. Il ne vous laissait jamais tomber, il ne vous jugeait pas. Et il ne disait jamais non.

Malheureusement, son amitié avec Vincent avait fait partie des choses auxquelles Bastien avait renoncées dans sa volonté de s'enfermer dans son nouveau monde et de répondre à ses exigences. Et il n'avait pas vraiment remarqué son absence avant ce soir. Les taquineries et les cajoleries de son cousin lui avaient rappelé ce temps-là, et ce qui lui avait manqué au cours des trois siècles suivants. Il avait raté tant de choses. Il était temps de rattraper le temps perdu, mais avec prudence. Bastien n'avait pas envie d'avoir de nouveau le cœur brisé.

Chapitre 5

— N'est-ce pas une journée magnifique ? demanda Terri en inspirant profondément une grande bouffée de l'air fétide de New York comme s'il s'agissait d'un élixir.

Hochant la tête, Bastien réussit à ne pas grimacer.

— Magnifique.

— Le soleil brille. Les oiseaux chantent. J'adore le printemps !

On dirait l'héroïne d'un film de Disney, pensa-t-il avec irritation.

Peut-être allait-elle se mettre à chanter. Une ode au soleil.

— Le soleil, maugréa Bastien, comme si c'était une malédiction.

Comment avait-il pu oublier le soleil ? Il était un putain de vampire ! Et pourtant, il avait fait des projets et invité Terri à aller se promener dans les rues. Et le soleil éclaboussait tout. C'était une magnifique journée de printemps, particulièrement chaude et ensoleillée. Bastien ne serait pas surpris d'apprendre que des gens se faisaient dorer la pilule un peu partout dans la ville, exposant leur peau aux rayons destructeurs qui la dévoraient vivante. Comme la sienne. La seule différence, c'était que le corps de Bastien se mettait en surrégime pour réparer les dommages en continu. S'il avait été comme les humains autour de lui, sa peau aurait vieilli de seconde en seconde. Au lieu de cela, il se déshydratait tout aussi vite.

Pour couronner le tout, alors que Bastien avait prévu d'emporter une bouteille isotherme remplie de sang pour survivre à cette sortie, lui, l'homme des détails, l'avait oubliée à la dernière minute. Bien sûr, il supposait que cela ne faisait pas une grande différence. Il n'aurait pas pu se promener avec une poche de sang à la main comme d'autres se baladaient avec une bouteille d'eau. Bastien avait cru qu'il pourrait s'esquiver discrètement pendant la visite pour remplacer un peu du précieux liquide que son corps brûlait à une vitesse alarmante, mais, à présent qu'il était là, il se rendait compte de combien ce serait difficile. Il n'aurait jamais voulu laisser Terri seule dans ce quartier.

— Bastien ? appela-t-elle, le ramenant à la réalité. Comptez-vous rester planté devant ce stand toute la journée ?

Il grimaça. Ledit stand avait un auvent, et Bastien était déjà resté dessous plusieurs minutes. C'était le seul dans tout le marché aux puces, mais il ne pouvait pas camper là. Tôt ou tard, il allait devoir braver le soleil, ne serait-ce que pour rentrer chez lui. À présent qu'il y pensait, ce serait sans doute la chose la plus sage à faire, mais il ne voulait vraiment, vraiment pas mettre un terme prématuré à leur sortie.

Bastien s'était réveillé à 6 heures et avait sauté joyeusement sous la douche en pensant à la journée qui l'attendait. Il s'était surpris à siffler tandis qu'il se lavait et s'habillait, puis gagnait le salon. Chris Keyes était toujours sur le canapé, mais réveillé à présent. Il était ébouriffé, ses vêtements étaient froissés et il avait l'air misérable. Il semblait qu'il avait eu une nuit difficile, tour à tour dormant et se réveillant, obligé de rester où il était, parce qu'il ignorait où était sa chambre et qu'il aurait été incapable de s'y rendre seul.

Bastien avait écouté sans grand intérêt ses jérémiades jusqu'à ce qu'il mentionne que Terri était partie lui chercher à boire à la cuisine pour qu'il puisse prendre une nouvelle dose d'antidouleur. Abandonnant l'agent, Bastien était aussitôt parti la rejoindre. Terri était là, occupée à rincer la tasse dans laquelle elle avait apporté à boire à Chris la veille. Surpris de se sentir si nerveux, Bastien lui avait demandé si cela lui plairait d'aller visiter un ou deux marchés aux puces avec lui. Mais quand elle avait tourné vers lui des yeux brillants d'intérêt, et répondu qu'elle en serait enchantée, il s'était finalement détendu.

Après lui avoir assuré qu'il l'emmènerait prendre le petit déjeuner avant toute autre chose, Bastien s'était excusé. Il s'était rendu dans les bureaux des Entreprises Argeneau, où il avait dressé une liste de choses à faire pour sa secrétaire. Elle la trouverait dès son arrivée, le lundi matin. Il n'avait pas voulu oublier de lui demander de se renseigner sur Mme Houlihan – avait-elle de la famille en ville chez qui elle aurait pu se rendre ? –, de faire livrer tout ce qu'il fallait pour remplir ses placards et son réfrigérateur et d'annuler ses rendez-vous de la semaine. Après cela, il était remonté à l'appartement, où Chris l'avait informé en soupirant que Terri était partie prendre une douche et se préparer.

Bastien avait été de si bonne humeur tandis qu'il contemplait les heures à venir qu'il avait eu pitié de C.K. Il l'avait aidé à gagner sa chambre, entre celles de Vincent et de Terri. Il l'avait même accompagné dans la salle de bains, où il lui avait laissé un peu d'intimité pendant qu'il y faisait ce qu'il avait à faire, puis il l'avait mis au lit. Enfin, il lui avait tendu la télécommande de la télévision et promis de lui faire livrer à manger. Et pour finir, il était allé lui chercher le sac de gym, qu'il avait posé sur le couvre-lit à côté de lui, pour qu'il ait des vêtements à sa portée, s'il en avait besoin.

Ayant fait tout ce qu'il pouvait, ou avait envie de faire, pour Chris, Bastien était retourné au salon, où Terri l'attendait, habillée et prête à partir. Et toute pensée qui ne tournait pas autour d'elle avait déserté son esprit quand il avait lu sur son visage combien elle était excitée. Quand elle lui avait demandé s'ils allaient prendre un taxi, et si elle pourrait lui faire signe, comme elle l'avait vu dans les films, Bastien avait dit « oui ». Sa joie et sa bonne humeur s'étaient révélées contagieuses alors qu'ils gagnaient le centre dans le taxi jaune, et ce n'était qu'en mettant les pieds dehors qu'il s'était rendu compte du soleil qui tapait fort. Et il avait oublié de prendre du sang. Bastien n'arrivait pas à croire qu'il ait pu être si irréfléchi. Il n'était qu'un idiot ! Et son idiotie allait leur gâcher la journée. Il ne pouvait pas continuer à déambuler sous le soleil, par cette chaleur qui le tuait.

Peut-être pourrait-il acheter un grand chapeau et une chemise à manches longues à l'un des stands ? Bastien grimaça. Et pourquoi pas le nez rouge et les chaussures de clown pour aller avec ? Rien ne se passait comme il l'avait prévu.

— Bastien ? (Terri fut soudain près de lui, l'air inquiet.) Vous avez l'air… malade. Vous vous sentez bien ?

— Oui, je… C'est juste le soleil et la chaleur, admit-il enfin.

Il ne fut pas surpris qu'elle soit arrivée à cette conclusion. Ils étaient dehors depuis deux heures, et il commençait à le sentir.

— Je crois que j'ai besoin de faire une pause, poursuivit-il, et il soupira intérieurement en voyant son inquiétude.

Elle allait penser qu'il n'était qu'une chiffe molle incapable de marcher un peu.

— Si vous voulez. (Elle fronça les sourcils.) Vous vous sentez vraiment mal, n'est-ce pas ?

— Non, c'est seulement… (Il soupira.) J'avais oublié le soleil. J'y suis un peu allergique.

— Oh ! (Elle eut l'air soulagé.) Pourquoi ne pas l'avoir dit plus tôt ?

— J'ai oublié, répéta-t-il.

Puis, se rendant compte de combien cette explication semblait stupide, parce qu'il n'aurait jamais pu oublier ce genre de chose, il ajouta, sous le coup de l'inspiration :

— Ce n'est pas habituel. Je prends des médicaments qui me rendent photosensible.

— Oh. (Le regard de Terri se perdit dans le vague un instant, avant qu'elle repose les yeux sur lui, l'air inquiet.) Mon mari aussi prenait des médicaments qui le rendaient photosensible.

— Ce n'est rien de sérieux, lui assura-t-il. Mais ils me font réagir au soleil, et je n'y ai pas pensé avant d'arriver ici et… Que faites-vous ?

Elle l'avait tiré de l'ombre de l'auvent et l'entraînait sur le trottoir.

— Nous allons vous mettre à l'abri. Vous auriez dû me prévenir, pour votre allergie. J'aurais compris.

Elle marqua une pause au coin de la rue, jeta un coup d'œil à la circulation, repéra un taxi qui arrivait dans leur direction et descendit du trottoir. Elle agita la main comme une pro, comme si elle avait vécu à New York toute sa vie, et remonta sur le trottoir quand le chauffeur mit son clignotant pour se ranger devant eux.

— Où allons-nous ? demanda l'homme quand ils furent assis sur la banquette arrière.

Terri se tourna vers Bastien.

— Je ne connais pas votre adresse.

Bastien hésita. Il n'avait pas envie que la journée s'achève déjà. Il voulait juste ne plus être au soleil.

— Vous avez envie d'aller chez *Macy's* ? demanda-t-il. Les prix ne sont pas aussi intéressants qu'au marché aux puces, mais ils le sont toujours plus qu'en Angleterre.

— Bien sûr, répondit-elle.

— Certaines personnes ne savent pas se tenir, marmonna Terri.

Écœurée, elle regardait une femme hurler sur la pauvre caissière qui avait fait l'erreur de vouloir l'aider. La cliente voulait rapporter un grille-pain, mais elle n'avait ni la facture ni la boîte de l'appareil. Quand la fille lui avait expliqué sur un ton d'excuse qu'elle ne pouvait pas accepter de retour dans ces conditions, que c'était la politique de la compagnie, la femme s'était mise à vociférer et continuait à le faire. Avait-elle l'air d'une voleuse ? hurlait-elle. Elle avait acheté l'article en toute bonne foi et espéré être traitée avec plus d'égards chez *Macy's*. Et elle poursuivait, inlassablement. Terri trouvait cela pénible. La caissière ne méritait pas d'être invectivée ainsi. Malade de dégoût, Terri se tourna vers Bastien, qui assistait à la scène en fronçant les sourcils.

— Je me demande où sont les toilettes, murmura-t-elle, regardant autour d'elle dans le magasin bondé.

Bastien baissa les yeux sur elle.

— Je sais, dit-il. C'est par-là.

Il montra du doigt la direction d'où ils venaient, et Terri le suivit. Il la guida vers l'Escalator. Ils montèrent d'un étage, prirent à droite et firent quelques mètres.

— Au bout de ce couloir, annonça Bastien. Je vous attends ici.

Hochant la tête, Terri suivit ses indications. La porte des toilettes des dames était ouverte. Elle entra et faillit lâcher un grognement à la vue de la longueur de la queue. Elle lui sembla anormalement longue jusqu'à ce qu'elle s'aperçoive que la moitié des cabinets portaient un panneau indiquant qu'ils étaient en cours de nettoyage.

C'est bien ma veine, pensa-t-elle.

Elle choisissait toujours son moment. Eh bien, il ne lui restait plus qu'à attendre. Il fallait espérer que Bastien était un homme patient.

Dehors, Bastien s'adossa au mur, croisa les bras et les chevilles. Les femmes passaient toujours une éternité aux toilettes. Il l'avait appris depuis bien longtemps. Plus de trois cents ans, en fait. C'était l'une des choses qui n'avaient pas changé, et qui ne cessaient de l'étonner. Que faisaient-elles pendant tout ce temps ? Il avait souvent posé la question à sa mère et à Lissianna au cours des siècles, mais elles n'avaient jamais réussi à lui donner une réponse satisfaisante.

Terri serait peut-être l'exception à la règle. Même si cela ne l'ennuyait pas d'attendre. Pourtant, s'il était soulagé de ne plus être dehors, au soleil, le mal était déjà fait, il ne se sentait pas bien. Une ou deux poches de sang lui seraient d'un grand secours. Sa tête lui élançait, et il avait des crampes à cause de l'exposition prolongée.

Deux femmes arrivèrent et passèrent devant lui, bavardant gaiement tout en se dirigeant vers les toilettes des dames. Encore une chose qu'il avait du mal à saisir. Les femmes y allaient par deux. Pourquoi ?

Un bruit de talons attira son attention sur sa gauche. C'était la cliente irascible. Elle avait un air méchant et amer, une vraie mégère. C'était le genre de personne qu'il avait toujours aimé mordre par le passé, quand il devait encore le faire pour se nourrir. Bastien avait toujours eu tendance à s'attaquer aux humains qu'il n'aimait pas. Il en éprouvait moins de culpabilité que s'il avait festoyé aux dépens de quelqu'un de doux, gentil et innocent. Il avait souvent choisi des criminels, ou des égoïstes, mais les méchants avaient toujours été ses préférés. Il avait éprouvé beaucoup de joie à l'idée de laisser ces monstres faibles et perdus.

Il sourit à la vieille bique quand elle arriva à sa hauteur et ne reçut qu'un regard méprisant pour sa peine. Oh, oui… elle était exactement le genre de personne qu'il avait adoré remettre à sa place. Par le passé, tandis qu'il se nourrissait, il en avait profité pour mettre dans la tête de ses victimes la pensée qu'elles devaient être plus gentilles avec les autres, ce qui lui avait toujours donné un sentiment de satisfaction. C'était comme s'il faisait une faveur au monde en les mordant.

Bastien se tint parfaitement immobile alors qu'elle le dépassait et sentit son odeur. Celle de son sang, douce et entêtante. Ses crampes s'intensifièrent, et il essaya de ne pas y penser en tentant de deviner son groupe sanguin. Elle était diabétique, il n'y avait pas le moindre doute. Et soit elle l'ignorait, soit elle le savait et préférait ne pas se soigner. Il penchait pour la seconde option. Il la soupçonnait également d'avoir une coupure ouverte quelque part, ou il n'aurait pas perçu tout cela aussi nettement.

Il la regarda s'éloigner et entrer dans les toilettes. Mais elle en ressortit très vite, au pas de charge. C'était vraiment une bonne description de sa façon de marcher, car elle était apparemment sur le sentier de la guerre.

— Si vous attendez l'une des femmes qui est là-dedans, vous allez prendre racine, annonça-t-elle avec une joie malsaine. Ils ont fermé la moitié des cabinets pour les nettoyer et la queue est longue comme un jour sans pain. Ces femelles stupides ! Elles feraient mieux d'aller se plaindre, comme j'ai l'intention de le faire. On n'aurait jamais vu ça, autrefois.

Certaines personnes n'étaient contentes que lorsqu'elles pouvaient protester contre quelque chose, pensa Bastien avec un soupir. S'il avait toujours mordu, il aurait rendu service à tout le monde en buvant le sang de cette mégère.

L'odeur de son sang lui envahit les narines quand elle passa devant lui. Cette fois, elle fut encore plus forte, ce qui signifiait que sa blessure était du côté tourné vers lui. Ses crampes empirèrent, et Bastien faillit se plier en deux de douleur. Il avait vraiment besoin de sang. Il n'aurait jamais dû sortir au soleil. Il n'était qu'un idiot, qui n'allait pas seulement leur gâcher la matinée au marché aux puces, mais la journée tout entière. Il allait devoir rentrer tôt pour se nourrir. Cela ne lui prendrait que quelques minutes, mais ruinerait leur sortie.

— C'est quoi votre problème ?

Bastien releva les yeux et vit la vieille pie qui l'observait avec dégoût.

— Vous êtes quoi ? Un de ces drogués ? demanda-t-elle, et il entendit encore une fois cette joie malsaine dans sa voix.

Elle se réjouissait de sa souffrance.

Bastien aurait souhaité que mordre soit toujours permis. Il lui aurait fait changer d'attitude.

Mais mordre est permis en cas d'urgence, se rappela-t-il.

Et, à en juger par les crampes qu'il éprouvait, c'en était une. Il se redressa lentement et adressa son plus beau sourire à la mégère.

Terri soupira de soulagement en refermant la porte derrière elle. Bastien devait penser qu'elle s'était enfuie par la fenêtre des toilettes ou quelque chose comme cela. Si l'envie n'avait pas été si pressante, et si elle n'avait pas craint de perdre sa place, elle serait allée lui expliquer pourquoi cela prenait si longtemps. Elle lui aurait conseillé d'aller faire un tour ou prendre un café et elle l'aurait rejoint une demi-heure plus tard.

Bien sûr, elle se serait complètement plantée dans son estimation, se dit-elle alors qu'elle faisait ce qu'elle avait à faire et ressortait. Elle était si pressée que ses mains étaient encore humides quand elle émergea des toilettes et longea le couloir pour retrouver Bastien, qui l'attendait patiemment.

— Je suis désolée, balbutia-t-elle quand elle l'eut rejoint. Ils…

— … nettoyaient les toilettes et la moitié des cabinets étaient fermés, termina-t-il pour elle d'un ton calme. Oui, je sais. Une cliente du magasin me l'a dit. Aucun problème. Ce n'était pas votre faute.

— Oh. (Terri se détendit, contente de savoir qu'il n'était pas resté là à se demander ce qu'elle pouvait fabriquer là-dedans et qu'il n'ait pas l'air fâché.) Eh bien, j'ai fait aussi vite que j'ai pu.

— J'en suis certain. Allons-y, si vous voulez bien.

Hochant la tête, Terri lui emboîta le pas et ils retournèrent dans le magasin. Elle lui jeta un regard curieux alors qu'ils avançaient côte à côte, se demandant ce qu'il avait de différent. Puis elle se rendit compte qu'il ne semblait plus aller si mal. Il n'était pas à cent pour cent de sa forme, mais le mettre à l'ombre lui avait apparemment fait du bien.

— Vous vous sentez un peu mieux ?

— Un peu, reconnut-il. Pas encore redevenu normal, mais je me sens mieux.

— Bien, dit-elle en lui souriant. Peut-être qu'un peu plus de temps à l'abri du soleil vous aidera à vous remettre tout à fait.

— Ça, et me mettre autre chose sous la dent.

Elle leva des yeux surpris vers lui.

— Dois-je comprendre que vous vous êtes éclipsé pour grignoter quelque chose pendant que j'étais aux toilettes ?

— Quoi ?

Il se tourna vivement vers elle alors qu'ils montaient sur l'Escalator.

— Vous avez parlé de vous mettre *autre chose* sous la dent.

— Oh, s'écria-t-il, et il se détendit aussitôt. Je voulais dire *quelque* chose. Je me suis mal exprimé.

— Ah. Nous pourrions y aller maintenant.

— Faisons d'abord un peu de shopping, suggéra Bastien alors qu'ils gagnaient le rez-de-chaussée. Il n'est pas encore midi, et nous *sommes* chez *Macy's*. Autant en profiter. Puis nous irons déjeuner et nous déciderons de l'endroit où vous voudrez aller ensuite.

— D'accord, acquiesça-t-elle d'un ton distrait.

Elle ralentit alors qu'ils passaient près de la caissière qui s'était fait crier dessus de façon si humiliante. La cliente irascible était toujours là, mais son attitude avait changé. Elle tapotait la main de la fille avec un sourire d'excuse.

— Je suis navrée, ma chère. Je ne sais pas ce qui m'a pris de vous traiter comme ça. Je n'aurais pas dû penser que vous pouviez contrevenir aux règles du magasin pour moi. Pour être honnête, je n'ai pas la boîte de ce grille-pain. Je vous demande d'excuser mon comportement de tout à l'heure.

Terri haussa les sourcils.

— Eh bien, murmura-t-elle. Quel revirement !

— Hum, grogna Bastien, haussant les épaules. On a dû lui ouvrir les yeux.

— Personne n'en avait plus besoin qu'elle, mais ça n'en est pas moins surprenant. Je n'aurais jamais cru qu'on puisse changer d'un coup, comme ça, si je ne venais pas de le constater.

— La vie est pleine de surprises, dit-il, puis il lui sourit. Alors, par où voulez-vous commencer ? Le rayon femme ? La bijouterie ? La parfumerie ?

— Vous êtes fatigué ?

— Non.

Bastien regarda Terri et se força à sourire pour la rassurer. En réalité, il était épuisé. La vieille bique qui lui avait servi d'en-cas n'avait fait qu'étancher le plus fort de sa soif, et il continuait à souffrir. Il aurait bien besoin d'encore un demi-litre de sang, mais il n'avait pas eu d'autre occasion. Et personne ne lui avait semblé être une victime appropriée.

Bastien sourit intérieurement à ce souvenir. Il avait aimé changer l'attitude de cette femme. Elle avait été bien plus plaisante après qu'il en avait eu fini avec elle. Bien sûr, ce n'était que temporaire, mais au moins la caissière en avait profité. Peut-être ne rentrerait-elle pas chez elle aujourd'hui en maudissant son travail, les clients et le monde entier.

— Oh, regardez ! *Victoria's Secret*.

Terri s'arrêta net pour admirer la vitrine.

Bastien sourit de son expression émerveillée. Il suffisait de si peu pour faire plaisir à la jeune femme. Après avoir fait du shopping chez *Macy's*, ils avaient déjeuné dans une cafétéria, où il avait grignoté son sandwich au poulet pendant qu'elle dévorait le sien à belles dents tout en bavardant. La nourriture lui avait plu, il l'avait même trouvée bonne, mais, après des années passées sans rien avaler de solide, il savait que son estomac ne pouvait pas en contenir une grande quantité. Après avoir mangé, ils avaient poursuivi leur balade, s'engouffrant dans un magasin de DVD et de CD.

Terri avait bien veillé à ce qu'ils évitent le soleil. Ils se tenaient à présent debout sous l'un des multiples échafaudages qui ornaient la ville, et elle regardait bouche bée la boutique en face, dont la vitrine était pleine de mannequins à moitié dévêtus.

— Nous devrions entrer, suggéra Bastien.

— Oui, souffla-t-elle.

Beaucoup de femmes auraient protesté, disant que lui, un homme, ne devait pas avoir envie de visiter un magasin de lingerie féminine. Puis elles auraient ajouté quelque chose dans le genre : « Oh, eh bien, soit » comme si elles hésitaient à le traîner de force à l'intérieur, même si elles mouraient d'envie de le faire. Terri ne prit pas la peine de lui faire un numéro. Elle voulait entrer, il avait suggéré qu'elle le devait, et elle avait acquiescé. Fin de l'histoire. C'était merveilleux.

— Venez.

La prenant par le coude, il l'entraîna jusqu'au coin de la rue. Ils traversèrent presque au rouge et s'engouffrèrent chez *Victoria's Secret* alors que les voitures redémarraient.

Terri s'arrêta net, balayant le magasin du regard. Les parfums et les Escalators étaient au milieu, et il y avait de la soie et de la dentelle partout ailleurs. Bastien pouvait presque imaginer les rouages de son cerveau alors qu'elle se demandait par où commencer. À gauche, à droite, ou en haut ? Elle choisit la gauche. C'était une décision logique, qu'il approuva en silence. Cette tactique allait leur permettre de faire le tour du magasin dans le sens des aiguilles d'une montre.

La première vendeuse qu'ils croisèrent se montra amicale. Elle les accueillit avec le sourire et leur dit de venir la trouver s'ils avaient des questions, puis elle les laissa tranquilles. Terri regarda les nuisettes, s'exclamant parfois en découvrant un modèle. Ils contournèrent ainsi l'escalier roulant vers la section des soutien-gorges et des petites culottes.

— Puis-je vous aider ? demanda une autre femme.

Terri reposa la culotte en dentelle violette qu'elle tenait et sourit. L'intruse était une jolie vendeuse au corps de sylphide, qui la lorgnait avec condescendance.

— Non, merci, répondit Terri. Je ne fais que regarder.

— Hum, dit la fille en la détaillant de la tête aux pieds comme si elle était de la nourriture pour chien.

Bastien se tenait à l'écart, essayant de ne pas traîner dans les jambes de Terri. Il avait remarqué qu'elle allait de-ci de-là, sans cesse en mouvement, regardant tout sans presque jamais s'arrêter. Il avait découvert que s'il la suivait de trop près, il devait toujours s'écarter ou faire demi-tour pour l'éviter quand elle pivotait et changeait de direction. Ses mouvements pouvaient être abrupts, ses yeux balayant toujours la zone devant elle, et si elle voyait quelque chose qui attirait son attention, elle fonçait droit dessus. Sinon elle poursuivait son chemin, mais pas en ligne droite, ou retournait parfois sur ses pas. Il était bien plus facile de lui laisser l'espace de manœuvrer. Mais en voyant l'expression de la vendeuse, Bastien s'avança, tous ses instincts protecteurs fonctionnant à plein régime. Elle ne semblait pas impressionnée par la tenue décontractée de Terri, un jean usé et un tee-shirt.

— Si nous avons besoin de votre aide, nous vous appellerons, dit-il, attirant l'attention de la jeune femme et la retenant aussitôt.

Son attitude changea en un clin d'œil, et elle lui adressa un sourire éblouissant.

— Bonjour.

On aurait dit qu'elle venait de trouver un trésor dans son magasin. Bastien essaya de ne pas grimacer. Il était bel homme, et il avait l'habitude que les femmes le regardent, mais il connaissait ce genre-là. D'un seul coup d'œil, elle avait repéré la montre coûteuse à son poignet et la chevalière des Argeneau ornée d'un *A* serti de diamants à son doigt. Elle sentait l'argent et aimait cette odeur.

Bastien se tourna vers Terri pour voir sa réaction, mais elle avait poursuivi son chemin et examinait un adorable soutien-gorge en satin noir qui lui irait à ravir. Du moins l'imaginait-il. Oubliant la vendeuse, il alla la rejoindre.

— C'est très beau.

— Oui, n'est-ce pas ? reconnut-elle avec un large sourire.

— Vous pouvez avoir la culotte assortie, dit la vendeuse, qui les avait suivis et n'aurait pas pu se montrer plus empressée. (Elle alla en chercher plusieurs.) Voyons, je fais du S. Donc, vous… hum… (Elle baissa les yeux pour détailler Terri.) Du XL, sans doute ? suggéra-t-elle innocemment, avant de se tourner vers Bastien et d'ajouter d'une voix sexy : Je pourrais vous les montrer sur moi.

Bastien dut se mordre la lèvre quand les yeux de Terri faillirent lui sortir de la tête. Elle s'empourpra, puis elle devint terriblement calme. Sa voix était gentille quand elle parla.

— Je suis sûre que ce ne sera pas nécessaire. Et, non, je ne fais pas du XL. Mais je ne vous en veux pas d'avoir pu croire ça. Ce sont mes seins, dit-elle. Ça peut être terrible d'avoir de tels atouts. Ils donnent souvent la fausse impression que je suis large de partout. (Elle baissa les yeux une seconde sur la poitrine presque plate de la vendeuse.) Vous avez de la chance de ne pas en avoir du tout pour vous causer ce genre d'ennuis.

Pendant que la vendeuse s'étranglait, Terri ajouta :

— Ne vous inquiétez pas. Quand vous aurez plus d'expérience dans votre métier, vous saurez mesurer vos clientes d'un simple regard.

Bastien adressa un grand sourire à la vendeuse furieuse par-dessus la tête de Terri, amusé par la gêne de la jeune femme. Et il avait cru que Terri avait besoin de protection ? Apparemment pas.

Terri se tourna vers lui et dit :

— Je crois que j'ai fait assez de shopping pour le moment. Que diriez-vous d'une glace ?

Sans attendre sa réponse, elle retourna vers l'Escalator d'un pas vif.

— Vous avez très bien géré la situation, la complimenta Bastien quand il l'eut rattrapée.

— Je me suis conduite comme une garce, rétorqua-t-elle. Et, avant que j'aie fini ma glace, je m'en voudrai d'avoir été si méchante.

Il la regarda d'un air ébahi. C'était ça, sa conception de se conduire comme une garce ? Et elle allait s'en vouloir après la manière dont la vendeuse l'avait traitée ? Dans ce cas, il semblait que Terri ait besoin d'être protégée. D'elle-même, décida Bastien. Elle avait géré la situation avec classe et bien plus gentiment que beaucoup d'autres l'auraient fait. Elles se seraient vexées, ou elles auraient pété les plombs. Certaines se seraient peut-être même plaintes à la direction et auraient exigé que la fille soit renvoyée. Terri l'avait juste remise à sa place. Et elle se sentait coupable pour cela ! Incroyable.

Chapitre 6

Terri sortait de la douche quand le téléphone sonna. Attrapant une serviette, elle l'enroula autour de son corps et courut vers la table de nuit, dans sa chambre.

— Allô ? dit-elle, le souffle court, en se laissant tomber sur le bord du lit défait.

— Terri ?

— Kate !

Elle se redressa, un sourire aux lèvres, heureuse d'avoir des nouvelles de sa cousine. Lucern avait appelé Bastien le vendredi soir pour lui dire qu'ils étaient bien arrivés en Californie, mais Terri était déjà endormie et elle avait raté l'occasion de parler à Kate. On était déjà lundi matin et, pour autant qu'elle sache, aucun des tourtereaux n'avait pris la peine d'appeler depuis.

— Comment se passe la conférence ?

— Très bien, lui assura sa cousine, ajoutant sur un ton d'excuse : Je suis navrée. Tu as fait tout ce chemin pour passer du temps avec moi et m'aider à préparer mon mariage, et je…

— Ne t'inquiète pas, l'interrompit Terri. C'est le boulot. Je comprends. Et d'ailleurs Bastien me fait visiter la ville et prendre du bon temps.

— Quoi ? s'exclama Kate. Je suis désolée, Terri, mais viens-tu de dire que Bastien te fait « visiter la ville et prendre du bon temps » ?

— Oui.

Perplexe face à la réaction de Kate, Terri écouta une voix d'homme qu'elle identifia comme celle de Lucern gronder dans le lointain. Puis il lui sembla que Kate avait couvert le micro, parce que tout ce qu'elle put entendre, ce furent des bouts de conversation étouffée.

— Navrée, s'excusa enfin sa cousine en parlant de nouveau de manière intelligible, avant de demander d'un ton nonchalant : Alors, comment Bastien te fait-il prendre du bon temps ?

— Comment ? (Terri s'allongea sur les draps et regarda le ciel de lit.) Eh bien, samedi il m'a emmenée petit-déjeuner, puis nous avons déambulé dans des marchés aux puces pendant un moment avant de…

— Des marchés aux puces ? l'interrompit Kate d'un ton incrédule. Tu veux dire, des marchés à ciel ouvert, en plein soleil ?

— Oui. Je suppose que tu es au courant, pour son problème… que des médicaments qu'il prend le rendent photosensible.

Kate marqua une pause avant de répondre :

— Oui, je sais.

Et ce fut tout. Elle ne lui dit pas de quel médicament il s'agissait. Terri avait espéré que sa cousine pourrait l'éclairer à ce sujet. Déçue, elle se força à poursuivre.

— Enfin, le soleil a commencé à le rendre malade quand nous visitions le deuxième… Pour être honnête, je crois qu'il commençait déjà à l'être dans le premier, mais il n'a bien voulu l'admettre que plus tard. Quand il l'a fait, nous avons pris un taxi pour aller chez *Macy's*, faire un peu de shopping à couvert. Et on s'est bien amusés, ajouta-t-elle vivement. Nous avons surtout fait du lèche-vitrine, parlé et mangé. C'était sympa et très relaxant. Puis nous sommes rentrés nous changer, et nous sommes ressortis dîner. Il a prétendu être totalement remis à la fin du repas, et il m'a proposé d'aller au cinéma, mais j'ai remarqué qu'il n'avait pas beaucoup d'appétit, ce qui m'a fait penser qu'il n'allait toujours pas si bien que ça. J'ai prétendu être trop fatiguée et souffrir encore un peu du décalage horaire, alors nous sommes restés à l'appartement.

Terri marqua une pause et inclina la tête sur le côté tandis que Kate avait une autre conversation privée avec Lucern. Elle comprit qu'elle racontait les détails de ses journées avec Bastien à son fiancé.

— Je suis navrée, dit Kate, qui semblait un peu essoufflée. Et dimanche ? Vous avez fait un truc spécial, hier ?

— Oh… euh… eh bien, oui, avoua Terri, avant de soupirer et de se lancer dans une explication. Nous ne sommes pas sortis aussi tôt, parce que Bastien avait des choses à faire au bureau, mais nous sommes allés prendre un brunch. Et quand nous avons quitté le restaurant, il y avait une sorte de parade, alors nous l'avons regardée passer de sous un auvent. Puis nous avons visité un ou deux vide-greniers. Je n'étais pas sûre que ce soit une bonne idée, à cause de sa condition physique, mais le temps était couvert, et il portait une chemise à manches longues, un chapeau, des lunettes et…

Elle rit à ce souvenir. Il avait eu l'air un peu idiot dans cet accoutrement. Il lui avait fait penser à l'Homme Invisible, qui essayait toujours de couvrir chaque millimètre carré de sa peau non existante pour dissimuler son état, ou à une célébrité jouant à cache-cache avec le public. Mais ce n'était pas sa faute, et ils s'étaient bien amusés.

— Puis nous avons acheté de la nourriture chinoise et nous sommes rentrés manger avec Chris, termina-t-elle, avant d'ajouter : En parlant de Chris, Katie, il ne prend pas bien du tout son immobilité forcée. Il est très déprimé et il geint tout le temps. Ou bien est-il toujours un peu geignard?

—Oh, qui se soucie de Chris! s'exclama sa cousine avec impatience. Dis-moi ce que toi et Bastien vous avez encore fait.

—Katie! s'écria Terri en riant.

—Oh, tu sais très bien ce que je veux dire. Il va très bien s'en sortir. Les hommes sont souvent grincheux et geignards quand ils sont blessés ou malades. Maintenant, raconte-moi ce que vous avez fait ensuite.

—Eh bien, c'est tout. Nous avons mangé chinois, puis regardé des films. C'était bien et reposant. Bastien est un hôte charmant.

—Oui, il peut être charmant quand il veut. (Le sourire malicieux de Kate était audible.) Où est-il en ce moment?

—Au bureau.

—Non, il n'y est pas, lui assura Kate. Je viens d'appeler et je n'ai pas eu de réponse. Même sa secrétaire, Meredith, n'a pas décroché. D'un autre côté, je crois qu'elle ne doit pas arriver avant encore une heure.

—Il doit être en chemin pour revenir ici, décida Terri. Il n'est descendu que pour laisser des instructions à Meredith. Nous allons au musée.

—Quoi? s'écria Kate. Un jour de semaine?

—Quand je me suis levée ce matin, il a dit qu'il avait une réunion prévue pour la journée, mais que le participant principal avait dû annuler, alors il avait l'intention d'aller au musée. Il m'a invitée à l'accompagner, expliqua-t-elle en enroulant le fil du téléphone autour de son doigt.

Cette nouvelle fut suivie par un autre conciliabule à l'autre bout de la ligne, mais cette fois, la main de Kate dut glisser parce que Terri entendit clairement Lucern dire:

—C'est probablement lui le participant principal qui a annulé.

Puis les sons redevinrent étouffés, et Terri ne comprit plus un mot.

Laissant le fil se désentortiller de son doigt, elle roula sur le flanc et caressa l'édredon de sa main libre, celui sous lequel elle s'était réveillée le samedi matin. Terri l'avait aussitôt reconnu pour l'avoir vu dans la chambre principale, et elle avait compris qu'il l'avait portée dans son lit et bordée. Il ne lui avait pas encore demandé de le lui rendre, et elle ne l'avait pas fait spontanément. Elle n'en avait pas envie. Il sentait si bon.

Elle y enfouit le nez en souriant, inhalant l'odeur qui l'imprégnait. Il sentait Bastien, et ça lui plaisait. Elle se dit qu'elle allait lui demander le nom de son eau de toilette. Peut-être l'offrirait-elle un jour à un homme.

— Terri ?

— Oui ?

Elle se retourna et se redressa, se sentant étrangement coupable en dépit du fait que Kate ne pouvait pas avoir vu ce qu'elle faisait.

— Tu as beaucoup de chance. Bastien est un homme merveilleux. Intelligent, travailleur et gentil, en plus d'être un parfait gentilhomme. Il…

— Kate, l'interrompit Terri. Nous allons juste au musée. Ce n'est pas nécessairement un rendez-vous. Il veut seulement être un hôte parfait jusqu'à ton retour.

— Hum hum. (Sa cousine ne semblait pas convaincue.) Amuse-toi bien. Je sais que ce sera le cas. Et passe-lui le bonjour. Nous rappellerons dans deux jours pour voir comment la romance évolue.

— Il n'y a pas de romance ! protesta Terri.

Mais elle parlait dans le vide. Kate avait déjà raccroché. Terri regarda le combiné dans sa main avec stupéfaction.

Seigneur Dieu, pensa-t-elle, *Kate et Lucern ont-ils perdu l'esprit ?*

Bastien et elle allaient juste au musée, mais ces deux-là avaient une interprétation très différente. Elle espérait qu'il ne l'inviterait jamais sérieusement à sortir, parce que sa cousine et son fiancé les verraient déjà mariés.

Secouant la tête, Terri reposa le combiné et se leva. Elle devait s'habiller et se coiffer. Elle était supposée être prête dans quinze minutes.

— Oh, regardez !

Bastien sourit en voyant Terri courir vers la vitrine suivante, qui protégeait un objet en émail, argent, plaqué argent et or.

— « Reliquaire de la Vraie Croix (staurothèque), fin VIIIe siècle, début IXe siècle, époque byzantine », lut-elle tout haut quand il la rejoignit.

Elle recula un peu, inclina la tête à gauche, à droite, puis plissa les yeux avant d'ajouter :

— C'est hideux, vous ne trouvez pas ? On dirait un Picasso…

Bastien regarda l'objet et hocha la tête. Il devait admettre qu'elle avait raison. Bien sûr, Terri ne le vit pas acquiescer ; elle avait déjà les yeux rivés sur le prochain objet et se précipitait vers lui avec un autre :

— Oh, regardez !

Riant tout bas, Bastien la suivit. Il s'agissait d'une boîte en forme de maison, d'environ vingt centimètres de hauteur, et presque autant de largeur.

— « Reliquaire, début des années 900, Italie du Nord, os, feuille de cuivre et bois », dit-elle, avant de soupirer. (Cette fois, elle approcha de la vitrine au lieu de faire un pas en arrière et elle commença à tourner autour.)

Regardez ces détails, poursuivit-elle d'un ton émerveillé tandis qu'elle revenait près de lui. Je n'arrive pas à croire qu'ils pouvaient créer des choses si délicates. Celui qui a fait ça a dû y passer sa vie.

— En effet, répondit Bastien, approchant pour étudier le reliquaire avec un regain d'intérêt.

— Oh, re...

Bastien se tourna vers elle avec surprise quand elle laissa son refrain habituel en suspens. Elle le regardait, horrifiée. Avant qu'il ait pu lui demander ce qui n'allait pas, elle balbutia :

— Je suis désolée. Je dois vous rendre dingue à vous traîner ainsi à droite, à gauche. Je...

— Pas du tout, dit-il. Je passe un excellent moment, et votre enthousiasme le rend encore meilleur.

— Vraiment ?

Elle paraissait sceptique.

— Vraiment, lui assura-t-il.

Comme animée d'une vie propre, sa main alla prendre la sienne pour la serrer de manière rassurante.

Il ne mentait pas. Il n'aurait pu rêver de visiter le musée en meilleure compagnie. L'excitation et l'émerveillement de Terri n'étaient pas seulement un bonheur à regarder, mais contagieux. C'étaient des sentiments que Bastien n'avait pas éprouvés depuis très longtemps. Et cela avait été la même chose aux marchés aux puces et dans les vide-greniers. Sa joie devant les choses les plus simples, son rire et sa façon de profiter de chaque sortie avaient déteint sur lui, et ajouté à son propre plaisir.

Terri lui sourit, puis baissa le regard sur leurs mains entremêlées, et le rouge lui monta aux joues.

Bastien eut l'envie soudaine de se pencher et de l'embrasser, mais ils étaient au beau milieu de la section dédiée à la chrétienté médiévale, et cela ne semblait pas le meilleur endroit pour cela. Alors il lui lâcha la main et se tourna vers la vitrine suivante.

— Oh, regardez, la taquina-t-il gentiment, un autre reliquaire.

Terri répondit par un sourire espiègle et alla voir de plus près. Très vite, sa timidité disparut, et elle s'extasia ici sur une statue, là sur une peinture.

Bastien la suivait, admirant autant ses réactions que les expositions. Quand ils décidèrent de s'arrêter pour manger et boire quelque chose, il en était arrivé à la conclusion que cette femme était elle-même une œuvre d'art. Ses réponses et son plaisir n'étaient en rien affectés mais très naturels. C'était fascinant à observer. Elle était aussi précieuse que n'importe lequel des objets conservés au musée. Et c'était un trésor qu'il avait eu la chance de voir croiser son chemin.

— Il fait bon dehors. Pourquoi n'irions-nous pas déjeuner à l'ombre ? suggéra Terri alors que le caissier lui rendait la monnaie.

Elle avait insisté pour payer, et elle avait été plus rapide que Bastien quand le moment était venu de tirer son porte-monnaie. Il pensait que nombre de femmes auraient été ravies qu'il règle toutes les additions. Mais Terri n'était pas de ce genre-là. Elle se fichait qu'il soit riche et qu'il puisse se permettre des tas de choses dont elle n'osait même pas rêver. Elle voulait contribuer.

— Excellente idée, acquiesça-t-il, et il prit les smoothies à la fraise sur le plateau, la laissant apporter les sandwichs.

Ils sortirent du restaurant.

— Je n'arrive pas à croire que l'heure du déjeuner soit déjà passée, commenta Terri en s'asseyant sur la corniche qui courait le long de la façade du musée. La matinée s'est envolée si vite.

—En effet, murmura Bastien, à moitié concentré sur le sandwich qu'il déballait, à moitié sur le vieil homme assis près d'eux.

L'inconnu tenait un sachet de pain à la main. Tout en mangeant, Bastien le vit l'ouvrir, prendre un morceau et en casser des bouts, qu'il jeta aux oiseaux. Ils étaient nombreux aux alentours. Des gros, des petits... Bastien ne connaissait pas leurs noms à tous, mais il savait identifier un rouge-gorge, un moqueur chat et un pigeon. Les pigeons paraissaient être les plus agressifs de la bande, et il les regarda se rassembler par dizaines, picorant avidement les morceaux rassis que l'homme lançait par terre. Il comprit que c'était un rituel régulier quand les oiseaux les plus téméraires commencèrent à venir manger directement dans la main de leur bienfaiteur et même à se percher sur lui.

—J'aime vraiment beaucoup ce musée. Merci de m'y avoir amenée, dit Terri.

Bastien se tourna vers elle et constata qu'elle regardait la scène avec autant d'intérêt que lui, mais il soupçonnait que c'était pour une raison différente. Il n'aimait pas voir les volatiles devenir de plus en plus agressifs et ouvrait l'œil pour être sûr qu'aucun d'eux n'allait s'imaginer que les sandwichs qu'ils tenaient étaient une offrande. Il craignait que, si c'était le cas, l'un des pigeons passe à l'attaque. Terri, elle, appréciait simplement le spectacle, sans penser une seconde à la menace potentielle qu'il représentait pour elle.

Il songea à la prévenir, mais il ne voulut pas gâcher son plaisir, alors il se rapprocha un peu, se mettant ainsi en position pour écarter tout danger.

—Je suis heureux que ça vous plaise. Moi aussi je suis content d'être ici.

Elle sourit timidement, puis leva son smoothie pour en boire une gorgée.

— Comment vont vos pieds ? demanda-t-il. Ils tiennent le coup ?

Ils avaient arpenté le musée pendant quatre heures.

— Ils vont bien, répondit-elle vivement.

Trop vivement, peut-être, pensa-t-il, et il voulut se faufiler dans son esprit pour y lire la vérité. C'était la première fois qu'il songeait à le faire depuis qu'il était rentré avec le dîner et l'avait trouvée endormie, mais cela semblait une bien meilleure excuse pour essayer. Ils étaient sur leurs jambes depuis qu'ils s'étaient levés, et il ne voulait pas qu'elle en souffre.

Après avoir passé une bonne partie de la nuit à rire et à bavarder, Bastien s'était réveillé à 7 heures. Terri et lui n'avaient pas encore épuisé tous les sujets de conversation, et ils étaient restés debout de plus en plus tard. La veille, ils étaient demeurés au salon jusqu'à 3 heures. En toute logique, il aurait dû être fatigué après seulement quatre heures de sommeil, mais ce n'était pas le cas. Il avait sauté du lit plein d'énergie, impatient de commencer la journée… et de retrouver Terri.

Un tour rapide de l'appartement lui avait appris qu'elle n'était pas encore levée, alors il lui avait griffonné un petit message pour lui expliquer où il était, au cas où elle se réveillerait pendant son absence. Puis il était descendu dans les bureaux pour s'assurer que rien ne requérait son attention avant de partir.

Quand il était remonté à l'appartement, Terri était debout et pleine de vitalité, visiblement pas plus affectée que lui par le manque de sommeil. Elle s'était douchée, habillée, et était prête à sortir. Bastien l'avait emmenée au *Stage Deli* pour le petit déjeuner, et il l'avait regardée manger avec un enthousiasme qui ne cessait de l'étonner, avant de l'emmener à pied au musée. Et ils marchaient depuis lors, Terri zigzaguant entre les vitrines, Bastien la suivant de près, son attention divisée entre les merveilles du musée et la joie inébranlable qu'affichait sa compagne. Il avait été si distrait par tout cela qu'il n'avait pas essayé de lire son esprit.

— Vous ai-je dit que Kate a appelé ce matin pendant que vous étiez au bureau ? demanda Terri.

Bastien cligna des yeux, interrompu dans sa tentative.

— Non. Vraiment ?

— Oui. Elle a paru surprise que nous allions au musée. J'ai cru comprendre que vous ne preniez pas beaucoup de congés.

— Euh… non, je suis accro au travail, admit-il.

Et encore, le mot était faible. Jusqu'à présent, le travail avait été tout pour Bastien.

Terri hocha la tête.

— J'espère que vous ne pensez pas devoir me balader. Je veux dire, j'aime ce que nous faisons, lui assura-t-elle. Mais je ne veux pas que ça interfère dans vos affaires.

— Ma réunion a été annulée, rappela-t-il sans préciser qu'il en était le premier responsable.

C'était lui le participant principal qui n'était pas disponible. Et il n'avait pas l'intention de l'être avant la semaine suivante.

L'expression de Terri s'éclaira.

— Mais oui, c'est vrai.

Apparemment rassurée, Terri se détendit et finit son sandwich. Bastien la regarda, fasciné par sa bouche tandis qu'elle mâchait et avalait. Il se demanda pendant une seconde comment ce serait de l'embrasser. La sensation que lui feraient ses lèvres contre les siennes. Si elles étaient aussi douces qu'elles semblaient l'être.

— Ai-je quelque chose sur le visage ? voulut savoir Terri, soudain consciente qu'il la regardait avec insistance.

Bastien cligna des yeux, surpris par la question, puis il tourna le regard vers son déjeuner. Elle remarqua qu'il n'en avait grignoté que la moitié, alors qu'elle avait terminé le sien. Il ne semblait pas manger beaucoup. Il picorait sa nourriture, comme ce matin encore. Terri était un peu gênée de son propre appétit, en comparaison, mais elle était toujours affamée au réveil.

Elle le regarda lever le sandwich jusqu'à sa bouche. Il prit une bouchée et mâcha avec une expression perplexe. Cela la fascina.

— Y a-t-il quelque chose qui ne va pas avec le pain ou la garniture ?

— Quoi ? (Il reporta son attention sur elle.) Oh, non, je suis juste étonné que ça ait si bon goût.

Terri éclata de rire. Il disait parfois les choses les plus étranges. Alors qu'ils visitaient l'aile consacrée à la Renaissance, il avait parlé avec beaucoup d'autorité de cette période, et ses connaissances étaient telles qu'elle avait fini par lui demander s'il avait pris des cours d'histoire à l'université. Cela avait paru le mettre mal à l'aise, et il avait marmonné qu'il avait assisté à un ou deux.

— Vous avez des frères ou des sœurs ?

Terri sursauta. Elle ne s'était pas attendue à ce genre de question.

— Non. Je suis fille unique.

— Oh, oui. Kate m'en a parlé. Vous êtes la fille unique d'une famille monoparentale.

Elle hocha la tête.

— Ça a été dur pour ma mère, mais c'était une femme merveilleuse. Elle travaillait dur. Nous n'avions pas toujours beaucoup d'argent, mais de l'amour à revendre. (Elle inclina la tête avec curiosité.) Vous avez encore un frère et une sœur en plus de Lucern, n'est-ce pas ? Et vous avez grandi avec vos deux parents ? Ça doit être super de faire partie d'une famille nombreuse.

Bastien ricana.

— Des fois. Et d'autres, c'est une plaie.

— Mais vous ne les échangeriez contre rien au monde, j'en suis sûre, supposa-t-elle, lisant l'affection qu'il avait pour eux dans son regard.

— Non, en effet, reconnut-il. Même s'il m'est arrivé de penser que j'aimerais bien.

— Dites-moi tout, le pressa-t-elle, et elle l'écouta, amusée. Elle se rendait bien compte que Bastien enjolivait son histoire au fur et à mesure qu'il la racontait. Ses hésitations et ses pauses le trahissaient. Mais elle commençait à s'y habituer. Ils avaient beaucoup parlé en trois jours, et elle était quasiment certaine qu'il faisait de même pour chacune des choses personnelles qu'il lui disait. Cela ne dérangeait pas vraiment Terri. Elle aimait l'écouter et lui parler. Elle aimait être avec lui.

Elle vit ses yeux briller lorsqu'il évoqua un souvenir heureux, puis l'attention de Terri fut attirée par sa bouche. Il plissa les lèvres quand il s'autodénigra, puis esquissa une moue ironique. Terri les regarda bouger alors qu'il parlait, fascinée par leurs contours et la rondeur de sa lèvre inférieure comparée à la supérieure. Et elle se demanda ce qu'elle ressentirait s'il l'embrassait.

Étonnée et alarmée, Terri sursauta quand cette pensée lui traversa l'esprit. Elle se redressa vivement. Elle avait toujours trouvé Bastien attirant et intéressant. Les trois derniers jours avaient été merveilleux, et elle s'était réveillée chaque matin en se demandant ce que la journée lui réservait. Mais elle n'avait pas compris qu'elle était réellement attirée par l'homme assis à côté d'elle. Seigneur Dieu, elle avait un problème. Elle en prenait soudain conscience. Puis elle se rendit compte que Bastien s'était tu. Elle croisa vivement son regard et écarquilla un peu les yeux en découvrant son expression.

— Je…, commença-t-elle.

Il l'interrompit en lui prenant le visage à deux mains pour l'attirer vers lui, et posa sa bouche sur la sienne.

Terri n'avait pas été embrassée ainsi depuis si longtemps qu'elle fut submergée par la sensation provoquée par sa langue dans sa bouche. Son cerveau dut faire face à une pléthore de réponses, allant de la confusion au désarroi. Puis le plaisir prit le dessus et envahit son esprit, et Terri se détendit contre Bastien, poussant un léger soupir entre ses lèvres. Au même instant, un concert de cris d'oiseaux se fit entendre. Ils s'écartèrent et se tournèrent vers les pigeons qui se disputaient les dernières miettes du pain apporté par le vieil homme.

— Je suis désolé, dit Bastien quand leurs yeux se croisèrent.

— Vraiment ? demanda-t-elle d'une voix rauque.

— Non.

— Moi non plus.

Ils gardèrent le silence un instant. Bastien observa les oiseaux qui s'étaient rassemblés autour de leur bienfaiteur. Son sac était vide, et ils avaient encore faim.

Bastien leur jeta le reste de son sandwich, se racla la gorge et tourna la tête vers Terri.

— Voulez-vous poursuivre la visite ? Sinon, nous pourrions revenir au musée un autre jour.

Terri hésita. Pour être honnête, elle en avait assez vu pour le moment. Ses pieds allaient bien, mais ils seraient très vite fatigués. Et par-dessus tout, si elle continuait, elle craignait que tout finisse par s'embrouiller dans sa tête. Mais elle était prête à risquer l'un comme l'autre pour que cet interlude ne finisse jamais.

— Nous pourrions faire un peu de shopping, suggéra Bastien.

Terri s'éclaira à cette idée. Il ne voulait pas mettre un terme à leur sortie, juste changer un peu leurs plans, et sa suggestion était alléchante. Elle n'avait rien acheté le samedi, après tout. Ils n'avaient fait que du lèche-vitrine, et tout était si cher, en Angleterre. Elle voulait profiter de son séjour à New York pour faire des emplettes.

— J'aimerais beaucoup… si ça ne vous ennuie pas, ajouta-t-elle avec une inquiétude soudaine.

La plupart des hommes détestaient faire du shopping, et elle ne voulait pas ennuyer Bastien en lui faisant faire le tour des magasins pour la deuxième fois en trois jours.

— J'aime faire les boutiques, lui assura-t-il en se levant.

Il lui prit la main avec tant de naturel alors qu'il se tournait vers l'escalier que Terri s'en rendit à peine compte. Quand ce fut le cas, elle se mordilla la lèvre et évita de le regarder. Ils descendirent les marches jusqu'au trottoir devant le musée. Elle se sentait de nouveau comme une adolescente, nerveuse et gauche, et elle avait perdu sa langue.

Ils longèrent la rue en silence. Terri regardait autour d'elle. Ce n'était que son troisième voyage à New York. Elle avait déjà rendu visite à Kate, mais elles avaient passé la majeure partie de leur temps à parler, à faire les courses dans le Village, et à parler encore. Kate et Terri avaient toujours été très proches, davantage des amies que de simples cousines. Elle sourit de l'étrangeté de ses pensées. On aurait dit qu'être amies était plus important qu'être cousines, et c'était la vérité. En quelque sorte. On choisissait ses amis, pas les membres de sa famille.

Terri avait de la chance, parce qu'elle n'avait presque que des amis au sein de la sienne. Celle-ci se composait d'oncles, tantes et cousins merveilleux, aimants et généreux. Terri les adorait. C'était ce qui lui manquait le plus depuis qu'elle vivait en Angleterre : les siens.

— Comment avez-vous atterri en Angleterre ? demanda soudain Bastien, qui lui tenait la porte de chez *Bloomingdale* pour qu'elle le précède à l'intérieur.

Terri réfléchit à la question en silence, submergée par la tristesse.

— J'ai déménagé là-bas quand je me suis mariée. Mon mari était anglais.

— Vous m'avez dit ne pas être mariée, alors je suppose que vous avez divorcé ou que votre époux est mort, dit Bastien à mi-voix. Je pencherais pour la seconde option.

Terri leva un regard surpris sur lui.

— Vous avez raison. Mais qu'est-ce qui vous fait dire ça ?

Il haussa les épaules.

— Une mauvaise expérience vous aurait fait rentrer aux États-Unis. Seuls de bons souvenirs pouvaient vous faire rester dans un pays étranger alors que la raison qui vous y avait fait venir avait disparu, expliqua-t-il. Et puis, seul un imbécile laisserait partir un trésor tel que vous.

Le compliment fit rougir Terri de plaisir, mais sa question et ses paroles firent remonter des souvenirs pénibles à la surface. Elle était si jeune quand elle s'était mariée et expatriée en Angleterre. C'était juste après la mort de sa mère. Elle n'avait pas encore vingt ans, et Ian seulement deux de plus qu'elle. Cela lui avait semblé une grande aventure, au début. Il travaillait pour le gouvernement pendant qu'elle allait à l'université. Ils avaient acheté un petit cottage ensemble, qu'ils avaient retapé pendant deux ans… jusqu'à ce que Ian apprenne qu'il avait la maladie de

Hodgkin et commence à se battre pour survivre, bataille qu'il avait perdue trois ans plus tard.

Terri venait d'obtenir sa licence quand le diagnostic était tombé. Elle avait continué à aller à la fac pendant un temps, puis elle avait abandonné durant la dernière année de la vie de son mari pour être avec lui. À vingt-cinq ans à peine, Terri était devenue veuve, et il ne lui était rien resté au monde qu'une maisonnette et une petite pension.

Elle s'était servie de cette dernière pour payer le reste de ses études et elle avait obtenu un doctorat et décroché un travail à l'université de Leeds. Elle avait passé les cinq dernières années à travailler dur, faisant un boulot qu'elle adorait, consacrant son temps libre au théâtre local. Tout cela lui avait permis d'éviter tout nouvel engagement émotionnel. Au début, elle s'était dit, et elle avait dit aux autres, qui bien intentionnés essayaient de lui présenter des hommes, qu'elle n'était pas prête à vivre une relation avec quelqu'un d'autre. Mais au bout de deux ans, Terri elle-même n'avait plus cru à ce mensonge. La vérité, c'était que encore à présent, à trente-trois ans, elle avait peur de se laisser aller à aimer.

Terri avait à peine survécu à la mort de sa mère. Ian avait été sa planche de salut dans les heures les plus noires. Son beau-frère Dave, le frère d'Ian, et sa belle-sœur Sandi, avaient été là pour l'aider à surmonter le départ de son mari. Depuis lors, elle avait évité tout engagement. Il était plus facile de rester célibataire, de ne pas se laisser toucher par des sentiments qui tôt ou tard pouvaient vous briser le cœur.

Ou du moins l'avait-elle toujours pensé. Et pourtant elle était là, marchant main dans la main avec Bastien, après avoir échangé son premier vrai baiser en dix ans.

Sans vraiment y penser, Terri dégagea sa main, s'arrêtant pour regarder un comptoir et prendre un petit sac noir afin de l'examiner de plus près. Elle n'avait pas pu s'empêcher de reprendre ses distances avec Bastien, tant physiquement que mentalement. Elle avait baissé sa garde l'espace de quelques minutes, mais à présent sa carapace était de nouveau fermement en place. C'était ce qu'il y avait de mieux pour elle.

Terri n'aimait pas penser qu'elle était lâche. Elle pouvait endurer toutes les douleurs physiques que la vie avait en réserve pour elle, mais les souffrances émotionnelles, c'était une autre histoire. Quand elle tombait amoureuse, c'était si profondément qu'elle traversait un enfer quand l'amour lui était arraché, par la mort ou la trahison. Elle ne se soumettrait pas volontairement à ce genre d'agonie. Et elle craignait à présent que si elle n'était pas prudente, Bastien allait lui briser le cœur. Ce serait si facile de l'aimer. Mais Terri ne voyait pas un homme aussi beau et doué pour les affaires que lui s'enticher de sa petite personne ennuyeuse. Il finirait par passer à autre chose, à continuer à chercher celle qui était faite pour lui. Et, même si ce n'était pas le cas, il n'était pas invincible. Il avait dit prendre des médicaments, et il avait une potence à intraveineuse dans le placard de sa chambre. Bastien pouvait mourir et la laisser seule au monde, comme tous ceux qu'elle avait aimés. Il était plus facile de ne pas tomber amoureuse de lui pour commencer. Désormais, elle allait garder ses distances, décida-t-elle. Si seulement elle n'avait pas accepté de l'accompagner voir une pièce le soir même, suivie par un dîner en tête à tête, quand il le lui avait proposé pendant le petit déjeuner...

— Seigneur Dieu, on ne peut pas vous lâcher ! (Vincent Argeneau s'arrêta dans l'entrée pour regarder les sacs que portaient Bastien et Terri, bouche bée.) Vous pensez avoir fait suffisamment d'achats ?

— Oui, je crois, répondit Terri en riant, avant d'ajouter : La plupart sont à Bastien.

Quand Vincent haussa les sourcils et se tourna vers son cousin, Terri éclata de rire. Bastien prit un air chagriné. Il ne plaisantait pas quand il avait dit aimer faire les magasins. Elle n'avait jamais vu quiconque, homme ou femme, le faire avec autant de sérieux que lui. Heureusement qu'il était riche, sinon il serait ruiné ! Bastien était un enragé du shopping.

— J'avais besoin de quelques vêtements décontractés, dit-il sur un ton d'excuse, incapable de déguiser son embarras. Je n'avais même pas un jean, et j'ai pensé qu'il était temps que je remédie à ça.

— Hum hum. (Vincent approcha pour jeter un coup d'œil dans un ou deux sachets.) Tu avais envie de nouvelles fringues, n'est-ce pas ? demanda-t-il avec un grand sourire malicieux, et quand Bastien rougit, il poursuivit : Eh bien, même si ça me démange de te tourmenter encore un peu au sujet de ce besoin soudain de t'habiller d'une manière plus jeune, plus décontractée, sans oublier plus séduisante, ta secrétaire a insisté pour que tu l'appelles avant qu'elle quitte le bureau. Et comme il est déjà 16 h 45…

— Elle a dit que c'était important ? l'interrompit Bastien, posant ses paquets. Il vaut mieux que j'aille faire un tour au bureau pour voir de quoi il s'agit. Meredith n'exagère jamais. Si elle dit que c'est important, alors ça l'est certainement.

» Laissez tout ça dans l'entrée pour le moment, Terri. Je m'en chargerai en rentrant, ajouta-t-il en se retournant pour appuyer sur le bouton d'appel de l'ascenseur. Meredith a fait livrer des provisions ? demanda-t-il à son cousin.

— Oh, oui, répondit Vincent, pince-sans-rire. Elle a pensé à tout. Tu as maintenant assez de nourriture, sans parler de vaisselle, pour une petite armée. J'espère que tes invités ont bon appétit. En fait, je sais déjà que c'est le cas de C.K. Pour un homme aussi mince, il mange comme quatre.

— Il doit s'ennuyer à mourir, alors il mange pour passer le temps, suggéra Terri.

Vincent sembla réfléchir à cette possibilité, puis il secoua la tête.

— Non. Il édite des bouquins devant la télévision. Il y a une sorte de marathon de séries anglaises. Elles sont plutôt bonnes, d'ailleurs.

— Vous devriez regarder si vous trouvez de quoi prendre un en-cas, Terri. Notre réservation pour dîner est prévue après la pièce, dit Bastien alors que les portes de l'ascenseur commençaient à se refermer. Je serai de retour dans quelques minutes.

— Hum, murmura Terri quand la cage commença à descendre. Je me demande ce qui est si urgent.

Vincent haussa les épaules.

— Meredith ne me l'a pas dit.

— Eh bien, je suppose que nous le saurons assez tôt, déclara-t-elle, philosophe. (Elle posa les sachets qu'elle portait pour Bastien.) En attendant, je vais manger un petit morceau.

— Je vous accompagne. Moi aussi j'ai un petit creux, annonça Vincent.

Et il la suivit dans la cuisine.

Chapitre 7

— Je ne vois pas quel est le problème, dit Bastien dans le téléphone avec une patience forcée.

Il parlait au fleuriste. Il n'arrivait pas à croire que Meredith l'ait appelé pour une chose aussi triviale que les arrangements prévus pour le mariage de Lucern et Kate. Bien sûr, il était prêt à reconnaître que Kate, en tant que futur mariée, aurait trouvé cela de la plus haute importance, mais le problème en question n'en semblait pas vraiment un pour lui. Pourtant le fleuriste, un homme à la voix malheureusement haut perchée et affublé d'un zézaiement, agissait comme s'il s'agissait d'une catastrophe majeure.

— Je viens de vous l'expliquer, monsieur Argeneau, répondit son interlocuteur d'un ton exaspéré. Toutes les roses Sterling de notre horticulteur ont été frappées par…

— Oui. Oui. Elles ont été mangées par des pucerons.

— Pas des pucerons, monsieur, corrigea le fleuriste avec une grande patience. C'était…

— Aucune importance, l'interrompit Bastien, la sienne ayant atteint ses limites.

Le fleuriste faisait une montagne d'une taupinière. La solution paraissait pourtant très simple.

— Les roses de votre bonhomme sont fichues. Trouvez-en un autre qui les produise.

Il y eut une brève pause, suivie d'un long soupir.

— Monsieur Argeneau, on ne peut pas simplement se rendre à la roseraie du coin pour acheter des *centaines* de roses Sterling. Ce sont des fleurs rares. Elles sont coupées avant d'avoir fini de pousser.

— Alors substituez-leur une autre rose, suggéra Bastien.

— La rose Sterling devait être la pièce centrale de tout le mariage ! gémit l'homme. Toutes les compositions florales et les couleurs ont été choisies pour la mettre en valeur. On ne peut pas…

Bastien fronça les sourcils, tendant l'oreille quand le silence se fit soudain dans l'écouteur. Il était certain d'avoir entendu un sanglot dans la voix du fleuriste avant qu'il se taise. Il devait être l'un de ces artistes émotifs, songea Bastien… même s'il n'aurait jamais pensé qu'un fleuriste puisse être un artiste. Mais cet homme en avait le tempérament.

— Allô ? Roger, c'est ça ?

— Roberto, cracha le fleuriste, puis il s'éclaircit la voix. Je suis désolé. Mon assistant vient de m'apporter un fax. J'ai une autre mauvaise nouvelle. Cette fois au sujet des vases que Mlle Leever a commandés.

— Oui ? s'enquit Bastien d'un ton prudent.

— Il y a eu un incendie à la fabrique. Du coup, les délais ne peuvent plus être respectés. Ils ne seront pas prêts pour le mariage.

— Évidemment, marmonna Bastien, qui se passa la main dans les cheveux en soupirant. Écoutez, mettez des roses dont la couleur est aussi proche que possible de celle de l'originale, et des vases du même style que ceux que voulait Kate, et tout ira bien.

Cela semblait être une solution raisonnable. Mais il comprit au silence qui l'accueillit que le fleuriste n'était pas du tout de son avis.

— Quand Mlle Leever sera-t-elle de retour en ville ? s'enquit enfin Roberto.

— Je ne sais pas précisément, avoua Bastien.

Kate n'avait pas été très claire à ce sujet, tant son départ avait été précipité, et quand Lucern avait appelé pour dire qu'ils étaient arrivés, Bastien avait oublié de lui poser la question. Personnellement, il espérait que le couple serait absent jusqu'au mariage. Il était certain que dès que Kate serait rentrée, Terri n'aurait plus une minute à lui consacrer, et il voulait passer tout son temps avec elle.

— Je *dois* lui parler. Soit vous lui demandez de m'appeler, soit vous me donnez un numéro où je peux la joindre. Il faut absolument que nous réglions ces problèmes tout de suite, afin d'être certains d'avoir ce qu'il nous faudra pour confectionner les décorations de l'église et de la salle de réception.

Ce n'était pas une requête, mais une demande impérieuse.

Bastien fronça les sourcils à l'adresse du téléphone, puis il jeta un coup d'œil à la pendule sur son bureau. Il doutait que Kate soit dans sa chambre d'hôtel en cet instant précis, mais cela valait la peine d'essayer.

— Attendez, aboya-t-il dans le récepteur, puis il mit le fleuriste en attente.

Il appela le bureau de Meredith en espérant qu'elle ne soit pas déjà partie.

— Oui, monsieur ?

Bastien soupira de soulagement.

— Passez-moi l'hôtel de Kate, en Californie, s'il vous plaît, Meredith, ordonna-t-il, puis il ajouta, après réflexion : Et merci d'être restée.

Il n'attendit pas de savoir si elle savait où Kate était descendue. Meredith avait toujours connaissance de tout.

De plus, elle lui avait dit que Kate avait appelé le bureau un peu plus tôt pour laisser un numéro, en cas de besoin.

— Mlle Leever est sur la deux, monsieur, annonça son assistante un instant plus tard.

— Merci.

Bastien appuya sur la touche correspondante, et la voix anxieuse de Kate se fit entendre.

— Meredith m'a fait un bref résumé. Elle dit que tu as Roberto sur une autre ligne. Peux-tu nous mettre en conférence ?

Bastien cligna des yeux. Il n'était pas surpris que Meredith ait pris cette initiative pour lui faire gagner du temps. C'était une excellente secrétaire. Et heureusement, pour être sûr que quelqu'un le rappellerait, Roberto lui avait exposé son problème quand il avait appelé pour la première fois. Si Bastien était surpris, c'était à cause de la panique audible dans la voix de Kate. Elle lui avait toujours semblé être une femme sensée. Ce genre de réaction à cause de la perte d'une seule fleur et d'un vase stupide était un peu disproportionné. Le monde entier était-il devenu fou ?

Ce doit être la fièvre du printemps, songea-t-il.

C'était sans doute aussi une bonne explication à sa fascination pour Terri.

— Bastien ? Tu peux nous mettre en conférence téléphonique ?

— Euh, oui, répondit-il. Attends. (Il enfonça quelques touches du téléphone.) Allô ?

— Oui, dit la fiancée de Lucern en même temps que le fleuriste couinait : Monsieur Argeneau ?

— Oh, Roberto ! s'écria Kate, soulagée, reconnaissant apparemment sa voix.

Bastien se renfonça dans son siège et se tourna les pouces pendant que la future mariée et son fleuriste entraient en mode de crise, gémissaient de détresse sur la perte des roses Sterling, puis échangeaient des exclamations horrifiées sur le retard annoncé pour la livraison des vases. C'était vraiment trop, ils étaient d'accord là-dessus. Horrible. Épouvantable. Tragique.

— Tragique, acquiesça Bastien pour qu'ils ne s'imaginent pas qu'il n'écoutait pas ou qu'il se désintéressait de ce qui se passait.

Mais il n'avait pas entendu grand-chose. Il voulait qu'ils se dépêchent et commencent enfin à discuter de ce qu'ils allaient faire au lieu de perdre leur temps à se lamenter sur les manières dont cela pouvait ruiner le mariage.

— Oh, mon Dieu !

Terri se tenait bouche bée devant les placards de la cuisine pleins à craquer. Ils étaient passés d'entièrement vides à débordant de nourriture en l'espace de deux jours. Il y avait tout ce que n'importe qui aurait pu désirer. La secrétaire de Bastien était vraiment efficace, se dit la jeune femme en balayant du regard le contenu soigneusement rangé des étagères. Elle avait le choix entre tant de choses qu'elle ne savait plus où donner de la tête.

— Vous avez envie d'un truc en particulier, Vincent ? demanda-t-elle.

— Vous êtes au menu ? répondit-il.

Terri éclata de rire, ne prenant pas son commentaire au sérieux. Vinny était acteur. Elle ne doutait pas une seconde que flirter soit chez lui une seconde nature. Il n'en était probablement même plus conscient.

Elle ferma le premier placard et passa au second, ses sourcils se rejoignant au-dessus de son nez quand elle découvrit encore de la nourriture. Elle n'aurait jamais cru que du choix pouvait naître la confusion. Pourtant c'était le cas… Ce qui était ennuyeux, parce que Terri n'avait pas vraiment faim pour l'instant, mais elle savait qu'elle serait affamée au milieu de la représentation si elle ne mangeait pas quelque chose. Mais quoi ? Vincent ne lui serait d'aucune aide. Peut-être C.K. aurait-il une idée ?

Refermant la porte, Terri sourit de manière absente à Vincent quand elle le contourna et retourna au salon.

— Qu'aimeriez-vous manger ? demanda-t-elle à Chris, qui avait quitté sa chambre pour se réinstaller sur le canapé.

Il détourna les yeux de la télévision pour la regarder avec une expression interrogatrice.

— Rien, merci. Je suis plein comme un œuf, répondit-il. J'ai mangé toute la journée, depuis qu'on a apporté de la nourriture.

— Oh.

Terri s'assit pour réfléchir.

— Comment c'était, au Met ? demanda poliment C.K. au bout d'un moment.

— C'était super. (Elle se ragaillardit un peu à ce souvenir.) Ils ont tellement de choses. Nous n'avons pas pu tout voir, bien sûr. C'est tellement grand ! Mais Bastien a dit que nous y retournerions bientôt.

Chris hocha la tête.

— C'est sans doute mieux de le faire en deux fois au lieu d'essayer de tout voir en une seule journée.

— Oui, acquiesça Terri, puis elle demanda : Comment s'est passée la vôtre ?

— Oh, vous savez… Longue. Ennuyeuse, soupira-t-il, puis son regard tomba sur la pile de manuscrits, sur la table basse. J'ai essayé de travailler, mais la douleur me distrait trop.

— Mmm.

Terri hocha la tête, pleine de sympathie alors qu'il se frottait la jambe au-dessus du plâtre. Elle n'avait jamais rien eu de cassé de toute sa vie, donc elle n'avait aucune idée de ce qu'il ressentait. Mais il semblait préférable de ne pas aborder le sujet, alors elle demanda :

— Qu'avez-vous mangé ?

Elle espérait que cela l'aiderait à se décider. Mais la réponse du jeune homme la fit grimacer.

— Chips, fromage et saucisse.

Il haussa les épaules.

— Ce n'est pas un régime très sain, le gronda Terri.

— Personne n'était là pour cuisiner pour moi. J'ai dû me débrouiller, répliqua l'agent, sur la défensive. (Puis il tapota ses béquilles, que Terri n'avait pas remarquées.) Heureusement, la secrétaire de Bastien m'a apporté ces petits bijoux il y a une demi-heure. Je peux me déplacer tout seul, maintenant.

— Tant mieux, dit-elle, consciente que Bastien et Vincent l'avaient aidé à passer d'une pièce à l'autre chaque jour.

Elle ignorait s'ils avaient dû l'aider à se déshabiller et à s'habiller, mais elle se dit qu'il aurait besoin de vêtements de rechange très prochainement. Il faudrait qu'elle en parle à Bastien.

Ayant réglé ce problème, Terri revint au sien. Elle se tourna vers Vincent, qui l'avait suivie hors de la cuisine.

— Vous êtes sûr qu'il n'y a rien qui vous fasse envie ?

Il haussa les épaules.

— Vous sentez tellement bon que vous en êtes appétissante.

Terri rit et secoua la tête. Elle aimait sa façon de flirter. D'autant qu'elle était sûre qu'il était pratiquement inoffensif. Contrairement à son cousin, qui ne flirtait pas mais savait endormir une fille en lui donnant un faux sentiment de sécurité en parlant de tout et de rien, de la vie en général, en l'amusant et en la fascinant avec les histoires de son enfance et de sa vie présente, jusqu'à ce qu'elle ait mal aux mâchoires à force de sourire et de rire si souvent. Bastien n'avait pas une seule fois essayé de la draguer depuis son arrivée, il l'avait seulement laissée profiter de sa compagnie, jusqu'à ce que… boum ! Il la prenne par surprise en l'attirant vers lui et en l'embrassant avec une ardeur qui avait éveillé sa passion de manière abrupte et étonnante.

Passion qu'elle ignorait posséder, admit Terri, malheureuse, en retournant dans la cuisine pour regarder le contenu du réfrigérateur. Bastien était de loin le plus dangereux des deux hommes. Du moins pour le cœur de la jeune femme.

Bastien écoutait la conversation d'une oreille distraite, son esprit revenant à Terri et à ce qui s'était passé entre eux. Elle avait eu le goût du smoothie à la fraise qu'elle venait de boire, douce et délicieuse. Même s'il avait été trop bref, à cause de ces maudits oiseaux, leur baiser avait été intense. Bastien en avait tout oublié. Il était là, devant le musée où tout le monde pouvait le voir, mais il s'en fichait. Il aurait aimé continuer à ne plus penser à rien sinon à la femme qui était avec lui… et il l'aurait fait, sans ces stupides volatiles.

—Maudits pigeons, marmonna-t-il.

—Quels pigeons ? demanda Kate.

—Ceux qui m'ont interrompu quand j'ai embrassé Terri.

—Tu as embrassé Terri ? s'exclama Lucern.

—Je t'avais bien dit qu'il tombait amoureux d'elle, chéri, s'écria Kate, ravie.

Bastien cligna des yeux, un peu perdu, se rendant compte que son frère s'était joint à la conversation et qu'il n'était plus question de fleurs.

— Luc ? Quand t'es-tu joint à la conférence ?

— J'ai pris l'autre téléphone quand tu as mis Kate en attente. C'est mon mariage à moi aussi, répondit l'intéressé en guise d'explication. Maintenant, cesse de changer de sujet. Comment c'était ?

— Comment était quoi ?

— Le baiser.

— Je...

Bastien marqua une pause, ne trouvant pas ses mots. Le baiser avait été merveilleux. Doux et passionné, il l'avait laissé avec une envie de recommencer. Mais il ne leur dirait pas cela.

Et il fut sauvé par la personne la plus inattendue qui soit : Roberto.

— Hum. Pourrions-nous revenir à nos moutons ?

Le fleuriste avait un ton bien prude, soudain. C'en était fini des drames et des gémissements.

— Oh, oui, Roberto, bien sûr, soupira Kate. Je crois que votre idée est la meilleure. Avez-vous l'adresse de Bastien ?

— Pourquoi aurait-il besoin de mon adresse ? demanda Bastien.

Qu'avait-il manqué pendant qu'il revivait le baiser échangé avec Terri ?

— Pour t'envoyer des compositions florales. Tu les prendras en photo avec ton appareil numérique et tu les enverras à Kate par e-mail, dit Lucern. Tu n'écoutais pas, n'est-ce pas ? Je pense que tu rêvais tout éveillé de Terri.

— Je t'aimais mieux quand ton mode de communication préféré, c'étaient les grognements, rétorqua Bastien.

Il fut surpris d'entendre son frère aîné glousser.

— Très bien, dit Roberto, aussi coincé qu'une vieille fille. Oui, j'ai noté l'adresse. Je m'y mets tout de suite, et je les ferai livrer à la première heure demain matin pour que

M. Argeneau puisse prendre des photos. Par pitié, je vous en conjure, choisissez aussi vite que possible, pour que nous soyons sûrs d'avoir ce qu'il nous faut à temps.

— Oui, Roberto, c'est promis, lui assura Kate. Lucern ou moi vérifierons toutes les heures pour voir si nous avons reçu un e-mail, et nous ferons notre choix immédiatement après.

— Parfait, parfait.

Roberto prit encore un moment pour exprimer combien tout cela était tragique avant de leur dire au revoir et de raccrocher.

— Eh bien ? murmura Kate quand il eut quitté la conversation.

— Oui, Bastien, eh bien ? répéta Lucern.

— Eh bien, je vous enverrai des photos à la seconde où les compositions arriveront, répondit vivement Bastien. Maintenant, il faut que j'y aille si je veux être prêt à temps pour emmener Terri au théâtre ce soir. Salut.

Et il raccrocha avant que Kate ou Lucern ait pu protester. Puis il esquissa un large sourire à l'idée d'avoir su éviter si brillamment d'être mis sur le gril.

Sifflotant entre ses dents, Bastien se leva et se dirigea vers le bar, dans un coin de la pièce. Deux réfrigérateurs se trouvaient derrière, l'un sans clé et l'autre, plus petit, toujours verrouillé. Il sortit une poche de sang de ce dernier, puis ouvrit la bouche et planta ses crocs, qui s'étaient allongés, dedans.

Bastien vérifia ses messages pendant qu'il se nourrissait. Aucun ne semblait urgent, autrement dit, soit il avait des gens extrêmement compétents qui travaillaient pour lui, soit il n'était pas aussi indispensable qu'il le croyait.

Peut-être était-ce une bonne chose, se dit-il. Il jeta la poche vide dans la poubelle sous son bureau, sortit et souhaita une bonne soirée à Meredith, qui rassemblait ses affaires pour s'en aller, puis gagna l'ascenseur menant à l'appartement.

Bastien pensa à la soirée qui l'attendait tandis qu'il montait. Il avait environ une heure pour se préparer, ce qui serait bien suffisant. Ensuite, il avait réservé dans un petit restaurant italien pas très loin du théâtre. Il espérait que Terri aimait ce genre de cuisine. Si sa mémoire était bonne, elle avait toujours été l'une de ses préférées à l'époque… eh bien, à l'époque où il avait encore apprécié la nourriture.

Quand les portes s'ouvrirent à l'intérieur de l'appartement, il débattait avec lui-même, se demandant s'ils prendraient un taxi ou une voiture. Un taxi, pensa-t-il. C'était la meilleure option. Il n'avait pas envie de devoir chercher une place de parking.

— Vous aimez le fromage sur la salade ? demanda Terri en finissant de trancher le céleri.

Elle s'était dit qu'une salade ferait l'affaire. C'était sain, rapide à préparer, et assez léger pour l'aider à tenir jusqu'au repas tout en lui procurant une sensation de satiété.

— Oui, tout ce que vous voudrez, répondit Vincent.

Il était appuyé au comptoir non loin d'elle, les bras croisés sur la poitrine et les jambes au niveau des chevilles, image même de la relaxation. Ils avaient passé le temps en discutant agréablement de son séjour. Vincent voulait savoir où Bastien l'avait emmenée, et si elle s'était amusée.

Terri avait parlé avec beaucoup d'enthousiasme de tout ce qu'elle avait vu et fait et de Bastien, bien sûr, si gentil, drôle et intelligent, qui semblait rendre tout beaucoup plus intéressant par sa seule présence. Puis elle s'était écoutée et elle s'était rendu compte qu'elle était bien trop exubérante. Si pitoyable… comme une femme en train de tomber amoureuse.

Elle s'était tue d'un coup et lui avait posé la question, pour le fromage.

—Je n'avais pas vu Bastien comme ça depuis très, très longtemps.

Le commentaire de Vincent attira le regard curieux de Terri.

—Comme quoi ?

—Heureux.

Terri sentit son cœur bondir d'excitation et d'espoir, mais elle étouffa vite ces sentiments. Baissant la tête, elle reporta toute son attention sur ce qu'elle faisait.

—Oh ?

—Oui. Nous étions jeunes, alors. Presque des gamins comparés à maintenant.

Sa voix prit un ton ironique sans que Terri sache pourquoi, mais elle n'y pensa plus dès qu'il ajouta :

—Et il était amoureux.

Ces mots eurent un effet étrange sur Terri. Au début, elle fut sous le choc. Puis elle éprouva un pincement douloureux à l'emplacement du cœur.

Réactions stupides, l'une et l'autre, pensa-t-elle distraitement.

Un homme ne pouvait pas atteindre l'âge de Bastien sans être tombé amoureux au moins une fois. Terri n'avait pas encore posé la question, mais elle supposait qu'il avait son âge ou un peu plus. De plus, elle *ne l'aimait pas*, s'assura-t-elle, donc elle n'avait aucun droit d'éprouver quoi que ce soit parce qu'il avait déjà aimé.

—Cette femme lui a brisé le cœur, annonça Vincent. Je détesterais que vous fassiez la même chose.

Terri fut tellement stupéfaite par cette déclaration, et ce qu'elle laissait entendre sur les sentiments de Bastien, qu'elle tourna vivement la tête pour regarder Vincent, bouche bée, sans arrêter son geste.

Vincent avait, lui, les yeux rivés sur le céleri qu'elle coupait. Terri put lire de l'inquiétude sur son visage.

—Attention, vous allez vous couper le…

—Aïe!

Terri bondit et lâcha le couteau alors qu'une vive douleur irradiait de son index gauche. Réagissant instinctivement, elle prit sa main blessée et la ramena contre elle, la tenant serrée contre sa poitrine dans un vain effort pour faire cesser la douleur, sans parler d'arrêter le saignement.

Vincent se précipita vers elle.

—Laissez-moi voir.

Terri hésita, puis leva les deux mains et se força à ouvrir les doigts et à montrer la blessure. Et elle rougit d'embarras. Cela lui avait fait un mal de chien, pourtant ce n'était qu'une toute petite coupure… et elle avait réagi comme si elle venait de perdre un membre.

—Parfois, les plus petites entailles sont les plus douloureuses, dit Vincent, comme s'il avait lu dans ses pensées.

Il examinait la blessure, et la petite goutte de sang qui avait perlé, avec une fascination presque perturbante. Surtout quand il la renifla comme une fleur.

—Vincent!

La voix de Bastien claqua comme un fouet, et Vincent et Terri sursautèrent. Retirant sa main, la jeune femme se tourna avec un sourire un peu hésitant vers son hôte. Il ne remarqua même pas ses efforts. Son regard était rivé sur son cousin.

—Salut, Bastien. Les trente dernières minutes auraient-elles été difficiles? le taquina Vincent d'un ton léger.

(Il désigna Terri d'un geste de la main.) Elle s'est blessée en coupant du céleri. Je jetais juste un petit coup d'œil.

Bastien s'avança et se radoucit aussitôt, l'inquiétude remplaçant la colère. D'un autre côté, il était soulagé. Quand il avait senti du sang en entrant dans la cuisine, il s'était imaginé le pire. L'odeur, en plus de la manière dont Vincent et Terri se tenaient, tout près l'un de l'autre, lui avait fait penser que son cousin avait mordu la jeune femme. Il était content d'avoir eu tort.

— C'est grave ?

— Heureusement, non. (Vincent s'écarta pour lui laisser la place, afin qu'il puisse examiner la coupure lui-même.) Un pansement devrait faire l'affaire. Je vais voir si nous en avons.

Bastien, bien que conscient que Vincent se glissait hors de la pièce, préféra se concentrer sur la main de Terri, qu'il leva pour étudier son doigt. Soulagé, il constata que son cousin avait raison. L'entaille était petite et peu profonde et n'avait sans doute même pas besoin d'être pansée. Mais l'odeur des quelques gouttes de sang versé était assez enivrante pour que Bastien en ait la tête qui tourne. Il supposa qu'elle avait eu un effet bien pire sur Vincent, qui chassait la nuit et n'avait encore rien mangé de la journée. Dans ce cas, il lui devait des excuses. Il venait d'ingérer une poche de sang et il avait du mal à ne pas fourrer l'index de Terri dans sa bouche pour le lécher. Pourtant, Vincent avait résisté, malgré la faim qui devait le tenailler.

— Ce n'est pas grand-chose, mais je vais voir si Vincent a réussi à trouver un bandage, grogna-t-il.

Il lui lâcha la main et quitta la cuisine en vitesse, fuyant la tentation en partant à la recherche de son cousin. Il le trouva dans le bureau, au fond de l'appartement, arpentant la pièce comme un tigre affamé.

— Je ne l'ai pas mordue, dit-il aussitôt. Nous parlions juste de toi.

— Je sais. Je suis désolé, commença Bastien, puis il marqua une pause et cligna des yeux. De moi ?

Vincent se détendit et hocha la tête.

— Elle t'aime bien, Bastien. Je veux dire, elle t'aime vraiment *beaucoup*. Mais elle a peur de quelque chose, et ça l'empêche de donner libre cours à ses sentiments. Elle pourrait ne pas être une conquête facile.

— Je ne veux pas la conquérir, Vincent. Elle n'est pas un pays étranger dont je convoite les richesses.

— Alors qu'est-ce que tu attends d'elle ?

Bastien resta silencieux. Il ne connaissait pas la réponse. Il n'avait pas été fasciné ainsi par une femme depuis très longtemps, sinon jamais. Il ne se rappelait même pas avoir été aussi attiré par Joséphine. Il ne s'était certainement jamais senti aussi à l'aise avec la femme qu'il avait toujours considérée comme l'amour de sa vie. Il y avait quelque chose de si naturel chez Terri. Elle exprimait ses sentiments sans se préoccuper de ce que les autres pouvaient en penser. Elle ne faisait pas semblant de savoir une chose si ce n'était pas le cas, de peur d'avoir l'air stupide. Terri était honnête et tolérante. Il n'avait pas besoin d'endosser un rôle en sa compagnie et il semblait lui plaire comme il était. Et il avait envie d'être aussi honnête avec elle qu'elle l'était avec lui. Il devait sans cesse lutter contre cette pulsion, craignant de lui révéler qu'il était un vampire… et qu'elle lui tourne le dos, comme Joséphine.

— Il faudra que tu coures le risque, un jour ou l'autre, si tu veux avoir une relation sérieuse avec elle. Mais n'oublie pas, c'est une nouvelle ère. Maintenant, les vampires sont « in ». Terri pourrait ne pas réagir du tout comme Joséphine.

Vincent n'essayait même pas de prétendre qu'il n'avait pas lu dans ses pensées. Pris dans un tourbillon, Bastien avait oublié de les lui cacher.

— Tu peux entrer dans son esprit ?

Bastien secoua la tête. Il avait essayé pendant qu'ils faisaient les boutiques, en vain.

Vincent hocha la tête, solennel.

— Tu vas devoir le lui dire. Kate peut peut-être t'aider. Elles sont cousines. Terri le prendra sans doute mieux venant d'elle. (Vincent gagna la porte.) Je sors prendre un en-cas. Passe une bonne soirée.

Bastien regarda la porte se refermer sur son cousin et resta là, sans bouger, pendant plusieurs minutes. Il se sentait agité, vide et affamé. Cette dernière pensée lui fit traverser la pièce, ouvrir le réfrigérateur verrouillé caché dans son bureau et en tirer une poche de sang. Il y planta les dents, la vida en vitesse et la jeta dans la poubelle avec dégoût. Cela ne le guérit pas. Bastien se sentait toujours vide. Il n'avait pas soif de sang. Ce n'était pas ce qu'il désirait. Ce qu'il voulait, c'était quelqu'un qui lui appartienne. Et appartenir à quelqu'un. Une personne qui puisse accepter ses différences et les faire siennes. Il voulait un amour inconditionnel. Ou, plus précisément, il voulait l'amour inconditionnel de Terri.

— C'était merveilleux.

Bastien sourit de l'expression enthousiaste de Terri, de ses joues roses de plaisir. Se disant qu'elle apprécierait sûrement, il l'avait emmenée voir *Le Fantôme de l'Opéra*, et il avait beaucoup aimé lui-même.

— Vous avez faim ?

— Je suis affamée, admit-elle en riant. Cette salade n'a duré que jusqu'au milieu de la pièce. Et vous ?

— J'avoue que grignoter un petit quelque chose me ferait du bien, répondit Bastien.

Il n'avait pas vraiment faim, mais il était impatient de s'asseoir en face de Terri, à table, et de regarder ses yeux danser et briller et son expression sans cesse changeante pendant qu'elle parlait.

— Le restaurant n'est qu'à un pâté de maisons. Croyez-vous pouvoir y aller à pied avec vos hauts talons ou dois-je héler un taxi ?

— Marcher sera parfait, répondit-elle. J'ai l'habitude de porter des talons toute la journée quand je travaille.

— Cela vous va bien.

Bastien baissa les yeux sur sa petite robe de cocktail noire, ses jambes moulées dans des collants assortis et ses escarpins à talons hauts. Terri était très belle, et incroyablement sexy, même si sa robe ne révélait rien. Elle était sans manche et courte, mais pas indécente, s'arrêtant juste au-dessus du genou. Et son décolleté en V ne faisait que suggérer plus que montrer la naissance de ses seins.

Ils discutèrent du spectacle pendant qu'ils marchaient, des décors à la musique en passant par les costumes. Leur conversation devint un peu plus modérée quand ils arrivèrent au restaurant et qu'on les plaça à leur table pour leur donner le menu. Celui de Terri n'avait aucun prix indiqué, et il sourit de la voir froncer les sourcils, un peu vexée. Il n'était pas question qu'elle paie le dîner. Ce soir, elle allait devoir faire taire sa fierté. Il voulait la traiter comme elle le méritait, et elle boirait, mangerait et serait servie comme une princesse.

La nourriture était délicieuse et le service impeccable, mais à la moitié du repas Bastien commença à regretter d'avoir invité Terri dans un restaurant si huppé. La riche clientèle parlait à mi-voix, et l'ambiance feutrée les rendait tous deux beaucoup moins bavards. L'enthousiasme de Terri et le son cristallin de son rire manquaient déjà à Bastien.

Dès qu'elle eut fini de manger, il lui proposa d'aller prendre un verre dans un établissement qu'il connaissait, non loin de là. Il déduisit de l'empressement avec lequel elle accepta que si Terri avait apprécié la nourriture, elle aussi aurait préféré une atmosphère un peu plus propice à la discussion. Bastien soupçonnait que la jeune femme au naturel si enjoué souffrait de devoir se refréner ainsi.

Ils se rendirent chez *Maison* à pied, un bar-restaurant où l'ambiance leur permettrait de bavarder confortablement. Le patio était ouvert et plein de gens qui profitaient de l'air nocturne étonnamment doux pour la saison. Bastien fut heureux que Terri suggère qu'ils s'y installent.

Leur conversation revint au spectacle. Terri l'avait tellement apprécié que Bastien décida qu'ils devraient peut-être essayer d'en voir un ou deux autres pendant qu'elle était en ville. Cette pensée lui rappela qu'elle retournerait bientôt en Angleterre, et il découvrit que cette idée le faisait grimacer. Il aimait sa compagnie et pouvoir s'échapper d'une vie qui jusque-là lui avait semblée normale… mais qui rétrospectivement avait été morne et ennuyeuse, focalisée sur les affaires sans que rien d'autre n'y ait de place.

Comment avait-il pu vivre une existence aussi vide pendant si longtemps alors que la vie avait tant de plaisirs à offrir ?

CHAPITRE 8

S'arrêtant au beau milieu d'une histoire dont les adolescentes Kate et Terri étaient les héroïnes, Terri tourna la tête en sursautant quand elle entendit un client demander l'heure à une serveuse et la réponse de la jeune femme.

— A-t-elle dit qu'il était 4 h 20 ? demanda-t-elle, oubliant ce qu'elle disait.

— Vous croyez ? Non, c'est impossible. Vous avez dû mal entendre. Il ne peut pas être déjà si t... Mais si ! s'exclama Bastien d'un ton surpris en regardant sa montre.

Il leva vers elle un regard stupéfait, et ils se regardèrent un instant en silence, avant d'éclater de rire.

— Je crois que nous avons perdu toute notion du temps, constata Terri avec un large sourire.

— En effet, acquiesça-t-il. Mais nous avons tendance à faire ça. Parler, je veux dire. J'aime discuter avec vous.

— Moi aussi, avoua Terri, puis elle détourna les yeux pour chercher quelque chose qui pourrait la distraire des émotions qu'elle sentait monter en elle. (Le patio n'était plus aussi plein qu'à leur arrivée, mais il restait encore une dizaine de tables occupées.) Je me demande pourquoi ils n'ont pas encore fermé. Je croyais que les bars fermaient à 4 heures, ici ?

— Je ne sais pas, commença Bastien puis il ajouta : Oh, celui-ci est ouvert 24 heures sur 24.

Quand Terri lui adressa un regard interrogateur, il lui montra ce qu'il y avait écrit sur l'auvent. Elle esquissa un sourire teinté d'ironie et hocha la tête.

— Je n'avais pas remarqué.

— Moi non plus.

Ils se turent un moment, et Terri remarqua que la température avait chuté depuis leur arrivée, des heures plus tôt. L'air avait plus de mordant… pas beaucoup, mais assez pour qu'elle le sente dans sa robe sans manches.

— Vous avez froid, dit Bastien quand elle se frotta les bras d'un geste absent. Je suppose que nous devrions rentrer.

— Oui, admit-elle, tout en se sentant triste que la soirée prenne déjà fin.

Elle aurait voulu qu'elle dure éternellement.

Bastien se leva et tira la chaise de la jeune femme. Puis il retira sa veste et la lui tendit, ouverte.

— Mettez-la. La rue est pratiquement déserte et nous devrons sans doute marcher un peu pour trouver un taxi. Pourrez-vous le faire, avec ces chaussures ?

— Oui, bien sûr, lui assura Terri en commençant à glisser un bras dans une manche.

Elle était restée assise pendant des heures, et elle n'avait pas beaucoup bu en dépit de tout le temps qu'ils avaient passé là. Bastien non plus. Ils avaient été trop occupés à bavarder. Elle s'arrêta avec la veste à moitié enfilée.

— Ça ira pour vous ? Vous n'en aurez pas besoin ?

— Non, je n'ai pas froid, dit-il en l'aidant à passer le vêtement.

— Mmm. (Terri s'enveloppa dans la veste en soie avec un sourire satisfait.) Elle est chaude et douce, et elle sent votre odeur.

— Vraiment ? demanda-t-il avec un petit sourire. Et c'est une bonne chose ?

— Mmm. (Elle leva l'un des revers, y enfouit son nez et prit une profonde inspiration.) Oui, très bonne. J'aime votre eau de toilette, reconnut-elle en respirant encore son odeur avec un plaisir évident.

— Vous allez droit au but, n'est-ce pas ?

Terri releva la tête pour lui jeter un coup d'œil.

— Droit au but ?

La serveuse arriva avant qu'il puisse répondre. La fille les remercia et leur souhaita une bonne nuit en ramassant l'argent que Bastien avait laissé sur la table. Ils lui répondirent, puis Bastien prit le bras de Terri pour la conduire hors du patio. Une fois dehors, il garda sa main au creux de son coude tandis qu'ils commençaient à marcher.

C'était l'une des choses que Terri aimait le plus chez Bastien : sa galanterie. La façon dont il lui tenait la porte pour lui permettre de le précéder à l'intérieur. Son inquiétude pour son confort et son bien-être, en s'assurant qu'elle n'avait pas froid, ou chaud, ou que ses pieds ne la faisaient pas souffrir. Elle aimait aussi sa manière de lui demander ce qu'elle voulait, puis de commander pour elle. Peu d'hommes auraient pensé faire preuve d'autant de courtoisie. Ils considéraient sans doute que c'était vieux jeu. Et de nombreuses femmes en auraient peut-être été offensées. Mais pas Terri. Elle se sentait particulière, choyée. Elle aimait qu'on fasse attention à elle. Et le comportement de Bastien lui donnait ces sentiments. Elle aurait pu s'habituer à cela.

Troublée par cette pensée, Terri leva les yeux vers les buildings qui se dressaient devant le ciel nocturne comme des montagnes autour d'eux.

— C'est très beau.

— Oui, ça l'est. (Bastien avait l'air surpris tandis qu'il suivait son regard.) Je suis venu ici un nombre incalculable de fois pour affaires, et je n'y avais jamais prêté attention.

Terri hocha la tête, pas vraiment étonnée. La plupart des gens devenaient aveugles à leur environnement, même s'il était d'une beauté à couper le souffle, et ne lui accordaient plus aucune attention.

— Qu'est-ce que vous vouliez dire quand vous avez dit que j'allais droit au but ?

Bastien garda le silence un moment tandis qu'ils marchaient, puis il répondit :

— La plupart des femmes n'auraient pas admis apprécier mon eau de toilette, et auraient encore moins montré de plaisir à la sentir. Elles auraient été bien trop occupées à se montrer indifférentes. Mais vous n'êtes pas comme ça. Vous ne jouez pas.

— Les jeux sont pour les enfants, murmura Terri. (Elle leva un regard surpris sur lui quand il éclata de rire.) Quoi ?

— Ça ne semble pas vous déranger d'agir comme une enfant dans d'autres situations. Je n'ai jamais vu quelqu'un se comporter de manière plus enfantine que vous dans ce musée, expliqua-t-il en la voyant rougir. Et en faisant du shopping. Et au marché aux puces.

— Désolée, dit-elle automatiquement.

— Ne le soyez pas ! C'est l'une des choses que j'aime le plus chez vous.

— Bien, parce que je ne suis pas *vraiment* désolée, admit-elle avec un sourire malicieux.

Bastien rit tout bas et l'invita à traverser la route.

— Voilà le *Hilton*, dit-il alors qu'il longeait le bâtiment qui occupait presque tout un côté de la rue. Il devrait y avoir une file de taxis sur le devant. Il y en a toujours.

— Est-ce que l'appartement est si loin que ça ? s'étonna Terri.

Il ne lui semblait pas qu'ils aient mis très longtemps à arriver au théâtre.

— Environ quatre rues, estima Bastien.

— Pourquoi dépenser de l'argent inutilement en prenant un taxi ? Nous pouvons marcher.

— Vraiment ?

Elle secoua la tête face à son expression de surprise, se demandant s'il sortait d'habitude avec de vieilles biques décrépites incapables de faire quelques pas.

— Je crois que vous venez de m'insulter, dit Terri en s'arrêtant au coin de l'hôtel. Je vous ai accompagné partout tout le week-end, et passé au moins quatre heures à déambuler à l'intérieur du Metropolitan Museum, plus trois à vous suivre pendant que vous dévalisiez les magasins. Alors vous croyez vraiment que je ne peux pas faire quatre pâtés de maisons ?

— Non, bien sûr que non, murmura-t-il d'une voix pleine d'une douce admiration qui la mit mal à l'aise.

Il la regardait d'une façon qui lui soufflait : *il va t'embrasser.*

— Bien, dit-elle vivement, rompant le charme. Il faut que je m'asseye.

Pivotant sur les talons, Terri passa sous l'auvent pour voiture, traversa l'entrée qui leur était réservée et se dirigea vers la base en marbre noir de l'un des piliers. Elle voulait s'y asseoir pour resserrer la bride de sa chaussure droite, qui s'était défaite au cours de la soirée, mais on avait arrosé la pierre pour la nettoyer ou elle avait été aspergée par accident en donnant à boire aux plantes. Le socle, qui lui avait semblé constituer un siège idéal, était trempé. La seule partie encore sèche était celle qui, presque aussi étroite qu'une poutre de gymnastique, reliait les bases entre elles. Décidant que cela ferait l'affaire, Terri se percha prudemment sur la surface arrondie et glissante pour remettre son escarpin.

Bastien la rejoignit aussitôt et s'assit à califourchon sur la barre de pierre.

— J'étais inquiet quand vous avez dit que vous deviez vous asseoir.

— La lanière de ma chaussure s'est défaite pendant la soirée, expliqua-t-elle. (Elle termina de la resserrer, puis elle se redressa pour lui sourire.) Voilà, c'est mieux maintenant.

— Vous étiez déjà parfaite avant, lui assura-t-il.

Et, comme il l'avait fait au musée, Bastien lui prit le visage entre les mains et l'attira pour l'embrasser.

Après une brève hésitation, Terri se laissa faire, ouvrant la bouche, d'abord timidement puis un peu plus, tout en lâchant un gémissement de surprise. Elle se cambra vers lui, ce qui la déséquilibra et la fit glisser de son perchoir de marbre lisse.

— Waouh.

Bastien rompit leur baiser pour la rattraper avant qu'elle atterrisse sur le trottoir. Ils rirent tous les deux, gênés, et il l'aida à remonter.

— Je voulais m'asseoir là-bas, dit Terri en montrant la base de la colonne, mais c'est mouillé.

Bastien ne regarda pas dans la direction indiquée, il se contenta de s'avancer jusqu'à ce qu'il ait un genou appuyé contre son dos et l'autre calé devant ceux de la jeune femme. Cela demandait un certain effort de l'aider à garder l'équilibre. Il baissa de nouveau la tête pour l'embrasser. Quand Terri voulut se rapprocher et commença à glisser de nouveau, elle buta contre son genou… et l'entraîna avec elle.

Ils se séparèrent de nouveau en riant, luttant pour ne pas s'écraser sur l'asphalte. Puis Bastien lui prit la main et se leva. Terri pensa que c'était la fin de leur flirt, mais au lieu de poursuivre leur chemin il la tira vers l'endroit où le socle était plus large. Marmonnant quelque chose au sujet de l'eau, il en essuya le plus gros avec la manche de sa chemise, s'assit et attira la jeune femme dans ses bras.

Terri soupira quand il l'embrassa de nouveau. Il la tenait fermement contre sa poitrine, apparemment déterminé à ne pas la laisser lui échapper encore. Elle s'en rendit à peine compte. Elle était concentrée sur lui, et ce qu'il faisait. À l'instant où leurs lèvres se touchèrent, elle entrouvrit la bouche, puis gémit quand leurs langues s'entremêlèrent. Ce baiser la surprit autant que celui devant le musée. Elle ne se rappelait pas avoir jamais été si submergée, mais d'un autre côté, cela faisait dix ans qu'elle n'avait pas été embrassée de cette manière.

Non pas qu'elle n'avait pas reçu de baiser depuis qu'elle était devenue veuve. Ses amis l'avaient piégée quelques fois en lui fixant des rendez-vous arrangés qu'elle n'avait pas pu décommander. Mais depuis la mort d'Ian, tous les hommes qui s'étaient aventurés sur ce terrain avec elle l'avaient laissée au mieux indifférente, au pire agacée et dégoûtée. Pour être honnête, Terri devait admettre qu'elle n'en avait encouragé aucun. Elle n'avait pas voulu d'eux, ils ne l'intéressaient pas. Bastien, c'était une autre histoire. Elle l'aimait beaucoup. Elle appréciait sa compagnie, et son corps répondait à ses attentions. Terri était collée contre lui, les mains sur sa poitrine, pourtant elle essaya de se rapprocher encore alors que sa langue dardait, timide, pour rencontrer celle de Bastien.

Un crissement de pneus, suivi d'un coup de Klaxon rageur, la ramenèrent à la réalité et elle rouvrit les yeux. Terri inclina la tête sur le côté et, regardant par-delà la joue de Bastien, observa la rue. Elle ne put pas voir ce qui avait causé cette agitation, mais elle remarqua une chose qui la fit se raidir et se détourner du baiser de Bastien. Imperturbable, il fit courir sa bouche sur sa joue et trouva son oreille. Terri faillit gémir sous cette nouvelle caresse, et ses paupières commencèrent à se clore. Elle dut lutter contre ces sensations pour se concentrer.

— Il y a toute une file de chauffeurs de taxi qui nous regardent, murmura-t-elle en rougissant.

Les hommes s'étaient garés, étaient sortis de leurs véhicules et discutaient entre eux tout en les observant.

— Laissez-les faire, souffla Bastien contre son cou. Les pauvres doivent être jaloux.

— Mais…

La protestation de Terri tourna court quand Bastien rit doucement et que son souffle chaud caressa son oreille.

— En plus, les chauffeurs de taxi ne sont rien, dit-il. De mon côté, j'ai le portier du *Hilton*, le groom, l'équipe de nettoyage du hall, les réceptionnistes, quelques clients et au moins un sans-domicile-fixe. (Bastien ponctua chaque témoin d'un baiser sur sa gorge, puis il prit son visage entre ses mains, le tournant de nouveau vers lui pour croiser son regard.) Nous sommes à New York. Je suis sûr qu'ils ont déjà vu des tas de couples se bécoter.

Il voulut l'embrasser encore, mais Terri recula.

— Se bécoter ?

Bastien cligna des yeux, puis sourit.

— Oui, c'est de l'argot…

— Oui, je sais ! On vit sur la même planète, vous savez.

Mais la question qui l'avait tant intriguée venait de trouver une réponse dans la manière dont il venait de prononcer ce mot et son attention était entièrement focalisée dessus.

— Alors, c'est ça, cette pointe d'accent que je peux entendre dans votre voix. Vous êtes britannique.

Il hésita, puis il secoua la tête.

— Non. Mais j'ai vécu là-bas pendant un temps.

— Quand ? Vous avez dit…

Ne souhaitant apparemment pas s'appesantir sur le sujet, Bastien lui coupa la parole d'un autre baiser. Il n'utilisa que ses lèvres, et Terri se tut aussitôt. Au bout d'un moment, cependant, elle se rendit compte qu'elle s'attendait à autre chose : elle pensait qu'il se mettrait à la peloter. Mais il ne se passa rien. Les mains de Bastien passèrent de ses bras à son dos, mais elles ne s'aventurèrent nulle part ailleurs. Toute son attention était sur les lèvres de la jeune femme, il les dévorait avec une faim et une ardeur évidentes, leurs langues dansant une chorégraphie intime. Au bout d'un moment, elle eut tout oublié, son accent, le fait qu'ils soient dans la rue et qu'ils avaient un public.

Lâchant un autre soupir, Terri se laissa de nouveau emporter par la passion de son partenaire et se pressa contre lui, ses mains montant pour aller s'accrocher à ses épaules, au tissu de sa chemise, tirant pour essayer de se rapprocher encore. Mais c'était impossible. Terri et Bastien étaient aussi serrés l'un contre l'autre que deux personnes pouvaient l'être sans faire l'amour.

Le temps passa dans un kaléidoscope de couleurs et de sensations pour Bastien. Plus rien n'avait d'importance, à part la femme entre ses bras, et leurs bouches plaquées l'une contre l'autre. Terri était douce et tendre contre lui, pressant son corps contre le sien, agrippant ses vêtements et les serrant dans ses poings. Elle émettait de petits bruits de gorge, qui le ravissaient et l'excitaient tout à la fois. Il ne s'était pas senti aussi vivant depuis des siècles. Il n'avait jamais eu aussi désespérément envie de quelqu'un. Mais il était aussi terriblement conscient de la femme qu'il étreignait. Terri n'était pas n'importe qui. Elle était peut-être celle qui était faite pour lui.

Il ouvrit les yeux et balaya la façade en verre du *Hilton*. Il y avait trois personnes à la réception. Une seule était occupée avec un client. Bastien aurait une chambre en une minute s'ils entraient. Il réfléchit à la question un instant, puis il l'écarta. Terri n'était pas ce genre de fille. Il le savait d'instinct. Et le peu de temps qu'il avait passé avec elle, additionné aux connaissances acquises au cours de plus de quatre siècles d'existence, lui en donnaient la confirmation. S'il faisait cela, il l'effaroucherait, et elle tournerait les talons si vite qu'il n'aurait pas le temps de dire « ouf ».

Ces pensées traversèrent l'esprit de Bastien plusieurs fois alors qu'il embrassait Terri. Et chaque fois il arriva à la même conclusion. Non. Ce serait une grave erreur de précipiter les choses. Mais il arriva bientôt au point où, soit il s'arrêtait, soit il l'entraînait à l'hôtel pour prendre une chambre.

Il l'embrassa doucement une dernière fois, puis une autre, et il rompit leur baiser et la tint contre lui, la tête sous son menton. Pendant un moment, il lui caressa le dos, le temps de regagner la maîtrise de son corps. Enfin, il dit :

— Nous devrions rentrer à la maison.

— La maison, répéta Terri, et il y avait tant de tristesse dans sa voix qu'il resserra ses bras autour d'elle.

Il comprit qu'elle n'avait pas plus envie que lui que la nuit s'achève. Son regard alla de nouveau se poser sur la porte à tambour du *Hilton*, puis s'écarta de la tentation.

— Oui, poursuivit-elle, faisant courir ses doigts avec légèreté sur sa poitrine, et il se demanda si elle savait combien son geste le distrayait. Nous devrions rentrer. Il va bientôt faire jour.

Il regarda le ciel qui s'éclaircissait, puis sa montre, et il grimaça. Il était 5 h 30 ! Il ferait bientôt complètement jour. Ils étaient restés assis là à s'embrasser comme des adolescents pendant une heure.

— Venez. (L'invitant à reculer, il lui prit la main, et ils se levèrent.) Voulez-vous toujours rentrer à pied, ou dois-je faire signe à un taxi ?

Il glissa un bras autour d'elle pour la soutenir, car elle chancelait un peu.

Il la vit couler un regard vers les chauffeurs de taxi et rougir.

— Euh… marchons, s'il vous plaît.

Il hocha la tête, compréhensif, et ils se mirent en route, Bastien souriant un peu de la manière dont elle baissait la tête, gênée, et évitait de regarder autour d'elle. Il trouvait son embarras plutôt charmant. Après plus de quatre siècles, il ne s'inquiétait plus de ce que les gens pouvaient penser, et jusqu'à présent il aurait cru que Terri était pareille. Elle semblait ne pas se soucier qu'on trouve son comportement stupide, mais apparemment cela ne s'étendait pas au fait de s'embrasser dans la rue. Une fois de plus, il fut heureux de ne pas avoir essayé de l'entraîner à l'hôtel. Elle aurait sans doute été mortifiée à l'idée que les chauffeurs de taxi les voient entrer et sachent ce qu'ils allaient y faire.

— Ça sent bon, dit-elle.

Ils avaient atteint le bout de l'auvent de l'hôtel et se tenaient au coin de la rue, prêts à traverser. Bastien baissa les yeux et vit que Terri avait relevé la tête et humait l'air. Elle tourna la tête, essayant de repérer l'origine de l'odeur.

— Sur le trottoir d'en face dit-il, découvrant un vendeur ambulant.

— Oh, soupira Terri. Vous avez faim ?

Bastien sourit à cette question. S'il avait faim ? Il était affamé ! Mais pas de viennoiseries. Il caressa le bras de Terri de bas en haut, puis de haut en bas, et il la serra contre lui. Quand le feu changea, il la prit par la main et l'entraîna de l'autre côté de la rue.

— Venez, je vais vous acheter quelque chose pour que vous teniez le coup jusqu'à la maison.

Terri se réveilla en pleine forme après seulement quatre heures de sommeil. Elle se sentait reposée, affamée et heureuse…

Heureuse.

Elle réfléchit à ce mot tandis qu'elle se brossait les dents, puis entrait dans la douche. Terri s'était toujours considérée comme une personne heureuse. Et elle l'avait été. Mais c'était avant de venir à New York. Depuis qu'elle avait rencontré Bastien et passé du temps avec lui, elle avait découvert que ce qu'elle avait pris jusque-là pour du bonheur n'était qu'une sorte de contentement. Terri aimait son boulot, son cottage et ses amis, mais elle n'avait fait que traverser la vie en se tenant toujours un peu à l'écart de tout. À présent, elle y plongeait tête baissée. Pour la première fois de son existence, Terri s'amusait vraiment. Elle se sentait jeune, forte et pleine de vitalité. Elle se sentait vivante. Et effrayée.

C'était merveilleux d'avoir une chose que l'on aimait, mais on s'exposait à se la voir arracher.

Sortant de la cabine de douche, elle enroula ses longs cheveux dans une petite serviette et utilisa la grande pour se sécher rapidement le corps. Puis elle s'enveloppa dedans, comme dans un sarong, et approcha de la coiffeuse. Là, Terri retira la serviette de sa tête, prit une brosse et s'attaqua à ses mèches brunes. Au début, elle ne fit pas attention à son reflet, elle n'y pensa pas vraiment. Elle était passée en mode automatique, accomplissant le rituel matinal qui la rendrait présentable au monde. Puis elle le remarqua et ses mains ralentirent, avant de s'immobiliser.

Laissant ses bras retomber, Terri se regarda vraiment pour la première fois depuis longtemps. Pendant des années, elle n'avait fait que jeter un coup d'œil dans le miroir pour s'assurer que ses cheveux étaient bien coiffés ou que son nez n'avait pas besoin d'être repoudré, sans jamais voir tout l'ensemble. À présent elle posait sur elle un regard neuf, découvrant ce que Bastien devait voir : de grands yeux verts, de longs cheveux acajou, des lèvres douces et pleines et un nez légèrement retroussé. Pris individuellement, il n'y avait rien de remarquable chez elle, ou du moins Terri l'avait-elle toujours cru. Mais, sans trop savoir pourquoi, ce matin, tout cela formait un bel ensemble. Sa peau était éclatante, son regard pétillait, sa bouche arborait un petit sourire discret. C'était l'image d'une femme désirée.

Terri n'avait peut-être jamais fait très attention à son apparence, mais elle savait qu'elle n'avait jamais été aussi belle de toute sa vie. Et, si c'était le cas, c'était grâce à Bastien. Parce qu'il lui donnait le sentiment d'être unique, désirée et désirable. Et il n'avait même pas essayé de coucher avec elle.

Elle adressa un large sourire à son reflet. Cet homme l'avait emmenée au musée, faire les boutiques, voir une comédie musicale et dîner. Il avait passé toute la nuit à rire et bavarder avec elle, et il l'avait embrassée jusqu'à ce qu'elle perde toute notion du temps, avant de lui offrir un café et un pain à la cannelle et de la prendre par la main pour la ramener à la maison. Là, il l'avait de nouveau embrassée avec passion devant la porte de sa chambre, puis il lui avait souhaité de faire de beaux rêves… et il avait disparu dans la sienne. C'était le rendez-vous le plus parfait qu'elle ait jamais eu. Il l'avait fait se sentir exceptionnelle... pas seulement grâce à sa galanterie et à sa manière de faire attention à elle, mais en n'essayant pas de la mettre dans son lit. Aux yeux de Terri, cela prouvait que Bastien n'était pas uniquement intéressé par le sexe. Il l'appréciait vraiment. Et c'était mutuel. C'était doux et merveilleux, et elle n'avait jamais été si heureuse de toute son existence – et ce serait douloureux quand ce serait fini. La douleur serait intolérable. Peut-être même pire qu'à la mort d'Ian, craignait-elle. Parce que Terri avait compris que ce qu'elle et Ian avaient vécu n'avait été qu'un amour de gosses. Ils n'avaient été que deux enfants folâtrant jusqu'à ce que, soudain, la tragédie les frappe sous la forme de la maladie de Hodgkin. Puis tout était devenu sérieux, et elle avait presque endossé le rôle de mère pour lui, prenant soin de lui et le soignant jusqu'à la fin.

Ce qu'elle commençait à ressentir pour Bastien n'avait rien d'une amourette ni de maternel. Il n'était pas qu'un ami avec qui traverser la vie en s'amusant. Il lui devenait nécessaire. Sa seule présence lui suffisait ; elle se sentait entière, comblée.

Terri n'était pas stupide, et elle savait qu'il était trop tôt pour ressentir ce genre de choses, mais elles étaient là. Ses sentiments étaient peut-être amplifiés parce qu'elle savait que le temps leur était compté, mais quelle importance ? Elle pensait sans cesse à Bastien et voulait être avec lui tout le temps. Il était la première chose qui lui venait à l'esprit le matin quand elle ouvrait les yeux, et la dernière quand elle allait s'endormir. Et ça lui plaisait. Elle aimait la joie débordante qu'elle éprouvait, la manière dont son cœur s'emballait quand Bastien entrait dans la pièce, lui souriait, la complimentait, ou l'embrassait.

Oui, elle était plus heureuse que jamais, et plus effrayée aussi. Terri ne voulait pas souffrir, et pourtant elle n'avait pas non plus envie de perdre cela… quoi que cela puisse être.

Puisque le bon sens lui disait que ce n'était pas de l'amour, pas si vite, elle décida de lui faire confiance. Ce serait plus sûr. Elle n'était pas amoureuse. Elle appréciait Bastien. Beaucoup. Et, aussi longtemps qu'elle se contenterait de l'apprécier sans franchir le point de non-retour, elle aurait une chance d'y survivre en gardant son cœur intact.

— Tu peux gérer ça, dit Terri à son reflet. Ne tombe pas amoureuse de lui, c'est tout. Contente-toi de continuer à bien l'aimer.

Se sentant un peu mieux et un peu plus sereine à présent qu'elle avait un plan, Terri recommença à se brosser les cheveux. Elle prendrait du bon temps jusqu'au mariage. Elle sortirait avec Bastien chaque fois qu'il l'inviterait, parlerait avec lui, rirait et l'embrasserait. Mais elle ne tomberait pas amoureuse. Puis elle rentrerait à la maison, en Angleterre, et elle ne serait pas anéantie. Elle serait juste triste et résignée parce que cela aussi, comme toute chose, avait eu une fin.

— Bonjour, rayon de soleil. Vous êtes pimpante pour quelqu'un qui est rentré il y a seulement quatre heures.

Terri fronça le nez et sourit de l'accueil de Vincent quand elle entra dans le salon.

— Et comment savez-vous ça ?

— Je vous ai entendus parler dans le couloir, Bastien et vous. Il était si tard. J'étais inquiet, me demandant s'il vous était arrivé quelque chose. J'ai entrouvert la porte pour vous demander si tout allait bien, mais vous étiez un peu occupés. (Il remua ses sourcils de manière suggestive.) J'ai compris que j'avais la réponse à ma question quand je vous ai vus vous embrasser à pleine bouche devant votre porte. Je n'ai pas voulu vous déranger, alors je suis retourné me coucher.

Terri sentit ses joues s'empourprer. Elle ignorait que quelqu'un les avait vus.

—*Alors*. Dehors toute la nuit, hein ? demanda Chris avec un large sourire. Qu'avez-vous pu bien faire pendant tout ce temps ?

Terri n'eut pas à répondre grâce à la sonnette de l'ascenseur, qui retentit soudain. Quelqu'un voulait monter.

— Vous attendez quelqu'un ? s'enquit Vincent, haussant un sourcil.

— Oui, le fleuriste, répondit Terri.

Elle se rendit jusqu'au panneau mural, contente d'avoir regardé Bastien s'en servir. Elle appuya sur le bouton pour afficher l'image à l'intérieur de l'ascenseur et hocha la tête en voyant des hommes qui portaient des compositions florales. Sans perdre de temps à leur demander qui ils étaient, puisque la réponse était évidente, elle les autorisa à monter.

— Vous voulez bien les accueillir, Vincent, et leur faire déposer les fleurs ici ? Je vais préparer du café.

— Bien sûr.

— Des fleurs ? interrogea Chris.

Terri trouva qu'il avait une drôle de voix, mais elle se dit que la majorité des hommes n'appréciaient pas vraiment les fleurs.

— Oui. Ce sont les nouvelles propositions de compositions florales pour le mariage de Kate et Lucern, expliqua-t-elle en allant dans la cuisine. Bastien doit les prendre en photo et les envoyer par e-mail à Kate, pour qu'elle puisse choisir.

Laissant les hommes s'occuper des fleurs et montrer aux livreurs où les poser, elle se dépêcha de gagner la cuisine pour faire du café. La cafetière était neuve et cela se sentait. Elle allait devoir faire passer deux fois de l'eau pour la débarrasser de l'odeur.

Elle étudia ensuite le contenu des placards. Elle pouvait se faire n'importe quoi, se dit Terri, parce que la secrétaire de Bastien avait acheté tout ce qui se mangeait. Donc la question était : de quoi avait-elle envie ? Elle songea à des toasts, mais cela n'avait rien de bien excitant, pas plus que des céréales, d'ailleurs. Quant au strudel et aux tartelettes, ils étaient trop sucrés.

Soupirant, Terri fit les cent pas un instant, puis elle opta pour une omelette. Elle allait en faire une assez grande pour eux tous… même s'il lui semblait que Chris et elle en mangeraient la majorité. Bastien ne faisait que picorer sa nourriture, et Vincent prenait tous ses repas à l'extérieur. Elle devrait vraiment lui poser des questions au sujet de son problème digestif. Il devait bien y avoir quelque chose qu'elle puisse lui cuisiner.

Haussant les épaules, Terri commença à sortir des ingrédients du réfrigérateur : oignon, fromage, bacon et poivron vert. Peut-être ajouterait-elle même quelques pommes de terre. Cette omelette promettait d'être délicieuse. Et elle ferait des toasts pour l'accompagner. Pour quelque obscure raison, elle était affamée.

Bastien huma l'air en longeant le couloir menant au salon. Il avait dormi tard, mais ils étaient restés debout jusqu'à l'aube. Il sourit au souvenir de son rendez-vous avec Terri. Cela avait été parfait, purement et simplement parfait. Le spectacle, le dîner, leur conversation chez *Maison*… la nuit était passée comme si les heures n'avaient été que des minutes, et cette heure pendant laquelle ils s'étaient embrassés n'avait été qu'une seconde. Terri était une beauté, c'était une joie de passer du temps avec elle. Elle était si intéressante et amusante qu'il se sentait à l'aise avec elle. Elle était parfaite pour devenir sa compagne.

D'après sa mère, seule une femme dont il ne pourrait pas lire l'esprit ferait une bonne compagne. Un époux et sa femme ne devaient pas être capables de s'introduire dans les pensées l'un de l'autre. Celles-ci devaient être partagées librement, disait Marguerite, pas extirpées comme des lapins de leur terrier.

Bastien ne pouvait pas lire les pensées de Terri. Mais elle les partageait librement avec lui.

Un soupir heureux quitta ses lèvres, et Bastien sourit malicieusement. Ce qu'il aimait le plus chez Terri, c'était son ouverture d'esprit et son honnêteté. Sa passion de la vie, et l'ardeur dont elle avait fait preuve entre ses bras, n'avaient pas de prix. La plupart des personnes permettaient à la peur d'étouffer leurs sentiments et leurs réactions. Terri n'était pas l'une d'elles. Elle était pleine de vie, très belle et vitalement… morte ?

Il s'arrêta net à l'entrée du salon, bouche bée face au spectacle de Terri allongée sur le sol, immobile. Elle ressemblait à une poupée de chiffon jetée par terre, ses longs cheveux châtains si soyeux formant une tache sombre autour de son visage.

Deux points rouges marquaient son long cou gracieux.

Chapitre 9

— Oh, mon beau et mâle vampire. *Atchoum !*

La voix de fausset, sans parler de l'éternuement, attirèrent l'attention de Bastien sur les deux hommes qui se tenaient non loin du corps immobile de Terri. Vincent et… Chris ? Il pensait que c'était lui, mais il n'en fut pas sûr, parce qu'il portait un drap sur la tête, noué sous le menton dans le plus pur style Petit Chaperon rouge. À en juger par son accoutrement, et la très mauvaise imitation qu'il faisait d'une voix de femme, Bastien supposa que C.K. interprétait un rôle féminin. Mais la raison lui en échappait.

— Mon cœur bat si fort pour v… *atchoum !* … vous, Dracula. Vous attisez ma flamme, mon désir. (Chris laissa tomber la feuille qu'il tenait, dégoûté.) Qui a écrit cette horreur ? demanda-t-il.

— Un dramaturge, renifla Vincent. Un dramaturge *professionnel.*

— Eh bien, je suis un pro… *atchoum !*… professionnel de l'édition. Et je… *atchoum !*… ne publierai jamais cette merde.

— Vous ne comprenez rien à l'art théâtral, c'est tout, cracha Vincent. Vous n'avez jamais entendu parler d'une petite pièce, devenue plus tard un grand film, intitulée le *Rocky Horror Picture Show* ?

— C'était de l'exagération théâtrale dans sa… *atchoum !*… forme la plus parfaite, rétorqua Chris en se frottant le nez. Ça… *atchoum !*… c'est d'une rare bêtise.

Dieu, j'aimerais que le type du drugstore se dépêche de m'apporter ces médicaments contre l'allergie.

—Croyez-moi, moi aussi, répondit Vincent, puis il remarqua la présence de Bastien et sourit. Cousin! Tu as finalement décidé de rejoindre le monde des vivants.

—Oui.

Son regard retourna se poser sur Terri, qui ouvrit les yeux en battant des paupières, s'assit et se remit debout.

—Bonjour! dit-elle joyeusement. Vous avez bien dormi?

Bastien hocha la tête et s'avança. La curiosité était en train de le tuer. Terri écarquilla les yeux de surprise quand il s'arrêta devant elle, essuya l'une des gouttes dans son cou et porta son doigt à ses lèvres.

—De la tomate? demanda-t-il, incrédule.

C'étaient deux gouttes de sauce qui avaient failli lui causer l'équivalent d'une attaque chez un vampire? Il avait cru…

—Du ketchup, pour être exacte, répondit Terri, qui rit et essuya le reste. Nous aidions Vincent à répéter son texte. J'étais Lucy, et Chris jouait Mina.

Elle coula un regard à l'agent, qui éternua trois fois de suite avant de se pencher vers Bastien pour murmurer:

—Il est allergique aux fleurs. Je lui ai suggéré d'aller dans sa chambre jusqu'à ce que nous ayons fini de les prendre en photo, mais il a dit que ça ne changerait rien.

—Je m'y suis réfugié quand elles sont arrivées, se plaignit l'agent. Mais il y en a tellement… *atchoum!*… que le pollen s'est répandu dans tout l'appartement. *Atchoum!* Ce n'était pas beaucoup mieux que d'être dans le salon.

Il retira le drap qui lui recouvrait la tête et les épaules et se laissa choir sur le canapé en grognant.

Bastien pivota lentement sur lui-même, remarquant les compositions florales qui avaient envahi la pièce et lui donnaient des airs de boutique de fleuriste… ou de salon mortuaire. Il se demanda comment il avait pu ne pas les remarquer aussitôt, mais la vue de Terri allongée sur le sol l'avait bouleversé, et il n'avait prêté attention à rien d'autre.

— J'ai préparé le petit déjeuner, annonça Terri, le tirant de sa réflexion. Une omelette. J'en ai gardé un peu pour vous au frigo. Vous en voulez ?

Bastien vit son sourire radieux et son regard plein d'espoir, et il s'entendit répondre :

— Mmm, fantastique.

— Parfait. Je n'en ai que pour une minute, lui assura-t-elle gaiement, avant de tourner les talons et de quitter le salon.

Bastien hésita, puis il la suivit. Il avait voulu dire qu'elle était fantastique, pas qu'une omelette pour le petit déjeuner le serait, mais pourquoi pas. Il la mangerait, puisqu'elle avait pris la peine de lui en garder. En fait, cela semblait alléchant. Une omelette. Faite par les blanches mains de Terri.

— *Tu l'as dans la peau.*

Ces mots traversèrent son esprit, accompagnés d'un gloussement.

Vincent!

Bastien ne fit pas attention à lui.

— Aimeriez-vous une tasse de café ? lui demanda Terri quand il entra dans la cuisine.

Elle sortit un bol rempli d'œufs battus et d'autres ingrédients du réfrigérateur.

— Je vais me servir.

Bastien approcha de la cafetière. D'habitude, il évitait de boire du café. La caféine avait un effet amplifié sur ceux de son espèce. Mais c'était le matin, et il n'irait pas se coucher avant de nombreuses heures. Il fut un temps où il serait resté couché après avoir passé toute la nuit dehors. Certains membres de sa famille, et, il le supposait, de nombreux représentants de son espèce, avaient gardé leurs habitudes nocturnes, mais ce n'était pas possible pour Bastien, s'il voulait diriger les Entreprises Argeneau avec efficacité. Les affaires se faisaient dans la journée, et Bastien trouvait plus facile de consommer davantage de sang et de faire ce qu'il avait à faire pendant le jour.

— Voulez-vous des toasts avec votre omelette ? demanda Terri.

— Non, merci.

Il alla s'appuyer au comptoir, et il la regarda poser la poêle sur la plaque de cuisson, allumer le brûleur et mélanger le contenu du bol.

— Depuis combien de temps êtes-vous debout ?

— Environ une heure. (Elle versa une cuillerée d'huile dans la poêle et hocha la tête, satisfaite, quand la surface brûlante se mit à siffler et grésiller.) Les fleurs sont arrivées alors que je commençais à cuisiner. Quand je suis retournée dans le salon, j'ai eu du mal à en croire mes yeux : il y en a partout. Le fleuriste a perdu la tête.

Bastien sourit et continua à l'observer tandis qu'elle versait l'omelette dans la poêle.

— Je ne savais pas non plus qu'il y en aurait autant. Je commencerai à prendre les photos juste après manger.

Terri lui adressa un sourire de sympathie.

— Ça va faire beaucoup de clichés. Je peux vous aider, si vous voulez.

— Oui, je veux bien.

Ils restèrent silencieux un moment. Terri était occupée à cuire l'omelette, la soulevant ici et là pour l'empêcher de brûler. Bastien était concentré sur la jeune femme. La délicieuse odeur des oignons et des épices envahit la cuisine.

— J'ai beaucoup apprécié notre soirée, lâcha soudain Bastien, et il aurait pu se donner des claques.

Mais Terri se tourna vers lui en souriant.

— Moi aussi, répondit-elle avec timidité.

Le silence retomba, puis Bastien s'avança vers elle et lui caressa la joue du dos des doigts. Terri ferma les yeux aussitôt, et inclina la tête sur le côté, comme un chat réclamant plus de caresses. Face à cette réaction, il fut incapable de résister. Il lui glissa la main derrière la nuque, puis il l'attira vers lui et posa sa bouche sur la sienne, souriant quand ses lèvres s'entrouvrirent. Bastien profita aussitôt de l'invitation. Elle avait un goût d'herbes, d'épices et de quelque chose de sucré... Du jus d'orange, pensa-t-il. Si le petit déjeuner était aussi savoureux, il allait se régaler.

Un gémissement sourd arriva à ses oreilles, attisant les flammes de son désir. Le baiser de Bastien se fit plus passionné, plus exigeant, et Terri répondit en s'ouvrant davantage à lui. Elle noua les bras autour de son cou.

Terri haleta, puis se cambra quand Bastien fit descendre ses mains dans son dos. Il trouvait si naturel de la tenir contre lui. Il aimait tout : sa présence, son odeur, son goût. Et il trouvait cela irrésistible quand elle gémissait, s'étirait et se pressait contre lui. Il aurait pu l'embrasser encore et encore...

— Votre omelette, murmura-t-elle quand il abandonna ses lèvres pour déposer des baisers sur sa gorge.

La bouche de Bastien s'arrêta près de son oreille. Il faillit jurer, mais il se retint. Poussant un soupir, il embrassa le bout de son nez, puis il la lâcha.

Terri sourit avec gentillesse face à son expression malheureuse, puis elle se tourna vers la plaque de cuisson. Par chance, la nourriture n'avait pas profité de leur distraction pour attacher à la poêle. L'omelette était légère et soufflée, et elle sentait divinement bon, quand elle la servit sur une assiette et la lui tendit.

Terri s'assit avec lui pendant qu'il prenait le petit déjeuner, et Bastien finit par tout avaler. Si bon que ce soit, il se dit qu'il mangeait pour assouvir cette autre faim qui le dévorait. Celle qu'il avait de la femme en face de lui qui buvait son café et bavardait gaiement.

Bastien fut content d'avoir vidé son assiette quand Terri dit d'un ton joyeux que c'était la première fois qu'elle le voyait avaler quelque chose avec appétit depuis son arrivée. Elle semblait heureuse et fière qu'il s'agisse d'un plat qu'elle avait cuisiné. Bastien lui assura que l'omelette était délicieuse, puis il l'embrassa et la remercia avant de retourner au salon. Il devait s'occuper des fleurs et les photographier.

Terri le rejoignit rapidement, et elle suggéra qu'ils emmènent les compositions florales l'une après l'autre dans le bureau, puis qu'ils les sortent de l'appartement pour être certains de ne pas en rater une ou d'immortaliser deux fois la même. Du moins, ce fut l'excuse qu'elle lui donna. Bastien la soupçonna de vouloir aider l'agent en faisant disparaître la source de son inconfort. Mais il n'y vit aucun inconvénient. Le bureau était parfaitement éclairé le matin, et les clichés n'en seraient que meilleurs. Et, après des siècles dans l'obscurité, il aimait voir le soleil, et il pouvait se le permettre, aussi longtemps que les vitres étaient traitées pour ne pas laisser passer les UV.

Terri se montra très pointilleuse. Bastien se serait contenté de tourner autour de chaque composition en la mitraillant, jusqu'à ce qu'il ait fini. Mais elle insista pour leur trouver les meilleurs fond et éclairage afin que Kate en ait une idée aussi précise que possible. Entre cela et le fait qu'ils devaient décharger la carte mémoire toutes les trois ou quatre photos, cela prit plus longtemps que prévu.

Il était déjà midi, et Bastien estima qu'ils n'avaient fait que la moitié du travail. Il attendait patiemment que Terri ait terminé de positionner une autre composition quand il remarqua qu'elle se frottait la nuque d'un geste absent tout en se penchant pour tourner le vase.

— Vous avez mal au cou ? demanda-t-il, posant l'appareil photo et se dirigeant vers elle.

Terri se redressa et le regarda par-dessus son épaule. Il commença à lui masser les omoplates et la nuque.

— Un peu, admit-elle, se relâchant sous ses mains avec un léger soupir. J'ai dû dormir dans une mauvaise position, la nuit dernière. J'avais un léger torticolis en me réveillant, mais ça a empiré.

— Hum.

Bastien observa sa tête alors qu'il travaillait sur ses muscles. Ses cheveux n'étaient pas seulement châtains. Il y avait des mèches blondes et rousses dans la masse brune. Il trouva cela très beau.

— Merci, murmura Terri, et Bastien se figea quand il se rendit compte qu'il avait parlé tout haut.

Mais il ne s'immobilisa pas plus d'une seconde. L'instant suivant, il souleva sa chevelure et la drapa sur l'une des épaules de Terri, pour avoir le champ libre.

— Vous avez un cou charmant, dit-il en descendant jusqu'à ses reins, puis remontant jusqu'à ses épaules.

— Je…, commença Terri, et elle haleta quand il se pencha pour embrasser la peau qu'il venait d'exposer. Bastien…, souffla-t-elle.

Il avait tracé un cercle avec sa langue à l'endroit où il avait pressé ses lèvres, et il entendit un tel désir dans sa voix qu'il ferma les yeux pour le savourer. Il cessa de la masser pour laisser glisser ses mains le long de ses flancs, de haut en bas, puis de bas en haut, et ainsi de suite, les déplaçant un peu à chaque aller-retour, jusqu'à ce qu'il soit tout près des courbes tentantes de ses seins.

Un léger gémissement échappa à Terri quand Bastien les effleura du bout des doigts. Et, à l'instant où il abandonna toute résistance pour les attraper à pleines mains, elle se laissa aller contre lui avec un murmure de plaisir.

— Oh, Bastien.

Sa voix était douce et rêveuse. Il embrassa sa gorge, puis son oreille, et il se concentra sur son lobe tout en caressant sa poitrine à travers son pull rose pâle.

Les mains de Terri vinrent se poser sur les siennes, et il s'immobilisa jusqu'à ce que les doigts de la jeune femme serrent les siens, l'invitant à la tenir plus fermement, à pétrir sa chair. Puis Bastien laissa retomber ses bras avec lenteur. Il l'entendit gémir de déception, puis se taire soudain et retenir son souffle quand il glissa les mains sous son pull. Il monta à l'assaut de la peau nue de son ventre.

Terri était tiède, et sa peau lisse et douce. La caresse de Bastien ne rencontra aucun obstacle jusqu'à ce qu'il atteigne le bas de son soutien-gorge. Il s'arrêta un moment, indécis, puis commença à passer la main droite sous le tissu.

— Oh.

Elle se hissa sur la pointe des pieds et se laissa aller un peu plus encore contre le torse de Bastien quand il referma sa main en coupe sur sa chair chaude et nue.

— Bastien ?

Son ton était à la fois hésitant et suppliant, et sa façon de prononcer son nom, sa voix haletante, lui firent des choses incroyables. *Il* avait cet effet sur elle. C'était grâce à *lui* que son téton était dur sous ses doigts, et qu'elle avait le souffle court.

— Terri, grogna Bastien.

Libérant sa main gauche de sous son pull, il captura son menton, tourna son visage vers lui et trouva sa bouche.

Sa réponse fut gratifiante, mais surtout très surprenante. Cette fois, ce fut elle qui lança sa langue à l'assaut de la sienne. Elle l'embrassait avec une passion qui parlait avec éloquence de l'effet qu'il produisait sur elle. Terri le désirait.

Retirant son autre main de sous le vêtement, Bastien la fit pivoter entre ses bras sans rompre leur baiser. Puis il reprit le contrôle, sa langue dansant avec la sienne avec une ardeur qui n'avait rien à envier à celle de la jeune femme. Il n'avait jamais autant désiré une personne que Terri en cet instant. Il voulait la dévorer. En fait, il n'y avait rien au monde qu'il aurait aimé faire, à part cela.

L'obligeant à reculer, Bastien poussa Terri jusqu'au canapé, contre le mur du bureau. Il s'allongea sur elle, un coude reposant sur l'accoudoir près de sa tête et un genou entre ses jambes pour qu'elle n'ait pas à supporter son poids, puis son baiser se fit frénétique. Le corps de Bastien le poussait à la toucher partout à la fois, à arracher ses vêtements et à l'explorer avec toute l'avidité et tout le désir qu'il ressentait. Mais il se força à garder le contrôle, craignant de la choquer ou la terrifier en agissant ainsi.

C'était si difficile de résister. Cela faisait si longtemps qu'il n'avait pas fait l'amour. Et sans doute une éternité qu'il n'en avait pas éprouvé l'envie. Mais la faim qui le dévorait était pire que tout ce qu'il avait connu. Même le besoin de sang n'avait jamais été aussi fort que celui qui le tenaillait en cet instant.

Terri grogna et remua pour se plaquer contre lui quand la main de Bastien retrouva le chemin de son sein et le caressa à travers son pull. Une seconde, il se sentit frustré qu'elle ne porte pas un vêtement qu'il puisse déboutonner, puis son cerveau se remit à fonctionner et il cessa de l'embrasser pour s'écarter un peu. Attrapant le bas du vêtement, il le tira vers le haut, révélant un soutien-gorge rose pâle.

Les mots « couleurs coordonnées » et « féminine » lui vinrent à l'esprit, et il rit presque de ces pensées futiles. Puis il remarqua ses mamelons couleur café au lait, visibles à travers la dentelle, et un frisson d'excitation le parcourut des pieds à la tête. Avant de comprendre ce qu'il allait faire, Bastien s'était déjà penché pour suçoter à travers le soutien-gorge le bout de sein toujours dur et excité.

Terri cria et trembla. Ses mains se nouèrent dans ses cheveux, le maintenant fermement contre elle, l'invitant à continuer. Il lécha le matériau ajouré et le mouilla avec sa salive en même temps que le trésor qui pointait dessous.

— Bastien !

Elle haleta son nom d'une voix qui trahissait un besoin impérieux et commença à lui tirer les cheveux. Il céda à sa requête et releva la tête pour prendre sa bouche.

— *Ahhhhhh !*

Terri se raidit sous lui. Le hurlement était venu de l'extérieur et avait résonné jusque dans le bureau. Tous deux s'immobilisèrent et attendirent. Quand le silence sembla revenu, Bastien se détendit et recommença à embrasser Terri. Mais un second cri retentit.

Poussant un profond soupir, Bastien se redressa et croisa le regard de Terri.

— Peut-être, que si on ne s'en mêle pas, ça s'arrangera tout seul ? murmura-t-elle d'un ton plein d'espoir.

— Peut-être, acquiesça-t-il, mais il fut inquiet d'entendre un bruit de verre cassé.

Vincent cria un avertissement, ce qui permit à Bastien d'identifier l'auteur des premiers hurlements : Chris Keyes. Il ne semblait pas que la situation allait se résoudre d'elle-même. Se retournant, il donna un baiser à Terri sur le bout du nez.

— J'ai bien peur de devoir aller voir ce que font les enfants, dit-il en grimaçant.

Terri poussa un long soupir, puis acquiesça et réussit même à sourire. Elle le lâcha, et ils purent s'asseoir.

Bastien aida la jeune femme à remettre de l'ordre dans ses vêtements, puis il se leva en la tirant derrière lui, et ils quittèrent la pièce pour regagner le salon. Ce qu'ils virent en entrant avait tout d'une scène tirée d'un rêve induit par un hallucinogène. Chris sautillait follement autour de la table basse, à cloche-pied, et agitait une béquille en l'air tout en éternuant et en criant. La seconde béquille était tombée entre le canapé et la table et gisait là, oubliée.

Quant à Vincent, le cousin de Bastien, il avait retiré sa cape et il poursuivait l'agent en fouettant l'air avec le tissu, juste au-dessus de la tête de C.K. Tête qu'il cinglait une fois sur trois. Bastien n'arrivait pas à se décider : était-il témoin de la création d'une nouvelle danse ou son cousin attaquait-il son invité ?

Il coula un regard à Terri.

— Vous croyez qu'ils répètent une autre scène de la pièce ?

— Je l'ignore, répondit-elle. (Son expression trahissait un mélange d'inquiétude et de stupéfaction.) C'est possible.

— Hum.

Bastien se tourna de nouveau vers le duo de danseurs, se demandant s'il devait intervenir. Ou s'il en avait vraiment envie. Puis il se raidit. Chris terminait un tour complet de la table, et il approchait de l'endroit où il avait abandonné sa seconde béquille. Malheureusement, il était trop occupé à faire des moulinets avec l'autre pour s'en rendre compte.

Bastien ouvrit la bouche pour le prévenir, mais, ayant également vu le danger, Terri le devança.

— Attention, Chris ! Votre…

Elle tressaillit quand il trébucha, écarta les bras pendant une seconde dans un bel effort pour garder l'équilibre et poussa un cri quand Vincent, tout aussi distrait, lui rentra dedans. Ils s'écroulèrent en tas, leurs membres emmêlés s'agitant en tous sens.

— … béquille, termina Terri dans un soupir.

— Vous aurez au moins essayé, dit Bastien en lui tapotant l'épaule pour la réconforter.

Ils se précipitèrent vers les deux hommes. Vincent se dégageait déjà, laissant à terre un C.K. gémissant.

— Qu'est-ce que vous faites ? demanda Bastien.

Attrapant la main de son cousin, il l'aida à se relever pour qu'il cesse d'écraser l'agent mal en point.

— Il y avait une abeille, expliqua Vincent.

— Une abeille ? (Bastien en resta bouche bée, incrédule.) Tout ça pour une petite abeille de rien du tout ?

— Cette abeille ?

Terri montra de la main un petit insecte qui bourdonnait au-dessus de la tête de l'agent.

Chris avait les yeux clos. Il n'avait pas encore fait mine de vouloir se redresser, trop occupé à essayer de reprendre son souffle. Mais, à ces mots, il ouvrit grands les yeux.

— Quoi ? Où est-elle ? balbutia-t-il, terrifié.

— Ce n'est qu'une abeille, dit Bastien d'un ton un peu sec.

Il avait presque honte pour ce pauvre homme qui s'était conduit de façon ridicule, criant comme une fillette et s'agitant comme un beau diable à cause d'un minuscule insecte.

— Vous êtes des milliers de fois plus gros qu'elle. Reprenez-vous, que diable !

— Il est allergique à leur venin, expliqua Vincent dans le silence qui suivit.

— Oh, grogna Bastien, qui comprenait mieux. Eh bien, eh bien, ajouta-t-il quand l'abeille se posa sur le nez de l'agent. Ça n'est pas bon, ça, pas bon du tout.

— Oh, Seigneur, gémit C.K.

— À quel point êtes-vous allergique ? demanda Terri, inquiète.

Son expression devint paniquée quand Chris avança la lèvre inférieure et souffla en direction de son nez pour encourager la butineuse à s'en aller.

— Ne soufflez pas dessus ! J'ai lu quelque part que ça les agace et qu'elles…

— Aïe ! cria C.K.

— … piquent, termina Terri, horrifiée.

L'abeille avait décidé qu'elle en avait assez, et c'était bien ce qu'elle venait de faire. La jeune femme pivota vivement vers Vincent.

— Il est allergique à quel point ?

— Comment le saurais-je ?

— Eh bien, vous saviez qu'il était allergique !

— Parce qu'il l'a dit, quand l'abeille est sortie de l'une des compositions, expliqua l'acteur. Mais il était déjà en train de sautiller pour lui échapper. Il ne s'est pas arrêté pour me donner plus de détails !

— Oh, mon Dieu.

Quand Terri se tourna vers Bastien, il haussa un sourcil.

— Je crois qu'il vaut mieux appeler une ambulance, décida-t-elle.

— Il a peut-être une de ces doses injectables, suggéra Vincent, attirant de nouveau l'attention de la jeune femme. J'ai travaillé avec une nana qui était allergique aux cacahouètes, et elle emportait partout une seringue d'adrénaline ou je ne sais quoi.

Bastien ne faisait pas attention à eux pendant qu'ils débattaient de la marche à suivre. Il observait l'agent, jaugeant ses réactions, alarmé par la vitesse à laquelle son nez enflait et changeait de couleur. Il avait besoin de soins, et tout de suite. Une ambulance ne serait d'aucun secours. Elle n'arriverait pas assez rapidement, À moins qu'il ait l'un de ces remèdes dont avait parlé Vincent, ils devaient le mettre dans la voiture et le conduire à l'hôpital. C'était leur priorité.

— Avez-vous une injection ? s'enquit-il en s'agenouillant près de l'agent. (Quand C.K. secoua faiblement la tête, il acquiesça et le souleva dans ses bras.) L'un de vous peut-il prendre mes clés sur la table basse ? demanda-t-il en quittant le salon.

Sa requête fut accueillie par un silence, puis Bastien entendit des mouvements dans son dos. Quand il appuya sur le bouton d'appel de l'ascenseur et que les portes s'ouvrirent, Vincent et une Terri essoufflée l'avaient rejoint.

— J'ai tes clés, lui assura Vincent.

Ils s'entassèrent dans l'ascenseur, poussant Bastien et son fardeau tout au fond.

— Et j'ai pris un stylo, ajouta Terri.

— Pour quoi faire ?

Vincent se tourna pour appuyer sur le bouton du parking en sous-sol.

— Eh bien, vous savez. Au cas où on doive lui faire un truc à la gorge, expliqua-t-elle.

— Un truc à la gorge ? répéta Vincent, tournant une expression déconcertée vers Bastien.

Celui-ci secoua la tête. Il n'avait pas la moindre idée de ce dont elle parlait.

— Si, vous savez, quand la gorge enfle et que la personne ne peut plus respirer, il faut pratiquer une incision dans la trachée et y enfoncer le tube d'un stylo pour qu'elle puisse aspirer l'air à travers.

Un gémissement étouffé fit baisser les yeux à Bastien sur le visage grisâtre de l'agent. Il était d'une pâleur mortelle et virait maintenant au vert. Bastien se demanda s'il avait des difficultés à respirer ou si Terri l'avait terrifié sans le vouloir.

— Oh. Une trachéotomie, acquiesça Vincent. Ça pourrait devenir nécessaire.

— Ne vous inquiétez pas, Chris. (Terri tapota le bras de l'agent pour apaiser ses craintes.) Nous ne vous laisserons pas mourir. Nous ferons tout ce qu'il faudra pour vous garder en vie.

Même si C.K. ne répondit pas, Bastien eut la nette impression que les paroles de Terri furent pour lui plus effrayantes que l'idée de difficultés respiratoires.

Quand les portes de l'ascenseur s'ouvrirent dans le garage, Bastien courut vers sa Mercedes.

— Comment vous vous sentez ? demanda Terri à Chris quand Bastien le déposa sur le canapé, quelques heures plus tard.

— Laissez-moi mourir en paix, répondit-il.

Ou du moins fut-ce ce qu'elle crut entendre. Il n'était pas facile de comprendre ce qu'il disait. Le visage de l'agent était rouge et enflé, comme s'il avait été pris dans une méchante bagarre... et qu'il avait perdu. Elle n'arrivait pas à croire que l'hôpital l'ait laissé sortir ; elle l'aurait cloué sur un lit pendant une semaine. Sa respiration laborieuse ne la rassurait pas du tout. Pourtant, le médecin lui avait fait une perfusion et avait demandé à Terri, Bastien et Vincent de le surveiller, puis il avait déclaré que C.K. allait bien. Il était arrivé à l'hôpital juste à temps pour que ses jours ne soient pas en danger.

Eh bien, si C.K. mourait, se famille serait en droit de leur faire un procès, et Terri était prête à témoigner. Elle était certaine qu'ils auraient dû le garder en observation au moins une nuit. Puisque ce n'était pas le cas, elle garderait un œil sur lui.

— Terri ?

— Mmm ?

Elle se redressa et regarda Vincent, qui se laissa tomber lourdement dans un fauteuil.

— La prochaine fois que nous avons une urgence et que vous voulez prendre le volant, rappelez-moi de dire « non ».

Terri grimaça. Elle avait insisté pour conduire quand ils étaient arrivés dans le parking. Une fois Chris installé sur la banquette arrière, Bastien avait pris place à côté de lui en disant :

— L'un de vous s'installe de l'autre côté, en cas de problème !

Il ne lui en avait pas fallu plus. Terri avait arraché les clés de la main d'un Vincent stupéfait, lui tendant le stylo à la place et se précipitant sur le siège avant. Puis elle s'était glissée de l'autre côté de la banquette. Elle avait oublié que le conducteur montait à gauche aux États-Unis, et à droite en Angleterre.

— Puisqu'on en parle, dit Bastien d'un ton nonchalant, allant se servir un verre au bar. Avez-vous un permis de conduire international, Terri ?

— Euh… non.

Elle remua, mal à l'aise, sachant qu'elle n'aurait pas dû prendre le volant. Mais, au moment de choisir entre conduire ou risquer de se retrouver en train d'aider Bastien à ouvrir la gorge de l'agent, elle n'avait pas hésité. Terri ne supportait pas la vue du sang. Donc, elle avait pris les clés à Vincent, sans lui demander son avis.

Remarquant l'échange de regards entre les deux cousins, Terri crut bon de leur faire remarquer :

— Avouez que nous avons atteint l'hôpital en un temps record.

— Et en un seul morceau, ajouta Vincent, pince-sans-rire. Mais permettez-moi de vous faire remarquer que les limitations de vitesse sont plus basses ici qu'au Royaume-Uni.

Terri se mordit la lèvre pour ne pas sourire. Elle n'oublierait jamais le visage exsangue de Vincent, dans le rétroviseur, la façon dont il s'accrochait au siège quand elle déboîtait et doublait à toute allure pour arriver à l'hôpital aussi vite que possible. Pendant ce temps, Bastien lui avait crié des indications de la banquette arrière : *« À droite dans la prochaine ! Et maintenant à gauche ! »*

Elle avait roulé si vite qu'elle pourrait jurer avoir pris certains virages sur les chapeaux de roue.

— Vous vous êtes très bien débrouillée, lui assura Bastien en versant du whiskey dans son verre.

Mais il se contredit en l'avalant d'un trait.

— J'aurais besoin d'un remontant, moi aussi, soupira Vincent alors que son cousin se resservait.

— Et vous…

Terri coula un regard à Chris. Le pauvre homme s'était endormi, ce qui la fit hésiter. Elle avait voulu lui demander s'il avait besoin de quelque chose. Mais ce n'était plus nécessaire.

— Je suppose que je vais devoir appeler la maison d'édition pour laquelle Kate et lui travaillent, dit Bastien, revenant du bar avec deux verres. Je vais leur laisser un message pour les informer que Chris n'est pas en état de retourner au bureau demain, comme c'était prévu.

La veille, l'agent avait décidé qu'il pourrait travailler aussi confortablement au bureau que dans l'appartement des Argeneau, car il n'avait plus aussi mal à la jambe. Il pensait que ce serait préférable, puisqu'il y aurait moins de distractions. Comme Bastien, Terri supposa que c'était hors de question, désormais.

Bastien tendit le second verre à Vincent, puis se retourna avec lenteur pour étudier les compositions florales qui occupaient toujours pratiquement chaque surface plane du salon.

Terri suivit son regard. C'était un miracle qu'aucune n'ait souffert du drame qui s'était joué quelques heures plus tôt. Le bruit de verre qu'ils avaient entendu n'était pas un vase, mais la tasse de Chris.

—Je vais passer le coup de fil, puis terminer de prendre les photos, décida Bastien.

—Pendant que vous les appelez, je vais ramasser les morceaux de porcelaine, puis je viendrai vous aider.

—Et moi…

Vincent marqua une pause pour avaler son whiskey, puis il posa son verre et poursuivit :

—Je dois aller me nourrir… enfin, je veux dire, manger quelque chose. Je suis affamé.

À ces mots, Terri regarda sa montre. Ils avaient perdu tout l'après-midi et le début de la soirée à l'hôpital. Il était plus de 19 heures. Ils n'avaient rien avalé depuis le petit déjeuner.

—Pourquoi n'iriez-vous pas vous faire quelque chose à manger, Terri ? suggéra Bastien. Je peux photographier les bouquets tout seul.

— D'accord, répondit-elle avec lenteur. Qu'est-ce qui vous ferait plaisir ?

— Je n'ai pas faim. Préparez ce que vous voulez. J'avalerai… euh… un sandwich plus tard.

Terri hésita, puis elle dit :

— Je vais faire deux sandwichs, et je les apporterai dans le bureau. Nous pouvons manger tout en travaillant.

Chapitre 10

— Et voilà, la crise est passée, annonça Bastien quand Terri entra dans le bureau. Kate a reçu mon e-mail hier soir. Lucern et elle ont regardé les photos et choisi les compositions florales qui leur plaisent. J'ai trouvé sa réponse dans ma boîte de réception ce matin et appelé Roberto pour lui faire part de leur décision. (Remarquant l'expression grave de Terri, il la regarda s'avancer en plissant les yeux.) Vous n'avez pas l'air heureux. Nous venons d'éviter une tragédie et de sauver le mariage !

— Je suis contente que nous ayons pu régler ce problème. Mais nous en avons un autre sur les bras.

Elle posa le journal qu'elle tenait devant lui, et Bastien baissa la tête. Elle l'avait plié en deux, montrant trois articles.

— Je suppose que je ne dois pas m'intéresser au recensement des chiens organisé par la ville de New York ?

— Non, essayez plutôt la colonne juste à côté.

— « Le traiteur endetté se suicide », lut-il tout haut, puis il leva les yeux vers elle, sans comprendre. Et alors ?

— Je suis presque sûre que c'est celui de Kate.

— Seigneur Dieu, murmura Bastien.

— Hmm. (Poussant un énorme soupir, Terri se laissa tomber dans le fauteuil en face de lui.) Je n'en suis pas certaine, bien sûr.

Ils échangèrent un long regard, puis Bastien tendit la main vers le téléphone.

— Il est à peine plus de 6 heures en Californie, lui rappela Terri, devinant qu'il voulait appeler Lucern et Kate à leur hôtel.

Bastien hésita.

— C'est trop tôt ?

— D'après ce que Kate m'a dit au sujet de ces conférences, elles se poursuivent jusque tard dans la nuit. Elle ne sera pas levée avant encore au moins une heure. Et je n'ai pas envie de la réveiller avec ce genre de nouvelle.

— Vous avez raison. (Il reposa le combiné.) Je vais attendre un peu.

— Il vaut mieux, approuva Terri.

Bastien hocha la tête, puis commença à pianoter des doigts sur la table. Il n'était pas habitué à rester inactif en temps de crise, mais il n'avait pas la moindre idée de ce qu'il pouvait faire. Et cette fois, c'était une vraie catastrophe.

— Nous pourrions faire une liste de traiteurs à contacter au cas où j'aurais vu juste, dit Terri au bout d'un moment.

— Excellente idée. De cette manière, quand nous les appellerons, nous n'aurons pas que des mauvaises nouvelles, ajouta Bastien.

Il espérait secrètement qu'elle s'était trompée alors qu'il sortait l'annuaire du tiroir où il le rangeait. Terri se leva et contourna le bureau pour venir regarder par-dessus son épaule. Bastien tourna les pages jusqu'à la section réservée aux traiteurs. Il se détendit aussitôt quand il se rendit compte qu'il y en avait des dizaines.

— Il y en a des tas, murmura Terri.

— Oui. C'est bien, non ?

— Pas nécessairement. Beaucoup seront déjà pris ou indisponibles, mais nous ne le saurons pas avant d'appeler, ce qui nous fera perdre un temps fou. Et comme je ne les connais pas, je ne saurais pas dire lequel est le meilleur parmi ceux qui resteront. Et vous ?

— Merde, grommela-t-il.

Il était l'homme des détails, des décisions, des crises… celui vers qui les autres se tournaient en cas de problème. Mais il n'en avait jamais rencontré de semblable. La nourriture ne tenait pas une grande place dans la vie de Bastien, et il manquait d'expérience dans ce domaine. Les seules fois où il devait y penser, c'était pour les réunions d'affaire avec des mortels, et chaque fois, il déléguait cela à…

— Meredith !

— Meredith ? répéta Terri.

— Elle connaît sans doute tous les bons traiteurs, et les mauvais aussi, et…

Sans prendre la peine de terminer son explication, Bastien reprit le téléphone. Cette fois, il composa le numéro de son bureau. Meredith décrocha à la première sonnerie.

— Entreprises Argeneau.

— Meredith, je crois que le traiteur de Kate vient de se suicider, dit-il en guise de bonjour. J'ai besoin d'une liste des meilleurs de la ville. Nous devons les appeler et voir lesquels seraient disponibles pour la date prévue.

La secrétaire ne s'exclama pas, horrifiée, devant ce nouveau malheur qui s'abattait sur le mariage de Kate et Lucern. Elle ne posa pas non plus de question.

— Je m'en occupe. Avez-vous le menu qu'elle avait choisi ?

Bastien cligna des paupières, puis regarda Terri.

— Savons-nous ce qu'elle prévoyait de faire servir ? lui demanda-t-il.

— Le menu ? (Elle réfléchit une seconde, puis elle se redressa vivement.) Je crois que je l'ai. Elle me l'a envoyé par e-mail. Le même que celui où elle me donnait le nom de son traiteur. Si je l'ai toujours, nous n'aurons peut-être pas à embêter Kate. Je peux utiliser votre ordinateur ?

— Je vous en prie.

Le téléphone toujours à l'oreille, Bastien se leva pour lui laisser la place. Terri s'assit et alluma l'ordinateur. Il ne prit pas la peine d'expliquer ce qui se passait à Meredith ; elle avait probablement entendu. Il observait l'écran, qui s'éclaira. Terri alla sur Internet, ouvrit sa messagerie et retrouva le courrier électronique de sa cousine.

— C'était bien son traiteur, soupira-t-elle. Mais j'ai le menu. C'est déjà quelque chose.

— Transmettez-le à Meredith, demanda Bastien, et il lui donna l'adresse électronique de sa secrétaire avant de s'adresser de nouveau à celle-ci : Terri vous envoie le menu, Meredith. Vous faut-il autre chose ?

Quand elle répondit par la négative et lui assura qu'elle le recontacterait très bientôt, il la remercia et lui dit au revoir.

— Elle est excellente, fit-il remarquer en raccrochant. Je devrais peut-être l'augmenter.

— Oui, vous devriez, acquiesça Terri en riant. (Elle se déconnecta de sa messagerie, puis éteignit l'ordinateur.) Elle semble très efficace.

— Vous n'êtes pas mal non plus, dit Bastien à mi-voix alors qu'elle se levait. Vous auriez pu ne pas voir l'article, ou ne pas reconnaître le nom du traiteur.

— Hum, murmura-t-elle. J'ai besoin de café.

— Je vais en faire, proposa-t-il.

— En fait, j'en ai déjà une tasse, poursuivit-elle en gagnant la porte. Je la buvais tout en lisant le journal, et je l'ai oubliée dans le salon en découvrant l'article.

— Je suppose qu'il va falloir remettre notre sortie à plus tard.

Le regard de Bastien fut irrésistiblement attiré vers les fesses de Terri alors qu'il la suivait hors de la pièce. Il comprenait soudain la fascination de Lucern pour l'arrière-train de Kate. Non pas qu'il soit lui-même attiré par quelque partie de l'anatomie de sa future belle-sœur. Mais celle de Terri ? C'était une autre histoire.

— Quelle sortie ? demanda Terri.

Quand elle lui jeta un coup d'œil surpris par-dessus son épaule, il se força à relever les yeux.

— J'avais pensé vous emmener visiter les boutiques pour touristes. Vous ne pouvez pas repartir sans les avoir vues, répondit-il. Nous irons demain, je suppose. J'aurais peut-être beaucoup de coups de fil à passer quand Meredith aura terminé.

— Je prendrai la moitié de la liste, proposa-t-elle.

— J'espérais que vous diriez ça.

Elle rit tout bas, puis elle soupira quand ils entrèrent dans le salon.

— Je me demande ce qui pourrait bien encore clocher. À votre avis ? La salle de réception va brûler ou l'église être inondée ? À moins que la compagnie de limousines explose. (Elle se laissa tomber sur le canapé et se pencha pour prendre sa tasse.) Je commence à croire que ce mariage est maudit.

— Hum, murmura Bastien, mais son attention était focalisée sur Chris.

L'expression de l'agent le rendait nerveux. Les commentaires facétieux de Terri semblaient avoir évoqué quelque chose pour lui.

L'instant suivant, C.K. confirma son mauvais pressentiment en soufflant sur un ton horrifié :

— Oh, merde.

— Quoi ? demanda Bastien, même s'il n'avait pas envie de savoir.

— Je viens de penser à quelque chose.

— Quoi ?

Terri baissa sa tasse pour le regarder avec anxiété.

— Les fleurs.

— Oh. (Elle se détendit.) Nous nous en sommes occupés, C.K. Kate a choisi les nouvelles compositions pour le mariage, parmi celles que Roberto avait fait livrer. Tout est réglé.

— Non, pas les vraies. Celles qui sont en mouchoirs en papier, précisa-t-il. Pour les voitures.

— Eh bien, quoi ? demanda Terri, tournant les yeux vers Bastien. Je croyais qu'elles étaient faites et prêtes à être utilisées ?

— C'est le cas, lui assura Bastien, soulagé de pouvoir répondre. (Il alla s'asseoir à côté d'elle sur le canapé.) Lucern et Kate s'en sont chargés. Mon frère n'arrêtait pas de se plaindre que ça lui avait pris une éternité, le jour de votre arrivée.

— Oui, ils les ont fabriquées et ça leur a pris beaucoup de temps, acquiesça Chris, l'air misérable. Mais l'appartement de Kate est minuscule et elle n'avait nulle part où les stocker.

— Non, souffla Terri.

— Quoi ? tonna Bastien.

Il détestait être laissé dans l'incertitude, et l'expression de la jeune femme suggérait qu'elle savait déjà ce qui allait suivre.

Chris grimaça, puis il hocha la tête.

— Elle m'a demandé de les garder.

Une pensée traversa l'esprit de Bastien.

— Où les gardiez-vous, Chris ?

— À mon appartement.

— Oui, mais dans quelle pièce ?

Bastien savait que les réponses évasives de l'agent étaient de mauvais augure.

Il n'y avait qu'un seul endroit où les fleurs en papier avaient pu être endommagées.

C.K. soupira, puis il dut se dire que c'était le moment de leur faire une confession. Mais il y ajouta une préface, en guise d'excuse.

— Mon appart n'est pas très grand non plus, dit-il.

— Où ? insista Terri.

— La salle de bains.

— Seigneur Dieu, gémit-elle.

— Elles pourraient toujours être en bon état.

— Oui, et le pape est protestant, cracha Bastien. Pourquoi diable les avez-vous mises dans la salle de bains ?

— Au cas où il serait à court de papier toilette ? suggéra Vincent en entrant dans le salon.

Bastien ne trouva pas cela drôle du tout.

— Ferme-la, Vinny. Tu n'as pas une répétition ou un truc comme ça ?

— Non, et vous avez de la chance que je sois libre aujourd'hui. Et ne m'appelle pas Vinny !

— De la chance ? ricana son cousin.

— Je les ai mises là parce que c'est le seul endroit où j'avais assez de place, expliqua Chris, attirant leur attention à tous. C'est un vieux bâtiment, et la salle de bains est immense comparée à celles qu'on fait maintenant, dans les immeubles modernes.

Bastien murmura quelque chose entre ses dents, et ce n'était pas un compliment sur l'intelligence de l'agent. Chris l'entendit et rougit.

— Elle les a apportées dans des cartons. Je les ai mis dans de grands sacs-poubelles noirs pour les protéger de l'humidité quand je me douchais et tout, pour qu'elles restent belles.

Bastien coula un regard à Terri, qui l'observait avec un espoir non déguisé. Mais il avait vu l'appartement. D'après lui, les chances que les fleurs de Kate soient encore intactes étaient minces. Pour autant, il ne voulait pas bouleverser Terri avant d'en avoir le cœur net.

— Je vais aller voir, dit-il.

— Vous voulez que je vous accompagne ? demanda-t-elle.

Bastien hésita. Il aurait bien aimé l'emmener avec lui. Il appréciait sa compagnie. Mais la concierge lui avait donné du fil à retordre la dernière fois qu'il était allé chez Chris, et si elle lui créait encore des difficultés, il devrait contrôler de nouveau son esprit. Ce serait plus facile si Terri n'était pas là pour le voir.

— Non, répondit-il enfin. Peut-être pourriez-vous attendre que Meredith rappelle ? Je ferai aussi vite que possible.

— D'accord, acquiesça-t-elle très vite.

— Merci.

Il se leva et gagna la porte.

— Bastien ? l'appela Chris, l'obligeant à s'arrêter. Vous aurez besoin des clés, poursuivit l'agent, qui les prit sur la table basse où elles étaient restées depuis que Bastien les avait rapportées et les lui lança. Ça vous ennuierait de me prendre quelques vêtements, pendant que vous y êtes ?

Bastien grogna et se tourna pour partir. Peut-être, ou peut-être pas, cela dépendrait de son humeur. Et de l'état des fleurs.

— J'ai essayé de contacter le traiteur de Kate ce matin, espérant que quelqu'un serait là pour répondre au téléphone et aux questions, mais bien sûr, ils n'ont pas décroché. S'il reste une personne pour s'occuper des appels.

— Hum, murmura Terri dans le récepteur.

Elle n'était pas vraiment surprise par cette nouvelle. Ni que Meredith ait pensé à vérifier. Cette femme semblait d'une très grande efficacité.

— Mais j'ai pu obtenir des informations d'autres sources. Kate a certainement donné un acompte, et elle ne le reverra jamais. Elle n'aura rien pour son argent. La société est morte avec son patron.

— C'est ce que je craignais.

— Oui, acquiesça la secrétaire de Bastien. Alors j'ai passé quelques coups de fil aux meilleurs traiteurs de la ville. Ils sont tous déjà pris, bien sûr.

— Bien sûr, répéta Terri, très lasse.

— Cependant, les Entreprises Argeneau font souvent appel à des traiteurs. Et ils se bousculent pour obtenir des contrats avec nous. Ils sont donc prêts à engager des extras et à faire tout ce qui sera nécessaire pour nous satisfaire. Ils espèrent ainsi nous impressionner et peut-être obtenir une exclusivité.

— Vraiment ?

Terri sentit son espoir renaître. Tout n'était peut-être pas perdu, après tout.

— Ils sont tous en compétition pour le job. Je leur ai envoyé une copie du menu, et ils sont déjà au travail pour nous proposer le prix le plus compétitif et nous envoyer des échantillons. Bastien ou vous, ou les deux, déciderez lequel vous préférez. Mais ce ne sera sans doute pas avant demain.

Meredith marqua une pause avant d'ajouter :

— Je sais que le choix devrait revenir à Kate, mais elle est en Californie, et il faut se décider tout de suite pour que l'heureux élu puisse commander les provisions, alors...

— Nous devrons le faire à sa place, termina Terri. (Elle se tut un instant, se mordant la lèvre.) Meredith, je me dis que puisqu'elle ne peut pas choisir elle-même, et que cette histoire la stresserait…

— … à un moment où elle subit déjà beaucoup de pression…, compléta Meredith.

Terri se détendit. Il semblait que l'assistante de Bastien ait eu la même idée qu'elle.

— Croyez-vous que nous pourrions garder ça pour nous ? Bastien et moi recevrons les propositions et les échantillons, et Kate n'aura pas à être inquiétée si tout se passe bien.

Il y eut un silence à l'autre bout de la ligne. Soit parce que Meredith examinait la question, soit parce qu'elle était étonnée que Terri lui demande son avis sur une affaire qui concernait la famille. La jeune femme l'ignorait.

— Je crois qu'à en juger par ses réactions au sujet des fleurs… il serait préférable qu'elle ne soit au courant de rien, annonça enfin Meredith.

— Oui, moi aussi, dit Terri, puis elle poursuivit : Puisque vous faites partie de la conspiration, voudriez-vous venir goûter les plats avec nous quand ils arriveront ?

— Oh. Euh, c'est très gentil, mais… non, je ne peux pas. (Elle semblait troublée.) Mais, merci.

— Vous en êtes sûre ?

— Oui. Merci, répéta Meredith, abandonnant un instant son ton professionnel pour parler avec un peu plus de chaleur. Je vous en laisse le soin, à vous et à M. Argeneau.

— Eh bien, si vous changez d'avis, faites-le-moi savoir. Un grand merci, Meredith. Je m'attendais à devoir passer toute la journée au téléphone avec divers traiteurs, mais vous vous êtes chargée de tout, et il ne nous reste plus qu'à faire la dégustation, autrement dit ce qu'il y a de plus amusant. Bastien a beaucoup de chance de vous avoir.

Elle entendit un léger soupir.

— Merci, mademoiselle Simp…

— Appelez-moi Terri.

— Merci, Terri. C'est toujours agréable d'être appréciée.

— Oh, vous l'êtes, croyez-moi, assura-t-elle, avant de la remercier encore.

Puis elle dit au revoir et raccrocha.

— C'était Meredith ?

Terri leva les yeux du combiné qu'elle venait de reposer sur son socle. Bastien se tenait dans l'embrasure de la porte du bureau.

— Oui, répondit-elle, se levant pour contourner le bureau. Elle s'est arrangée pour que les meilleurs traiteurs de New York nous envoient leurs propositions de prix et des échantillons de nourriture. Puisque Kate n'est pas là pour les goûter, et que vous et moi allons devoir le faire à sa place, nous avons décidé qu'il serait préférable de ne rien lui dire… à moins que quelque chose tourne mal le jour du mariage. (Elle marqua une pause et haussa les sourcils.) Comment ça s'est passé, chez C.K. ? Vous avez trouvé des fleurs intactes ?

Bastien leva le sachet qu'il tenait et l'ouvrit pour qu'elle puisse jeter un coup d'œil à l'intérieur. Terri se pencha et vit plusieurs boîtes de Kleenex.

— Zut, souffla-t-elle, sachant ce que cela signifiait.

— Et j'en ai d'autres dans le salon, ajouta-t-il, pince-sans-rire. Ainsi que de la ficelle.

Terri ferma les yeux, puis les rouvrit. Relevant le menton, elle adressa un regard perçant à Bastien.

— Il n'y en avait pas une seule intacte ?

— Les sacs-poubelles ont été déchirés par l'avalanche de plâtre et autres matériaux, et les conduites ont tout arrosé copieusement, ne laissant qu'une bouillie de papier. La concierge a tout fait évacuer avec les gravats.

— Ah.

— La bonne nouvelle, c'est que j'ai loué des films sur le conseil de la vendeuse à qui j'ai demandé combien il fallait de boîtes de mouchoirs en papier pour fabriquer des fleurs. Nous les regarderons en travaillant.

— Pas bête, cette fille, fit remarquer Terri.

La vision de plusieurs sachets comme celui que portait Bastien l'accueillit dans le salon.

— Oui, c'est ce que je me suis dit aussi.

Chris n'était plus là. Terri supposa que Bastien lui avait rapporté des vêtements propres, et qu'il était parti se changer. Elle fouilla dans les sacs de courses jusqu'à ce qu'elle trouve la bobine de ficelle, puis elle alla s'asseoir.

Bastien prit place à côté d'elle, jetant les boîtes de Kleenex sur la table basse. Terri en prit une, l'ouvrit et se figea.

— Vous savez comment on fabrique ces choses ? demanda-t-elle sans grand espoir.

— J'espérais que vous sauriez, admit-il.

— Zut, grommela-t-elle.

— Moi oui.

Ils levèrent des yeux surpris vers Vincent, qui venait de se joindre à eux.

— Vraiment ? s'étonna Bastien.

— Ouais. (L'acteur se laissa tomber dans le fauteuil en face d'eux et s'empara d'une boîte.) C'est étonnant ce qu'on peut apprendre quand on travaille dans le monde du spectacle.

Terri lança une autre fleur dans l'un des cartons que Bastien était allé chercher. Sur la suggestion de Vincent.

Ainsi, les délicates corolles en papier ne seraient pas écrasées. Pendant l'absence de Bastien, l'acteur avait montré à Terri et à Chris comment procéder, et répété ensuite la leçon pour son cousin, sous l'œil attentif des deux autres, qui avaient bien besoin d'une seconde session. Des heures plus tard, ayant travaillé non-stop sur ce projet, Terri espérait qu'ils seraient prêts pour le mariage… et ce n'était pas une plaisanterie ! Vincent était le seul qui sache vraiment ce qu'il faisait. Chris, Bastien et elle-même gâchaient plus de mouchoirs qu'ils ne fabriquaient de fleurs.

Cela faisait plus d'une journée qu'ils s'étaient attelés à la tâche. Au bout de quarante heures, ils avaient vu un nombre incalculable de films et produit un carton et demi de fleurs utilisables et trois autres de rebuts. Mais ils s'amélioraient. Les deux premiers cartons destinés à la poubelle dataient de la première soirée, et le troisième n'était pas plein.

— Combien croyez-vous que nous devions encore en faire ? demanda Terri, prenant une poignée de pop-corn et se la fourrant dans la bouche, le regard rivé sur l'écran de télévision.

Elle sursauta quand l'actrice fut attaquée par-derrière, puis tressaillit quand l'assaillant armé d'une tronçonneuse la réduisit en pâtée pour chien.

— Je suis le seul à penser que regarder des films d'horreur en préparant des fleurs en papier pour un mariage a quelque chose de pervers ? demanda Chris.

Terri lui adressa un grand sourire. Elle réussit même à ne pas grimacer devant son visage méconnaissable. Il avait un peu désenflé, mais à peine, et il était toujours très rouge.

— J'aurais cru qu'étant un homme, vous trouveriez ça approprié, dit-elle. Après tout, l'idée du mariage n'est-elle pas horrifiante pour la majorité des mâles ?

Il considéra la question, puis hocha la tête.

— Vous marquez un point.

— Je ne sais pas, dit Vincent alors que Terri riait. Certains hommes, intelligents, reconnaissent le mérite d'avoir une compagne pour la vie. Une femme avec qui partager toutes les joies et les peines.

— Eh bien, Vincent, s'exclama-t-elle, surprise. On croirait presque que vous êtes un romantique.

L'acteur eut un mouvement de recul.

— Je n'irais pas jusque-là.

Gloussant toujours, Terri prit la ficelle pour en couper une longueur.

— Quelle heure est-il ? demanda soudain Bastien.

— Quinze heures trente, répondit Chris après un coup d'œil à sa montre.

— Oh. (Bastien sembla perplexe, puis il regarda Terri.) Je ne me souviens pas vous avoir vu manger, aujourd'hui.

— J'ai pris des céréales au petit déjeuner, l'informa-t-elle d'un ton absent.

Elle termina ce qu'elle faisait avec la ficelle et commença à plier un mouchoir.

— Mais vous n'avez pas déjeuné.

Terri leva les yeux, étonnée par son ton accusateur.

— *Je* n'ai pas déjeuné ? Non, en effet. Mais aucun de nous ne l'a fait. Nous étions trop occupés, alors nous avons grignoté.

Bastien fronça les sourcils quand elle montra du geste les sachets sur la table basse.

— Des pop-corn et des chips de maïs, ce n'est pas un régime sain.

Terri grimaça à ces paroles sévères. Elle avait dit quelque chose de très similaire à C.K. quelques jours auparavant et se rendait compte de combien cela avait dû l'agacer.

— Tu as parfaitement raison, Bastien, acquiesça Vincent. Peut-être devrais-tu nous préparer quelque chose ?

— Moi ?

L'intéressé pâlit à cette idée, et Vincent éclata de rire.

— Oui, toi. Tu n'es quand même pas en train de suggérer que Terri doit cuisiner pour toi, n'est-ce pas ?

— Pas pour moi, se défendit Bastien. Je n'ai pas faim.

— Moi non plus, intervint Terri. Le problème est donc résolu.

Elle ne manqua pas le froncement de sourcils de Bastien, et elle lui répondit par un grand sourire. Cet homme mangeait rarement, et quand il le faisait il picorait à peine ce qu'il avait dans son assiette. Il avait du culot de lui faire la leçon quand il avait de si mauvaises habitudes alimentaires !

— Eh bien, moi, j'ai faim, annonça Chris, attrapant ses béquilles pour se lever. Et je vais faire à manger.

— Je ne crois pas que ce soit une bonne idée, dit Vincent avec calme, tout en évasant la corolle qu'il venait de créer.

— Pourquoi pas ? demanda Bastien. Terri a cuisiné pour lui, il peut lui rendre la politesse.

— Regarde-le. Il est allé à l'hôpital deux fois en une semaine, la première parce que des toilettes lui sont tombées dessus, la seconde pour une piqûre d'abeille. Tu veux vraiment qu'il joue avec le feu et des objets tranchants ?

— Seigneur Dieu, souffla Bastien, horrifié.

— Oh, pour l'amour de Dieu ! (Terri posa sa fleur à moitié terminée et bondit sur ses pieds.) Je vais le faire.

— Non, protesta Bastien. C'est moi. Cuisiner ne peut pas être si difficile.

— Je crois qu'il va falloir se faire livrer, dit Vincent en regardant la masse carbonisée au fond du plat.

Il inclina la tête pour avoir une perspective différente et demanda :

— Qu'est-ce que c'était ?

— Ha, ha, marmonna Bastien.

Il déposa le tout dans l'évier et ouvrit le robinet. S'il voulait nettoyer le plat… si tant était que ce soit possible… il allait devoir le laisser tremper. Peut-être devrait-il jeter cette horreur tout de suite ?

— C'est toi qui m'as suggéré de cuisiner, rappela-t-il à son cousin.

— Eh bien, c'était pour te rendre service, rétorqua Vincent. J'avais peur que Terri pense que tu voulais qu'elle le fasse pour toi, et aucune femme ne veut être prise pour une servante. Et, puisque nous en parlons, tu auras bientôt une nouvelle gouvernante ? Tu as retrouvé Mme Houlihan ?

— Je ne sais pas, avoua Bastien, qui avait confié l'un et l'autre problèmes à son assistante et ne s'en était pas préoccupé depuis lors.

Une crise en remplaçant une autre, il avait été constamment sur la brèche, et très distrait. Il se dit qu'il était temps d'aller faire un tour au bureau.

— Quelle heure est-il ?

— Presque 17 heures.

Bastien retira les gants, enfilés pour sortir le plat du four. Non pas qu'il ait réussi à le sauver. Il grimaça intérieurement, se rappelant avoir feuilleté un livre de cuisine et choisi ce qui lui avait semblé le plus facile : un rosbif. D'après le bouquin, il suffisait de mettre la viande dans un plat, puis dans le four. Quoi de plus simple ? Bastien avait suivi les instructions à la lettre. Mais puisque sa pièce de bœuf était congelée, il avait un peu augmenté la température en tournant le bouton à fond. Puis il était retourné faire des fleurs en papier dans le salon. Et quand il s'était souvenu qu'il avait préparé quelque chose, la viande était trop cuite. Enfin, plutôt cramée à l'extérieur et rouge et saignante à l'intérieur. Dégoûtant. Bastien comprenait que faire la cuisine n'était pas aussi simple qu'il l'avait cru.

— Comment ça se passe ?

Bastien et Vincent se tournèrent vers la porte, où se tenait Terri. Elle regardait autour d'elle avec curiosité.

— C'est le dîner que je sens ?

— Nous allons nous faire livrer, annonça Bastien en passant à côté d'elle pour sortir. Commandez ce qui vous plaira, je dois aller au bureau. Je serai de retour pour payer.

Alors que Bastien disparaissait, Terri haussa les sourcils et interrogea Vincent du regard.

— Un problème ?

— Bastien vient de faire une découverte inattendue : cuisiner est un défi, répondit Vincent en désignant l'évier.

Terri traversa la pièce pour y jeter un coup d'œil et siffla entre ses dents. Il y avait un gros morceau tout noir, et des plus petits.

— Alors, qu'allez-vous faire livrer ? Chinois ? Pizza ? s'enquit l'acteur.

Terri secoua la tête et sourit.

— Avec toute la nourriture qu'il y a dans cette maison ? Je vais faire un truc et ce sera prêt pour le retour de Bastien.

— Brave fille ! Ça devrait lui donner un sentiment d'infériorité, dit Vincent avec légèreté.

Ils s'esclaffèrent, puis se turent subitement et regardèrent autour d'eux quand la sonnette de l'ascenseur retentit.

Terri suivit le cousin de Bastien jusqu'au panneau de commande scellé dans un mur de la cuisine, réplique exacte de celui du salon.

— Hum. Vous savez qui c'est ? demanda-t-il, appuyant sur le bouton pour faire apparaître une image de l'intérieur de la cabine.

Terri se pencha pour mieux voir l'homme qui se tenait à côté d'un chariot. Elle commença à secouer la tête, puis elle s'arrêta.

— Oh, attendez ! Ce doit être l'un des traiteurs. J'avais oublié que Meredith s'était arrangée pour qu'ils nous apportent des échantillons du menu du mariage, pour que nous les goûtions.

Vincent hocha la tête et appuya sur l'interphone.

— Oui ?

— *Les Fourneaux de Katelyn*. J'ai une livraison.

— C'est votre jour de chance, Terri. (Il laissa monter l'ascenseur et éteignit l'écran.) Vous n'aurez pas besoin de cuisiner, après tout. Nous sommes livrés.

Terri gloussa.

— Je doute qu'il apporte un vrai dîner. Il n'y aura que des échantillons... quelques hors-d'œuvre et des miniportions du repas. Rien de substantiel.

Malgré son commentaire, la curiosité de Terri la poussa à suivre Vincent pour accueillir leur visiteur. À l'instant où les portes s'ouvrirent, l'homme sortit de l'ascenseur en souriant, poussant son chariot à desserte. S'arrêtant devant eux, il leva un porte-bloc à pince.

— Terri Simpson ou Bastien Argeneau ?

— Je suis Terri Simpson.

Elle s'avança pour prendre le bon de livraison et le stylo qu'il lui tendait.

— Signez en bas de la feuille, mademoiselle, dit-il. Où voulez-vous que je mette ça ?

— Dans la cuisine, s'il vous plaît. Première porte à droite.

Terri lut rapidement le papier pendant que le livreur emportait son chargement à l'endroit indiqué, suivi par Vincent. Rassurée de voir que la feuille stipulait qu'elle avait accepté la livraison, et rien de plus, la jeune femme la signa et la data. Elle terminait juste quand l'homme revint.

— Merci, dit-il en reprenant le porte-bloc et le crayon. (Il arracha la copie carbone rose, la tendit à Terri et retourna dans l'ascenseur.) Appelez le bureau quand vous aurez fait votre choix. Quelqu'un viendra chercher le chariot.

— Très bien. Merci, répondit Terri alors que les portes se refermaient.

Armée de la feuille, elle se rendit dans la cuisine. Elle était curieuse de voir ce qu'ils avaient envoyé. Sans doute était-ce juste quelques-uns des plats au menu, mais on ne savait jamais.

— Vous avez jeté un coup d'œil à l'intérieur ? demanda-t-elle à Vincent, qui l'avait suivie.

— Non, je me suis contenté de le regarder faire son boulot, puis je suis ressorti avec lui.

— Hum.

Terri étudia le chariot. On aurait dit un coffre en métal chromé monté sur des roulettes, ou une sorte de barbecue. Le couvercle était rectangulaire et arrondi aux angles. Terri attrapa la poignée, tira vers le haut et inhala la vapeur odorante contenue à l'intérieur.

— Seigneur, souffla-t-elle, bouche bée devant la demi-douzaine d'assiettes et de ramequins en porcelaine, remplis de nourriture.

Le traiteur avait envoyé non pas un échantillon de certains plats, mais *deux* de chacun de ceux sur le menu.

— Il a précisé que les desserts sont dans le tiroir du dessous, dit Vincent.

Terri hésita, puis elle recula et remarqua qu'il y avait bien un tiroir. Elle l'ouvrit et soupira quand plusieurs mets sucrés apparurent. Là encore, il y en avait deux portions de chaque.

— Eh bien, comme je vous le disais, vous n'aurez pas besoin de cuisiner.

Avant que Terri puisse répondre, la sonnette retentit de nouveau. L'acteur retourna devant la console. Pendant ce temps, Terri referma le couvercle et le tiroir pour que tout reste à une température idéale en attendant le retour de Bastien.

— Un autre traiteur, annonça Vincent. Vous allez sans doute devoir signer son bon de livraison.

Hochant la tête, Terri le suivit dans l'entrée. Ils arrivèrent juste avant que les portes coulissent, révélant un autre livreur et son chariot.

— Terri Simpson ? demanda-t-il en la regardant.

— C'est moi.

Elle prit le porte-bloc à pince et le stylo qu'il lui tendait.

— Où voulez-vous que je…

— Dans la cuisine, dit Vincent. Suivez-moi.

Et il joua les guides pendant que Terri s'occupait de la paperasse.

Chapitre 11

Tapant du pied d'irritation, Bastien appuya de nouveau sur le bouton. Il n'avait pas l'habitude d'attendre et commençait à s'impatienter. Cet ascenseur ne desservait que l'appartement. Il pouvait s'arrêter à tous les étages, mais uniquement pour les détenteurs d'une clé spéciale. Sinon, il fallait la permission des maîtres de maison pour aller du rez-de-chaussée au dernier étage. Bastien ne comprenait pas ce qui se passait.

Alors qu'il allait retourner dans son bureau pour appeler en haut et s'assurer que tout allait bien, la cabine s'arrêta avec un tintement de clochette. Poussant un soupir de soulagement, Bastien y entra, inséra sa clé dans la serrure et poussa un bouton. Puis il huma l'air. Il y avait une légère odeur de plats cuisinés. Il comprit qu'ils avaient dû suivre son conseil et se faire livrer alors que les portes se refermaient et qu'il commençait à monter. Avec un peu de chance, le livreur serait encore là ; Bastien ne voulait pas que Terri paie le dîner.

L'entrée était déserte quand Bastien sortit de l'ascenseur. Suivant les voix, il gagna le salon, s'attendant à y trouver Terri et Chris en train de manger de la pizza ou des plats chinois. Au lieu de cela, ses trois invités se déplaçaient dans une mer de fleurs en papier et de chariots chromés.

— Celui-ci n'a pas de bon de livraison. (Vincent souleva le couvercle du coffre argenté près duquel il se tenait, attendit que la vapeur se dissipe et étudia le contenu.) Il y a une serviette avec les initiales C.S.

— C.S. ? demanda Terri, qui commença à farfouiller dans une mince pile de feuilles tout en murmurant d'un ton stressé : C.S, C.S… Oh, la *Cuisine de Sylvia* !

Elle traversa la pièce pour tendre la feuille à Vincent, qui prit un morceau de scotch au dévideur qu'il tenait et la colla au couvercle.

— Celui-là a les initiales B.D. sur la cloche qui couvre le plat, dit Chris en jetant un coup d'œil à l'intérieur d'un autre chariot.

— B.D. ? murmura Terri, regardant ses feuilles. B.D. Je crois avoir vu un *Bella Donna* ou un *Bella Dolci* il y a une minute. Ça doit être ça.

— J'espère sincèrement que ce n'est pas *Bella Donna*, dit Bastien, amusé.

Ils remarquèrent enfin sa présence.

— Oh, vous êtes revenu.

Terri se força à sourire, mais le cœur n'y était pas. Elle ne semblait pas d'humeur à cela.

— Hum. (Bastien entra dans le salon, donnant des coups de pied dans des fleurs en papier à chaque pas.) Soit vous avez eu les yeux plus gros que le ventre en passant votre commande, soit les traiteurs viennent de nous livrer.

— Seconde option, répondit Terri en soupirant.

Elle agita les mains en direction du chaos qui régnait dans la pièce et s'excusa :

— Je suis navrée pour tout ce bazar. J'aurais dû être mieux préparée. Mieux organisée. Mais ils sont arrivés l'un après l'autre. Bang, bang, bang.

— Bang, bang, bang, acquiesça Vincent, hochant solennellement la tête.

— Tout s'est passé si vite. J'avais à peine signé un bon de livraison qu'on m'en mettait déjà un autre sous le nez.

— Juste sous le nez, répéta Chris, opinant du chef. Comme s'ils arrivaient de toutes parts pour la cerner.

— Oui, dit Terri. Chris s'occupait de les faire monter, et Vincent leur montrait où ils pouvaient laisser leurs chariots. Et pendant ce temps, les livreurs me tendaient leurs porte-blocs à pince et un stylo, puis ils arrachaient la partie réservée aux clients pour me la donner, et il y en avait tellement… (Elle agita les feuilles d'un geste impuissant.) Nous ne savons plus quel bon va avec quelle livraison.

Bastien se mordit la lèvre pour ne pas sourire et trahir son amusement. Il pensait que Terri le prendrait mal. Elle avait l'air bouleversée. Et si adorable. Mais elle n'aimerait sans doute pas qu'il lui dise cela, alors il le garda pour lui.

— J'ignore comment nous pourrons manger toute cette nourriture, Bastien. C'est trop.

Terri pivota sur place, embrassant du regard la mer de chariots. Puis elle lui fit de nouveau face et gémit :

— Et je n'en avais pas l'intention, mais c'était le chaos, et j'ai volé un stylo !

— Deux, dit Chris en montrant celui accroché au col de son chemisier, où elle avait dû le coincer machinalement.

— Trois, corrigea Vincent, s'approchant de la jeune femme pour prendre celui qu'elle s'était mis derrière l'oreille.

Ils voulaient l'aider, mais leurs efforts n'avaient pas l'effet escompté, et elle était de plus en plus bouleversée. Bastien s'avança, écarta son cousin de son chemin et attira Terri dans ses bras. Il lui tapota le dos.

— Tout va bien, bébé. Nous démêlerons tout ça. Et nous n'aurons pas besoin de tout manger, juste de goûter. Et nous commencerons par ça, ainsi, nous n'aurons pas à faire correspondre leur facture à ceux que nous écarterons d'office.

— Mais vous n'étiez pas là, et j'ai signé tous les bons. Je dois m'assurer que les chariots seront rendus à leurs propriétaires.

— Ce sera fait, lui assura Bastien, puis il la guida vers le canapé.

Se baissant pour balayer quelques fleurs, il fronça les sourcils et demanda :

— Comment se fait-il qu'il y en ait partout ?

Il invita Terri à s'asseoir.

— Un des livreurs a fait tomber un carton, expliqua Vincent.

— Et un autre en a pris un pour le déplacer, a trébuché et envoyé son contenu dans toutes les directions, termina Chris. Heureusement, elles étaient toutes ratées. Après le premier accident, Terri avait eu le bon sens de nous faire déplacer les bonnes un peu plus loin.

Bastien hocha la tête.

— Nous devrions les mettre à l'abri pour le moment. Il ne faudrait pas qu'elles soient tachées par de la nourriture. Pas après tout le temps qu'il nous a fallu pour les plier.

— Je m'en charge !

Vincent se pencha pour rassembler les boîtes de Kleenex et les ranger dans les sachets. Chris commença à ramasser les fleurs répandues sur le sol et à les jeter dans leurs cartons. Il utilisait parfois ses béquilles pour les rapprocher de lui.

Bastien se tourna de nouveau vers Terri et vit qu'elle s'était penchée pour faire le ménage autour d'elle. Au bout d'un moment, la position étant inconfortable, elle alla s'asseoir sur le sol pour mieux les atteindre. Elle scruta la pièce pleine de chariots, et alors qu'elle se redressait pour jeter une poignée de fleurs dans un carton, elle eut l'air consternée.

— Comment allons-nous faire pour choisir parmi tous ces traiteurs, Bastien ?

— En les prenant deux par deux, répondit-il.

Il alla s'agenouiller près d'elle. La réponse lui semblait parfaitement logique.

— Nous en mettons deux côte à côte, nous goûtons un plat dans l'un, puis dans l'autre, et nous gardons le meilleur. Le perdant sera déplacé dans le hall d'entrée. Et ainsi de suite.

Elle hocha la tête, puis elle dit :

— Mais si nous aimons un plat chez un traiteur, mais un autre chez un concurrent ?

Il n'avait pas pensé à cela.

— Le plat principal est le plus important, répondit-il après considération. C'est donc par lui que nous commencerons, deux par deux. Ceux que nous rejetterons rejoindront l'entrée, les autres iront ailleurs. Ainsi, nous en éliminerons la moitié du premier coup. Puis nous comparerons les autres plats.

— Où dois-je mettre ça pour ne pas les avoir dans les jambes, cousin ? demanda Vincent, montrant les sachets de boîtes de Kleenex non utilisées et les bobines de ficelle.

— Dans le bureau, suggéra Bastien, décidant que c'était la meilleure chose à faire. Range-les dans le placard pour le moment, Vincent.

L'acteur acquiesça et gagna la sortie.

— Je les dépose et je sors manger un morceau. Toutes ces histoires de nourriture, ça m'a donné faim. Je ne serai pas long. Je fais aussi vite que possible et je rentre pour voir si je peux encore donner un coup de main.

— Merci, cousin, dit Bastien à son dos qui s'éloignait.

Même s'il pouvait se montrer très pénible quand il avait envie de créer des ennuis, Vincent restait un homme bon. Il avait toujours été là pour Bastien, chaque fois qu'il en avait eu besoin, et il se souvenait d'une époque où ils avaient été aussi proches que des frères. Il regrettait d'avoir perdu cela.

— Voilà, c'était la dernière, annonça Chris peu de temps après en lançant une fleur dans un carton. Est-ce qu'on enlève aussi celles destinées à la poubelle ?

— Je vais les emporter dans le bureau, décida Bastien, puis il regarda Terri. Si tu allais chercher des assiettes et des couverts, chérie ?

Elle ouvrit des yeux comme des soucoupes et resta figée, à le regarder. Bastien sentit l'incertitude le gagner.

— Qu'y a-t-il ?

Il espérait ne pas l'avoir choquée en la tutoyant spontanément.

— Rien ! couina-t-elle, et elle courut en direction de la cuisine.

— Qu'est-ce que je peux faire d'autre ? demanda Chris.

Bastien faillit dire : « Dans votre état ? Rien. » Mais il se ravisa. Depuis quelques jours, la vie n'était pas tendre avec l'agent, pourtant il les avait aidés avec les fleurs. Étant donné la malchance dont il était victime, entre son appartement en ruine quand les toilettes du dessus avaient traversé le plafond et l'avaient écrasé, lui cassant la jambe, et une piqûre d'abeille qui aurait pu lui être fatale et avait laissé son visage digne de celui d'un monstre de foire… Bastien devait admettre que C.K. se comportait bien, et il était même souvent de bonne humeur. Il commençait à se demander s'il ne l'avait pas sous-estimé, et il le trouvait même de plus en plus sympathique.

— Reposez-vous une minute, Chris. Nous aurons besoin de votre aide pour goûter les plats, si vous voulez bien.

— Bien sûr, aucun problème, lui assura l'agent, et après une brève hésitation il se dirigea vers un fauteuil et s'assit.

Bastien avait vu la surprise sur le visage du jeune homme quand il s'était adressé à lui sur un ton presque amical. Il comprit que son désintérêt pour Chris et son irritation n'étaient pas passés inaperçus. Un instant, il se sentit coupable, puis il n'y pensa plus. Il n'avait pas été ouvertement méchant. Mais il ne lui avait pas laissé la moindre chance non plus. Eh bien, cela allait changer. Il n'allait pas se flageller : le passé était le passé. Il avait d'autres chats à fouetter. Et pour commencer, il voulait comprendre pourquoi Terri l'avait regardé ainsi, bouche bée, quand il lui avait demandé d'aller chercher des couverts et des assiettes. C'était un mystère.

Dans la cuisine, Terri murmurait toute seule alors qu'elle sortait des placards ce que Bastien désirait.

— Il m'a appelée « chérie ».

Chérie.

Un sourire étira ses lèvres.

Elle croyait aussi se souvenir qu'il l'avait appelée « bébé » un peu plus tôt, mais elle était si bouleversée à ce moment-là qu'elle n'en était pas sûre. Bébé et chérie. Des noms affectueux. Les pensait-il vraiment ? Difficile à dire. Certaines personnes les utilisaient avec n'importe qui, de leur chien à la caissière de la supérette du coin.

Elle ne pensait pas que Bastien soit de ceux-là.

— Chérie.

Terri savoura ce mot en attrapant des couteaux. Puis elle les posa sur les assiettes, prit ces dernières et retourna dans le salon. Elle se dépêchait, parce qu'elle ne voulait rien rater.

— Alors, la *Cuisine de Sylvia* ?

Terri regarda Bastien, puis Chris, et tous deux opinèrent du chef. Vincent était rentré, mais puisqu'il ne pouvait pas manger, et donc les aider, il avait décrété qu'il s'ennuyait à mourir à les regarder, et il s'était retiré pour la nuit.

— C'est mon avis, dit Bastien.

— Le mien aussi, renchérit Chris. Dans l'ensemble, leurs plats sont les meilleurs. Même si je dirais que *Bella-machin-chose* fait un ragoût en cocotte absolument divin.

— Je n'ai pas aimé du tout. Et ce n'est même pas sur le menu, souligna Terri. Ni même sur leur bon de livraison. Je pense qu'ils l'ont mis là par erreur.

— Tu as sans doute raison, acquiesça Bastien. Je n'ai pas trop apprécié non plus. Quelque chose dans ce plat ne me plaît pas.

— Eh bien, moi, j'aime bien. (Chris s'approcha du chariot de *Bella* et regarda à l'intérieur.) Si aucun de vous n'en veut, je peux le finir ?

Terri se laissa tomber sur le canapé en soupirant.

— Servez-vous.

Bastien sourit.

— Oui, mangez. Vous l'avez bien mérité après toutes ces émotions.

— Eh bien, Vincent ne pouvait pas vous aider, et puis c'était plus drôle que de faire les fleurs, dit C.K. en sortant la cassolette du chariot.

Il prit une cuillère, porta un peu de nourriture à sa bouche et la mâcha avec un murmure de satisfaction.

— Beurk ! Comment pouvez-vous avaler ce truc ? C'est immonde. Je ne peux pas regarder.

Terri grimaça de dégoût et se cacha le visage derrière le bloc-notes qu'elle avait utilisé pour se rappeler quel chariot renfermait les meilleurs plats.

— Je vais l'emporter dans ma chambre, comme ça vous n'aurez pas à le faire, dit Chris. Ma jambe me fait un peu mal, aussi. J'allumerai la télé pour me tenir compagnie pendant que je mange. Bonne nuit.

— Bonne nuit, répondirent Bastien et Terri à l'unisson.

Quelques secondes passèrent, puis Bastien souleva l'un des coins du bloc-notes.

— Il est parti. Tu peux baisser ça, maintenant.

Souriant, elle obéit et soupira.

— Encore une bonne chose de faite.

— Oui.

Il s'assit à côté d'elle sur le canapé, puis il tourna la tête et dit :

— Rends-moi un service.

— Mmm ?

Elle l'interrogea du regard.

Bastien sourit.

— Ne demande pas ce que sera la prochaine catastrophe. J'en ai assez, merci bien. Et ce n'est même pas mon mariage. (Il secoua la tête.) Celui-ci a intérêt à se dérouler sans heurt après tout ce que nous venons de traverser. (Il rit.) Je ne sais pas comment Kate et Lucern ont survécu aux six derniers mois ! Je suis épuisé après seulement une semaine de problèmes en tous genres.

— Je sais ! acquiesça Terri. Ces deux jours ont été stressants. Quand j'ai demandé des vacances et pris mon billet pour New York, je pensais venir pour tenir la main de Kate et l'aider à régler les petits détails de dernière minute. Je me suis dit qu'elle me donnerait quelques courses à faire, des babioles. Je ne m'attendais pas à m'occuper de choses vraiment essentielles, comme refaire toutes les fleurs en mouchoir pour les voitures et choisir un traiteur.

Secouant la tête, elle se pencha en avant pour jeter un coup d'œil dans le tiroir des desserts du chariot venant de la *Cuisine de Sylvia*. Puisqu'ils n'avaient mangé qu'une bouchée de chacun des trois qui seraient servis au mariage, il restait tous leurs doubles. Terri réfléchit quelques secondes, puis choisit la charlotte. Attrapant une cuillère, elle se renfonça dans son siège.

Bastien secoua la tête en la regardant prendre une première bouchée.

— Je suis surpris que tu puisses encore avaler quelque chose. J'ai l'impression de n'avoir fait que ça toute la soirée.

— C'est vrai, dit-elle en riant. Mais nous avons mangé un petit bout de ci, puis de ça.

— Hum.

Terri plongea sa cuillère plus profond dans le plat pour attraper un peu de biscuit imbibé d'alcool, tout au fond. Quand ce fut chose faite, elle dégusta sa prise avec un soupir de satisfaction. Puis elle remarqua qu'elle avait de la crème fouettée sur le dos d'un doigt. Sans réfléchir, elle le porta à sa bouche pour le lécher.

— En plus, poursuivit-elle, c'est un dessert. Il reste *toujours* de la place pour le dessert. Tu devrais en prendre un toi aussi.

— Hum.

Bastien l'observait. Terri se sentit soudain gênée, mais elle essaya de ne pas lui prêter attention et plongea de nouveau sa cuillère dans le gâteau. Elle eut de nouveau de la chantilly sur le doigt. Quand elle voulut le nettoyer avec sa langue, Bastien l'attrapa par le poignet, attira sa main vers sa propre bouche et passa la langue sur l'articulation de la jeune femme.

Terri s'immobilisa, clignant des yeux, surprise par la réaction de son corps. Quand Bastien la lâcha, elle baissa la tête et se concentra sur la charlotte. Après une brève hésitation, elle reprit une bouchée. Elle ne remarqua pas tout de suite que ses mains s'étaient mises à trembler, pas avant qu'une grosse goutte de crème anglaise atterrisse sur son menton et sur son décolleté.

Grommelant entre ses dents, gênée, Terri posa la cuillère sur l'assiette et leva le bras pour s'essuyer le visage et la poitrine. Mais Bastien captura de nouveau sa main. Leurs regards se croisèrent une seconde, puis il se pencha pour lui lécher le menton et faire disparaître toute trace de sa maladresse. Terri en resta interdite. Profitant de cela, il baissa ensuite la tête jusqu'à ses seins, et il lécha sa peau en prenant tout son temps, sa langue traçant des cercles pour être sûr d'avoir tout enlevé.

Quand il se redressa, Terri le regardait sans ciller. Son cœur cognait dans sa poitrine comme un gros tambour, et son corps était en émoi. Elle aurait voulu qu'il l'embrasse !

Comme en réponse à son souhait, c'est exactement ce qu'il fit. Un petit soupir lui échappa juste avant qu'il pose sa bouche sur la sienne. Il sentait la chantilly, mais cette dernière avait bien meilleur goût sur lui !

Elle tremblait de manière incontrôlable quand il s'écarta, et l'assiette était en grand danger. Voyant cela, Bastien la sauva. Puis il prit la cuillère, l'enfonça dans la coupe et la ressortit avec un assortiment de cerises, de crème anglaise et de crème fouettée. Terri crut qu'il allait la porter à sa bouche, mais au lieu de cela il la lui offrit. Malheureusement, il fit cela juste au moment où elle levait une main peu assurée pour écarter une mèche de cheveux de son visage. Déséquilibrée, la bouchée atterrit sur la poitrine de la jeune femme.

— Oh.

Ils baissèrent les yeux sur ce qu'ils avaient fait par accident. La cuillerée de dessert glissait sur la courbe du sein droit de Terri ; une bonne partie avait déjà disparu sous le col de son chemisier blanc.

— Je crois que tu avais raison, dit Bastien.

— Ah oui ? demanda-t-elle d'une voix tremblante. À quel propos ?

Quand il répondit, ce fut d'une voix plus grave, rauque et sensuelle.

— Il y a toujours de la place pour le dessert.

Il scruta son visage et ne bougea pas pendant longtemps, assez pour lui donner une chance de l'arrêter. Mais Terri se contenta de lui renvoyer son regard, le cœur battant, comme une boule de flipper devenue folle. Il ne pouvait pas vouloir… ? Il n'oserait pas.

Si.

Se penchant en avant, il approcha le visage de sa poitrine et entreprit de laper la charlotte à même sa peau. Puis il défit le premier bouton de sa blouse et tira sur le col pour continuer à la nettoyer.

Terri ne put retenir un petit gémissement quand sa langue plongea entre ses seins et fut très déçue quand l'exercice prit fin. Quand il releva la tête et se redressa, le corps de la jeune femme n'était plus qu'une masse douloureuse de désir et de confusion. Mais, consternée, elle vit Bastien se comporter comme si rien ne s'était passé. Il ne la regarda même pas, trop concentré sur le dessert. Il prit une autre cuillerée de cerises et de crème et la fit disparaître dans sa bouche.

Elle l'observa en silence, le regard passant de son col très largement ouvert au visage de Bastien, alors qu'il dégustait la charlotte. Il parut en examiner les saveurs, puis il déglutit, prit une nouvelle bouchée et l'offrit à la jeune femme.

Terri hésita, puis ouvrit la bouche pour qu'il puisse la nourrir. Il attendit pendant qu'elle mâchait avec gêne et avalait. Puis il replongea la cuillère dans le riche dessert.

C'était son tour, puisqu'ils partageaient désormais. Aussi fut-elle surprise quand il l'avança vers elle. Mais pas autant que lorsqu'il s'arrêta à mi-parcours pour verser le contenu sur sa poitrine.

Terri haleta et se redressa, stupéfaite, ce qui fit couler le mélange encore plus vite le long des courbes de ses seins.

— Tu l'as fait exprès !

Bastien sourit.

— C'est bien meilleur sur toi, dit-il, et il s'avança pour l'embrasser.

La surprise de Terri fit place au plaisir. Bastien glissa sa langue entre ses lèvres, et en un instant, elle eut oublié que de la crème anglaise dégoulinait sur sa peau.

Mais pas Bastien. Il rompit leur baiser et fit glisser ses lèvres jusqu'à son menton, puis le long de sa gorge. Très vite, il atteignit son objectif et se concentra sur son décolleté sucré pour réparer sa « maladresse ».

Terri enfouit les mains dans ses cheveux pendant qu'il la léchait et haleta quand sa langue suivit le contour de son soutien-gorge blanc. Bastien avait déboutonné son chemisier plus bas sans qu'elle s'en rende compte, et le vêtement bâillait, lui livrant sa peau nue, sans autre obstacle que quelques bouts de dentelle. Mais le soutien-gorge n'arrêta pas Bastien. Il retrouva le creux entre ses seins, suivant le chemin emprunté par la nourriture, pour ne pas en perdre une miette.

Une fois certain de n'avoir pas été lésé d'une seule particule de charlotte, il se redressa et reprit la cuillère pour en prendre une autre bouchée. Enfoncée dans les coussins, Terri le regardait, stupéfaite. Il n'avait quand même pas l'intention... Elle écarta cette pensée et essaya de prendre une expression neutre quand il leva le nez de ce qu'il faisait. Il avança l'ustensile jusqu'à ses lèvres.

— Qu'y a-t-il ? demanda Bastien d'un ton parfaitement normal, comme s'il n'était pas affecté le moins du monde par ce qu'il venait de faire.

— Rien.

Consciente que sa voix était montée dans les aigus, elle ouvrit la bouche et accepta l'offrande pour n'avoir plus à répondre à d'autres questions.

Terri mâcha et avala, puis elle attendit, observant Bastien alors qu'il replongeait la cuillère dans la charlotte pour prendre un peu de chaque couche : crème anglaise, cerises et biscuits trempé. Il était très méticuleux et faisait cela avec la plus grande attention. Mais au lieu de manger, il tendit le petit tas flageolant au-dessus d'elle en haussant un sourcil, comme s'il lui demandait sa permission. Terri se contenta de se mordre la lèvre et de lui rendre son regard, sans ciller, ne voulant pas dire non, mais incapable de dire oui.

Souriant, il retourna la cuillère, et son contenu atterrit sur la peau nue de Terri. Elle inspira vivement et regarda la mixture multicolore couler sur elle. Pas sur sa poitrine, cette fois, mais sous son soutien-gorge et en direction de son ventre et de la ceinture de son jean.

— Tu auras besoin d'une bonne douche après ça, commenta Bastien d'un ton d'excuse, posant la cuillère sur l'assiette, et le tout de côté. Mais j'apprécie le sacrifice auquel tu consens pour mon bonheur culinaire, ajouta-t-il en se tournant de nouveau vers elle.

Quand il la regarda, ce qu'il vit l'arrêta aussitôt. Le visage de Terri était ouvert et expressif, comme toujours, et il y lut des émotions contradictoires : de l'excitation et de l'anticipation, mais aussi de la peur et de l'anxiété. Le cœur de Bastien se serra pour elle. Il aurait voulu la rassurer, lui dire que tout irait bien. Ce serait *parfait*. Mais il devait admettre que lui-même entretenait quelques doutes concernant ce qui allait suivre. Il ne voulait pas seulement manger du dessert sur la peau de Terri ; il voulait lui faire l'amour. La charlotte n'était que l'entrée en matière.

Se disant que dans ce cas précis les actes en diraient plus long que toute parole, il l'embrassa de nouveau. Au début, Terri resta immobile, sans réponse sous la caresse de ses lèvres ; sans doute luttait-elle contre ses craintes. Puis elle s'ouvrit à lui et ramena ses bras autour de ses épaules. Bastien chercha sa langue avec la sienne. Elle avait un goût de cerise, de crème et… de Terri. Ce mélange lui arracha un murmure appréciateur. La charlotte lui avait vraiment paru meilleure sur sa peau que dans la cuillère métallique. Mais c'était encore plus divin dans sa bouche.

Après plusieurs minutes rassurantes passées à s'embrasser et à faire renaître leur passion, Bastien abandonna ses lèvres pour sa joue, et enfin son oreille. Puis il traça un chemin humide le long de sa gorge, jusqu'à sa poitrine. Il s'arrêta brièvement dans le creux plus sombre et tiède entre ses seins, et le lécha jusqu'à ce qu'elle se tortille, soupire et se cambre. Alors, il descendit du canapé pour s'agenouiller entre ses jambes, qu'il écarta pour pouvoir atteindre confortablement son ventre et le dessert humide qui l'y attendait.

La crème anglaise et la chantilly lui semblèrent bien douces, et il y noya sa langue encore et encore, jusqu'à ce qu'il eût tout mangé, et il continua à tracer des cercles de plus en plus larges. Il était conscient des réactions de Terri. Les muscles de son ventre tressautaient et sa respiration s'était accélérée, devenant haletante. Il sourit contre sa peau, fermant les yeux de bonheur en l'entendant pousser des grognements et des gémissements, tandis qu'elle arquait un peu plus le dos, l'invitant inconsciemment à suivre la piste de la nourriture toujours plus bas.

Elle répondait bien à ses attentions, avec un naturel qui attisait le plaisir qu'il y prenait. Il poursuivit les cerises jusqu'à son nombril. Bastien plongea vivement sa langue une fois, deux, dans le petit orifice, avant de poursuivre son chemin vers la ceinture de son jean.

— Ooooh ! gémit Terri.

Bastien rouvrit les yeux pour admirer son corps. Et il la trouva incroyablement sexy, même si elle portait encore tous ses vêtements. Son chemisier était ouvert et bâillait, mais ses seins étaient pudiquement couverts par la dentelle de son soutien-gorge. Bastien décida qu'il était temps d'y remédier. Elle était prête, et lui aussi.

Il se releva et retourna sur le canapé, prenant Terri dans ses bras pour l'embrasser. Il aima la manière dont ses ongles s'enfoncèrent dans ses cheveux pour l'attirer plus près, alors qu'elle ouvrait la bouche pour accueillir et dévorer la sienne. Puis il entreprit la tâche qu'il s'était fixée et glissa les mains dans sa blouse pour les passer dans son dos et dégrafer son soutien-gorge. Il trouva difficile de se concentrer sur ce qu'il faisait, aussi fut-il soulagé quand la première agrafe, puis la seconde, cédèrent.

Sans rompre son baiser, il ramena ses mains devant et les fit glisser vers le haut pour lui retirer son chemisier. Terri laissa entendre un murmure de protestation quand il la força à baisser les bras pour le lui enlever. Un instant, il craignit que sa réaction signifie qu'elle voulait qu'il s'arrête. Mais elle se dégagea au plus vite et retourna à ce qu'elle faisait, et Bastien comprit qu'elle n'avait pas apprécié son interférence, pas le fait qu'il la déshabille.

Soulagé, il concentra son attention sur le soutien-gorge en dentelle. Au lieu de la distraire de nouveau, il n'essaya pas de faire glisser les bretelles de ses épaules, il attrapa seulement les bonnets par en dessous et les souleva jusqu'à ce que ses seins se libèrent et tombent au creux de ses paumes comme deux fruits mûrs d'un arbre. Il ferma les yeux de plaisir au contact de sa chair chaude et tendre, à la manière dont Terri gémissait tout bas. Ses doigts lui griffèrent le crâne, presque douloureusement, mais il n'en eut cure. *Il* avait cet effet sur elle. *Il* la faisait trembler, gémir et crier. Et il voulait le faire encore et encore.

Sourd à son grognement de déception, Bastien lâcha ses seins et prit les bretelles de son soutien-gorge pour le lui retirer. Il dut rompre leur baiser pour cela, et quand le sous-vêtement lui resta dans la main, il le jeta de côté pour admirer ce qu'il venait de révéler. Les seins de Terri étaient ronds et fermes. Ses mamelons sombres, couleur café au lait, étaient durs et dressés, suppliant qu'il leur accorde un peu d'attention. Au lieu de reprendre les lèvres de la jeune femme, Bastien décida de répondre à leur appel. Il se pencha pour en suçoter un.

Son esprit était rempli de toutes les choses qu'il voulait faire à Terri, et ce n'était que le début.

Chapitre 12

Terri gémit quand Bastien se pencha sur ses seins et prit l'un de ses mamelons dans sa bouche chaude et humide. Elle sentit sa langue en titiller la pointe, puis se presser contre lui et commencer à le téter. Rejetant la tête en arrière, elle la tourna à droite et à gauche, comme pour nier ce qu'elle ressentait. Son corps tout entier s'était raidi sous l'assaut d'une soudaine vague de sensations.

Elle n'avait pas éprouvé cela depuis si longtemps, oh oui, cela faisait si longtemps que ces muscles n'avaient pas été sollicités de la sorte. Elle n'était pas certaine de pouvoir le supporter. Elle avait trouvé ses baisers enivrants, ils lui faisaient perdre la tête, mais cela… c'était une torture, une douleur exquise.

Ses doigts se refermèrent plus fort sur le crâne de Bastien et le griffèrent. Un gémissement suppliant s'échappa de ses lèvres, et elle essaya de le tirer vers elle. Finalement, Bastien comprit le message et la lâcha.

— Que se passe-t-il, bébé ? demanda-t-il.

Son ton était à la fois interrogateur et inquiet.

Terri le regardait, impuissante. Elle voulait qu'il s'arrête… et qu'il continue. En vérité, elle préférait cette seconde option, sans hésiter. Mais cela faisait si longtemps, et elle ignorait si elle saurait lui donner du plaisir… ou si elle avait jamais su. Et Terri le désirait si fort. Elle en avait besoin. C'était comme une douleur au creux de sa poitrine.

Bastien lui donnait tellement de plaisir, et elle voulait être capable de lui rendre la pareille.

— Je… Ça fait longtemps depuis Ian, dit-elle enfin. J'ai peur…

— Chut… (L'expression de Bastien devint très douce et il l'attira dans ses bras pour lui caresser le dos de manière apaisante.) Ne crains rien. Je ne te ferai pas mal. Je ne ferai rien que tu ne veuilles pas.

Terri s'écarta à ses mots, les yeux écarquillés.

— Non. Je veux dire, je sais ça. Ce n'est pas ce que… Je veux seulement être capable de donner, pas seulement de recevoir, balbutia-t-elle.

Elle lut de la surprise dans le regard de Bastien. Il prit son visage entre ses mains et il l'étudia longuement avant de dire d'un ton grave :

— Terri, c'est déjà le cas, simplement en étant toi-même.

— Mais…

Il posa un doigt sur ses lèvres et secoua la tête.

— Laisse-moi faire. Cette fois, c'est moi qui vais te donner du plaisir en faisant ce qui te semble bien. En faisant ce dont tu as envie.

— Mais je veux…, dit-elle, essayant de parler malgré l'index sur ses lèvres.

Bastien fit de nouveau « non » de la tête.

— Tu essaies toujours d'être agréable aux autres. Pour une fois, laisse-toi faire. J'en ai envie.

Terri n'était pas sûre de pouvoir en supporter davantage, mais elle ne contesta pas ce point. Quand Bastien recommença à l'embrasser, elle s'efforça de se détendre et de sentir la douceur de ses lèvres sur les siennes, son goût sur sa langue, le plaisir que cela lui procurait.

Bientôt, son univers entier se résuma à cela. Terri glissa ses mains jusqu'aux épaules de Bastien et s'y agrippa.

Elle se pressa contre lui en gémissant. Et faisant cela, elle frotta ses seins nus à la laine rugueuse de son pull. De délicieux picotements la parcoururent, la ramenant à toute vitesse à l'état d'excitation qu'elle avait atteint un peu plus tôt. Ayant aimé la sensation des fibres sur ses tétons sensibles, elle recommença, plus fort.

Bastien lui mordilla la lèvre inférieure, puis en embrassa la commissure, sa joue, et continua jusqu'à son oreille. Attrapant le lobe entre ses dents, il prit ses seins à pleines mains et en agaça la pointe avec le pouce.

Terri gémit dans sa bouche, un son ressemblant au grondement sourd d'un félin. Elle le voulait si fort que c'en était douloureux. Si elle avait jamais ressenti cela de toute sa vie, elle ne s'en souvenait pas. Elle était certaine qu'Ian ne l'avait jamais affectée ainsi. Comment aurait-elle pu tout faire pour éviter les rapports sexuels pendant dix ans si elle avait su combien l'expérience pouvait être enivrante et excitante ?

— Bastien.

Terri savait que sa voix trahissait combien elle avait envie de lui. Et elle s'en fichait. Elle avait besoin de Bastien. Elle le désirait. Maintenant. Et s'il suffisait de demander pour avoir ce qu'elle voulait, elle le ferait. Sinon, elle était prête à aller encore plus loin.

— Chut…, murmura Bastien à son oreille, ses mains allant lui caresser le dos. Tout va bien. Nous avons toute la nuit. Tout le temps devant nous.

Terri grogna et se tortilla entre ses bras, incapable de rester immobile. Il ne comprenait pas. Elle se fichait d'avoir toute la nuit. Elle le voulait maintenant. Tout de suite.

Cette pensée à l'esprit, elle lui mordit le menton et enfonça ses ongles dans le matériau de son pull et la peau juste en dessous. Aucune de ces actions n'était destinée à lui faire mal, juste à attirer son attention. Et le message passa enfin. Il recula un peu pour étudier son visage, étonné.

— Terri, ma chérie ?

— Je te veux, dit-elle d'un ton plaintif. Maintenant.

À son grand soulagement, le désir visible dans le regard de Bastien flamba quand il entendit cet aveu. Il lui passa une main derrière la tête, l'attrapa par les cheveux et l'attira vers lui pour l'embrasser. Et ce ne fut plus le même genre de baiser. Jusque-là, il avait été doux et attentionné. Il était à présent dominateur, fourrant sa langue dans la bouche de Terri avec une passion débridée. La pression de ses lèvres lui poussa la tête en arrière. Alors, elle comprit qu'il possédait une ardeur égale sinon supérieure à la sienne, et qu'il s'était retenu, peut-être pour ne pas la choquer.

Mais l'attente était terminée, et un grand sourire étira les lèvres de Terri quand elle sut qu'elle produisait cet effet-là sur lui. Puis elle cessa de penser et se perdit dans l'exploration minutieuse qu'il faisait subir à sa bouche.

Alors que Terri pensait qu'elle allait se noyer dans ce baiser, et mourir heureuse, Bastien déserta sa bouche pour se mettre en quête d'un autre territoire. Elle haleta, soupira et trembla sous ses assauts répétés. Il s'attaqua d'abord à son oreille, puis à son cou, et enfin au creux de sa gorge. Il fit glisser ses dents sur sa clavicule, et elle frissonna d'excitation, ses mains allant de nouveau se nouer dans ses cheveux. Quand Bastien reporta son attention sur ses seins, Terri ne protesta pas. Elle se cambra et cria son nom quand il caressa et suça l'un, puis l'autre.

Sa main chaude s'aventura sur son ventre, et les muscles de Terri tressautaient et se raidissaient, tour à tour. Elle le sentit tirer sur son jean quand Bastien trouva le bouton et entreprit de le défaire. Il descendait de plus en plus, et, comprenant qu'il serait bientôt hors de sa portée, elle abandonna ses cheveux pour tirer sur son pull, déterminée à le lui enlever.

Comprenant le message, Bastien se redressa suffisamment pour se débarrasser du vêtement qui la gênait. Terri tendit les bras vers lui alors qu'il le jetait sur le sol, pas très loin de son chemisier. Elle plaça ses paumes sur son torse magnifique et soupira de bonheur quand elle effleura les poils doux qui le recouvraient. Elle le caressa d'une main légère, titillant ses petits mamelons du bout des doigts.

Bastien la laissa faire un moment, puis il lui attrapa les mains. Il leva l'une d'elles jusqu'à sa bouche, embrassa la paume, puis changea sa prise pour la tenir par le bras. Faisant pivoter le corps de la jeune femme, il l'allongea sur le canapé, puis s'installa sur elle, glissant un genou entre ses cuisses. Terri sentit celle de Bastien appuyer contre elle et remua avec avidité pour profiter de cette caresse inattendue. Lorsqu'il bougea les hanches pour s'installer entre ses jambes, elle ne put ignorer son érection. Si sa cuisse était ferme, son sexe était très dur. Il se frotta contre elle un moment, les mouvements de sa langue en rythme avec ceux de ses hanches.

Terri comprit que Bastien continuait à batailler avec son pantalon quand elle sentit de l'air frais sur son ventre. Il baissa la fermeture Éclair et glissa sa main à l'intérieur, touchant sa peau et effleurant sa culotte.

Elle haleta et faillit lui mordre la langue, surprise, puis elle se reprit et l'embrassa avec plus d'ardeur désespérée. Les muscles de tout son corps se tendaient puis se relâchaient. Son cœur s'emballa momentanément quand il s'aventura encore plus bas. Quand il mit enfin la main sur son sexe à travers la dentelle blanche, elle s'arc-bouta.

Bastien rompit leur baiser, non sans prendre le temps de lui mordiller la lèvre inférieure, et il se souleva. Cette fois, il ne taquina pas sa gorge, ni sa poitrine, ni même son ventre. Il alla s'asseoir au bord du canapé et, plongeant son regard dans le sien, attrapa son jean et le tira d'un coup.

Soudain consciente de ses seins nus, gênée, Terri leva les bras et les croisa au-dessus de sa poitrine. Bastien sourit de cette marque de timidité, mais cela ne l'arrêta pas. Le pantalon de la jeune femme ne fut bientôt plus qu'un petit tas sur le plancher, à côté du reste de leurs habits. Sa culotte suivit le même chemin.

Terri était complètement nue à présent, exposée et vulnérable sous son regard. Et il la regarda. Il resta assis là pendant une éternité, à étudier son corps, tout ce qu'il avait déjà touché, et parfois même goûté.

Terri resta immobile. Se mordillant la lèvre, elle espérait qu'il allait cesser de l'observer ainsi. Elle souhaitait qu'il l'embrasse. Et qu'il retire son pantalon. Elle se disait que ce ne serait pas si terrible si elle n'était pas la seule à être nue. À peine cette pensée eut-elle traversé son esprit qu'il tendit la main. La jeune femme hésita, puis décroisa les bras pour y mettre la sienne.

Bastien la tira en position assise, puis il s'agenouilla devant elle, comme il l'avait fait plus tôt. Il n'y avait pourtant plus une trace de charlotte sur son ventre… et ce n'était d'ailleurs pas cela qui l'intéressait. Terri écarquilla les yeux quand il lui écarta un peu plus les jambes et baissa la tête.

— Bas…

Sa protestation étranglée mourut soudain quand il enfouit sa tête entre ses cuisses. Terri sursauta, se raidit, et son bassin se souleva du canapé. Déchirée entre la gêne, le choc et une première vague de plaisir, elle aurait voulu supplier Bastien d'arrêter… mais elle n'avait plus de voix. Elle n'était même pas certaine d'avoir une langue. Ou une tête. Elle n'était sûre que de l'existence d'une seule partie de son corps : celle qu'il léchait avec une telle application. Chaque cellule de son corps était concentrée sur cette petite zone érogène, toutes ses pensées focalisées sur ce que Bastien faisait.

Terri devint consciente d'une douleur au creux de la poitrine et se rendit compte qu'elle retenait sa respiration depuis trop longtemps. Elle la relâcha d'un coup et prit une autre inspiration, consciente de haleter, mais elle n'en avait cure. En cet instant, elle ne se souciait de rien. Le monde aurait pu cesser d'exister, elle ne s'en serait pas aperçue. Elle était concentrée sur Bastien, ou plutôt ses actions, et la tension grandissante qu'elles provoquaient en elle.

Et elle devenait presque insupportable. Les caresses de Bastien la mettaient dans un tel émoi que Terri n'était pas sûre de pouvoir y survivre. Elle voulait qu'il s'arrête et avait besoin qu'il continue tout à la fois, et ses mouvements trahissaient sa confusion. Elle commença à remuer les jambes dans un effort pour lui échapper, tout en soulevant le bassin du canapé pour s'exposer davantage à sa langue.

Bastien se contenta d'enrouler ses bras autour de ses cuisses pour la maintenir fermement en place. Et il continua à la rendre folle de désir tout en limitant ses gesticulations.

— Pitié ! supplia Terri en se tordant sauvagement, puis elle lâcha un cri d'excitation qui lui sembla extrêmement fort.

Une pensée embarrassée traversa son esprit. Elle craignit un instant que Chris et Vincent aient pu l'entendre et que l'un d'eux vienne voir si tout allait bien. Redoutant cela, elle tourna la tête et mordit le canapé. Cela n'arrêta pas ses gémissements, mais au moins furent-ils un peu étouffés.

Alors qu'elle pensait ne pas pouvoir en supporter davantage, Terri sentit Bastien glisser un doigt dans son sexe, ajoutant à la pression. Elle s'effondra et, le corps se convulsant, elle hurla dans le coussin. Une vague d'extase la balaya, puis une autre, et encore une autre, et Bastien ne semblait pas vouloir s'arrêter. Des lames de fond la soulevèrent et l'emportèrent, toujours plus puissantes, jusqu'à ce qu'elle retombe enfin en sanglotant, pantelante et assouvie. Alors, et seulement alors, Bastien releva la tête. Retournant sur le canapé avec elle, il la prit dans ses bras et il s'allongea avec elle, pour la tenir et la caresser tendrement alors qu'elle tremblait et frissonnait toujours du plaisir qu'il lui avait donné.

Terri le tenait aussi, l'esprit plein de gratitude et d'émerveillement, mais trop exténuée par ce qu'elle venait de vivre pour lui exprimer l'une ou l'autre. Elle se laissa faire quand il embrassa ses paupières closes, le bout de son nez, ses lèvres. Au début, son baiser fut doux et apaisant, puis il devint plus exigeant et, en dépit de son épuisement, Terri trouva l'énergie d'y répondre.

Quand Bastien referma la main sur l'un de ses seins, elle soupira et se cambra contre lui. Quand il la glissa plus bas et plongea entre ses cuisses, le désir de la jeune femme se réveilla aussitôt, comme si elle n'avait pas encore été satisfaite. Elle gémit dans sa bouche, écartant les jambes comme une fleur s'ouvre à la promesse du soleil.

Bastien grogna et s'écarta.

—Je te veux, murmura-t-il contre sa joue.

—Oui !

Terri glissa un bras entre eux et le trouva à travers son pantalon. Son sexe était dur entre ses doigts, et elle le serra et fit courir sa paume sur toute sa longueur. Elle glissa la main jusqu'à sa ceinture, mais après qu'elle eut bataillé contre elle un moment, Bastien dut venir à sa rescousse. Quelques secondes plus tard, il avait déboutonné son pantalon.

Terri l'attrapa et le poussa aussi loin qu'elle put, puis elle changea de tactique et essaya de le faire descendre le long de ses hanches. Elle cessa ses efforts dès que son sexe fut libre et tomba, lourd et dur, sur son ventre. Oubliant ce qu'elle faisait un instant auparavant, elle le prit dans sa main.

Bastien haleta, puis il reprit sa bouche et il l'embrassa presque violemment, ondulant des hanches pour accompagner les caresses de la jeune femme. Puis il glissa la main entre eux pour se guider entre ses cuisses. Elle le sentit la pénétrer du bout du gland, puis il s'immobilisa quand elle gémit de se sentir ainsi écartelée.

Terri changea un peu de position, et Bastien se retira, puis s'enfonça un peu, et se retira encore. On aurait dit qu'il la taquinait en lui offrant un aperçu de ce qu'elle pouvait avoir, sans jamais le lui donner. La jeune femme tourna un peu la tête pour rompre leur baiser et lui mordre le menton dans une requête silencieuse. Puis elle glissa les mains jusqu'à ses fesses et y enfonça les ongles tout en soulevant son bassin pour le forcer à la pénétrer complètement.

Bastien lâcha un petit rire haletant, amusé par la manœuvre. Mais il s'empara aussitôt de ses lèvres tout en accédant à la demande de Terri, il plongea sa langue dans sa bouche en même temps qu'il s'enfouissait en elle.

Terri cria quand il la posséda entièrement. C'était ce qu'elle voulait, mais c'était aussi plus qu'elle ne pouvait en supporter. Ce fut presque un soulagement quand il se retira. Presque. À l'instant où il le fit, elle désira de nouveau l'avoir jusqu'au fond d'elle-même. Et heureusement, Bastien avait fini de jouer et donna un autre coup de reins. Puis un autre. Et encore un autre…

Lâchant ses fesses, elle remonta les mains le long de son dos et lui enfonça inconsciemment les ongles dans les épaules, laissant des griffures sur sa peau. Puis elle lui attrapa les bras et laissa son corps aller à la rencontre du sien. Portée par le désir sans cesse croissant, par la pression qui montait en elle et voulait se libérer dans son besoin d'assouvissement, elle se tendait vers un autre orgasme similaire à celui que Bastien lui avait déjà donné. Elle le voulait. Elle en avait besoin.

Un gémissement aigu monta de sa gorge. Elle ressentit la pulsion de tourner la tête d'un côté à l'autre, mais alors qu'elle allait y céder Bastien la maintint fermement en place par les cheveux. Son baiser se fit plus insistant tandis qu'il continuait à aller et venir en elle, jusqu'à ce que Terri se raidisse sous lui et que ses yeux s'ouvrent très grands sous l'effet du plaisir qui prenait possession de son corps. Au même instant, Bastien arracha ses lèvres aux siennes. Il donna un violent coup de reins qui la cloua au canapé, rejeta la tête en arrière en grognant et se répandit au cœur de sa chaleur.

— Tu vas bien ? demanda-t-il une minute plus tard.

Terri remua paresseusement et ses yeux s'ouvrirent en papillonnant. Elle leva la tête pour le regarder. Elle avait à peine eu conscience de son corps s'abattant sur le sien, après quoi il avait inversé leurs positions. Il était à présent sur le dos, et elle était allongée sur lui, aussi molle qu'une poupée de chiffon.

— Oui. Merci, répondit-elle d'une voix rauque.

Bastien sourit de ces paroles polies et leva la main pour écarter les cheveux de son visage.

— Alors, je n'ai pas été trop brutal ?

Terri secoua la tête, consciente qu'elle était en train de rougir. Cela la mettait mal à l'aise de discuter de ce qui venait de se passer. Même si elle supposait que c'était idiot. Ils venaient de faire la chose la plus intime que connaisse l'homme, et elle trouvait cela embarrassant d'en parler ?

Bastien leva un peu la tête et déposa un baiser sur ses lèvres, puis il attira sa tête contre sa poitrine et il se contenta de la tenir dans ses bras, lui caressant le dos avec tendresse ; elle avait la peau douce. Terri sentit ses paupières se fermer, puis elle l'entendit murmurer :

— Merci.

Elle cligna des yeux et se redressa pour le regarder.

— De quoi ?

— Eh bien, tout ça, répondit-il. De m'avoir donné plus de plaisir que je n'en avais jamais ressenti.

Elle laissa entendre un gloussement gêné.

— Je n'ai pas fait grand-chose. C'est toi qui as tout fait. En toute logique, je devrais… merci, Bastien, termina-t-elle, ne sachant pas que dire d'autre.

Bastien sourit, puis il lui ébouriffa les cheveux et la tira plus haut pour l'embrasser.

Terri fut encore plus gênée quand les picotements la reprirent au contact de sa bouche. Elle fut bien incapable de retenir le gémissement qui monta du plus profond de sa gorge. Mais son embarras mourut quand elle sentit Bastien retrouver toute sa vigueur contre sa cuisse, posée en travers de ses hanches. Il semblait qu'elle ne soit pas la seule à qui il restait encore un peu de passion.

Sous elle, Bastien sentit renaître son désir pour la femme qu'il tenait dans ses bras et faillit grogner. Il ne pouvait pas être déjà prêt. Et pourtant, si. La manière dont Terri haletait et se mouvait contre lui avait suffi à ranimer sa flamme, et il avait une érection. Il ne se rappelait pas avoir jamais eu autant envie d'une femme ou ressenti une telle faim dévorante pour quiconque. Même Joséphine n'avait pas réussi à le rendre fou comme Terri le faisait, rien qu'en soupirant de plaisir. Sa façon de bouger avec lui et de le griffer, ses gémissements et ses cris avaient contribué à élever son excitation à des sommets insupportables. Et voilà que cela recommençait. Son corps réagissait comme il ne l'avait encore jamais fait.

L'attrapant par la taille, Bastien la ramena au-dessus de lui pour qu'ils soient hanches contre hanches. Il l'embrassa, réclamant avec sa bouche tout ce qu'elle était prête à lui offrir. Puis il glissa ses mains jusqu'à ses cuisses et il les écarta, pour qu'elle le chevauche à moitié. Il aurait voulu la pénétrer sans attendre, sentir son intimité chaude et humide l'étreindre, mais il n'était pas certain que ce soit une bonne idée. D'après ce que Terri lui avait dit, il était clair qu'elle n'avait pas eu d'amant depuis la mort de son mari, et Bastien ne voulait pas qu'elle soit contusionnée et courbatue en exigeant trop d'elle d'un coup. Malheureusement, son corps était bien moins raisonnable que sa tête, comme animé d'une vie propre, et ses reins se mirent en mouvement.

Terri gémit dans sa bouche et remua contre lui. Elle bougeait le bassin, frottant son pubis contre son sexe dur. Conscient que son excitation égalait la sienne, Bastien décida qu'il serait cruel d'arrêter. Il ferait juste en sorte de ne pas lui faire l'amour. Ils pouvaient se donner du plaisir mutuellement sans qu'il la pénètre. Il lui prit les seins à pleines mains et les caressa avec douceur.

Haletante, Terri posa les paumes sur sa poitrine et se redressa, s'asseyant sur lui. Quand elle fut en place, elle recouvrit ses mains des siennes et entremêla leurs doigts, l'invitant à pétrir sa chair avec plus de fermeté tandis qu'elle glissait le long de son sexe. Ses paupières étaient closes, sa tête légèrement renversée en arrière, et ses longs cheveux châtains tombaient dans son dos. Fasciné, Bastien regardait les émotions se succéder sur son visage : plaisir, désir, impatience… Il vit tout cela alors qu'elle allait et venait contre lui. Puis elle rouvrit les yeux et elle lui lança un regard qu'il connaissait bien, désormais. Bastien l'avait déjà vu.

Il l'avait observé pendant qu'il lui donnait du plaisir avec sa bouche, et la même peur, la même incertitude étaient apparues juste avant que sa langue lui donne un orgasme.

— S'il te plaît.

Cette simple expression prenait soudain une multitude de sens : *S'il te plaît, donne-moi du plaisir… protège-moi… emmène-moi là où mon corps veut aller.* Et peut-être même : *S'il te plaît, aime-moi.*

— S'il te plaît, répéta-t-elle d'un ton où perçait la frustration, je ne peux pas…

Incapable de se retenir plus longtemps, Bastien se souleva sur le canapé et leur fit changer de position pour qu'il soit assis et elle à califourchon sur lui. Puis, en dépit de ses intentions, il passa une main entre leurs deux corps et s'enfonça en elle.

Un petit soupir de soulagement échappa aux lèvres de Terri quand elle s'empala sur lui et laissa ses bras glisser autour de ses épaules. Bastien aspira son souffle dans un baiser, attrapa la jeune femme par les hanches et les enjoignit à bouger, contrôlant leur rythme, pour atteindre la jouissance dont ils avaient besoin tous les deux.

Terri rompit leur baiser et pressa sa joue contre celle de Bastien, haletant à son oreille :

— S'il te plaît, Bastien…

Tournant la tête, il attrapa son cou dans sa bouche et sentit ses crocs s'allonger. Sa veine pulsait entre ses lèvres. Il faillit la mordre, enfoncer ses dents dans sa chair tendre et boire son sang. C'était un instinct animal, automatique, mais il se maîtrisa et s'écarta, forçant ses canines à se rétracter.

— S'il te plaît…, grogna-t-elle de nouveau, et Bastien reprit ses lèvres, avec brutalité cette fois.

Il avait déjà failli la mordre, comme un félin, la première fois qu'ils avaient fait l'amour, mais il avait lutté pour se contrôler, comme il le faisait à présent, et son baiser devint une punition. Il comprit à la manière dont Terri réagit qu'elle était aussi frénétique que lui, impatiente de jouir, sentant l'extase toute proche sans pourtant l'atteindre.

Bastien sentait qu'il ne tiendrait plus très longtemps, qu'elle atteigne le sien la première ou pas. Décidant de prendre les choses en main, et vite, pour ne pas la laisser frustrée, il trouva le centre de son excitation. La caressant avec ferveur, il les emmena tous deux vers l'orgasme.

Alors qu'il pensait ne plus pouvoir attendre une seconde de plus, Terri rejeta la tête en arrière et cria de triomphe. Son corps fut pris de spasmes, et les muscles de son intimité se serrèrent et se desserrèrent autour de lui. Soulagé, Bastien se laissa aussitôt aller. Tout son être se raidit, et il donna un dernier coup de reins avant de se vider en elle.

Terri s'était écroulée contre Bastien. Elle ne réagit pas quand il se glissa jusqu'au bord du canapé. Terrassée par le plaisir, elle gisait, le visage enfoui dans son cou, profondément endormie.

Ou inconsciente, pensa-t-il avec ironie, car elle n'avait pas remué un cil depuis lors.

Il l'avait gardée dans ses bras très longtemps, leur corps ne faisant toujours qu'un. Mais elle n'avait pas fait mine de se réveiller. S'il était bon juge, il aurait même dit que sa respiration se faisait de plus en plus profonde et régulière. Elle était complètement épuisée.

Souriant quand elle murmura dans son sommeil et remua, Bastien se leva en douceur, se débarrassa de son pantalon, resté autour de ses chevilles, et souleva Terri dans ses bras. Même cela ne réussit pas à la réveiller. Elle se contenta de se pelotonner contre son torse en faisant claquer ses lèvres contre sa peau, comme si elle mangeait ou embrassait quelqu'un. Il espéra que c'était lui, si la seconde option était la bonne.

Alors qu'il traversait la pièce, Bastien songea que ce n'était peut-être pas une bonne idée de se promener ainsi dans le plus simple appareil, avec Terri tout aussi dévêtue. Mais cela avait été encore plus risqué de faire l'amour dans le salon, où Chris ou bien Vincent, sinon les deux, auraient pu les surprendre à tout instant. Par bonheur, ils avaient de la chance, et il espérait que cette dernière tiendrait encore un peu. Il était trop fatigué pour prendre la peine de s'habiller, et encore plus de la vêtir, et Terri n'était pas en état de le faire elle-même. Il avait complètement épuisé la pauvre fille, songea-t-il avec satisfaction, mais il devait admettre que sa passion avait été égale à la sienne.

Il réussit à gagner sa chambre sans tomber sur Chris ou Vincent. Après avoir allongé Terri sur le lit, il retourna dans le salon pour ramasser leurs vêtements. Bastien était conscient qu'elle serait terriblement embarrassée si les autres trouvaient des preuves de leurs activités éparpillées partout sur le sol. Il voulait lui épargner cela.

Bastien entendit du bruit alors qu'il retournait auprès de Terri, et il leva la tête, alarmé. Chris était debout dans le couloir et frappait à la porte de sa chambre. Craignant que ce raffut réussisse à réveiller Terri, Bastien accéléra le pas pour empêcher l'agent de continuer. Au dernier moment, il se rappela les vêtements qu'il tenait et il baissa les yeux. Il en fit une boule, sans se soucier de les séparer. Puis il repéra le soutien-gorge de Terri juste au-dessus, et il cacha le tout derrière son dos pour que Chris ne devine pas ce qu'ils avaient fait.

— *Chris!* siffla-t-il quand le blond leva la main pour recommencer à frapper. Que faites-vous debout ?

— Oh, Bastien.

L'agent se retourna, ouvrit la bouche pour parler, puis remarqua qu'il était nu. Il soupira, visiblement contrarié.

— C'est quoi le problème, avec vous et votre frère ? Vous avez passé toutes vos vacances en camp de nudistes, en grandissant ? Vous n'avez donc aucune pudeur ? Seigneur !

Bastien baissa les yeux sur son corps et commença à ramener le ballot de vêtements devant lui, mais la vision d'un soutien-gorge en dentelle blanche le fit changer d'avis.

— Peu importe, dit-il en fronçant les sourcils. Pourquoi frappez-vous à ma porte à… (Il jeta un coup d'œil à sa montre, la seule chose qu'il portait.)… 2 heures du matin ?

— Oh. (Se souvenant soudain de la raison de sa présence dans le couloir, Chris se frotta l'estomac.) Je ne me sens pas très bien, et je me demandais si vous aviez quelque chose pour digérer. Je crois que je n'aurais pas dû manger ce ragoût, finalement.

Bastien étudia l'homme de plus près, remarqua sa pâleur et ses tremblements. Puis il inspira et remarqua l'odeur âcre de son haleine.

— Vous avez sans doute raison, dit-il d'un ton grave. Vous avez été malade, n'est-ce pas ?

— Une ou deux fois, reconnut Chris.

— Mal à l'estomac ou la diarrhée ?

C.K. grimaça, et Bastien hocha la tête. C'était bien ce qu'il pensait.

— Allez vous habiller, dit-il, contournant l'agent pour rentrer dans sa chambre.

— Ce n'est pas moi qui suis nu, souligna Chris.

— Pour sortir, précisa Bastien. (Il détailla le boxer et le tee-shirt que l'agent avait enfilés pour sortir dans le couloir.) Nous allons à l'hôpital.

— Je suis sûr que ce n'est pas la peine d'y aller.

Bastien haussa un sourcil.

— Chris, vos symptômes suggèrent une intoxication alimentaire. Et, avec la série de malchances que vous avez eues ces derniers temps… sans compter que vous n'avez mangé ce truc que depuis deux heures, et il fait déjà son effet… je pense que c'est sérieux. Alors, allez vous habiller !

Grommelant entre ses dents, C.K. retourna dans sa chambre. Bastien attendit qu'il ait fermé la porte, puis il ouvrit la sienne et se glissa à l'intérieur. Il ne fut pas surpris de trouver Terri debout devant lui. Elle s'était enveloppée dans le drap, qu'elle avait noué comme un sarong, et son visage était inquiet. Chris avait réussi à la réveiller à force de frapper. Et elle avait entendu leur conversation.

Bien, pensa-t-il.

Ainsi, il n'aurait pas besoin de la tirer lui-même de son sommeil.

Chapitre 13

— Intoxication alimentaire.

— Hum, acquiesça Bastien.

— Une putain d'intoxication alimentaire, répéta Vincent avec un mélange d'incrédulité et de dégoût. Ce type est une catastrophe ambulante. C'est quoi ? La troisième fois qu'il est hospitalisé en une semaine ?

Terri remua sur son siège, entre les deux hommes.

— Ça fait seulement une semaine ?

Vincent fronça les sourcils.

— Non ? Kate l'a amené à l'appartement vendredi. Et nous sommes vendredi. *Très tôt* le matin, ajouta-t-il, jetant un regard noir à la pendule dans le hall des urgences.

Terri suivit son regard et vit qu'il était 4 heures. Et apparemment, c'était vendredi. Elle étudia cette information. Terri avait su, tout au fond de son esprit, quel jour on était, mais elle n'y avait pas pensé jusqu'à ce que le cousin de Bastien le mentionne. Elle était à New York depuis une semaine. Juste une semaine. Elle s'en étonna un moment. Elle n'avait rencontré Bastien qu'une semaine auparavant. Pourtant, elle avait le sentiment que toute une vie s'était écoulée depuis lors. Elle n'arrivait plus à se rappeler ce qu'avait été son existence sans lui. Il faisait tellement partie de ses pensées qu'il semblait avoir toujours été là.

— Une intoxication alimentaire, répéta Vincent en secouant la tête. Comment ce type a pu survivre jusqu'à cet âge ? Il n'atteindra jamais trente ans.

— Je crois qu'il les a déjà, dit Terri.

— Vraiment ? demanda Bastien.

Terri hésita. Kate avait mentionné l'âge de son collègue dans l'un de ses e-mails, à l'automne, parce que c'était son anniversaire. Mais elle n'était plus très sûre du chiffre exact.

— Je crois. Vingt-neuf ou trente.

— Eh bien, il n'atteindra jamais les trente-cinq, prédit Vincent.

Terri sourit, mais elle se contenta de déclarer :

— Kate ne m'a jamais dit qu'il était sujet aux accidents de toutes sortes, alors je suppose qu'il joue juste un peu de malchance.

— Un peu de malchance ? (L'acteur rit.) Terri, quand on se foule la cheville ou qu'on se cogne les orteils, c'est jouer de malchance. Cet homme est une catastrophe ambulante. Au lieu de l'appeler C.K., nous devrions l'appeler C.C., pour Chris la Cata.

Le sourire de Terri s'élargit.

— C'est ce ragoût, le responsable, j'en suis sûre. Nous avons tous goûté à tout, mais une seule bouchée de chaque plat. Chris est le seul qui ait mangé l'un des restes, et c'est ce maudit ragoût.

— Nous avons mangé la charlotte. Ou plutôt, nous l'avons partagée, lui rappela Bastien en baissant la voix de manière intime. (Terri rougit à ces mots, et aux souvenirs qu'ils évoquaient.) Mais tu as raison, Chris est le seul qui ait mangé ce ragoût suspect. Nous y avons juste goûté, se rappela Bastien avec un hochement de la tête. Tu ne l'as pas aimé.

— Et tu as dit qu'il y avait quelque chose dedans qui te semblait bizarre, ajouta-t-elle.

— Oui, des *salmonelles*. C'est pour ça que vous ne l'avez pas aimé et qu'il lui a trouvé quelque chose d'étrange, commenta Vincent, montrant du doigt Terri, puis Bastien. (Il tourna un regard impatient vers la salle des urgences.) Vous croyez qu'ils vont nous faire attendre encore longtemps ?

Bastien secoua la tête avec lassitude.

— J'espère que non. J'aurais besoin de dormir un peu.

— Oui, moi aussi. J'aimerais être reposé pour mon voyage, ce week-end.

Terri se tourna vers Vincent, surprise.

— Quel voyage ?

— Je pars dans l'après-midi pour rentrer chez moi, en Californie. Juste pour le week-end. J'ai le mal du pays.

— Oh ? dit Bastien, dont l'intérêt était piqué. C'est quoi, son nom ?

— J'ai parlé du pays, pas d'une femme, souligna Vincent.

— C'est ça.

Bastien sourit jusqu'aux oreilles, puis il répéta sa question :

— Comment elle s'appelle ?

Son cousin hésita, grimaçant de déplaisir. Finalement, il marmonna :

— Tu la connais pas.

Bastien ouvrit la bouche, mais avant qu'il ait pu dire un mot une femme en blouse blanche ouvrit une porte et appela :

— Bastien Argeneau ?

Elle balaya la salle d'attente du regard.

Il bondit sur ses pieds et se présenta aussitôt au médecin. Terri et Vincent les regardèrent échanger quelques mots, puis il la suivit à l'intérieur.

— Hum, murmura Vincent en se redressant sur son siège. Qu'est-ce que ça signifie, à votre avis ?

Terri secoua la tête. Elle n'en avait pas la moindre idée, mais cela ne semblait pas bon. La bonne nouvelle, cela aurait été de voir un Chris encore pâle et faible, mais en voie de guérison, sortir de la salle d'examen, prêt à rentrer avec eux.

Ils attendirent en silence. Alors que les minutes s'égrenaient, Terri laissa errer son regard sur les autres occupants de la pièce, ce qu'elle avait pu éviter de faire jusque-là grâce à la conversation de ses deux compagnons. Ils avaient réussi à la distraire et à lui faire oublier où elle était. Et c'était très bien ainsi. Le premier voyage avec Chris n'avait pas été si terrible, parce que tout s'était passé dans l'urgence. L'agent était déjà bleu à leur arrivée, à cause de ses difficultés respiratoires. L'équipe médicale s'était précipitée, et ils avaient tous été entraînés à travers le hall et à l'intérieur d'une salle pour répondre à des questions auxquelles Chris ne pouvait pas répondre lui-même. Puis Terri, Bastien et Vincent avaient été priés d'attendre dans le couloir pendant qu'on s'occupait de Chris. Mais cela n'avait pas duré très longtemps, et Terri était si inquiète pour l'agent qu'elle n'avait fait attention à rien d'autre.

Cette nuit, c'était différent. Même si C.K. était malade comme un chien, ses jours n'étaient pas en danger. Il n'y avait pas grand-chose pour la distraire, et il n'y avait plus de conversation entre Bastien et Vincent pour lui occuper l'esprit.

Terri détestait les hôpitaux. Ils étaient synonymes de maladies et de mort. Les deux personnes les plus importantes de sa vie avaient poussé leurs derniers soupirs dans une chambre d'hôpital : sa mère et Ian. Et chacune de ces morts avait été un cauchemar. Elle avait été là, impuissante, à les regarder mourir lentement, dans la douleur et l'indignité. Elle inspira profondément pour essayer de chasser ses angoisses, puis elle expira vivement et ferma les yeux, assaillie par les odeurs. Tous les hôpitaux sentaient la même chose.

— Le voilà.

Elle rouvrit les yeux aux mots de Vincent et regarda, soulagée, Bastien s'avancer vers eux.

— Ils le gardent en observation pour la nuit, annonça-t-il quand ils se levèrent à son approche.

— C'est si grave ? s'étonna la jeune femme.

— Non. Je ne crois pas. Il est très déshydraté, et ils lui ont posé une intraveineuse, mais ils m'ont assuré qu'il allait bien. Néanmoins, il a subi tellement de traumas ces derniers temps qu'ils préfèrent être prudents et tout mettre en œuvre pour qu'il récupère.

— Oh, dit Terri.

Cela ne semblait pas si terrible. En fait, c'était très logique.

— Alors, on s'en va ? demanda Vincent. Ou doit-on encore rester ? Pour signer des papiers ou je ne sais pas, moi ?

— On s'en va.

Prenant Terri par la main, Bastien se dirigea vers la sortie.

Ils gardèrent le silence en retournant à la voiture. La nuit avait été longue, et ils étaient tous épuisés. Du moins, Terri *supposait* qu'ils devaient l'être. Elle *savait* qu'elle l'était. Elle avait fait une courte sieste avant que C.K. vienne frapper à la porte de Bastien et la réveille, mais ce n'était pas assez. Bastien avait essayé de la convaincre de rester au lit, mais elle n'aurait pas pu se reposer durant leur absence. Elle serait restée assise, à s'inquiéter pour l'agent. Aller à l'hôpital et faire les cent pas dans une salle d'attente bondée n'avaient pas été beaucoup mieux, mais au moins elle avait su ce qui se passait en temps réel.

Terri avait été surprise quand Vincent avait insisté pour les accompagner. Il s'était réveillé quand Chris était ressorti de sa chambre, toujours en boxer et tee-shirt, après avoir encore vomi. Il avait commencé à dire qu'il ne se sentait pas assez mal pour aller à l'hôpital, que c'était ridicule, qu'il se sentirait sans doute mieux après avoir dormi un peu. Bastien avait perdu son calme et lui avait crié dessus, réveillant son cousin, qui était venu voir ce qui se passait. Il avait aussitôt décidé de se joindre à eux. Terri supposait qu'en dépit de ses commentaires sur les mésaventures de l'agent, il était aussi inquiet qu'eux.

Terri se glissa sur le siège avant de la Mercedes en bâillant et murmura des remerciements quand Bastien ferma la portière qu'il avait ouverte pour elle. Il était si attentionné, se dit-elle avec un soupir las, en le regardant s'installer au volant et démarrer. Et tellement beau, doux, sexy et intelligent.

Fermant les yeux, elle dodelina de la tête alors qu'il quittait la place de parking et roulait vers la sortie. Quand elle les rouvrit, elle découvrit qu'ils arrivaient dans le garage en sous-sol de l'immeuble Argeneau.

Elle essaya de se réveiller tandis que Bastien se garait, mais cela lui demanda un effort terrible. Elle était toujours à moitié endormie quand elle sortit tant bien que mal de la voiture, et elle fut reconnaissante à Bastien quand il apparut à côté d'elle et passa un bras autour de sa taille pour la conduire vers l'ascenseur. Elle le fut même encore plus quand, après avoir titubé sur quelques pas, il la souleva dans ses bras pour la porter.

—Elle est épuisée, entendit-elle Vincent commenter. Qu'est-ce que tu as fait à cette pauvre fille ?

Si Bastien lui répondit, elle ne l'entendit pas. Elle se pelotonna contre son torse et se rendormit aussitôt.

— Voilà, bébé.

La voix douce de Bastien réveilla assez Terri pour qu'elle se rende compte qu'il venait de l'allonger sur une surface molle et déboutonnait ses vêtements. Elle se força à ouvrir les yeux et le vit penché sur elle, image même de la concentration. Sans doute aurait-elle pu l'aider en se mettant assise, mais elle était presque soûle d'épuisement. Elle ne bougea pas, yeux clos et à moitié endormie, tandis qu'il lui retirait le chemisier et le soutien-gorge qu'elle avait remis pour aller à l'hôpital, puis s'attaquait à son jean et à sa culotte. Pendant tout ce temps, il n'arrêta pas de lui parler d'un ton apaisant.

— Et voilà, annonça-t-il enfin.

Terri se retourna sur les draps frais avec un petit soupir d'aise quand il remonta les couvertures sur elle. Un instant plus tard, elle était de nouveau dans les bras de Morphée.

Le ciel de lit était noir.

Encore à moitié endormie, Terri le regarda en se demandant comment c'était possible. Sa chambre était décorée en rose et bleu, et le ciel de lit était bleu roi, constellé d'étoiles qui la faisaient sourire chaque fois qu'elle ouvrait les yeux. Soudain, quelqu'un murmura dans son sommeil à côté d'elle et lui jeta un bras en travers de la taille. Et Terri eut la réponse à sa question.

Bastien. Elle n'était pas dans sa chambre. Il avait dû la mettre dans son lit quand ils étaient rentrés de l'hôpital. La nuit avait été… Terri poussa un long soupir. Elle n'avait encore jamais connu cela. Cette passion, cette faim dévorante, ce désir… Elle n'avait pas seulement eu envie de Bastien, la veille, dans le salon. Elle avait eu besoin de lui. Sa peau, ses lèvres, son corps tout entier avait eu un besoin irrépressible de lui, et l'ardeur qu'elle avait mise à l'assouvir la mettait encore en émoi.

Bastien soupira dans son sommeil et roula sur l'autre flanc, retirant son bras. Terri en profita pour se lever. Elle avait besoin d'un moment de solitude pour réfléchir. Les choses allaient trop vite, le temps passait à toute vitesse, et ses émotions changeaient à un rythme vertigineux. Elle avait besoin d'un peu d'espace pour respirer, essayer de comprendre ce qui était arrivé et décider de ce qu'elle allait faire.

S'il y a quelque chose à faire, pensa Terri, ramassant ses vêtements sur le sol.

Elle traversa la pièce pour gagner sa propre salle de bains. Bien sûr, elle avait le choix en la matière. Soit elle poursuivait la liaison entamée la veille avec Bastien… même si « liaison » semblait rabaisser ce qu'ils avaient vécu au niveau d'un flirt de vacances – il n'était pas marié, elle non plus, et c'était donc bien ainsi que l'on appelait ce genre d'aventure… – ou elle y mettait un terme dès maintenant.

Et tu appelles ça un choix ? se demanda Terri.

Elle n'avait pas envie de tout arrêter.

Un petit soupir lui échappa. Elle actionna le mitigeur, régla la température et entra dans la cabine de douche. L'eau tomba chaude et cinglante sur son crâne et ses épaules, et elle pivota lentement sur elle-même, soupirant de plaisir tandis qu'elle lui massait le dos, le flanc, la poitrine, l'autre flanc. Enfin, elle s'immobilisa, exposant son dos au jet.

Non, elle n'avait pas le choix, songea-t-elle en tendant la main pour prendre le savon. Inclinant la tête en arrière, elle ferma les yeux et se souvint de certains moments marquants de la soirée. Elle se rappela la tendresse de Bastien, sa passion, ses baisers, son corps pénétrant le sien…

Elle ne fut pas surprise de ressentir une certaine excitation et d'être parcourue de délicieux picotements dans le sillage de sa main et de la savonnette. Il lui suffisait de penser à ce que Bastien avait fait, à ce qu'elle avait ressenti, pour avoir faim d'en refaire l'expérience. Quelle personne sensée refuserait de revivre ce qu'elle avait connu quelques heures plus tôt ? Ou tous les rires, l'amitié et le bonheur que Terri avait partagés avec Bastien depuis son arrivée à New York ?

Pas elle, et elle n'avait pas peur de l'admettre. Mais elle mettait son cœur en péril, en toute connaissance de cause. C'était là le problème. Chaque instant passé en compagnie de Bastien la poussait vers un sentiment plus profond : l'amour. Il était d'un genre particulier. Elle n'avait encore jamais rencontré quelqu'un comme lui, et elle savait que cela n'arriverait plus jamais. On aurait dit qu'il avait été fait rien que pour elle et placé sur cette terre pour qu'elle le trouve. Ils parlaient sans cesse, et ils aimaient et détestaient presque les mêmes choses. Et ils travaillaient bien ensemble, en période de crise. Quant à ce qu'ils avaient fait la nuit précédente, s'il y avait pris autant de plaisir qu'elle…

Terri ouvrit les yeux et tourna le robinet pour rincer la mousse de son corps et de ses cheveux. Bastien avait-il aimé faire l'amour avec elle autant qu'elle avec lui ? Elle pensait que oui, mais peut-être était-ce toujours ainsi pour lui. Peut-être avait-elle trouvé cela si nouveau et explosif parce qu'elle manquait d'expérience en général. Ian et elle avaient été si jeunes, si impatients, et encore pleins de l'égoïsme de l'adolescence. En regardant en arrière, elle le voyait à présent. À cette époque, Terri ne s'était pas plus soucié du plaisir de son partenaire que lui du sien.

Oui, la réponse à sa question semblait simple. Si elle devait choisir entre continuer à profiter de la compagnie de Bastien autant qu'elle le pourrait ou arrêter tout de suite, elle préférait la première option. Même si cela ne durait que deux semaines… enfin, plus qu'une seule désormais, avant qu'elle quitte New York. Cela lui ferait sans doute très mal quand tout serait fini et qu'elle rentrerait chez elle, mais oh, quels souvenirs elle emporterait avec elle !

Puisque le temps lui était compté, Terri décida qu'elle ferait bien d'aller s'en fabriquer d'autres et ferma l'eau. Elle ouvrit la porte de la cabine de douche et sortit sur le tapis de bain moelleux et rose. Elle prit une petite serviette au crochet, l'enroula autour de sa tête, puis en attrapa une plus grande pour s'essuyer le corps et s'envelopper dedans. Puis elle fit un pas vers la porte… et s'arrêta net, surprise de voir Bastien debout dans l'encadrement. Il était entièrement nu, mais il ne semblait pas s'en soucier. Il était d'une beauté à couper le souffle.

— Tu n'étais plus là quand je me suis réveillé, dit-il.

Il entra pour la prendre dans ses bras et la serrer contre lui. Puis il baissa la tête, et alors que Terri croyait qu'il allait l'embrasser, il enfouit son visage dans le creux de son cou et inspira à fond.

— Tu sens la pêche. (Il lui lécha la gorge.) Mmm, pour un peu, je te croquerais !

— Savon à la pêche, souffla-t-elle, sentant ses paupières se fermer.

Elle inclina un peu la tête pour exposer son cou. Bastien profita de l'offrande et traça un chemin avec ses lèvres jusqu'à son oreille. Terri gémit, frissonna et leva une main pour la nouer dans ses cheveux. Elle le retint ainsi jusqu'à ce qu'elle ait pu tourner la tête pour l'embrasser sur la bouche. Bastien accepta sans rechigner, répondant avec une belle ardeur.

Elle sentit qu'il tendait le bras, et elle entendit l'eau se remettre à couler. Vaguement consciente de ce qu'il faisait, tant son cerveau était embrumé par la passion, elle se laissa guider en arrière et fut surprise de se retrouver de nouveau sous le jet.

—Qu'est-ce qu… ? dit-elle, rompant leur baiser.

—Moi aussi j'ai besoin d'une douche. Ça ne t'embête pas de te joindre à moi, n'est-ce pas ?

Il fit courir un doigt sur sa poitrine avec légèreté, attrapa la serviette éponge complètement trempée et la libéra. Elle atterrit avec un bruit humide, laissant Terri aussi nue qu'il l'était.

—Tu me laves le dos, et je te rends la pareille, proposa-t-il, s'approchant encore et glissant la main jusqu'à ses fesses.

Il la plaqua contre lui.

Si Terri avait eu le moindre doute sur ses intentions, l'érection pressée contre son ventre ne lui en aurait plus laissé aucun. Elle esquissa un sourire coquin et se frotta contre lui.

—Mais, je suis déjà propre, feignit-elle de protester.

—Une autre douche ne te fera pas de mal, répliqua Bastien d'un ton grave. On n'est jamais trop propre, ni trop mouillé.

Il laissa une main recouvrir son sein, et Terri haleta quand l'autre s'aventura entre ses cuisses.

—Non. On ne peut jamais être trop propre. Ou trop mouillé, murmura-t-elle, juste avant qu'il l'embrasse.

Bastien se leva sans bruit pour ne pas déranger Terri. Elle n'avait pas beaucoup dormi au cours des deux derniers jours. La nuit passée avait été tout particulièrement courte, à cause de leur visite à l'hôpital. Il serait encore dans les bras de Morphée si la soif de sang ne l'avait pas réveillé.

S'agenouillant à côté du lit, il ouvrit le réfrigérateur caché dessous. Il en tira une poche, puis il se releva lentement en s'assurant que Terri dormait toujours. Il n'aurait pas pris un tel risque si la situation n'avait pas été urgente et le frigo dans son bureau désespérément vide. Il devait le faire réapprovisionner, mais il oubliait sans cesse. Depuis qu'elle était entrée dans sa vie, il n'avait plus que Terri à l'esprit.

Certain qu'elle ne s'était pas réveillée, Bastien prit la robe de chambre au pied du lit, fourra le sang dans une poche et enfila le vêtement tout en gagnant la porte à pas de loup. Il se faufila dans le couloir, referma sans bruit derrière lui… et commença à se détendre. D'une démarche normale, il gagna la cuisine. S'il lui était souvent nécessaire de boire le sang directement dans le plastique, c'était un peu comme boire le lait à la bouteille. Il préférait prendre un verre. Et puisque Terri était encore au lit, il pouvait se le permettre.

Bastien s'empara d'un grand verre et y versa une bonne dose de sang. Il le savourait quand la porte de la cuisine s'ouvrit et Vincent entra. Bastien se retourna si vite qu'il faillit renverser tout son petit déjeuner.

— Tu es levé, dit son cousin, surpris.

— Oui.

Agacé, Bastien prit une feuille de papier essuie-tout et s'accroupit pour essuyer le liquide rouge qui avait giclé sur le sol. Puis il en déchira une autre pour s'essuyer le torse.

— Je ne m'attendais pas à te voir, alors, quand j'ai entendu du bruit… (Vincent haussa les épaules.) Où est Terri ?

— Elle dort.

— Ton lit ou le sien ?

Bastien ne prêta aucune attention à la question. Il se redressa et jeta les bouts de papier absorbant dans la poubelle, sous l'évier. Tout cela ne regardait pas Vincent. Il en savait déjà bien assez. Il avait été témoin de son expérience humiliante avec Joséphine, et voilà qu'il était là la deuxième fois où Bastien tombait amoureux. Non pas que Bastien ait vraiment aimé Joséphine. Il s'était amouraché d'elle. À présent, il en était conscient. Il l'avait compris en mesurant ce qu'il avait ressenti alors à l'aulne de ses sentiments naissants pour Terri. En comparaison, ceux qu'il avait eus pour Joséphine avaient été bien tièdes. Autrement dit, il allait en baver quand elle lui tournerait le dos, comme Joséphine l'avait fait. Et une fois de plus Vincent assisterait à tout.

— Je ne me réjouirais pas plus du spectacle aujourd'hui qu'il y a des siècles, cousin, dit Vincent à mi-voix, ayant encore fouiné dans ses pensées. Et je ne vois pas cette histoire finir si tragiquement. Terri n'est pas Joséphine.

Bastien remua avec irritation. Levant son verre, il but quelques gorgées du liquide visqueux. Il allait vraiment falloir qu'il veille à mieux protéger son intimité. Il était si distrait par les bouleversements que Terri avait apportés dans sa vie, sans même le vouloir, qu'il était devenu un livre ouvert pour tous ceux capables de lire dans les esprits.

— Terri est différente, insista Vincent. Elle ne réagira pas comme Joséphine.

— Comment tu peux savoir ça ?

Bastien savait qu'il avait pris un ton coléreux, mais ce n'était que pour étouffer l'espoir qui grandissait en lui. Il voulait croire que son cousin avait raison, mais il avait peur.

— C'est une autre époque. Joséphine pensait que tu étais un monstre, une abomination. Terri est une femme moderne et suffisamment intelligente pour comprendre l'explication scientifique, poursuivit Vincent. Et considère les bénéfices qu'elle en tirerait, si elle se joignait à nous : elle resterait jeune, belle, forte et en pleine santé pour toujours. Peu de gens refuseraient ça.

— Elle pourrait quand même le faire, contra Bastien. Tout le monde ne veut pas vivre éternellement.

— Oh, tu as raison, acquiesça l'acteur. Elle pourrait ne pas en avoir envie. Alors pourquoi prendre le risque ? Laisse tomber et oublie-la.

Bastien lui adressa un regard qui en disait long.

— Non, hein ? (Vincent haussa un sourcil.) Alors il va bien falloir que tu coures le risque, n'est-ce pas ? Chaque journée, chaque chose que nous faisons, nous entraîne vers l'inconnu. Tu veux renoncer, tourner le dos à ce que tu pourrais vivre, pour éviter d'avoir à souffrir plus tard… alors qu'il n'est pas certain que tu souffres ?

La réponse à cela était simple : non. Bastien ne pourrait pas renoncer à Terri, même s'il l'avait voulu. Elle était une drogue, et il était accro. Il avait besoin de sa dose à tout prix. Non, il ne laisserait pas tomber. Il le savait depuis un certain temps déjà. Ce qu'il vivait valait toutes les peines du monde. Mais il ne pouvait pas s'empêcher de s'angoisser au sujet de l'avenir.

— Merde, cracha Vincent, lisant les pensées de Bastien. Tu veux dire que tu n'avais pas besoin que je t'en convainque ? Alors pourquoi tu me laisses faire, si tu sais déjà que tu veux aller jusqu'au bout ?

— J'aime bien parler d'elle, dit Bastien. (Il haussa les épaules.) J'aime encore mieux être avec elle, mais parler d'elle arrive en seconde position. Et c'est agréable quand on essaie de ressusciter tes espoirs, comme tu viens de le faire.

Vincent grogna, dégoûté, et se tourna vers la porte.

— Je m'en vais.

— Quand est-ce que tu reviens ? s'enquit Bastien en le suivant jusque dans l'entrée pour attendre l'ascenseur.

— Dimanche soir ou tôt lundi matin, répondit son cousin, puis il haussa un sourcil quand les portes coulissèrent. Tu sais ce que ça veut dire, hein ?

— Non, qu'est-ce que ça veut dire ? demanda Bastien, curieux.

— Tu as l'appartement entier… et Terri… pour toi tout seul pendant un peu plus de deux jours. (Vincent entra dans l'ascenseur.) Tu peux lui faire l'amour dans n'importe quelle pièce, à n'importe quelle heure du jour ou de la nuit, sans t'inquiéter quand elle devient bruyante. Parce que c'est le cas, cousin, ajouta-t-il en se retournant pour appuyer sur le bouton du rez-de-chaussée. Tu dois faire ça bien.

Bastien sourit.

— Mince, tu peux même lui faire l'amour dans l'ascenseur. (Vincent remua ses sourcils de manière suggestive alors que les portes se refermaient.) Filmez vos ébats, et gardez-le pour la postérité.

Bastien ne put dire à Vincent ce qu'il pensait de cette idée, parce qu'il était déjà parti. Il ne ferait jamais cela à Terri, bien sûr… à moins qu'elle soit d'accord. Ils pouvaient tout enregistrer et le regarder plus tard… Il secoua la tête à cette pensée. Trop risqué. Il ne voulait pas de cassettes intimes de Terri dans la nature. Et s'il se passait quelque chose et qu'elles disparaissaient ? Mais il pouvait lui faire l'amour dans toutes les pièces de l'appartement. Il l'avait déjà fait dans le salon, sur le canapé, mais ils n'avaient pas essayé le bar. Ni le billard. Ni le sol. Et il y avait la cuisine, le… Faire trempette dans le jacuzzi avec elle serait agréable. Bien sûr, ils auraient pu le faire malgré la présence des autres, puisqu'il était dans la salle de bains de la grande chambre, mais…

Se rendant compte qu'il restait planté là, dans l'entrée, à penser à faire l'amour à Terri alors qu'il aurait pu être en train de le faire, Bastien se secoua. Il commença à se diriger vers la chambre, remarqua qu'il tenait toujours son verre et fit demi-tour. Il courut jusqu'à la cuisine pour le rincer rapidement dans l'évier, et il l'abandonna là. Puis il partit vers sa chambre, pour réveiller Terri.

Terri jeta une autre fleur acceptable dans le carton prévu pour les accueillir, puis elle s'étira et se leva. C'était la fin d'après-midi, et Bastien dormait encore. Il s'était déjà réveillé et levé deux fois. D'abord, quand il l'avait rejointe dans la salle de bains, puis quand il s'était de nouveau glissé au lit avec elle pour la réveiller de la manière la plus exquise qu'elle puisse imaginer.

Bastien l'avait embrassée et caressée jusqu'à ce qu'elle ouvre les yeux. Il lui avait dit, entre chaque pression de ses lèvres, que Vincent était parti pour le week-end et qu'ils avaient l'appartement à eux tout seuls. Terri avait ri de la joie malicieuse avec laquelle il avait prononcé ces mots, et de nouveau quand il lui avait énuméré toutes les pièces et endroits précis où il voulait lui faire l'amour. Puis elle avait cessé de glousser quand les choses étaient devenues plus sérieuses. Cet homme était une vraie bombe sexuelle. Il savait éveiller son désir mieux que n'importe qui.

Malgré ses plans, ils n'avaient pas quitté le lit. Mais cela n'avait aucune importance. Ils n'avaient pas besoin de l'excitation que procure un lieu différent pour pimenter leurs ébats. Ils s'étaient très bien débrouillés, là, dans la chambre de Bastien. Terri éprouva de nouveau le besoin de s'étirer en sentant son désir se ranimer sous l'effet des souvenirs.

Elle s'était endormie dans ses bras, après l'amour. Mais pas pour très longtemps. Elle était sortie de la chambre sur la pointe des pieds pour prendre une autre douche et partir en quête de nourriture. Emportant son bol de céréales, elle était allée dans le bureau pour faire quelques fleurs et manger en attendant Bastien. Mais il prenait tout son temps. Peut-être devrait-elle aller le réveiller, songea Terri avec un petit sourire espiègle.

Se disant que c'était une excellente idée, elle rangea la boîte de Kleenex dans le placard où Vincent avait tout mis la veille et emporta le bol vide dans la cuisine. Elle le lava, l'essuya et le rangea.

Puis elle regagna la chambre à coucher.

Quand elle entra, Bastien était toujours profondément endormi. Elle s'avança vers le lit en silence, observant son visage. C'était un homme charmant… et il était tout aussi adorable quand il dormait que lorsqu'il était éveillé, décida-t-elle en voyant ses cheveux ébouriffés, comme s'il y avait passé la main. Elle aurait voulu les recoiffer pour lui. Terri avait aussi très envie d'embrasser ses lèvres, qui paraissaient si douces et détendues.

S'arrêtant près du lit, elle hésita, puis elle se déshabilla très vite et grimpa sur le matelas pour ramper près de Bastien. Là, elle s'immobilisa de nouveau, indécise, ne sachant pas comment s'y prendre. Quand il l'avait réveillée, un peu plus tôt, cela avait été avec des baisers et des caresses. Mais il n'avait pas embrassé ses lèvres. Sa bouche, ainsi que ses mains, avaient joué sur tout son corps.

Prenant exemple sur lui, elle tira doucement les couvertures et le drap jusqu'à ce que seuls ses pieds soient encore couverts. Puis elle marqua une pause pour le regarder. Seigneur, cet homme était beau comme un dieu, un vrai régal pour les yeux. Elle apprécia la vue un instant, puis elle s'exhorta à passer à l'action.

Embrasser et caresser, se rappela-t-elle.

Mais par où commencer ? Elle avait envie de l'embrasser à tellement d'endroits !

Après une autre hésitation, elle se dit que son torse serait un bon point de départ. Elle se pencha pour planter de petits baisers sur ses pectoraux. Puis, s'appuyant sur une main pour garder l'équilibre, elle fit courir l'autre avec légèreté sur son ventre plat. Toujours au pays des rêves, Bastien gémit tout bas et remua sous ses caresses. Terri commençait à déposer des bisous humides sur sa hanche quand il se raidit soudain. Et elle sut qu'il était réveillé.

Parce qu'il s'agissait de son corps tout entier. Son sexe avait commencé à se dresser bien avant qu'elle n'ait atteint son nombril. Et, à ce moment-là, il dormait encore. Mais plus à présent.

— Terri.

Il ronronna son nom, mais elle ne fit pas attention à lui. Elle résista également à sa main, qui atterrit sur son épaule et essaya de la détourner de son objectif. Elle voulait faire cela pour lui, et elle était déterminée à ne pas se laisser distraire.

Bien sûr, ce fut avant d'atteindre l'objet de sa convoitise et de comprendre qu'elle n'était pas certaine de savoir s'y prendre. Elle se figea, mais juste un instant. Puis Terri décida qu'il n'y avait qu'un seul moyen de le savoir : se lancer.

On dirait la devise de notre relation, songea-t-elle.

Et si elle était vraiment mauvaise, elle pourrait s'excuser gentiment, puis aller consulter quelques articles sur Internet pour apprendre comment faire. On trouvait des instructions pour tout, sur le Web, alors pourquoi pas pour cela aussi ? Dommage qu'elle n'y ait pas pensé avant. Mais bon, c'était toujours facile de critiquer après coup.

Chapitre 14

Cette fille est aussi douée qu'une professionnelle, pensa Bastien, et il ne put décider s'il devait être reconnaissant ou alarmé de ce que cela impliquait.

Il décida d'y repenser plus tard, cependant, et il se contenta de serrer le drap dans ses poings tandis qu'il luttait pour ne pas s'humilier en éjaculant à peine deux minutes après que Terri l'eut pris dans sa bouche.

Que faisait-elle avec sa langue ? se demanda-t-il avec ferveur. Seigneur Dieu ! Où avait-elle appris à faire cela ? Comment…

— Oh ! gémit-il tout haut, puis il se mordit la lèvre inférieure pour réprimer un grognement de déception quand Terri cessa toute activité et leva la tête.

— Je te fais mal ? demanda-t-elle, hésitante.

— Mal ? répéta Bastien d'une voix plus aiguë que la normale. (Il haletait et avait du mal à reprendre son souffle.) Non.

Apparemment soulagée, Terri baissa la tête et referma de nouveau ses lèvres autour de lui, puis elle marqua une pause avant d'aller plus loin. Elle se redressa pour la deuxième fois.

— Est-ce que je m'y prends bien ?

Bastien cligna des yeux. Elle ne savait donc pas ? Elle le rendait complètement fou !

— Oui, répondit-il vivement, sachant que rester assis là à réfléchir ne faisait que retarder son plaisir, plaisir qu'il avait interrompu en gémissant.

Plus de gémissement, se dit-il.

Et il faillit sangloter de soulagement quand elle se pencha pour le faire disparaître dans sa bouche. Celle-ci était douce, chaude et humide. Elle avait les lèvres les plus sexy… si pleines et sensuelles. Et sa langue…

— Ahhh ! cria-t-il quand elle fit justement quelque chose avec celle-ci qui le fit trembler de la tête aux pieds.

Bon sang, elle… s'était de nouveau arrêtée ?

— Tu es certain que je ne te fais pas mal ? s'enquit Terri, inquiète, puis elle s'expliqua : On aurait vraiment dit que c'était le cas.

J'ai grogné ? se demanda Bastien.

Non, non, non, il était certain de n'avoir pas grogné. Mais il avait crié. Et, visiblement, cela aussi avait réussi à la distraire.

Plus de cri non plus, s'admonesta-t-il.

Il se mordrait la langue, quitte à la couper avec ses dents si c'était le prix à payer, mais il n'émettrait plus un son. Ou mieux encore, il allait se fourrer un oreiller dans la bouche… alors, il ne pourrait plus faire le moindre bruit.

Se rendant compte que Terri attendait une réponse, mais incapable de se rappeler sa question, Bastien se demanda s'il devait la lui faire répéter ou simplement répondre par oui ou par non en espérant ne pas se tromper. Il décida que la seconde solution semblait la plus rapide et tenta sa chance :

— Non, balbutia-t-il.

— Non ? (Elle inclina la tête sur le côté, une question dans le regard.) Non, tu n'es pas sûr que je te fasse mal ? Ou non, tu n'as pas mal ?

— Oui.

Il hocha la tête avec fermeté. Penser n'était pas vraiment dans ses capacités à cet instant précis. Tout ce qu'il avait à l'esprit, c'était Terri, et combien il désirait qu'elle le reprenne entre ses lèvres douces et sensuelles…

— Je ne sais pas m'y prendre, n'est-ce pas ? soupira-t-elle. Et tu es trop gentil et trop poli pour me dire que je crains vraiment.

— Non, c'est faux ! s'écria-t-il, au bord de la panique. Je te le dirais, si c'était le cas. Tu es douée… je veux dire, tu fais un travail fabuleux. Simplement fabuleux. Vraiment, ajouta-t-il, impuissant.

— C'est vrai ? (Elle sembla ravie, et un sourire apparut sur ses lèvres alors qu'elle l'observait, désireuse qu'il la flatte encore.) Dis-moi ce que je fais bien. Comme ça, je pourrais le refaire.

Il la regarda, impuissant. Pourquoi lui faisait-elle cela ? Était-ce une forme de torture ? Une punition, peut-être ? Ne lui avait-il pas donné assez de plaisir quand il l'avait réveillée, un peu plus tôt ? L'avait-il empêchée de dormir en ronflant ?

Comprenant qu'il perdait la tête, Bastien la secoua. C'était Terri. Sa douce, son adorable Terri. Il ne pensait pas qu'elle ait une once de méchanceté, et elle ne le tourmenterait pas volontairement. Autrement dit, même si elle le faisait trembler, même si ses caresses faisaient battre son cœur et que son corps était prêt à exploser de plaisir, elle n'avait vraiment aucune idée de ce qu'elle faisait. Elle suivait juste son instinct.

Et elle avait un instinct extraordinaire !

— Tout, répondit enfin Bastien. Tout est parfait.

Excepté le fait qu'elle s'arrête tout le temps, mais il ne lui dit pas cela. Elle le faisait par inquiétude pour lui, parce qu'elle voulait vraiment lui donner du plaisir. Et sa considération et sa tendresse étaient vraiment de bonnes choses. Oui, vraiment. Et il était certain de pouvoir les apprécier. Plus tard. Pour le moment, il voulait juste qu'elle…

— Ahhh, soupira-t-il quand elle le reprit dans sa bouche.

Puis il retint son souffle, terrifié à l'idée que ce simple son l'arrête de nouveau. Heureusement, il n'en fut rien. Elle continua à faire glisser ses lèvres le long de son érection, sa langue vive et habile remuant comme la queue d'un chat. Bastien décida de ne prendre aucun risque. Il attrapa l'un des oreillers et le pressa contre sa bouche.

Il n'émettrait plus un son désormais, se rassura-t-il en enfonçant ses dents dans la taie. Peut-être étoufferait-il, mais il le ferait en silence et le sourire aux lèvres.

Peut-être. Bastien écarta l'oreiller et regarda Terri, exaspéré. Elle l'avait de nouveau abandonné, et cette fois elle avait tourné la tête vers la porte.

— Tu as entendu ? demanda-t-elle, fronçant les sourcils.

— Non.

Il ne précisa pas qu'il avait eu un oreiller sur la tête. La plume étouffait les sons dans les deux sens.

— J'ai cru entendre quelqu'un appeler, expliqua-t-elle en le regardant.

— Il n'y a personne à part nous, lui rappela Bastien, avec ce qu'il considérait être une patience de saint.

Il baissa les yeux sur son érection. Son sexe se tenait raide, grand et fier en espérant attirer l'attention de Terri. Il était aussi rouge et probablement un peu en colère de ne pas l'obtenir, du moins pas sans interruptions. C'était peut-être la technique de la jeune femme : elle l'amenait au bord de l'orgasme, puis elle s'arrêtait. Si tel était le cas, c'était brillant ! Elle le rendait complètement fou.

— Terri ? demanda-t-il d'un ton presque plaintif.

— Oh, je suis désolée.

Elle lui sourit et se pencha de nouveau au-dessus de lui. Bastien vit ses lèvres rouges s'écarter quand elle ouvrit la bouche, et... elle se figea et la referma à quelques centimètres de son objectif. Elle se redressa vivement.

— Tu ne peux pas ne pas avoir entendu, cette fois !

Oui, il avait entendu. Quelqu'un l'appelait. Une femme. Et puisqu'il n'y avait pas beaucoup de personnes qui avaient les clés, Bastien crut deviner de qui il s'agissait. Et il allait la tuer.

— C'est sans doute ma mère, dit-il, reposant la tête sur son oreiller.

— Ta mère ?

La voix de Terri était horrifiée, pas de doute.

Bastien se releva sur un coude au moment où elle sautait au bas du lit. Plein de regret, il la regarda enfiler son jean, remarquant avec amusement que dans sa hâte elle n'avait pas mis de culotte.

Hum, pensa-t-il.

Juste avant que son pantalon lui atterrisse sur la tête. Terri venait de le lui lancer.

— Habille-toi, Bastien, siffla-t-elle. Nous ne pouvons pas la laisser nous trouver comme ça !

Soupirant, il abandonna tout espoir que Terri finisse ce qu'elle avait commencé et s'assit. Mais il ne commença pas à s'habiller tout de suite. Il l'observa tandis qu'elle remettait son soutien-gorge. Ses seins lourds ballotaient pendant qu'elle tirait sur la dentelle blanche. Il ne se lassait pas de ce spectacle.

— Terri ?

Ils se figèrent. La voix s'était rapprochée, et il était évident que ce n'était pas celle de la mère de Bastien. Peut-être était-ce une bonne chose, pensa-t-il avec paresse.

Ce serait une honte de devoir tuer une femme qui avait déjà vécu plus de sept cents ans.

— C'est Kate ! s'écria Terri, mais elle ne sembla pas soulagée.

Bastien supposa que l'identité de la personne qui approchait de la chambre n'avait aucune importance. Terri paniquait. Être surpris dans une position compromettante n'était plus aussi scandaleux que dans la jeunesse de Bastien, mais cela restait très gênant.

— Je croyais que tu avais dit que nous aurions l'appartement pour nous ! siffla-t-elle. Pourquoi tu ne m'as pas dit qu'ils rentraient aujourd'hui ?

— Je n'y ai plus pensé au milieu du chaos des deux derniers jours, admit Bastien en se levant enfin.

Son érection avait totalement disparu.

— Bastien ?

La voix de Kate était très claire à présent ; elle était presque arrivée.

Ils *sont presque arrivés*, se corrigea Bastien quand il entendit Lucern dire :

— Ils ont dû sortir pour la journée.

Bastien s'immobilisa, l'esprit en ébullition. S'ils se cachaient dans un placard, Kate et Lucern croiraient qu'ils n'étaient pas à la maison, et ils s'en iraient. Alors, Terri et lui pourraient reprendre où… Son regard se posa sur la jeune femme, qui avait fini de remettre son soutien-gorge. Elle passa son tee-shirt par-dessus, traversa la pièce en courant et disparut dans la salle de bains de la chambre d'ami. Non. Aucune chance. Il savait qu'elle n'accepterait jamais de se cacher. Elle était venue pour aider Kate à préparer son mariage et elle ne faillirait pas à cela pour batifoler avec lui. C'était l'une des choses qu'il aimait chez elle, reconnut-il en la voyant disparaître. Sa loyauté et son sens de la justice faisaient d'elle un être à part.

Maudite honte..., pensa-t-il en baissant un regard triste sur son pénis, qui avait redressé la tête à l'idée de poursuivre leurs ébats...

Et qui retomba, faisant le mort, quand la porte de la chambre s'ouvrit.

— Je n'arrive pas à croire que vous ayez oublié que nous rentrions aujourd'hui, répéta Kate, plus tard, ce même jour.

Bastien haussa les épaules en soupirant. Il n'arrivait pas à y croire non plus. Mais il avait été plutôt occupé, ces derniers temps, avec toutes les catastrophes en rapport avec le mariage. Sans parler de celles qui avaient frappé l'ami de sa future belle-sœur, Chris. Le pauvre bougre. Il n'avait pas semblé aller mieux quand ils lui avaient rendu visite, dans l'après-midi, sur l'insistance de Kate. À la seconde où elle avait appris les déboires de C.K., elle avait décidé qu'ils iraient tous le voir. Bastien avait bien essayé de dire qu'il n'était pas nécessaire que Terri et lui soient du voyage, mais elle n'avait rien voulu entendre. Ils n'avaient donc eu aucune chance de terminer ce que Terri avait commencé avant l'intrusion du couple. À l'hôpital, ils avaient appris que le jeune agent ne se sentait toujours pas bien du tout.

— Je suis terriblement navrée que vous ayez dû affronter tous ces problèmes pendant notre absence, dit Kate.

Ils avaient fini par tout lui raconter, même pour le traiteur. Il leur avait été difficile de faire autrement, puisque l'appartement était toujours encombré par leurs chariots. Elle avait plutôt bien pris la nouvelle, ne paniquant qu'un tout petit peu, jusqu'à ce qu'ils lui expliquent comment ils avaient procédé. C'était agréable de savoir qu'elle leur faisait confiance.

— Tu n'as pas à t'excuser. C'est pour ça que je suis venue plus tôt, pour t'aider à préparer ton mariage, lui assura Terri en lui serrant les mains avec affection.

Bastien avait remarqué que les deux femmes se touchaient, s'étreignaient et se tapotaient très souvent. Ces échanges pleins de chaleur et de tendresse étaient agréables à regarder, mais une partie de lui était jalouse de ne pas en recevoir sa part. Depuis que Kate et Lucern étaient arrivés, Terri gardait ses distances avec Bastien. Elle évitait même de croiser son regard, et cela le troublait. Il aurait voulu lui passer un bras autour des épaules pour proclamer au monde entier qu'elle était sienne. Mais elle ne semblait pas partager ce sentiment.

— Quoi ?

L'exclamation stupéfaite de Terri ramena Bastien à la réalité. Apparemment, il avait manqué une partie importante de la conversation. Elle semblait alarmée quand son regard croisa le sien pour la première fois depuis que l'autre couple s'était montré.

— Eh bien, je veux que notre nuit de noce soit un événement, et elle ne le sera pas si Luc et moi passons toutes les précédentes dans le même lit. Alors j'ai pensé que rester séparés pendant une semaine serait une bonne idée. Et Lucern a accepté. Il vivra avec Bastien jusqu'au mariage.

Bastien adressa un petit sourire ironique à son frère. Lucern avait peut-être accepté, mais il ne semblait pas très content. En fait, il avait l'air abattu. Mais l'amusement de Bastien mourut quand Kate reprit la parole.

— Comme ça, dit-elle à Terri, tu pourras rester avec moi. Nous passerons du temps entre filles. Ce sera super.

Bastien comprenait enfin l'expression de Terri. Voilà donc ce qu'il avait raté : Kate annonçant à Terri qu'elle allait emménager avec elle dans son petit appartement pour le reste de son séjour. Il n'aimait pas du tout cette idée. En fait, il paniquait à la pensée que Terri dormirait si loin de lui. Il venait juste de faire entrer leur relation dans la phase physique, et qu'il soit pendu s'il permettait qu'on le prive de cela.

— Lucern avait l'air si malheureux, commenta Terri.

— Tu as remarqué aussi ? rit Kate. (Elle revint vers le canapé avec un autre saladier de pop-corn et le posa entre elles.) Il n'a pas été enchanté quand j'ai lancé l'idée, en Californie, mais il a fini par accepter, pour me faire plaisir.

Terri hocha la tête et jeta une autre fleur en papier dans le carton. Elles avaient emporté les mouchoirs et la ficelle chez Kate. Ainsi, elles avaient une occupation, et il fallait bien que quelqu'un s'en charge. Kate avait déclaré qu'elle ne faisait pas confiance aux hommes pour mener la tâche à son terme si elles n'étaient pas là pour les mener à la baguette.

— Bastien n'avait pas l'air content non plus, fit remarquer Kate.

Terri leva vivement les yeux sur elle.

Ils étaient allés dîner juste après l'annonce de Kate concernant leurs nouveaux arrangements. Une fois installé dans le petit bistro français que la jeune femme avait suggéré, Bastien avait tout tenté pour que Terri reste chez lui. Il avait commencé par souligner qu'elle était installée. Puis il avait argumenté, disant que l'appartement des Argeneau était plus grand et plus confortable. Il avait essayé toutes sortes d'excuses, allant jusqu'à suggérer que Kate laisse son appartement à Lucern et vienne rejoindre sa cousine. Mais sans succès.

Terri avait fini par rappeler qu'elle était venue d'Angleterre pour être avec Kate et l'aider à préparer son mariage. Après cela, Bastien avait cessé toute tentative pour empêcher l'inévitable et il s'était muré dans le silence tout le reste du repas. Terri ne l'avait jamais vu si taciturne et silencieux. Ses sourires et leurs conversations à bâtons rompus lui manquaient déjà.

— N'est-ce pas ? insista Kate, ramenant Terri à l'instant présent.

— Vraiment ? répondit-elle sans rien laisser paraître. Peut-être qu'il a une légère intoxication alimentaire, lui aussi. Nous avons tous goûté à ce ragoût, après tout.

— Hum. (Kate lui adressa un sourire sardonique.) Je suppose que ça signifie que tu ne me diras pas comment vont les choses entre vous deux ?

Terri garda le silence un moment, écartant les pétales d'une autre fleur. Enfin, elle leva les yeux.

— C'est un homme charmant.

— Oh, oui, en effet, acquiesça Kate.

— Beau.

— Ça aussi, sans le moindre doute. Tous les hommes de la famille Argeneau le sont. Bien sûr, Lucern est la crème de la crème, mais Bastien n'est pas mal non plus.

Terri avait une opinion très différente, mais elle préféra se taire.

— Il est si… (Elle leva les yeux au plafond, cherchant ses mots.) … particulier. Sa manière de m'ouvrir la porte, de commander pour moi dans les restaurants… et il est si drôle, Kate. Et intelligent. Oui, il est très intelligent. Et si gentil. Et quand il m'embrasse… (Elle se tut subitement, clignant des yeux.) Bref, il est vraiment bien.

— Tu l'aimes ! s'écria Kate. Je le savais ! J'étais certaine qu'entre vous deux ça ferait des étincelles. Oh, c'est merveilleux, Terri ! Nous pourrions être belles-sœurs en plus de cousines et meilleures amies. Et…

— Ralentis un peu, haleta Terri. Seigneur. Je ne le connais que depuis une semaine.

— Et alors ? lança Kate avec détermination. J'ai su très vite que Lucern était celui que j'attendais. Bien sûr, nous avons dû franchir quelques petits obstacles avant d'être certains que ça fonctionne entre nous. Mais quand tu rencontres le bon, Terri, tu le sens. C'est une évidence. Et vous êtes faits l'un pour l'autre, Bastien et toi.

— Hum, murmura Terri en se concentrant sur la fleur qu'elle tenait.

Elle voulait croire que sa cousine avait raison, mais elle avait peur de se faire de faux espoirs. Devoir prendre sa valise pour suivre Kate avait été un coup dur. Terri avait eu envie de s'asseoir sur le bord du lit et de pleurer à cette pensée. Elle désirait passer du temps avec sa cousine, mais aussi en consacrer à Bastien. Elle ne voulait pas rater une chance de l'embrasser, de faire l'amour avec lui ou de le tenir dans ses bras. On aurait dit qu'on lui avait donné un aperçu du paradis, avant de lui en claquer la porte au nez. Quand elle s'était inquiétée de l'avenir de leur relation, Terri avait cru avoir deux semaines pour en profiter. Elle ignorait qu'elle prendrait fin dès à présent, elle n'y avait pas été préparée, et son cœur en était déchiré.

— Je sais de quoi je parle. Il est évident pour tout le monde qu'il t'aime. Il ne te quitte jamais des yeux, il est toujours très attentif. Je suis certaine qu'il est amoureux de toi, Terri.

Quand cette dernière garda la tête baissée et ne dit rien, Kate lui tapota la main pour la rassurer.

— Tout va s'arranger, cousine. Fais-moi confiance. Vous devrez régler certaines choses entre vous avant, mais…

Terri la regarda et se rendit compte qu'elle avait le regard perdu dans le vague. Elle avait un air inquiet, et elle se mordillait la lèvre.

— Quel genre de choses ?

Kate sursauta et se tourna vers elle. Elle était partie loin, très loin. Avec une expression devenue évasive, elle se pencha sur une boîte de mouchoirs et prit de la ficelle pour fabriquer une fleur.

— Tu le sauras bientôt. Tout ira bien.

— Dis-moi, insista Terri.

Mais Kate secoua la tête.

— *Je* ne peux pas. C'est à *lui* de le faire.

Terri la regarda, sentant son anxiété faire un bond. Que pourrait bien avoir à lui dire Bastien ? Qu'auraient-ils « à régler » ? Soudain, elle était moins nerveuse au sujet de la réciprocité de ses sentiments qu'au sujet de ce secret qui pourrait causer des problèmes entre eux. Elle aurait dû savoir que tout cela était trop beau pour être vrai.

— Ne prends pas cet air abattu, dit Kate avec un large sourire. Nous les retrouverons demain.

— C'est vrai ?

Terri oublia les secrets potentiels de Bastien et releva la tête.

— Eh bien, oui. Demain, c'est dimanche.

Terri cligna des yeux, ne voyant pas le rapport.

— Et alors ? Le dimanche est un jour comme les autres.

— C'est demain que doit avoir lieu la répétition du mariage, expliqua Kate. (Puis elle fronça les sourcils.) Oh, j'ai peut-être oublié de te le dire. Au début, je ne pensais pas que tu serais présente. Nous avions prévu de la faire sans toi, et de t'emmener à l'église la veille du mariage, pour que tu aies une idée des lieux et te faire un rapide résumé.

Mais tu vas assister à la répétition et au dîner. Lucern et moi emmenons tout le monde au restaurant.

Terri hocha joyeusement la tête et la baissa de nouveau sur la fleur entre ses mains. Elle reverrait Bastien le lendemain ! Cette seule pensée suffisait à lui procurer des picotements d'excitation. Et à réveiller sa nervosité. Ils n'avaient pas vraiment parlé depuis que les choses avaient changé entre eux. Pour commencer, ils avaient dû conduire Chris à l'hôpital, et elle s'était écroulée de fatigue à leur retour. Aujourd'hui, Bastien l'avait réveillée d'une manière si agréable, après quoi ils s'étaient rendormis. Puis elle avait décidé de lui rendre la politesse, mais ils n'avaient pas pu conclure, parce que Kate et Lucern les avaient interrompus.

Ils n'avaient pas eu l'occasion de discuter de l'évolution de leur relation, et la présence de Kate et de Lucern rendait Terri anxieuse. Elle se sentait gauche et ignorait comment se comporter envers Bastien devant eux. La considérait-il comme sa petite amie ? D'ailleurs, utilisait-on encore ces termes, « petite amie », « petit ami », et surtout à son âge ? Avait-elle le droit de toucher Bastien, de l'embrasser et de l'étreindre devant les autres ?

Terri était d'une nature affectueuse, mais elle l'étouffait… du moins quand cela concernait Bastien devant Kate et Lucern… parce qu'elle ignorait comment Bastien la considérait. Et elle savait que cela ne changerait pas le lendemain, à moins que Bastien ne lui fasse un signe. S'il l'accueillait d'une étreinte et d'un baiser, passait le bras autour d'elle ou lui prenait simplement la main, elle se sentirait libre d'être elle-même.

Pourquoi n'a-t-il rien fait de tout ça devant Kate et Lucern ? se demanda Terri en déposant une fleur dans le carton.

Il l'avait tenue par la main et embrassée en public, le jour de leur visite au musée. Mais ils n'avaient été entourés que d'étrangers. Bastien l'avait également prise par la main pour sortir de l'hôpital, mais il n'y avait eu que Vincent pour en être témoin. Il ne lui avait montré aucun attachement devant Lucern et Kate.

Peut-être ne voulait-il pas qu'ils sachent ce qui s'était passé entre eux. Cela semblait une réelle possibilité. Après la réaction de Kate au téléphone, quand elle avait appris que Bastien montrait la ville à Terri, peut-être craignit-il qu'en leur révélant la tournure qu'avait prise leur « amitié », Kate commence à faire des projets de mariage. Elle en faisait déjà, plus ou moins. C'était beaucoup de pression, surtout de la part d'une toute nouvelle belle-sœur. Et cela mettait sans doute Bastien mal à l'aise, surtout s'il considérait ce qui était arrivé entre Terri et lui comme un simple passe-temps. Ils ne se connaissaient que depuis une semaine, après tout.

Terri prit la ficelle et en mesura une longueur. Oui, il valait mieux garder le secret sur leur relation. Même si elle n'en avait pas envie. Elle aurait préféré être elle-même. Mais elle ne voulait pas le mettre mal à l'aise.

Terri décida d'improviser le moment venu. S'il la saluait comme la cousine de sa future belle-sœur quand ils se retrouveraient le lendemain, elle répondrait en conséquence. S'il l'accueillait d'un baiser et d'une étreinte, elle les lui rendrait. La balle était dans le camp de Bastien.

— Merci, frangin.

Lucern grimaça.

— Cette situation ne me plaît pas plus qu'à toi.

— Oui, mais tu as donné ton accord. Moi, personne ne m'a demandé mon avis, grommela Bastien en faisant les cent pas devant le bar, un verre de sang à la main.

C'était le seul point positif au fait que Terri était partie vivre chez Kate : il n'avait plus besoin de boire dans une poche, d'avaler sa nourriture en cachette, derrière une porte close. Mais c'était vraiment le seul avantage. Et il aurait accepté de planter ses crocs dans du plastique indéfiniment s'il avait pu la récupérer. Il se laissa tomber sur le canapé en soupirant.

— Alors ? (Lucern l'observait avec curiosité.) Comment ça se passe, entre vous deux ?

Bastien fronça les sourcils, puis il admit :

— Je l'ignore.

Lucern eut l'air surpris.

— Tu l'ignores ?

Il haussa les épaules.

— Oui, je n'en sais rien. (Soupirant encore, il se redressa, posa son verre vide sur la table basse et se passa la main dans les cheveux.) Je pensais que tout allait bien. Je veux dire, tu ne pourrais pas croire à quel point elle et moi on s'entend bien, Luc. Même moi j'ai du mal à le croire. Tout est si parfait, naturel et facile. Nous parlons tout le temps, nous finissons les phrases l'un de l'autre, nous… Je ne sais pas… Ça colle vraiment entre nous. (Bastien secoua la tête.) J'ai recommencé à manger, et j'aime ça. Je me demande même comment toutes ces saveurs ont pu m'ennuyer, il y a si longtemps.

Lucern souriait d'une oreille à l'autre.

— Eh bien, c'est du sérieux !

— Oui ! s'exclama Bastien en opinant du chef avec enthousiasme. Et chaque fois que nous nous embrassons, c'est… un feu d'artifice, poursuivit-il en frappant des mains. Nous avons une alchimie sexuelle comme je n'en avais jamais connu. Et ce n'est pas juste du sexe. Je veux lui faire l'amour tout le temps, mais il ne s'agit pas seulement de sexe. Je veux… (Il marqua une pause, essayant de trouver les mots justes.) Je veux lui donner du plaisir. Je veux la tenir dans mes bras quand elle jouit. Je veux la prendre à l'intérieur de moi, dans mon cœur, et la garder au chaud et en sécurité, et qu'elle fasse à jamais partie de moi.

— Oui, c'est ce que je ressens pour Kate, dit Lucern à mi-voix. Tu as essayé de lire ses pensées ?

— Oui, et non, je ne peux pas.

— C'est de bon augure.

— Ouais.

— Mais ? demanda Lucern quand Bastien soupira.

— Mais je ne sais pas ce qu'elle ressent, répondit-il, malheureux. J'ai supposé qu'elle éprouvait la même chose que moi, mais dès que vous vous êtes montrés, elle ne m'a plus regardé.

— Oh, je ne m'inquiéterais pas, si j'étais toi. Elle doit être juste contente de revoir Kate. Elles sont très proches, et à part ces quelques minutes vendredi, quand ma Katie est venue déposer Chris et me chercher, elles ne s'étaient pas vues depuis six mois. (Luc lui flanqua une claque rassurante sur l'épaule.) Elles vont bavarder toute la soirée et une partie de la nuit, pour rattraper le temps perdu. Et demain, à la répétition, elle ne verra que toi.

Bastien hocha la tête, pas très sûr de croire en cette prédiction. Il comprenait que Terri n'avait pas vu Kate depuis longtemps, mais elle ne l'avait pas regardé, lui, Bastien, une seule fois. Et si elle regrettait ce qu'ils avaient fait ? Ou si elle ne voulait pas que Kate l'apprenne ? Peut-être n'était-ce pour elle qu'un flirt de vacances, et qu'elle préférait se taire pour que sa cousine ne lui mette pas la pression. Il ne pensait pas que Terri soit ce genre de femmes… il en était presque certain… mais, d'un autre côté, jamais il n'aurait cru qu'elle changerait ainsi dès que Lucern et Kate seraient revenus.

Bastien supposa qu'il allait devoir patienter jusqu'à la répétition pour être fixé. Il attendrait de voir comment Terri le saluerait, et il suivrait son exemple. Si elle agissait normalement, si elle était gaie et affectueuse, il saurait que tout allait bien. Mais si elle était réservée et évitait de croiser son regard, il comprendrait que tout n'était pas comme il l'avait espéré.

Personnellement, Bastien espérait que Terri entrerait et lui prendrait la main, ou le bras, ou même qu'elle l'embrasserait. Il aimait surtout la dernière possibilité, mais il ne pouvait pas promettre de ne pas en profiter pour complètement lui tourner la tête. Cependant, il ne pensait pas que cela arriverait. Ils seraient dans une église, après tout. Terri était d'une nature affectueuse, et si elle l'aimait autant qu'il l'espérait, elle saurait l'accueillir en lui témoignant son intérêt. Et ainsi, Bastien serait libre de faire la même chose.

La balle était dans le camp de Terri.

Chapitre 15

— Tu peux me dire ce que fait Bastien ? demanda Kate.

Le prêtre leur avait donné ses conseils de dernière minute et souhaité une bonne soirée avant d'aller rejoindre l'organisateur du mariage.

Lucern baissa les yeux sur elle, puis il suivit son regard et vit son frère, debout près de Terri, le visage fermé.

— Eh bien, il est debout là-bas.

— Oui, ça je le sais. Pourquoi ne parle-t-il pas à Terri ? (Kate secoua la tête, exaspérée.) Il ne lui a même pas souri quand nous sommes arrivées. Il s'est contenté de lui adresser un signe de la tête.

— Et alors ? C'est aussi ce qu'elle a fait, souligna Luc.

— Uniquement parce que c'est comme ça qu'il l'a saluée. Terri ne savait pas de quelle manière elle devait le traiter, alors elle a pris exemple sur lui. Il s'est montré distant, elle a fait pareil.

— Toi, tu as lu dans ses pensées, l'accusa-t-il.

Mais au fond, son ton était amusé.

— Plutôt deux fois qu'une. Terri est aussi muette qu'une carpe. Si je n'avais pas lu dans son esprit, je ne saurais absolument rien de ce qui se passe entre ces deux-là. (Kate observait sa cousine et Bastien avec tristesse.) Je me demande pourquoi il ne la prend pas dans ses bras pour l'embrasser. C'est ce qu'elle veut.

— Et c'est sans doute ce dont il a envie aussi, mais je crois que Bastien se dit que Terri réagirait mal, à cause de la façon dont elle s'est comportée hier avec toi, expliqua Lucern, qui regardait aussi le couple.

Bastien et Terri ne faisaient pas attention l'un à l'autre.

— Quoi ? (Kate lui jeta un regard en coin.) Et comment s'est-elle comportée avec moi ?

— Eh bien, dès que nous sommes arrivés, elle ne s'est plus occupée que de toi. C'était comme s'il n'existait plus.

— Et il est jaloux ? De *moi* ?

Kate était incrédule.

— Non. Pas jaloux. Mais Bastien a dit qu'elle ne croise plus jamais son regard. Je crois qu'il est inquiet. Il se demande s'il n'a pas seulement été… un passe-temps en attendant que tu rentres.

— Oh, pour l'amour du ciel ! Terri n'est pas comme ça.

— Peut-être pas. Mais Bastien l'ignore. Ou du moins il ne peut pas en être sûr. Ils ne se connaissent que depuis une semaine, fit remarquer Lucern, puis il plissa les yeux. Regarde. Ils se parlent. Ils vont peut-être réussir à tout arranger.

À l'autre bout de la pièce, Terri déclara :

— Je devrais te remercier de m'avoir accueillie chez toi.

Elle avait parlé sur un ton presque désespéré. La tension la tuait lentement. Kate et elle étaient arrivées à l'église en même temps que la voiture qui avait amené Bastien et Lucern. Ils s'étaient donc retrouvés sur le trottoir, et Kate et Lucern s'étaient étreints et embrassés. On aurait dit qu'ils avaient été séparés pendant une éternité. Terri avait souri, puis jeté un coup d'œil à Bastien, qui observait également la scène. Sentant son regard, il s'était tourné vers elle. Il avait semblé hésiter un instant, comme s'il attendait qu'elle dise quelque chose, puis il avait hoché la tête et murmuré un « bonjour » poli.

Terri avait été tellement déçue, mais elle avait essayé de le cacher et fait un signe de la tête en réponse. Et les choses en étaient restées là. Pendant toute la répétition de la cérémonie, ils avaient agi avec raideur. Pourtant, une fois ou deux, Terri avait surpris Bastien en train de l'observer avec désir – sentiment qu'il s'était aussitôt empressé de dissimuler. Une fois, elle croyait avoir discerné de la nostalgie, mais elle n'en était pas sûre. Il avait changé d'expression dès qu'elle avait tourné la tête vers lui.

— Il est inutile de me remercier. Tu es la bienvenue dans ma maison. Et j'aime ta compagnie.

Terri réfléchit à ses paroles. « *Tu es la bienvenue dans ma maison. Et j'aime ta compagnie.* » Chaque phrase avait été énoncée au présent, et non au passé pour signifier que tout était terminé. Elle n'était pas sûre de savoir qu'en penser, où ce que Bastien voulait dire. Elle aurait vraiment souhaité qu'ils aient une chance de parler. Terri n'avait aucune patience pour les petits jeux. Elle n'aimait pas perdre son temps à essayer de deviner ce que les autres ressentaient. Elle avait toujours préféré mettre cartes sur table. C'était mieux ainsi, et si c'était parfois pénible, cela évitait bien des malentendus. Selon Terri, ce cas ne faisait pas exception à la règle : elle voulait savoir où elle en était. La nuit dernière, elle s'était dit qu'attendre de voir ce qu'il allait faire était la meilleure solution, mais puisqu'il était si poli, et qu'elle n'avait toujours pas le moindre indice, elle décida d'en avoir le cœur net.

Inspirant profondément, elle se tourna vers lui et balbutia :

— Je t'aime beaucoup. J'ignore ce que tu ressens pour moi, ou si ce qui s'est passé entre nous signifie quelque chose pour toi. Si tu t'es bien amusé, et c'est tout, et que tu ne veux pas que Kate et Lucern le sachent, ou si…

L'ouverture de Terri se termina brutalement quand Bastien prit son visage entre ses mains et l'attira vers lui pour l'embrasser. Elle soupira de soulagement, se fichant éperdument d'être au beau milieu d'une église. En fait, il réussit à lui faire complètement tourner la tête, songea-t-elle un instant plus tard en l'enlaçant. Cet homme ne lui disait pas seulement « bonjour ».

— D'accord, vous deux, ça suffit. Vous rendez le prêtre nerveux.

Bastien mit un terme à leur étreinte en entendant les paroles de Lucern, mais pas sans lui mordiller la lèvre inférieure. Une fois. Deux. Puis il se redressa enfin, l'air tout heureux.

— Salut, dit-il à Terri, avec le sourire le plus sexy qu'elle ait jamais vu.

Elle lui répondit et posa les mains sur les siennes, qui lui encadraient toujours le visage.

— Salut, souffla-t-elle.

— Quand aura lieu le mariage ? Est-ce que je suis invité ? demanda Chris Keyes.

Terri vira à l'écarlate et se tourna pour adresser une grimace à l'agent. Il était sorti de l'hôpital juste à temps pour la répétition de la cérémonie. Lucern l'avait choisi comme garçon d'honneur, puisque Kate avait trois demoiselles d'honneur. Étienne et Thomas étaient les deux autres. Bastien était son principal garçon d'honneur et son témoin, bien sûr, et Terri la première demoiselle d'honneur et le témoin de sa cousine. Les trois demoiselles d'honneur étaient les deux sœurs de Kate et son amie et collègue, Leah. Leah, Terri, Bastien et Chris étaient les seuls présents pour la répétition. Les autres arriveraient à la fin de la semaine.

— Si vous avez terminé, peut-être pourrions-nous aller au restaurant, dit Lucern, mettant un terme aux commentaires embarrassants de l'agent.

— D'accord, répondit Bastien. Lucern, tu y vas avec Kate. Terri sera avec moi. (Il marqua une pause pour jeter un coup d'œil inquiet à Leah et Chris.) Comment êtes-vous venus ?

— Je leur ai envoyé une voiture, comme à nous et aux filles, annonça Lucern, puis il ajouta : Leur chauffeur les conduira au restaurant, puis il les raccompagnera chez eux.

Terri regarda C.K., surprise.

— Vous pouvez rentrer chez vous ?

— Oui ! (Chris sourit.) Ils ont fini les peintures hier soir. Cette nuit sera la première que je passerai de nouveau sous mon toit.

— Oh, c'est super ! s'exclama la jeune femme. Je suis sûre que c'est un soulagement pour vous de pouvoir dormir dans votre propre lit.

— Vous n'imaginez pas ! reconnut l'agent.

— Allons, allons, il faut partir, dit Kate en désignant la porte de l'église.

— Bonne idée, glissa Bastien à son frère, plus détendu depuis qu'il savait qu'il n'aurait pas de compagnie dans la voiture. Viens, bébé.

Terri rougit en entendant ce mot alors qu'il la tirait vers la sortie. Il l'avait appelée « bébé » ! Devant tout le monde ! Il n'avait jamais voulu cacher leur relation. Seigneur, elle allait vraiment en souffrir si cette histoire tournait mal.

Grimaçant à cette pensée, Terri glissa le bras autour de la taille de Bastien et se concentra pour régler son pas sur le sien.

— Tu m'as manqué, la nuit dernière, déclara-t-il à mi-voix en l'attirant dans ses bras dès que la portière se fut refermée sur eux… quand je ne me faisais pas du souci.

— Du souci ? (Terri recula, étonnée, alors qu'il essayait de l'embrasser.) Pourquoi ?

Il hésita.

— Eh bien, tu as semblé changer dès que Kate et Lucern sont revenus. J'étais… (Il haussa les épaules.) J'étais inquiet que tu ne veuilles pas qu'ils sachent, pour nous.

— Oh, dit-elle tout bas, puis elle sourit. J'ai pensé la même chose à ton sujet.

— Je suis content que nous nous soyons tous les deux trompés.

Il commença à l'embrasser alors que leur chauffeur quittait la place de parking.

Terri soupira et se pressa contre lui. Un instant plus tard, elle lui attrapa la main avec un rire étouffé. Il l'avait « égarée » sur sa cuisse, puis avait tenté de la faufiler sous sa jupe.

— Tu dois être un bon garçon, chuchota-t-elle contre ses lèvres, essayant de prendre un ton ferme.

— Je préférerais être vilain, rétorqua-t-il dans un murmure, et il lui déposa un baiser dans le cou.

Consciente de la présence du chauffeur, Terri étouffa le gémissement qui menaçait de lui échapper. Elle était excitée, autant à cause des paroles de Bastien que par ses actes. Il avait suffi d'un baiser pour qu'il rallume le feu de son désir. Elle était heureuse d'avoir parlé. Le silence était peut-être d'or, mais une bonne communication n'avait pas de prix.

Terri aurait vraiment souhaité qu'ils puissent sauter le dîner de répétition et aller à l'appartement de Bastien pour une session de rattrapage. Une très longue session. Plusieurs jours lui paraissaient raisonnables. Mais bien sûr, c'était impossible. Bastien ne fut pas le seul à soupirer de regret quand ils arrivèrent au restaurant et durent se séparer.

— Je sais que nous n'aurons pas une seule minute d'intimité ce soir, dit Bastien en sortant de la voiture.

Il se pencha pour lui tendre la main et l'aider à le rejoindre sur le trottoir.

— Mais je pense qu'il faut vraiment que nous nous voyions demain. Pour une réunion.

— Une réunion, hein ? demanda Terri, amusée.

Elle se redressa à côté de lui.

— Oui, pour discuter de l'enterrement conjoint de vie de jeune fille et de garçon.

Terri cligna des yeux. Le sourire malicieux de Bastien le trahissait et disait que ce n'était pas tout ce qu'il avait en tête. Mais à présent qu'il avait mentionné la soirée, elle se rendit compte qu'elle avait complètement oublié de préparer un enterrement de vie de jeune fille à Kate. Terri avait prévu de s'y atteler dès son arrivée et de s'en occuper le plus vite possible. Elle savait qu'elle s'y prenait à la dernière minute pour les invitations, mais elle n'avait pas pu l'organiser d'Angleterre. Les amies de Kate comprendraient sûrement. Or le chaos qui avait régné depuis son arrivée avait chassé ces pensées de son esprit. Bastien venait de les lui rappeler. Et un enterrement commun serait plus amusant. Les hommes seraient présents. Ou, plus important, Bastien serait là.

— Oui, nous devons nous réunir pour en discuter. Je pourrais venir à ton bureau demain, pour déjeuner, suggéra-t-elle.

— Ce sera parfait.

Bastien l'embrassa de nouveau, puis ils entrèrent dans le restaurant.

— Bonjour, dit Terri en s'arrêtant devant le bureau de l'assistante. (Elle sourit.) Meredith ? Je suis Terri.

— Oh. (Meredith bondit sur ses pieds et s'avança pour lui serrer la main.) Quel plaisir de vous rencontrer, mademoiselle Simpson.

— Terri, insista l'intéressée. Le plaisir est réciproque. Merci beaucoup pour votre aide précieuse avec le traiteur et le fleuriste. Vous avez été merveilleuse.

— Oh. (Meredith rougit et agita la main.) Ce n'était rien. Je n'ai fait que mon travail.

L'assistante lui fit signe de la suivre et la conduisit vers le bureau de Bastien.

— M. Argeneau m'a prévenue de votre visite. Le traiteur arrivera bientôt. Lui-même ne devrait plus tarder. (Meredith ouvrit la porte et s'écarta pour laisser passer Terri.) Il est en réunion avec des gens du labo des tests cliniques, au troisième, mais il a dit qu'il serait très vite de retour. Dans l'intervalle, vous pouvez attendre dans son bureau.

— Je suis arrivée avec un peu d'avance, s'excusa Terri en entrant dans la pièce.

En vérité, elle était là un quart d'heure plus tôt que prévu.

Mais pas du tout parce que tu ne tiens plus d'impatience, se dit Terri, ironique.

Elle était descendue du taxi il y avait déjà trente minutes. Et, sachant qu'elle était beaucoup trop en avance, elle avait fait un peu de lèche-vitrine et acheté une boisson glacée dans un *Starbucks*.

— Asseyez-vous où vous voudrez, poursuivit Meredith. Il y a des magazines sur la table. Des livres sur les étagères. Vous trouverez même un poste de télévision et une chaîne stéréo dans cette console, si l'envie vous prend d'écouter de la musique ou de regarder un film.

N'obtenant pas de réponse, l'assistante demanda :

— Puis-je vous apporter quelque chose à boire, Terri ?

— Oh. (Terri fit un effort pour fermer la bouche et se tourna vers la femme en clignant des yeux.) Non, merci.

— Très bien, sourit Meredith. Si vous changez d'avis, il y a un réfrigérateur plein derrière le bar. Il y a également des alcools. Servez-vous. Et si vous avez besoin de quoi que ce soit, faites-le-moi savoir. Je vais attendre le retour de M. Argeneau à mon bureau.

— Merci, répéta Terri alors que Meredith ressortait et fermait derrière elle.

Puis elle se retourna pour embrasser la pièce du regard, bouche bée. Seigneur tout-puissant, elle n'avait jamais rien vu de pareil ! Le bureau de Bastien était plus grand que son cottage de Huddersfield tout entier. Les yeux écarquillés, elle s'avança un peu plus dans la pièce. Un bureau immense faisait face à un mur de vitres offrant un panorama incroyable sur la ville. Le bar que Meredith lui avait désigné se trouvait dans un coin. Et il y avait un canapé et deux fauteuils en cuir noir…

La moitié de l'espace ressemblait au salon d'un célibataire, avec une télévision, une chaîne stéréo et un bar. Et l'autre était consacrée aux affaires, avec un bureau, un ordinateur, un fax, des classeurs de rangement et une table de réunion.

— Mon Dieu, souffla Terri, secouant la tête pour se remettre les idées en place.

Sérieusement, elle n'aurait pas dû être impressionnée. Après tout, l'appartement était tout aussi élégant et raffiné. Mais… travailler dans un tel environnement ? Elle aurait voulu que son bureau à l'université soit moitié aussi beau. Ou un quart. Pour tout dire, il n'était pas beaucoup plus grand qu'un placard à balais. Elle avait à peine la place pour un petit bureau et une chaise pour ses visiteurs.

Terri gagna l'un des fauteuils face au bureau de Bastien et s'assit, posant son sac à main sur le sol, à ses pieds. Elle resta là un moment, toujours aussi incrédule, mais elle ne tenait pas en place, alors elle se releva pour regarder les livres, sur les étagères. Balayant les titres des livres, elle vit qu'en cela comme en beaucoup d'autres choses, les goûts de Bastien étaient les mêmes que les siens. Mais elle n'allait pas commencer un livre maintenant. Cela aurait été un peu idiot, puisqu'elle n'avait qu'un quart d'heure à tuer. Tournant le dos à la bibliothèque, elle traversa la pièce pour regarder les magazines posés sur la table basse. Il y en avait pour tous les goûts, pour les hommes, les femmes, certains consacrés à la mode, d'autres aux affaires ou aux potins mondains.

Prenant l'un des magazines féminins, Terri se laissa tomber sur le canapé, puis elle se rappela son sac à main. Elle alla le chercher, emportant le mensuel avec elle, et retourna s'asseoir pour le feuilleter. Mais au bout de quelques pages seulement elle se rendit compte qu'elle avait soif. Sans doute était-ce d'avoir déjà trop marché. Levant la tête, elle regarda le bar que lui avait indiqué Meredith et hésita. Puis elle se rappela que l'assistante lui avait dit de se servir.

Reposant le magazine avec les autres, Terri se leva. Le bar lui-même ressemblait à celui d'un professionnel, avec ses rangées de bouteilles sur fond de miroir. Mais elle n'avait pas envie d'alcool. Elle le contourna donc pour découvrir deux réfrigérateurs, un grand et un petit. Terri essaya d'abord ce dernier, mais il était fermé à clé. L'autre accepta de s'ouvrir, et elle y trouva un peu de tout, allant de divers jus de fruit à du lait, en passant par des sodas. Elle remarqua aussi deux petits flacons remplis d'un liquide incolore.

Terri les prit, curieuse. Elle connaissait bien ce genre de bouteille. Elle en avait vu assez… d'abord quand sa mère était tombée malade, puis quand Ian avait été mourant. C'étaient des flacons médicaux, et tous les deux avaient les mêmes noms et symboles incompréhensibles sur l'étiquette.

Terri les remit à leur place, une multitude de questions à l'esprit. Pourquoi Bastien avait-il des flacons de médicament dans son frigo ? La réponse était simple : sa société faisait de la recherche. Entre autres choses. Les Entreprises Argeneau étaient spécialisées dans les banques du sang, la recherche et les laboratoires médicaux. En fait, Meredith lui avait précisé que Bastien était en réunion avec des chercheurs. C'était sans doute en rapport avec ces deux fioles.

Satisfaite, Terri passa les boissons en revue. Elle se décida pour un Coca light, prit un verre – il y en avait toute une collection –, y versa le soda et l'emporta vers le canapé. Bien sûr, Terri avait oublié son sac à main, qu'elle avait mis sur le côté. Mais pas suffisamment hors du chemin. Elle trébucha sur le maudit objet et tomba.

Elle réussit à ne pas s'étaler de tout son long et à atterrir sur les genoux en se rattrapant à l'accoudoir. Mais, pour cela, elle dut lâcher son verre.

— Merde, souffla-t-elle en regardant la flaque de liquide sur la moquette.

Jurant entre ses dents, elle passa à l'action. Elle se releva tant bien que mal et revint sur ses pas en vitesse pour voir s'il y avait un torchon derrière le bar. Mais bien sûr elle n'en trouva aucun. Pivotant sur les talons, elle scruta la pièce et son regard se posa sur une porte dans le mur d'en face.

— S'il te plaît, fais que ce soit une salle de bains, pria-t-elle en courant pour vérifier.

Elle aurait pu pleurer de soulagement quand elle découvrit que c'en était bien une. Et il y avait des serviettes.

Des serviettes en éponge épaisses et blanches, sans doute hors de prix. Tant pis, elle les remplacerait si nécessaire. Il valait mieux les ruiner elles que la moquette.

— Le traiteur est-il arrivé, Meredith ? demanda Bastien en passant devant son assistante tout en desserrant sa cravate.

Il détestait ces maudites choses et il retirait la sienne dès qu'il le pouvait. Il la remettrait plus tard, si besoin était.

— Non, monsieur, mais Terri… je veux dire Mlle Simpson est arrivée avec un peu d'avance. Elle est dans votre bureau, monsieur.

— Vraiment ?

Bastien sourit à cette nouvelle avant d'ajouter :

— Si elle vous a dit de l'appeler Terri, je vous en prie, faites-le, Meredith. Inutile de l'appeler « Mlle Simpson » à cause de moi.

— Bien, monsieur. (Son assistante sourit.) Je vais sortir déjeuner. Dois-je faire passer les appels au standard pour qu'ils prennent les messages ?

— Oui, s'il vous plaît. Bon appétit, Meredith.

— Merci. À vous aussi, monsieur.

Bastien hocha la tête et se dirigea vers son bureau, puis il attendit que Meredith ait pris ses affaires et soit partie pour entrer. La vue qui s'offrit à lui l'arrêta net, et il marqua une pause sur le seuil. Terri était à quatre pattes sur le sol, les fesses à peine couvertes par sa petite jupe bleu marine, dont l'ourlet dansait d'un côté à l'autre tandis qu'elle frottait la moquette avec une serviette. Son entrée ne sembla pas la perturber. Elle marmonnait entre ses dents et n'avait pas entendu la porte s'ouvrir.

Bastien était si distrait par le spectacle qu'il lui fallut un moment pour comprendre ce qu'elle grommelait tout bas.

Elle se traitait d'idiote. Cela suffit à arracher son regard à son derrière. Il referma la porte sans bruit et avança.

— Terri ? Tout va bien ?

Elle se raidit, son corps s'immobilisant d'un coup, puis elle regarda vivement par-dessus son épaule et grogna.

— Oh, Bastien, je suis tellement navrée. Je suis si maladroite. J'ai trébuché sur mon sac et renversé mon Coca en tombant. Ta belle moquette est toute tachée. Je...

— Chut, chut. Ce n'est rien, l'interrompit-il.

Il se baissa pour l'attraper par le bras et l'aider à se relever.

— Non, ce n'est pas rien. Regarde. J'ai...

— Je la ferai nettoyer, lui assura-t-il. (Il lui prit la serviette des mains et la jeta sur la marque brunâtre sans y accorder un regard.) Tu ne t'es pas fait mal, n'est-ce pas ?

— Non. Mais je... j'ignore si le Coca fait des taches. Si c'est le cas, la moquette est fichue.

— Terri, ce n'est que de la moquette. Une chose. Et les choses sont remplaçables. Tout ce qui compte, c'est que tu ailles bien.

— Mais...

Terri reporta de nouveau le regard sur la trace visible de l'incident. Bastien lui prit le bras et l'éloigna du canapé pour la guider vers son bureau. Ainsi, elle ne pourrait plus la voir.

— Ne t'inquiète pas, répéta-t-il.

Mais Bastien savait que ses paroles ne réussiraient pas à détourner les pensées de Terri de ce qui s'était passé. Elle s'inquiétait pour tout, elle ne semblait pas pouvoir s'en empêcher. C'était tout autant dans sa nature de se montrer responsable de ses actes et de s'inquiéter de leurs conséquences que ça l'était dans celle de Bastien. S'il lui laissait la moindre chance, elle insisterait pour payer le nettoyage de la moquette, ou son remplacement. Et il n'allait pas faire cela. Il avait besoin d'une distraction, et il décida que s'il le fallait, il se sacrifierait pour cette cause. Avec joie.

— Pourquoi tu souris comme ça ? demanda Terri.

— Je me disais qu'une petite distraction serait la seule chose capable de te faire oublier le soda renversé.

— Une distraction ?

Elle semblait perplexe.

— Oui. Et je me disais aussi que j'allais devoir me sacrifier pour cette cause.

Terri cligna des yeux à ces mots et au ton insolent qu'il avait pris, et ses lèvres frémirent d'amusement.

— Tu es prêt à payer de ta personne, c'est ce que tu veux dire, hein ?

Bastien se félicita, parce que cela fonctionnait déjà. Se rapprochant encore d'elle, il lui posa les mains de chaque côté de la taille.

— Oui, je suis prêt à aller jusqu'au bout, si nécessaire, pour accomplir cette tâche.

— Jusqu'au bout ?

Oui, il avait réussi à distraire Terri, et à l'amuser.

— Jusqu'au bout, confirma-t-il, et il se pencha pour lui embrasser la joue, juste à côté de l'oreille.

— C'est très généreux de ta part, murmura-t-elle.

Il déposa un baiser sur son autre joue.

— Hum, affirma-t-il. Je suis un homme généreux.

Et il l'embrassa vraiment. Terri s'ouvrit à lui, poussant un petit soupir qu'il cueillit sur ses lèvres. Il adorait cela : ses gémissements, ses soupirs. Elle le rendait fou quand elle bougeait, se cambrait et s'arc-boutait sous lui. Il aimait avoir le pouvoir de l'affecter ainsi, et l'effet qu'elle avait sur lui. En bref, il aimait Terri.

Cette pensée le fit réfléchir et il se figea. Il aimait Terri. C'était une chose merveilleuse. Si elle ne le repoussait pas, comme Joséphine l'avait fait.

Terri s'écarta un peu quand Bastien s'immobilisa. Elle le regarda avec curiosité, essayant d'interpréter son expression. Enfin, inquiète, elle leva la main pour lui caresser la joue.

— Tout va bien, Bastien ? Il y a quelque chose qui cloche ?

Il cligna des yeux, comme s'il sortait d'une transe ou avait été perdu dans ses pensées. Mais, au lieu de lui répondre, Bastien l'embrassa encore. Et cette fois ce ne fut pas comme la première. Il se montra pressant et même un peu brutal. Prise par surprise, Terri recula d'un pas et sentit le bureau derrière elle. Aussitôt, il refréna un peu ses ardeurs, mais sans rompre leur baiser. Et Terri n'aurait pas voulu qu'il le fasse. Après toute une semaine passée avec lui à ses côtés, à chaque moment du jour, et parfois de la nuit, les dernières quarante-huit heures lui avaient paru bien vides. Il lui avait manqué... sa compagnie, son rire, sa façon d'agiter les mains quand il voulait souligner quelque chose, le sourire en coin qu'il esquissait quand il la voyait. Elle aimait tant lui parler et l'écouter. Et même si cela ne faisait que deux jours, il lui semblait qu'ils n'avaient pas été en tête-à-tête, dans les bras l'un de l'autre, lèvres contre lèvres, depuis une éternité.

Bastien glissa sa langue dans sa bouche, et Terri la dévora avec avidité tout en enroulant les bras autour de son cou. Elle se pressa contre lui. Bastien fit courir ses mains le long de son dos et elle fut surprise quand il lui attrapa l'arrière des cuisses pour l'asseoir sur la table.

Excepté les soirs où ils avaient dîné au restaurant, Terri n'avait porté que des jeans et des tee-shirts. Elle était en vacances, après tout. Mais pas aujourd'hui. Sachant qu'ils allaient déjeuner dans son bureau, elle avait emprunté une jupe à Kate. Elle n'avait pas voulu passer pour une clocharde aux yeux des employés des Entreprises Argeneau, tous en costume ou en tailleur. Elle avait également choisi un chemisier bleu clair assorti à la jupe dans la penderie de sa cousine. Bastien leva une main pour le déboutonner.

Il savait s'y prendre, remarqua distraitement Terri alors qu'il défaisait le dernier bouton qu'il pouvait atteindre et tirait sur le chemisier pour le sortir de la jupe. Quand il eut fini, il rompit leur baiser pour regarder ce qu'il venait de dévoiler. Il lui effleura les seins, ses doigts légers comme des plumes, et suivit les contours de son soutien-gorge blanc.

— Magnifique, murmura Bastien.

Terri baissa les yeux. Ses seins étaient pâles et ronds dans les coques de satin, sa peau mise en valeur par le bleu de la blouse.

Puis Bastien lui retira le chemisier et dégrafa le soutien-gorge, qu'il jeta plus loin.

Terri grogna quand il posa les mains à la place de ce dernier et ferma les yeux à moitié quand il caressa la chair au creux de ses paumes. Elle le regarda faire pendant une minute, sa respiration s'accélérant, puis elle commença à lui enlever sa chemise. Très vite, elle dut reconnaître qu'elle n'était pas aussi habile que Bastien, mais elle avait une excuse : elle était passablement distraite par ce qu'il lui faisait, il fallait bien l'admettre. Enfin, elle obtint ce qu'elle voulait et lui caressa le torse, puis elle lui glissa les mains dans le dos quand il se pencha pour lécher, puis sucer l'un de ses mamelons.

— Bastien, souffla-t-elle en se cambrant sous ses caresses.

Terri aimait les sensations qu'il éveillait en elle, ce qu'il lui faisait ressentir. Elle aimait la manière dont il la faisait rire et se sentir en sécurité. Elle l'aimait, tout simplement.

Cette pensée la surprit, et Terri ouvrit les yeux et cilla, regardant le bureau sans le voir. Bastien continuait à la caresser. Son cerveau sonné essaya d'analyser ses sentiments, de les identifier. Aimait-elle Bastien ?

Elle oublia très vite cette question quand il lui effleura la cuisse d'une main, repoussant sa jupe du même geste. Quand il changea de cap, plongeant entre ses jambes, Terri grogna. Son cri s'étouffa dans sa gorge quand Bastien abandonna sa poitrine pour reporter son attention sur ses lèvres. Elle l'embrassa avec frénésie, haletant contre sa bouche et se cambrant sur la table alors qu'il glissait les doigts sous sa petite culotte.

Elle était pantelante et prise de vertige, mais surtout ivre de désir. Comment avait-il pu la mettre si vite dans un tel état ? se demanda-t-elle, mais l'instant suivant, elle se fichait déjà de la réponse à cette question. Il glissa un doigt en elle, et Terri lui suça la langue alors qu'il le ressortait, puis le rentrait. Enfin, il effleura le centre de son plaisir, ce tout petit bout de chair érogène, et elle faillit bondir sous l'effet de la décharge exquise qui irradia dans tout son corps. Terri renversa la tête en arrière, haletant, cherchant l'air. Bastien lui embrassa la gorge tout en continuant à la caresser et à l'exciter avec ses doigts.

— S'il te plaît, Bastien, dit-elle enfin, se redressant pour s'accrocher à ses épaules. Prends-moi.

Ce fut tout ce qu'elle eut besoin de dire. Bastien l'attrapa par les hanches et la fit glisser jusqu'au bord de la table, puis il déboutonna et baissa la fermeture Éclair de son pantalon et enfin, il la pénétra.

— Oh, souffla Terri quand il fut en elle, et elle gémit quand il se retira.

Bastien tourna la tête et étouffa son gémissement suivant sous ses lèvres, ses mains se calant sous les fesses de la jeune femme pour la maintenir en place sous ses assauts. Terri lui agrippa les cheveux, recourbant inconsciemment les doigts et tirant. Elle referma les jambes autour de sa taille comme si sa vie en dépendait.

Ils firent l'amour vite et brutalement, incapables de ralentir la cadence pour faire durer leur plaisir. Très vite, ils crièrent ensemble, emportés par un orgasme fulgurant. Puis ils restèrent l'un contre l'autre, aspirant l'air à grosses goulées pour essayer de recouvrer leur souffle.

— Eh bien, dit Bastien au bout d'un moment. (Il se releva, prit le visage de Terri entre ses mains et lui embrassa le front.) Bonjour. (Il déposa un autre baiser sur le bout de son nez quand elle fronça les sourcils, perplexe.) Je crois avoir oublié de te saluer en entrant, expliqua-t-il.

— Oh, je crois avoir oublié, moi aussi, rit-elle, encore haletante. Bonjour.

Bastien l'embrassa de nouveau, mais sans pousser sa bouche à s'ouvrir cette fois, bougeant simplement ses lèvres sur les siennes. Puis il lui mordilla vivement la lèvre inférieure... Et ils furent interrompus par un coup discret frappé à la porte. S'écartant légèrement, il jeta un coup d'œil par-dessus son épaule. Quand un second coup retentit, il regarda Terri avec un sourire ironique.

— Je crois que notre déjeuner est arrivé, dit-il.

Chapitre 16

Bastien déverrouilla le réfrigérateur intégré dans son bureau et y déposa les deux fioles. Il s'était enfin souvenu de les monter dans l'appartement. Elles étaient restées dans son bureau depuis le début de la semaine, le jour où Terri était venue déjeuner. Il s'apprêtait à partir pour sa réunion avec les gens du labo ce matin-là quand James était entré en courant dans son bureau avec les nouvelles enzymes synthétiques à faire tester à Vincent. Elles étaient le fruit de leurs derniers efforts pour traiter ce qui forçait le cousin et l'oncle de Bastien à se nourrir directement à la source. La vie serait bien plus facile pour les deux hommes s'ils pouvaient se sustenter en avalant du sang en poche, comme presque tout leur clan. Vincent était généralement le cobaye pour tester chaque nouveau sérum. Sachant qu'il logeait chez Bastien, James le lui avait apporté directement.

Le scientifique lui avait expliqué les conditions requises pour un test réussi. Vincent devait éviter de se nourrir sur des donneurs vivants pendant toute sa durée. Et il serait examiné tous les jours pour s'assurer qu'il n'y avait pas d'effets secondaires, et que son existence n'était pas en danger. Quand il avait terminé, Bastien était en retard. Il s'était contenté de dire merci et de laisser les bouteilles dans le grand réfrigérateur, pour ne pas perdre de temps à ouvrir l'autre. Et il s'était empressé d'aller en réunion.

Bien sûr, il les avait oubliées ce soir-là quand il était rentré chez lui. Et tous les suivants… jusqu'à aujourd'hui. Mais il en avait déjà parlé à Vincent, et celui-ci avait accepté d'essayer le sérum et de passer au sang en poche, mais pas avant le week-end suivant la noce. Il ne voulait pas que cela interfère avec les répétitions de sa pièce, ou avec le mariage de Lucern et Kate, s'il y avait des effets indésirables.

Bastien comprenait. Il avait vérifié auprès de James pour s'assurer que les enzymes resteraient stables jusque-là. Et il les avait apportées à l'appartement. Il les garderait au réfrigérateur jusqu'à ce que son cousin soit prêt.

Ayant fait son devoir, Bastien prit une poche de sang sur les clayettes du petit réfrigérateur qu'il avait réapprovisionné. Par bonheur, il avait au moins pensé à cela. Même s'il était surpris de s'en être rappelé. Il avait été un poil distrait toute la semaine. Il avait dû trouver du temps et des excuses pour voir Terri tous les jours. Elle ne voulait pas sortir exclusivement avec lui quand Kate était libre. Elle lui avait expliqué qu'elle était venue pour être avec sa cousine avant son mariage, et elle se serait sentie coupable de l'abandonner alors que cette dernière était si nerveuse et excitée à l'idée de ce grand événement.

Bastien comprenait. Et ils arrivaient à passer du temps ensemble. Mais le soir, ils ne pouvaient sortir qu'avec Kate et Lucern. Ceux-ci ne voulaient pas s'éviter pendant leur « séparation », mais il leur fallait des chaperons. Kate refusait d'être seule avec Lucern, de crainte de gâcher sa nuit de noce. Et aussi longtemps qu'ils ne pouvaient pas se retrouver en tête à tête, Bastien et Terri non plus. Donc, s'il voulait la voir, il devait le faire pendant les heures de bureau de sa cousine. Quand lui-même était censé travailler.

Après avoir pris une semaine de vacances pour rester avec Terri, Bastien avait du mal à rattraper son retard. Il avait négligé tant de choses. Malgré cela, il s'était arrangé pour consacrer au moins une heure par jour à la jeune femme. Et ils continuaient à visiter la ville. Il ne voulait pas qu'elle croie que son intérêt pour elle était purement sexuel. Mais peu importe ce qu'ils avaient décidé de faire ou de voir, ils finissaient toujours par faire l'amour. Ils l'avaient fait dans des endroits intéressants et tout à fait inattendus, et l'initiative ne lui en revenait pas toujours. Terri était aussi insatiable qu'il le devenait lui-même. Si elle essayait de rattraper le temps perdu entre la mort de son mari et leur rencontre, elle s'y prenait plutôt bien.

—Bastien ?

—Oui ?

Il leva les yeux quand Vincent passa la tête dans l'entrebâillement de la porte.

—Terri vient de sonner. Elle est dans l'ascenseur.

Souriant, Bastien jeta la poche vide dans la corbeille et ferma le réfrigérateur. Puis il se leva et contourna son bureau en vitesse.

Aujourd'hui était le seul jour où il n'avait pas pu trouver une heure pour rencontrer Terri. Et puisque Kate serait bientôt là pour l'enterrement de vie de jeune fille et de garçon, elle avait une raison légitime pour arriver en avance. Mais il n'aurait jamais pensé avoir la chance de la voir si tôt.

—Je savais que cette nouvelle t'enchanterait, dit Vincent.

Il était visiblement amusé, Bastien s'en rendit compte en gagnant la porte.

—Et tu avais raison, cousin. (Il lui flanqua un claque sur l'épaule et le dépassa pour sortir.) Oui, tu avais raison.

—Alors, je pense que mon autre nouvelle va te rendre encore plus heureux, dit Vincent en lui emboîtant le pas.

—Ah, oui ? Et c'est quoi ? demanda Bastien, distrait.

— Je dois aller chercher ma cavalière et l'emmener dîner avant la soirée, aussi auras-tu l'appartement pour toi tout seul jusqu'à l'arrivée des invités. Ou du moins jusqu'à ce que tante Marguerite, Rachel et Étienne reviennent de l'aéroport avec Lissianna et Greg. Ça devrait te laisser deux heures. Tu vas devoir tout préparer tout seul, mais…

— Tu es un cousin formidable ! dit Bastien d'un ton solennel alors qu'ils arrivaient dans l'entrée. Et un excellent ami.

— Je te le rappellerai la prochaine fois que j'aurai besoin d'un service, glissa Vincent.

— Tu as ma permission.

L'ascenseur arriva, et les portes coulissèrent.

— Salut, beauté, dit Vincent à Terri quand ils se croisèrent pour échanger leurs places. Ne faites rien que je ne ferais pas, ajouta-t-il alors que la cabine se refermait. Et puisqu'il n'y a pas grand-chose que je ne ferais pas, ça veut dire que vous devriez bien vous amuser, tous les deux.

Terri regarda l'ascenseur, puis Bastien. Elle souriait.

— Mon arrivée ne l'a pas fait fuir, au moins ?

— Non. Il est parti chercher sa cavalière pour l'emmener dîner, expliqua Bastien.

Il s'avança et souleva Terri dans ses bras.

— Bastien ! couina-t-elle, à la fois surprise et alarmée, en s'agrippant aussitôt à ses épaules.

— Tu as déjà bu du champagne dans un jacuzzi ?

Il la portait vers la chambre de maître.

— Non, je ne crois pas, reconnut Terri. (Elle desserra les poings et noua les bras autour de son cou, puis elle posa la tête contre sa poitrine.) J'en conclus que nous allons boire du champagne dans le jacuzzi avant la fête ?

— Non, répondit-il vivement. *Tu* vas boire du champagne dans le jacuzzi.

Elle haussa les sourcils.

— Et toi, qu'est-ce que tu prendras, alors ?

— Toi, bien sûr.

— Mmm, murmura Terri, incapable de contrôler le frisson qui la parcourut.

— Mmm, répéta Bastien avant de l'embrasser. Dieu, j'adore quand tu fais ça.

— Quoi ? demanda-t-elle d'une voix un peu rauque, et elle lui déposa un baiser sur l'oreille.

— Quand tu frissonnes d'excitation. Ou quand tu gémis et soupires, que tu te plaques contre moi. J'adore quand tu es excitée.

Terri éclata de rire.

— C'est toi qui me mets dans cet état. Je commence à croire que tu es magicien. En fait, là, maintenant, j'en suis certaine.

— Oh ? Et pourquoi ?

— Parce que nous n'avons pas encore atteint le jacuzzi, et je suis déjà toute mouillée.

Bastien faillit trébucher quand elle lui fit cet aveu. Il scruta son visage, une faim brûlante dans le regard, et lui adressa un sourire malicieux.

— Zut, dit-il. Bien, laissons tomber le jacuzzi pour cette fois.

Terri rit quand il accéléra le pas.

— Vous voulez que je vous appelle un taxi ?

— Quoi ? hurla Chris pour se faire entendre malgré le bruit.

Terri secoua la tête. L'agent ne l'avait pas entendue par-dessus les basses de la musique. Elle se pencha vers lui, ses lèvres toutes proches de son oreille.

— Vous voulez que je vous appelle un taxi ? Ça ne sera pas facile de prendre le métro avec ce plâtre.

C.K. sembla réfléchir à la proposition, puis il opina du chef et brailla :

— Oui, s'il vous plaît. Mais comment ferez-vous avec tout ce boucan ?

Terri hésita. Elle n'avait pas pensé à cela. Puis elle eut la réponse.

— Je vais utiliser le téléphone dans le bureau.

— Oh ! (Il acquiesça.) D'accord.

L'abandonnant là, au beau milieu de la soirée organisée pour Lucern et Kate, elle se fraya un chemin dans la foule des invités pour gagner l'entrée, et de là, le bureau. Elle avait remarqué que l'agent avait l'air fatigué en arrivant. Quand elle l'avait interrogé à ce sujet, il avait dit qu'il s'était tué au travail toute la semaine pour essayer de rattraper son retard. Il avait réussi à se détendre un peu et à s'amuser, mais il était tard, et Terri s'était aperçue qu'il bâillait. Quand elle l'avait vu prendre sa veste sur le dos de sa chaise et l'enfiler, elle était allée le trouver pour lui demander s'il voulait un taxi.

Le bureau était désert quand elle y entra, mais Terri aurait été surprise du contraire. Les invités étaient tous des parents et des amis. Les uns vivaient en ville, les autres étaient arrivés la veille ou dans la journée pour assister au mariage, qui aurait lieu le lendemain. Mais il était toujours possible que Kate et Lucern, entre autres, aient voulu se retrouver un peu seuls. Elle avait failli le suggérer à Bastien au moins une demi-douzaine de fois. Mais en tant que première demoiselle d'honneur, premier garçon d'honneur et témoins, ils étaient les hôtes et ne pouvaient pas s'absenter. Elle fut contente de trouver la pièce vide. Elle aurait été gênée de tomber sur un couple en train de faire l'amour.

Fermant la porte derrière elle, Terri s'avança vers le bureau et s'assit dans le fauteuil. Elle tira le téléphone plus près, puis elle se rendit compte qu'elle ignorait quel numéro composer pour avoir un taxi à New York. Ou même si c'était possible. Elle supposa que oui, ou Chris n'aurait pas été d'accord avec son plan. Se mordillant la lèvre, elle scruta le bureau à la recherche d'un annuaire, mais bien sûr elle n'en trouva pas. Elle tourna son attention vers les tiroirs. Le plus grand, tout en bas, retint son attention. Il était assez vaste pour accueillir un annuaire. Et il n'était pas complètement fermé. Tendant le bras, Terri l'ouvrit et écarquilla les yeux. Il ne s'agissait pas d'un tiroir. Quand elle avait saisi la poignée, la porte avait tourné sur ses gonds, révélant un mini-réfrigérateur. Cela la surprit, mais ce ne fut rien à côté de ce qu'elle trouva à l'intérieur.

Terri examina sa trouvaille: deux fioles comme celle qu'elle avait vues dans le bureau de Bastien le lundi matin… et au moins une dizaine de poches de sang. Elle resta figée un moment, sans comprendre, interdite, se demandant ce que ces choses faisaient au milieu des affaires de Bastien. Elle savait que les Entreprises Argeneau avaient une branche consacrée à la recherche médicale. Et de nombreuses personnes ramenaient du travail chez elles. Mais c'était un peu beaucoup.

Un bruit la fit sursauter et se sentir coupable. Elle claqua la porte du frigo et bondit sur ses pieds.

—Ah, te voilà, dit Bastien en apparaissant sur le seuil.

Il traversa la pièce et sourit.

—Je suis venue ici pour appeler un taxi à Chris, mais je ne connais pas le numéro et il n'y a pas d'annuaire, balbutia Terri.

—Je sais. Il me l'a dit. Inutile d'appeler. Je me suis arrangé pour que plusieurs voitures de la société ramènent les invités chez eux ou à leur hôtel après la fête. Chris est déjà en route pour son appartement. (Il avait contourné le bureau et il lui prit le visage à deux mains pour plonger son regard dans le sien.) En fait, plusieurs personnes sont déjà parties. Les autres attendent le retour des voitures, alors… nous avons quelques minutes avant de devoir retourner jouer les hôtes parfaits.

— Oh.

Elle sourit, mais son esprit était toujours confus. Le sang, les flacons dans le bureau de Bastien et dans son appartement, la potence à intraveineuse qu'elle avait trouvée dans le dressing de sa chambre quand elle avait fouiné, le premier jour, sans parler de ce secret auquel Kate avait fait allusion… D'après elle, Bastien allait devoir lui en parler pour qu'ils puissent mettre les choses à plat entre eux. Tout cela lui traversait l'esprit encore et encore, tournant en rond, comme un hamster dans sa roue.

Sang, médicament, potence, secret… ?

La bouche de Bastien sur la sienne lui embrumait l'esprit, et Terri essaya de refouler sa peur. Mais son cerveau poursuivit sa rengaine : sang, médicament, potence, secret…

— Terri ? murmura Bastien, et il s'écarta quand elle ne répondit pas. Ça va ?

Elle rouvrit les yeux et se força à lui sourire.

— Oui. Je suis juste un peu fatiguée.

Il lui caressa la joue avec le pouce.

— Il est tard.

— En effet, murmura-t-elle.

Bastien hocha la tête, mais l'incertitude était lisible sur son visage.

Terri se sentit coupable. Elle n'était pas fatiguée, mais perdue. Et elle se sentit mal à l'idée de laisser cela s'immiscer entre eux alors qu'il leur restait si peu de temps à passer ensemble. Il devait y avoir une explication très simple à ce qu'elle avait trouvé, et la meilleure façon de le savoir, c'était de demander. Et elle le ferait, mais d'abord, elle voulait effacer les craintes de Bastien. Se penchant vers lui, Terri l'embrassa sur la bouche. Il resta immobile un instant, puis il répondit à son baiser avec douceur, ses lèvres bougeant sur les siennes avec une infinie précaution. Et leur chaude caresse finit par la troubler.

Terri gémit, enroula les bras autour de son cou et pressa son corps contre le sien. C'était Bastien, l'homme qu'elle aimait. Rien d'autre n'avait d'importance, n'est-ce pas ?

Ils se figèrent quand la porte du bureau s'ouvrit, puis se retournèrent.

— Désolée de vous interrompre, dit Lissianna avec un sourire d'excuse. Mais les premières voitures viennent de revenir, et les parents et les sœurs de Kate s'en vont. Ma mère a pensé que Terri voudrait leur dire bonsoir.

— Bien sûr ! (Bastien passa le bras autour de la taille de Terri alors qu'ils gagnaient la sortie.) Nous allons dire au revoir.

Chapitre 17

— Eh bien, ça y est. Tu es un homme marié, dit Terri d'un ton léger à Lucern alors qu'il la faisait virevolter sur la piste de danse.

La cérémonie et le repas étaient terminés, et Kate et lui avaient ouvert le bal ensemble. Lucern faisait maintenant le tour de toutes les femmes pendant que Kate dansait avec les hommes. Et ils passeraient ainsi de l'un à l'autre. En tant que première demoiselle d'honneur de sa cousine, Terri avait droit à la première danse. Kate avait invité Bastien.

— Bien, déclara Lucern avec un large sourire, puis il ajouta : Je suis tellement content que la cérémonie se soit déroulée sans heurt. Après toutes les calamités qui se sont abattues sur la préparation du mariage, j'ai cru que nous aurions à affronter une autre crise. Mais tout s'est passé à merveille.

Terri sourit à l'homme qu'avait épousé sa cousine. Elle ne l'avait jamais trouvé très causant… jusqu'à ce soir. Kate lui avait expliqué qu'il se fermait comme une huître quand il travaillait sur un livre, mais qu'il lui arrivait de sortir de sa coquille. Et ce soir, c'était le cas. Il semblait très heureux.

— Oui, tout était parfait, acquiesça-t-elle, puis elle se corrigea : Enfin, à part les éternuements de C.K.

Ils échangèrent un sourire à ce souvenir. Le pauvre agent avait été mortifié. Debout devant la congrégation, avec les mariés et les demoiselles et garçons d'honneur, il avait éternué toutes les deux minutes. Le pire, c'est qu'il avait apparemment prévenu Kate et Lucern qu'il était allergique à certaines fleurs quand ils lui avaient demandé de jouer un rôle à leur mariage, et ils lui avaient assuré qu'aucune d'elles n'entrerait dans la composition des bouquets et des arrangements. Et la première fois, ils avaient tenu parole en faisant leur choix. Mais ils avaient oublié ses allergies quand la crise florale avait éclaté, et ils avaient été malheureux dans leurs décisions. L'agent avait passé une horrible journée.

Terri chercha Chris du regard. Il ne pouvait pas danser à cause de son plâtre, mais il n'était pas non plus à sa place, à la table d'honneur. D'ailleurs, elle était vide, ses occupants ayant rejoint la piste de danse. Abandonné, Chris était allé voir ses collègues des Éditions Roundhouse. Vincent se tenait debout derrière sa chaise et tapotait l'épaule de l'agent. Sans doute lui exprimait-il sa sympathie et compatissait-il à son malheur.

Terri espérait que le jeune homme serait moins malchanceux, à l'avenir. C'était un gentil garçon, et il ne méritait pas de souffrir ainsi.

Une femme très élégante s'approcha de la table pour parler à Chris, et Terri inclina la tête pour mieux voir. Elle lui semblait familière, et elle était sûre que Kate les avait présentées, mais elle avait rencontré tellement de gens qu'il ne lui était pas toujours facile de mettre un nom sur un visage.

Terri était certaine que la femme travaillait dans l'industrie du livre, à quelque niveau que ce soit. Et, à en juger par la manière dont Chris se redressa sur sa chaise quand elle lui parla, elle supposa qu'elle était influente.

— Lucern ?

Terri adressa un regard interrogateur à son partenaire.

— Hmm ?

—Qui est cette femme ?

Il suivit la direction indiquée par son doigt.

—Kathryn Falk.

—Ah, dit Terri. Lady Barrow.

—Oui. Elle est très gentille. Intelligente et pleine de bon sens. Kathryn m'a beaucoup aidé lors de la première conférence d'auteurs à laquelle Kate m'a traîné.

Terri se mordit la lèvre pour ne pas rire. C'était un euphémisme. Kate lui avait raconté comment la braguette de Lucern s'était prise dans la nappe à une fête médiévale, et comment Lady Barrow s'était faufilée sous la table avec elle pour le dégager. Il semblait qu'elle ait tenu une lampe torche pendant que Kate libérait Lucern. Toute cette histoire avait été hilarante.

—Elle n'a pas seulement aidé Kate à dégager ma braguette, annonça Lucern, et Terri supposa qu'elle n'avait pas assez bien dissimulé son amusement, puisqu'il avait deviné ce qu'elle pensait. Elle m'a aussi ramené de l'aéroport, donné des conseils, et… (Il haussa les épaules.) Elle s'est vraiment montrée une excellente amie ce jour-là, et nous le sommes restés depuis lors. J'ai accepté de participer à la prochaine conférence d'auteurs de romance pour lui rendre service.

Terri savait que c'était une grande preuve d'amitié. D'après Kate, Lucern ne voulait rien savoir au sujet des conférences d'auteurs, quelles qu'elles soient. Il avait assisté à celle de la semaine passée non pas sous son nom de plume, Luke Amirault, mais en tant que Lucern Argeneau, le fiancé de Kate.

Remarquant qu'il fronçait les sourcils, Kate suivit son regard jusqu'à une table. Vincent tenait la main de Lady Barrow et la portait à ses lèvres. Terri pouvait presque l'entendre lui dire : « Enchanté » d'une voix sensuelle.

Vinny était un incorrigible dragueur, se dit-elle avec un certain amusement.

Mais Lucern ne semblait pas trouver cela drôle. Quand Vincent conduisit la femme sur la piste de danse et enfouit son visage dans son cou, Lucern chercha Bastien des yeux. Bastien, qui dansait toujours avec Kate, se retourna comme s'il l'avait appelé. Leurs yeux se croisèrent brièvement, puis Lucern tourna la tête vers Vincent, et Bastien fit de même. Bastien murmura quelque chose à Kate, et elle s'intéressa aussi à ce que faisait Vincent. Aucun d'entre eux ne semblait heureux de ce qui se passait. Terri ne comprenait pas leur réaction. Il dansait seulement avec Lady Barrow. D'accord, il la serrait d'un peu trop près, mais ils ne faisaient que danser.

Lucern, Bastien, Kate et Terri observèrent le couple. Quand la musique se tut et que Vincent partit avec sa partenaire, Lucern ramena Terri à Bastien.

— Je m'en charge, dit Bastien. Vous deux, vous continuez à faire le tour de vos invités.

Les jeunes mariés acquiescèrent et le remercièrent. Ils allèrent chercher un autre couple, et Bastien se tourna vers Terri.

— Vas-y, je reste ici, lui assura-t-elle.

Mais en son for intérieur Terri se demandait de quoi il allait « s'occuper ». Toute la famille Argeneau semblait prendre cette affaire beaucoup trop au sérieux.

— J'irai me chercher un verre et je reposerai mes pieds, insista-t-elle quand Bastien n'eut pas l'air heureux. Va ! Kate et Lucern s'inquiètent, et ils ne devraient pas avoir à le faire aujourd'hui.

— Je suis d'accord avec toi. Tu es une femme extraordinaire, Terri. (Bastien lui prit le menton et lui donna un rapide baiser.) Je ne serai pas long.

Il se redressa et tourna les talons pour suivre Vincent. Malheureusement, celui-ci n'était plus nulle part en vue. Fronçant les sourcils, Bastien se dirigea vers l'endroit où il avait vu son cousin et Lady Barrow pour la dernière fois. Tout en marchant, il balayait la foule du regard, inquiet. Il comprenait que Vincent soit affamé. C'était toujours à cette heure qu'il sortait pour chasser. Mais ils ne pouvaient pas lui permettre de s'en prendre aux invités !

— Bastien !

Il ralentit et se retourna. Étienne se dépêcha de le rejoindre.

— Lucern et Kate m'ont tout raconté et demandé de te donner un coup de main.

Bastien hocha la tête puis regarda autour de lui.

— La dernière fois que je l'ai vu, Vincent allait par-là. J'ai pensé fouiller cette zone, puis continuer le cas échéant.

— Bonne idée.

Étienne lui emboîta le pas. Au bout d'un moment, il déclara :

— Un petit oiseau m'a dit… que Terri était importante à tes yeux.

— Un petit oiseau, hein ? s'enquit Bastien d'un ton pince-sans-rire.

— Oui.

Bastien restant silencieux, Étienne poursuivit :

— J'ai discuté avec Terri, hier, pendant la soirée. Elle semble très gentille. Non, en fait, elle est gentille, expliqua-t-il, se reprenant. J'ai lu dans son esprit.

— Je ne peux pas le faire, alors c'est bon de savoir que mon instinct ne s'est pas trompé sur elle.

— Eh bien, je peux la lire, et je l'aime bien. Elle est comme ma Rachel : une femme très particulière.

— Oui, acquiesça Bastien. Elle est belle, douce, intelligente et…

— Tu ne peux pas connaître ses pensées, répéta Étienne. Et tu l'aimes. Apparemment, tu viens de trouver ta compagne pour la vie. Félicitations, frangin ! Je suis très heureux pour toi.

— Oui, bon, ne dis rien à Mère.

Bastien secoua la tête, et Étienne lui flanqua une claque sur l'épaule. Il n'avait pas besoin d'interférences.

— Ne pas me dire quoi ?

Les deux frères pivotèrent en grognant quand Marguerite Argeneau se joignit à eux.

— Mère, murmura Bastien en se penchant pour l'embrasser sur la joue.

Étienne l'imita aussitôt.

— J'ignore pourquoi vous essayez toujours de me cacher certaines choses, les garçons. On pourrait croire qu'à vos âges vous sauriez depuis longtemps que c'est une perte de temps. Je suis votre mère. Je vois, entends et sais absolument *tout*.

— Vraiment ? demanda Bastien.

— Oui, répondit-elle avec fermeté. Et peut-être le comprendras-tu dans deux siècles. Après tout, il n'en a fallu que six à Lucern. Honnêtement, les garçons sont tellement plus difficiles à élever que les filles. (Marguerite foudroya du regard ses fils, qui souriaient de cette rengaine maintes fois entendue, et soupira.) Je suppose que tu ne veux pas qu'Étienne me dise que tu es amoureux de la cousine de Katie, Terri ?

Étienne éclata de rire face à la mine déconfite de Bastien.

— Tu ne t'attendais quand même pas à ce que ça m'échappe, n'est-ce pas ? s'enquit sa mère, amusée. Après quatre cents ans, je connais et comprends assez bien mon propre petit garçon pour savoir quand il est amoureux. (Elle soupira de nouveau et hocha la tête.) À propos, j'approuve. C'est une fille charmante. Et cela adoucira le sentiment de perte de Katie quand elle devra renoncer au reste de sa famille. Et avoir Kate dans la nôtre rendra les choses plus faciles à Terri. Oui, tout cela est plutôt bien tombé.

—Je n'avais pas pensé à ça, avoua Bastien, surpris. Je veux dire, qu'elles puissent avoir besoin l'une de l'autre ainsi.

—Eh bien, c'est pour ça que tu as une mère. (Marguerite lui tapota l'épaule, puis regarda autour d'elle.) Avez-vous regardé dans le couloir ou aux bars du premier étage ? (Quand ils échangèrent un regard, elle leva les yeux au ciel.) Vous ne croyez quand même pas que Vincent va la mordre ici, n'est-ce pas ? Il préférera un coin tranquille et sombre. Allez, venez. Retrouvons ce garçon avant qu'il s'attire des ennuis.

—Nous pouvons nous en charger, mère, dit vivement Bastien. Pourquoi ne vas-tu pas...

—Et rater le meilleur ? Non, il n'en est pas question.

Quand Bastien et Étienne échangèrent un regard étonné, elle poursuivit :

—Contente-toi de me remercier, Bastien, parce que je n'interviendrai pas entre toi et Terri.

—Tu ne feras rien ?

Bastien l'observa avec un mélange d'espoir et de suspicion. Il avait beaucoup de mal à croire qu'elle tiendrait parole.

—Non, rien, lui assura sa mère. Tu sembles t'en sortir très bien tout seul. Mais si tu gâchais tout, je pourrais changer d'avis.

Sur ces paroles, elle se retourna pour les conduire hors de la salle de réception.

Terri regarda Bastien, Étienne et leur mère partir à la recherche de Vincent tout en écoutant d'une oreille distraite sa tante lui vanter les mérites d'un « charmant jeune homme » que d'après elle la jeune femme devrait accepter de rencontrer. C'était vraiment gentil de sa part, mais Terri était déjà casée. Enfin, en quelque sorte. Elle reporta de nouveau son attention sur la porte par laquelle Bastien avait disparu.

— Terri n'a pas besoin d'un homme, maman, dit Kate, qui arrivait avec Lucern. Elle en a déjà un.

— Ah oui ? demanda Lydia Leever, impatiente d'en savoir plus. Pourquoi tu n'as rien dit ? Qui est-ce ?

— Le frère de Lucern, Bastien, répondit Kate.

— Oh. (Lydia parut heureuse de cette nouvelle, car elle étreignit Terri.) C'est merveilleux ! C'est un très bel homme, et s'il est moitié aussi gentil que Lucern, vous devriez être très heureux tous les deux.

— Je suis content d'apprendre que vous me trouvez gentil, madame Leever, intervint Lucern. Cela veut-il dire que vous accepterez de danser avec votre nouveau gendre ?

— Appelez-moi maman, Lucern, vous faites partie de la famille désormais.

Lucern la conduisit sur la piste de danse.

Kate sourit à Terri alors que son père, John Leever, se levait pour danser avec la mariée. Terri les regarda partir, ses pensées revenant à Bastien à présent qu'elle était de nouveau seule. Il lui avait dit dans la voiture, alors qu'ils se dirigeaient vers la salle de réception, qu'il avait quelque chose à lui dire. Ces paroles solennelles n'avaient cessé de la hanter depuis lors. Elles lui avaient rappelé plusieurs choses : les poches de sang, les fioles de médicament, la potence à intraveineuse et Kate disant qu'il y avait une chose dont Bastien devrait s'entretenir avec elle. Terri s'inquiétait depuis des heures.

Qu'avait-il de si important à lui dire ? À quel point cela allait-il la bouleverser ? Elle espérait que ce n'était pas trop horrible, mais elle supposait qu'elle allait devoir se montrer patiente.

Terri trépignait. Finalement, elle posa son verre vide sur la table et se dirigea vers les toilettes des dames. Deux femmes en sortaient quand elle arriva. Elle ne reconnut ni l'une ni l'autre, aussi supposa-t-elle qu'elles étaient des amies de Kate ou des membres du clan Argeneau. Elle sourit et hocha poliment la tête quand elles se croisèrent, puis elle choisit le dernier cabinet, tout au fond.

Elle y entra et ferma la porte derrière elle. Puis elle releva sa robe, descendit sa culotte et s'assit avec un soupir de soulagement. Ses orteils lui faisaient un peu mal à cause des chaussures neuves, mais aussi parce qu'elle avait passé beaucoup de temps debout. Il y avait eu la cérémonie, la haie d'honneur sur le parvis de l'église et les photographies. La réception lui avait donné une chance de se reposer, mais là encore, elle avait dû se lever chaque fois qu'un invité avait porté un toast aux jeunes mariés. Le repas terminé, le bal avait commencé. Terri n'était pas certaine que ses pieds en supportent davantage. Du moins pas dans ces conditions. Ils étaient enflés et échauffés par le satin des escarpins de demoiselle d'honneur.

Elle les leva, les tenant bien haut pour pouvoir les examiner. Les chaussures étaient très jolies, mais incroyablement inconfortables. Terri songea à les retirer. Serait-ce impoli de marcher pieds nus, avec juste ses collants ? Elle se dit que la jupe était assez longue : personne ne le remarquerait. Mais les fins bas en Nylon seraient sans doute troués avant la fin de la soirée.

La question était : pieds ou collants ? Lesquels allait-elle sacrifier ? Elle réfléchissait à la question, le regard rivé sur les chaussures responsables de son dilemme, quand tout à coup…

— Est-ce que Bastien l'a dit à Terri ?

Terri se raidit et garda la pose.

— Chut, Lissianna. (Elle reconnut la voix de Kate.) Nous ne sommes peut-être pas seules.

— J'ai vérifié. Les cabinets sont vides, répliqua la sœur de Bastien d'un ton rassurant.

Terri regarda ses pieds, toujours en l'air, et le sol, où ils auraient dû être posés. À cause de cela, Lissianna n'avait pas remarqué sa présence. C'était gênant. Que devait-elle faire ? S'asseoir normalement ? Tousser pour trahir sa présence ? Ou bien garder le silence pour éviter d'être gênée ou d'embarrasser les autres ? Elle pourrait également écouter de quoi elles parlaient…

— Non, soupira Kate. Non, il ne lui a encore rien dit, et j'aimerais qu'il se décide à le faire. Il ne pourra pas garder son secret très longtemps. Elle finira par tout découvrir.

Découvrir quoi ? se demanda Terri, des gouttes de sueur lui dégoulinant dans le cou.

— Elle s'en va bientôt, non ? reprit Lissianna.

— Et tu crois qu'il ne la suivra pas ? Ou qu'elle ne reviendra jamais ?

— C'est sérieux à ce point, à ton avis ?

La sœur de Bastien semblait vraiment s'intéresser à la question.

— Oui, et toi aussi, ou tu ne me demanderais pas s'il lui a dit, répondit Kate. Ce n'est pas le genre de chose qu'on dit à une fille d'un soir.

Me dire quoi ? répéta Terri dans sa tête.

Bon sang, elle aurait aimé qu'elles soient plus précises. Et qu'elles se dépêchent. Ses muscles commençaient à lui brûler à force de garder les pieds en l'air. Elle ignorait combien de temps encore elle pourrait tenir.

— Oui, c'est sérieux, poursuivit Kate dans un soupir. Je connais Terri. Elle l'aime de tout son cœur. Étant tout aussi amoureuse de Lucern, je sais reconnaître les signes, ajouta-t-elle avec ironie. Ce qu'ils ressentent l'un pour l'autre ne les laissera pas rester éloignés plus de temps que nécessaire. Si jamais elle retourne en Angleterre ou s'il ne l'y accompagne pas. D'une manière ou d'une autre, il doit lui dire. Ce ne serait pas bon si elle le découvrait par elle-même.

— Tu as raison, acquiesça Lissianna. Il ferait bien de se dépêcher avant qu'elle l'apprenne par accident.

Apprendre quoi ?

Terri aurait voulu hurler de frustration. Et de douleur ; ses jambes la mettaient à l'agonie.

— J'ignore pourquoi il tergiverse, s'irrita Kate.

Lissianna laissa entendre un petit rire.

— La réponse est pourtant évidente. Parce qu'il l'aime autant qu'elle l'aime. Je ne l'avais encore jamais vu comme ça. Il sourit tout le temps, il siffle... Je n'étais pas là quand Joséphine est entrée dans sa vie, mais Lucern dit que Bastien n'était pas aussi heureux quand il pensait être amoureux de cette fille.

Terri soupira tout haut à cette nouvelle. La famille de Bastien pensait qu'il l'aimait. Et elle le rendait plus heureux que Joséphine... qui que soit cette femme. Terri avait oublié ses jambes. Elle pouvait endurer cette douleur.

— Alors pourquoi risque-t-il de tout gâcher avec Terri en ne lui disant rien ? demanda Kate d'un ton frustré.

— Parce qu'il l'aime, répéta Lissianna. Tu n'as jamais entendu parler de Joséphine ?

— Si, bien sûr. Mais Terri est différente. Elle sera beaucoup plus compréhensive. Surtout après ce qu'elle a traversé avec Ian. Elle…

Terri n'entendit pas la suite. La musique couvrit les paroles de Kate. Puis il ne resta que le silence.

Lissianna et Kate étaient parties.

Chapitre 18

Les pensées de Terri étaient sens dessus dessous. « *Terri est différente. Elle sera beaucoup plus compréhensive. Surtout après ce qu'elle a traversé avec Ian.* » Les paroles de Kate avaient fait remonter une myriade de souvenirs à la surface. Les sanglots qu'elle étouffait dans son oreiller, la nuit, quand elle entendait, impuissante, Ian gémir dans son sommeil, aucune dose de morphine ne pouvant atténuer sa douleur. L'odeur douce-amère de la mort, qui avait continué à tout imprégner, y compris Terri elle-même, pendant des mois après le décès de son mari. La perte de toute dignité d'Ian, devenu si faible qu'il fallait tout faire pour lui, y compris les choses les plus personnelles et humiliantes.

Cela avait été une torture pour Terri, mais mille fois pire pour lui, et elle avait dû porter ce fardeau-là aussi. Et Ian avait souhaité que cela s'arrête. Il l'avait suppliée de l'aider à mourir, quand il avait été trop faible pour le faire lui-même. Terri l'avait maudit pour cela. S'il avait voulu se suicider, pourquoi avait-il attendu qu'il soit trop tard pour s'en charger tout seul ? Pour que la responsabilité de cet acte incombe à Terri ? Elle n'avait pas pu, et elle s'était sentie coupable de cela aussi. Elle s'en était voulu d'avoir été en bonne santé quand il agonisait, de n'avoir pas pu le sauver, et finalement d'avoir été incapable d'abréger ses souffrances quand il le lui avait demandé.

Plus compréhensive, avait dit Kate ? Oui, Terri comprenait. Elle savait exactement ce qui attendait Bastien jusqu'à ce qu'il meure de la maladie fatale qui le rongeait. Parce qu'il ne pouvait s'agir que de cela. Les médicaments, le sang, la potence et les secrets : tout prenait enfin un sens. Comme le traitement qui le rendait photosensible et le fait que Bastien picorait sa nourriture, parce qu'il n'avait pas d'appétit. Tout était si clair désormais : Bastien, si beau, en apparence si fort, était condamné. Oui, Terri comprenait. Elle savait ce qui allait se passer, qu'il s'agisse de la maladie de Hodgkin, d'un cancer ou de quoi que ce soit d'autre. Terri avait traversé tout cela, et elle haïssait le fait qu'il doive souffrir.

Mais elle ne pouvait pas. Elle n'aurait pas le courage de traverser cela avec lui. Elle avait cru que souffrir avec sa mère et Ian était terrible. Mais Bastien ? Regarder cet homme magnifique et plein de vigueur devenir l'ombre de lui-même ? S'affaiblir et se perdre dans la douleur ? La supplier de le tuer parce que son corps pourrissait lentement ? Elle en mourrait. Terri ne pourrait pas affronter cela. Elle le savait. Et elle était soudain tellement en colère, oui, dans une colère noire. Comment avait-il osé la laisser tomber amoureuse de lui, sachant qu'il allait mourir ? Comment avait-il osé ne pas lui parler de sa situation médicale dès le départ, pour qu'elle puisse protéger son cœur et le sauver des traumatismes consécutifs à sa perte ? Comment osait-il être malade ? Ou songer à mourir ? Oui, comment osait-il ?

La musique envahit de nouveau les toilettes quand plusieurs femmes en poussèrent la porte et entrèrent. Terri fut consciente de leurs bavardages, mais elle n'en comprit pas un traître mot, trop bouleversée par ce qu'elle venait d'apprendre. Elle attendit qu'elles soient parties et que le silence soit retombé, puis elle baissa les pieds, rajusta ses vêtements et quitta le cabinet. Elle s'avança vers un lavabo pour se laver les mains et se regarda sans vraiment se voir. Ses souvenirs avec Ian tourbillonnaient dans son esprit. Sauf que maintenant, quand il gémissait, alité, il avait le visage de Bastien. Quand il la suppliait de mettre fin à ses jours, c'était la voix de Bastien qu'elle entendait.

Des mouvements attirèrent son attention, et son reflet lui apparut. Terri se rendit compte qu'elle avait les joues sillonnées de larmes. Cela lui sembla incongru, parce qu'elle n'avait pas conscience de sentir quoi que ce soit. En fait, son cerveau était engourdi. Pourtant, ses yeux cernés versaient des pleurs, comme de minuscules ruisseaux. Et son visage… Il était d'une pâleur mortelle.

Elle ne pouvait pas retourner dans la salle dans cet état. Personne ne devait la voir ainsi. Fermant le robinet, Terri analysa le problème. Elle allait devoir s'enfuir. Elle n'aimait pas cela, mais c'était la seule solution. Elle ne voulait pas gâcher le plus beau jour de la vie de sa cousine et de Lucern.

Elle se sécha les mains, essuya ses larmes et se glissa dehors. Aussitôt, elle fut assaillie par les bruits et les couleurs. Tout le monde s'amusait. Personne ne la vit, debout près de la porte des toilettes. Elle évalua la route la plus rapide et sûre pour quitter la salle. À son grand étonnement, elle réussit à s'échapper sans que personne ne l'arrête. Les quelques personnes qu'elle croisa ne lui prêtèrent pas attention.

Terri quitta la salle de réception et gagna l'Escalator; elle ne voulait pas prendre le risque d'attendre l'ascenseur. L'escalier roulant avait été éteint pour la nuit, mais elle dévala presque les marches, traversa le hall de réception en courant et franchit la porte de l'hôtel.

— Un taxi, mademoiselle? demanda le portier.

Terri hocha la tête. Il souffla dans son sifflet, et la première voiture en ligne s'avança, les pneus crissant sur l'asphalte. Elle s'arrêta devant elle, et l'employé de l'hôtel ouvrit la portière. Terri lui murmura ses remerciements.

— Où allons-nous ?

Terri donna l'adresse de Kate et resta silencieuse sur la banquette arrière pendant tout le trajet, la tête vide. Mais quand le taxi s'arrêta devant l'immeuble où vivait sa cousine, elle se rendit compte qu'elle n'avait pas de sac. Elle n'aurait pas dû en avoir besoin. Des voitures avaient été prévues pour reconduire les invités, le repas était payé… alors pourquoi se serait-elle embarrassée d'un sac ? Terri regarda le chauffeur, horrifiée, quand il se tourna pour lui demander le prix de la course, puis elle se calma.

— Pouvez-vous m'emmener à l'aéroport après que j'ai attrapé ma valise ?

Il eut l'air surpris, puis soupçonneux, et enfin content à l'idée de l'argent qu'il allait gagner.

— Bien sûr, madame.

— Attendez-moi. Je n'en aurai que pour une minute.

Elle sortit avant qu'il puisse émettre une protestation. Terri s'attendit à le voir bondir hors de sa voiture pour lui courir derrière. Mais son ange gardien devait être de service ce soir, parce qu'il ne bougea pas de son siège tandis qu'elle relevait ses jupes et grimpait les marches en courant pour monter à l'appartement de Kate.

Mais elle n'avait pas la clé. C'était Bastien. Son smoking avait des poches, pas sa robe. Ils avaient prévu de venir récupérer les affaires de Terri après la réception, afin qu'elle puisse passer sa dernière nuit à New York avec lui. Il avait dit qu'ils avaient besoin de parler, qu'il avait quelque chose à lui demander après le mariage. Au plus profond de son cœur, Terri avait espéré qu'il s'agissait d'amour et de leur avenir ensemble. À présent elle savait que c'était de maladie et de mort.

Ne sachant pas quoi faire d'autre, elle sonna chez les gardiens, heureuse que Kate l'ait présentée au couple. Ce fut la femme qui lui répondit. Terri lui expliqua qu'elle était revenue en vitesse pour prendre quelque chose dans l'appartement, mais qu'elle avait bêtement oublié la clé. La femme répondit qu'elle venait lui ouvrir. Terri savait qu'elle aurait pu le faire à distance, mais sans doute voulait-elle s'assurer qu'elle était bien celle qu'elle prétendait être. Quelle importance ? Elle se résigna à attendre.

— Le voilà.

Bastien regarda dans la direction que sa mère pointait du doigt. Vincent et Lady Barrow étaient installés dans une alcôve au fond du bar. Ils discutaient, tête contre tête.

— Hum, je me demande si nous arrivons à temps, marmonna Bastien.

— Il n'y a qu'un moyen de le savoir, répondit Marguerite Argeneau.

Elle traversa la salle bondée, et ses fils durent lui emboîter le pas.

— Tante Marguerite ! (Vincent se leva dès qu'il la vit approcher de sa table.) Qu'est-ce que tu fais…

Sa voix mourut quand il remarqua la présence de Bastien et Étienne. Il plissa les lèvres.

— Je crois que Lady Barrow doit aller aux toilettes, annonça Marguerite, dardant son regard perçant sur celle-ci.

Lady Barrow rit.

— Non, je n'en ai pas envie.

Marguerite cligna les yeux de surprise, puis elle se tourna vers ses fils.

— Bastien ? (Elle désigna l'écrivaine.) Arrange ça.

Bastien fut si étonné que sa formidable mère n'ait pas pu contrôler l'esprit de Lady Barrow – ce qu'elle avait tenté de faire, il n'en doutait pas – qu'il lui fallut un instant pour se reprendre et obéir. Et il découvrit qu'il ne pouvait même pas lire ses pensées, et encore moins lui en souffler d'autres. Après d'infructueux essais, pendant lesquels Lady Barrow continua à les regarder, de plus en plus stupéfaite, Bastien dut s'avouer vaincu. Il adressa un signe de tête négatif à sa mère.

— Étienne ?

Son plus jeune fils obéit, avec les mêmes résultats.

— Vous avez une famille… intéressante, Vincent, dit Lady Barrow avec politesse.

— Veuillez m'excuser un moment, Kathryn. Il faut que je leur parle.

Il s'excusa, puis il prit sa tante par le bras et l'éloigna de la table. Bastien et Étienne les suivirent. Quand ils furent assez loin pour qu'elle ne les entende pas, il se tourna vers eux, irrité.

— Je n'ai jamais eu l'intention de la mordre. Seigneur, vous agissez comme si j'étais un chien enragé, qu'il faut empêcher de grignoter tous les cous qui passent.

— Eh bien, nous savions que tu devais te nourrir, Vincent, expliqua Marguerite sur un ton apaisant.

— Je l'ai fait pendant le dîner. Je suis venu au bar, puis je suis reparti. Vite fait, bien fait.

Il esquissa un sourire diabolique, puis il cligna de l'œil.

— Alors, qu'est-ce que tu fais ici ? s'enquit Étienne.

— À ton avis, ça a l'air de quoi ? (Il était exaspéré.) Je parle avec Kathryn. C'est une femme fascinante.

— Tu ne vas pas la mordre ? insista Bastien, soupçonneux.

— Non, Bastien. Je n'en ai pas l'intention. Je ne ferais pas ça à l'un des invités au mariage de Kate et Lucern.

— Oh, parce qu'il n'y a pas de précédent, tu as raison, cracha son cousin. Tu as mordu ma gouvernante !

— C'était une urgence. En règle générale, je ne me nourris pas dans ma propre maison, ni dans celles de mes parents et amis.

— Tu as aussi mordu Chris, lui rappela Bastien. Et c'était après la gouvernante.

— Je venais à peine de planter mes crocs dans Mme Houlihan quand vous nous avez interrompus. J'étais encore faible. Je ne pouvais pas chasser dans cet état, expliqua-t-il, puis il ajouta : De rien, au fait.

— Pour quoi ?

— Pour m'être occupé de la gouvernante. Meredith a appelé l'appartement un jour, pendant que Terri et toi étiez sortis, durant la première semaine de son séjour, et j'ai pris son message. Elle avait l'adresse où logeait Mme Houlihan. J'y suis allé, et j'ai altéré sa mémoire. Ainsi que celles des deux personnes à qui elle avait parlé. Tu n'as plus besoin de t'inquiéter.

— Vraiment ?

Bastien était surpris, puis il se rendit compte que cette histoire lui était complètement sortie de la tête. Il ne s'était pas du tout inquiété, distrait qu'il était par la présence de Terri. Cela aurait pu avoir de mauvaises conséquences. Il fallait toujours s'occuper de ce genre de détails. Heureusement, Vincent avait fait le nécessaire.

— Merci, dit Bastien, sincère.

Son cousin haussa les épaules.

— J'étais à l'origine du problème, j'ai réparé mon erreur. (Il leur adressa un regard noir et plein de sous entendus.) Et maintenant, puis-je retourner auprès de mon invitée ? Elle est réellement fascinante.

— Oui, elle semble avoir un esprit très fort, commenta Marguerite, jetant un coup d'œil curieux à Lady Barrow.

— En effet. Et maintenant que vous savez que tous les invités n'ont rien à craindre de ce bon vieux Vincent enragé, vous voulez bien retourner profiter du mariage de Lucern et Kate ?

— Je croyais que vous étiez revenue pour un truc que la petite Katie avait oublié, dit la gardienne de l'immeuble à Terri quand celle-ci prit son sac, sa valise déjà faite, et fit demi-tour pour ressortir de l'appartement.

— Non. (Terri s'arrêta dans le couloir et attendit qu'elle ait refermé la porte.) Je suis désolée du dérangement. Mais il faut que j'aille à l'aéroport, et je n'avais pas le temps de retourner chercher la clé.

— Oh, mais vous ne m'avez pas dérangée. J'ai dû mal comprendre, c'est tout, lui assura la femme alors qu'elles attendaient l'ascenseur. (Elle détailla Terri des pieds à la tête.) Vous allez à l'aéroport dans cette tenue ?

Terri acquiesça en silence.

— Tout va bien ?

La gardienne l'observait avec inquiétude, et Terri se dit qu'elle devait avoir une mine épouvantable depuis qu'elle avait pleuré.

— Tout va s'arranger, répondit-elle d'une voix calme, même si elle était loin d'y croire.

— Alors, faites bon voyage.

Les paroles de la jeune femme ne l'avaient visiblement pas rassurée.

Terri la remercia et s'engouffra dans l'ascenseur.

Le chauffeur de taxi bondit hors de son véhicule dès qu'il la vit sortir de l'immeuble. D'après son expression, Terri comprit qu'il était soulagé de son retour. Elle supposa qu'il n'était pas certain qu'elle revienne, et sans doute avait-il pris le risque parce qu'elle était visiblement bouleversée.

Terri lui exprima ses remerciements quand il prit sa valise et s'installa sur la banquette arrière pendant qu'il la mettait dans le coffre.

— Quel aéroport, mademoiselle ? demanda-t-il en reprenant sa place au volant.

— JFK, murmura-t-elle, puis elle inclina la tête en arrière et ferma les yeux.

Le trajet jusqu'à l'aéroport fut long. Mais Terri ne dormit pas, même si le chauffeur dut croire que si. Elle ne pensa pas non plus... Elle resta simplement immobile. Son esprit était vide, son cœur aussi. Si bizarre que ce soit, le temps passa très vite.

Terri prit de l'argent dans son sac pour payer quand l'homme s'arrêta devant les portes du terminal. Elle le lui donna quand il lui tendit sa valise, puis entra dans le bâtiment et alla directement au guichet pour prendre un billet.

Elle eut quelques difficultés à avoir un vol. Tous ceux qui quittaient New York en direction de l'Angleterre partaient plus tôt dans la soirée. Le dernier avion pour Manchester fermait ses portes alors que Terri parlait avec l'hôtesse au sol, mais une fois encore, son visage pâle et ses traits tirés firent des miracles, et la jeune femme déploya des efforts herculéens pour trouver une solution. Terri finit par avoir un billet avec deux escales, l'une à Detroit, l'autre à Paris. Elle s'en fichait. Elle voulait quitter New York et rentrer pour retrouver son cottage et sa vie sécurisante.

Elle acheta son nouveau billet, annula l'ancien et déposa ses bagages. Puis elle se rendit aux toilettes pour se changer. Malheureusement, elle n'avait plus que son sac à dos, lequel ne contenait aucun vêtement. Elle ressortit et scruta les différentes enseignes présentes dans le Terminal Un : *Hermès*, *Ferragamo*, *American Clothier*...

Elle réussit à trouver des habits à la fois confortables et pas trop chers chez *Ferragamo*. Après les avoir payés, elle passa la sécurité, trouva sa porte de départ et alla troquer sa robe de cérémonie contre ses nouveaux achats dans les toilettes les plus proches. Elle rangea la tenue de demoiselle d'honneur lavande dans le sac Ferragamo avec soulagement. Jusque-là, elle avait un peu trop attiré l'attention à son goût. Elle ne voulait pas que les gens la dévisagent ainsi.

Ressortant du cabinet, elle se dirigea vers les lavabos, posa ses sacs sur la tablette et se regarda dans le miroir. Elle avait une salle tête, mais elle ne pouvait pas vraiment y faire grand-chose. Elle remit un peu de maquillage, mais il ne réussit pas à camoufler le vide de son regard. Trouvant une paire de lunettes de soleil, elle les mit, puis les retira ; elles étaient tout aussi voyantes. Elle les jeta de nouveau au milieu de ses affaires et se rendit dans la salle d'attente.

Il restait encore deux heures avant l'embarquement. C'était trop long, surtout qu'on pouvait se demander où elle était et commencer à la chercher. Elle se dit qu'elle aurait dû laisser un mot à Kate, pour que sa cousine ne perde pas de temps à s'inquiéter pour elle durant sa nuit de noce.

Repérant une rangée de téléphones publics, elle décrocha le premier et mit cinquante *cents* dans l'appareil avant de composer le numéro de l'hôtel pour laisser un message à la réception. Au final, cela donna quelque chose comme : « Tout va très bien. Je suis à l'aéroport et j'attends mon vol. Passe une super nuit de noce. Je t'aime ! » Le tout sur un ton précipité et hyper enjoué. Comme si elle ne faisait rien d'inattendu en quittant précipitamment la réception et en rentrant chez elle plus tôt que prévu. Mais c'était le mieux que pouvait faire Terri.

Elle raccrocha, puis décrocha de nouveau… et regarda sa montre. C'était le milieu de la nuit en Angleterre. Elle ne pouvait pas appeler à cette heure-ci ; elle réveillerait Dave et Sandi. Elle ferait mieux d'attendre d'être en France, même si cela ne leur laisserait pas beaucoup de temps pour s'organiser et venir à l'aéroport. S'ils ne pouvaient pas, elle prendrait un taxi. Cela lui coûterait les yeux de la tête, mais bon, c'était la vie.

— Elle était là-dedans ? demanda Bastien à Rachel quand celle-ci sortit des toilettes des dames.

À son retour dans la salle, après avoir retrouvé Vincent, Terri n'était plus là. Il l'avait cherchée dans le hall, faisant plusieurs fois le tour, sans résultat. Il avait alors demandé à la femme d'Étienne d'aller voir pour lui si elle était aux toilettes.

— Non, désolée, Bastien, répondit sa belle-sœur en secouant la tête. J'ai vérifié tous les cabinets. Il n'y a personne.

Bastien fronça les sourcils et regarda autour de lui. Elle devait bien être là, quelque part. Elle n'avait pas pu disparaître.

— Elle est peut-être sortie prendre un peu l'air, suggéra Étienne, les rejoignant avec les verres qu'il était parti chercher au bar. Et voilà, ma chérie.

— Merci ! (Rachel prit le cocktail et en but une gorgée.) Mmm. Un bloody mary. Mon préféré.

Bastien entendit son commentaire, mais il se dirigeait déjà vers la sortie. Il n'avait pas pensé au fait que Terri avait pu vouloir prendre une bouffée d'air frais, comme venait de le suggérer son frère. Oui, elle devait être dehors. Il allait la retrouver assise sur la base en marbre d'une colonne du *Hilton*, l'endroit même où ils s'étaient embrassés pendant une heure la nuit où il l'avait emmenée voir *Le Fantôme de l'Opéra*.

Il sourit à ces souvenirs. Bien sûr, c'était une coïncidence que le mariage ait lieu à l'endroit où ils avaient flirté après une soirée de rêve. Mais cela n'en était pas moins une charmante coïncidence. Ce serait parfait pour avoir avec elle la conversation qu'il avait maintes fois reportée. Il voulait lui avouer qu'il l'aimait et lui demander de l'épouser, et si, comme il le croyait, elle partageait ses sentiments, alors il lui dirait tout. Oui, si tout se passait comme prévu, il la ramènerait chez lui et la transformerait aussitôt. Et ils pourraient commencer leur vie ensemble.

Bien sûr, il était possible qu'elle ait besoin de temps pour assimiler ce qu'il comptait lui dire. Après tout, c'était un peu plus compliqué que d'annoncer qu'il était catholique ou un truc dans le genre. Elle allait devoir revoir ses croyances et sa conception de la réalité. D'accord, peut-être allait-il commencer par lui faire sa déclaration. Ensuite, elle devait passer la nuit sous son toit, puisque Kate partait en lune de miel. Il attendrait d'être chez lui pour le reste. Il lui ferait l'amour lentement, passionnément, puis il lui expliquerait…

Non, l'appartement était une mauvaise idée, finalement. Toute la famille y serait, et Vincent ne plaisantait pas quand il disait que Terri était bruyante. Cette fille n'avait pas plus d'inhibition au lit qu'ailleurs. Bien sûr, elle essaierait sans doute de mettre la sourdine si elle savait que tous les Argeneau pouvaient l'entendre. Surtout la mère de Bastien. Mais celui-ci ne voulait pas qu'elle se sente étouffée. Il aimait sa passion. Peut-être pourraient-ils passer la nuit chez Kate.

Bastien venait d'atteindre la sortie du *Hilton*. Il poussa la porte à tambour et s'arrêta sur le trottoir, cherchant Terri des yeux. Il fronça les sourcils quand il ne vit aucune femme en robe de soirée. Où avait-elle bien pu passer ?

— Voulez-vous un taxi, monsieur ?

— Quoi ?

Bastien se tourna distraitement vers le portier, commença à secouer la tête, puis changea d'avis et demanda :

— Auriez-vous vu une femme en robe lavande ?

L'homme hésita.

— Jolie ? Longs cheveux châtains ? De grands yeux verts ?

— C'est elle ! confirma Bastien, soulagé.

Enfin quelqu'un qui avait vu Terri.

— Oui, monsieur, je l'ai mise dans un taxi il y a une heure.

— Un taxi ? répéta bêtement Bastien.

— Oui, monsieur.

Bastien n'en croyait pas ses oreilles. Pourquoi serait-elle partie en taxi ? Pourquoi aurait-elle quitté la réception ? Il ne voyait rien qui aurait pu pousser Terri à faire une chose pareille. Surtout sans rien dire à personne.

À moins qu'elle ait renversé quelque chose sur sa robe et qu'elle ait eu besoin de se changer, pensa-t-il.

Cela le rasséréna, et il se détendit de nouveau. Oui, c'était la seule explication. Terri avait dit elle-même qu'elle était d'une terrible maladresse. Elle s'était salie, et elle avait couru mettre une autre tenue.

— Voulez-vous un taxi aussi, monsieur ? demanda de nouveau le portier, levant déjà son sifflet et se tenant prêt à s'en servir.

— Oh, non, merci.

Bastien sortit son téléphone portable de sa poche et s'éloigna pour appeler la voiture qu'il s'était réservée pour la nuit. Le chauffeur qui attendait au coin de la rue fut là en quelques instants. Bastien monta à l'arrière et lui ordonna de le reconduire chez lui. Il était déjà dans l'immeuble Argeneau et insérait sa clé dans l'ascenseur, quand il se rappela que Terri n'en avait pas. Et ses bagages étaient d'ailleurs encore chez Kate. Ils avaient prévu de les prendre en quittant la fête. Il retourna à la voiture qui l'attendait toujours et remonta dedans.

— Où allons-nous maintenant, monsieur ?

Bastien ne répondit pas.

Le problème, c'était qu'il ne savait pas où aller. Son instinct lui avait soufflé de rentrer chez lui, parce que Terri devait y passer la nuit. Mais ses vêtements étaient chez Kate… et Terri n'avait pas la clé de l'appartement de sa cousine. Elle la lui avait confiée, à lui, Bastien, et celle-ci était encore dans sa poche de smoking. Elle n'avait donc pas de clé, ni de sac à main, ni d'argent. Bien sûr, elle avait dû être trop bouleversée pour s'en rendre compte tout de suite, si elle avait abîmé sa robe. Donc, Terri avait dû faire demi-tour. Elle était peut-être même de retour à la réception.

Oui, ce doit être ça, se dit Bastien.

Terri était au *Hilton* et le cherchait pour qu'il lui donne la clé. Bastien sourit. Il paierait le taxi et dirait à son chauffeur de les emmener chez Kate, pour qu'elle puisse se changer. Puis, si tout se passait selon ses désirs, ils ne retourneraient pas faire la fête. Du moins pas avant un certain temps.

— Retournons à l'hôtel, dit Bastien, avant de se renfoncer en soupirant dans son siège.

Terri devait être un peu paniquée. Il devrait commencer par la calmer. Et il avait déjà quelques idées sur la manière de s'y prendre. Et la plupart ne prévoyaient aucun vêtement.

Terri s'assit dans l'avion et sentit aussitôt sa tension se dissiper un peu. Elle avait craint de ne pas y arriver, que Bastien se lance à sa recherche et débarque à l'aéroport. Kate avait dû recevoir le message qu'elle lui avait laissé… non ? Sinon, on avait dû remarquer son absence. Elle espérait que personne ne s'inquiétait.

Terri jeta un coup d'œil au téléphone dans le siège devant elle. Au cas où le message pour Kate se serait perdu, elle appellerait l'hôtel et en laisserait un autre pour Vincent. Mais pas avant le décollage.

— Cousin !

Bastien cessa de faire les cent pas – son unique activité depuis une heure et demie – et se tourna vers l'homme qui arrivait en courant. Vincent. Quand Bastien était revenu à l'hôtel, personne n'avait vu Terri. Il s'était dit que le chauffeur de taxi avait été mécontent quand elle lui avait dit qu'elle n'avait pas d'argent et refusé de la ramener au *Hilton*. Il l'avait imaginée arpentant les rues de New York, et il avait fait emprunter tous les itinéraires possibles à son chauffeur pour essayer de la retrouver. En vain. Il était donc retourné à la réception pour tourner en rond, l'imaginant tour à tour blessée ou tuée. Une magnifique jeune femme en robe de demoiselle d'honneur tachée, seule dans les rues de la ville ? Tous les scénarios qui lui venaient à l'esprit étaient cauchemardesques.

Il fut presque reconnaissant à Vincent pour son interruption.

— Kate et Lucern s'en vont ?

— Oui, mais ce n'est pas pour ça que je suis là. J'ai reçu un appel de Terri.

Bastien se détendit, puis se raidit, dans le même instant. Un appel, c'était bon signe. Du moins, cela signifiait qu'elle était vivante. Mais vu l'expression grave de Vincent, elle devait avoir des ennuis.

— Où est-elle ? demanda-t-il, allant droit au but.

— Dans un vol en direction de l'Angleterre.

— Quoi ?

Vincent ne l'aurait pas davantage choqué s'il lui avait annoncé qu'elle était en prison.

Son cousin hocha la tête.

— Je passais justement devant la réception quand j'ai entendu prononcer mon nom. L'employé prenait un message sous la dictée, alors je me suis emparé du combiné. C'était Terri. Elle appelait de l'avion.

— Mais, pourquoi est-elle… ? Pourquoi a-t-elle… ?

Bastien n'arrivait pas à comprendre.

— Il semblerait qu'elle ait entendu Lissianna et Kate discuter dans les toilettes, répondit Vincent. Elles parlaient de toi, du fait que tu ne lui avais pas encore révélé ta « condition ».

Les épaules de Bastien s'affaissèrent. Elle savait ce qu'il était. Et elle s'était enfuie, comme Joséphine.

— Non. Terri a mal compris. Elle a cru que tu étais malade. Quand je lui ai assuré que c'était faux, elle m'a demandé d'arrêter de mentir, parce qu'elle avait vu les médicaments et le sang. Elle se doutait que tu étais condamné. Terri pense que tu es en train de mourir, comme sa mère, et comme son mari, et elle ne veut pas te regarder partir. Elle serait incapable d'affronter ça, parce qu'elle t'aime trop.

— Elle m'aime ?

Vincent acquiesça et sourit.

— Alors, qu'est-ce que tu attends ? Monte dans ta voiture et file à l'aéroport ! Suis-la. Tu dois aller lui expliquer la vérité. Dis-lui tout. Elle t'aime, Bastien. Tu dois lui avouer que tu n'as pas une maladie incurable et qu'elle n'aura jamais à te regarder agoniser.

— Oui !

Le sourire de Bastien était au moins aussi large que celui de son cousin car il comprit soudain que sa « condition » pouvait jouer en sa faveur. Riant, il se tourna et fit signe à son chauffeur. Songeant qu'il en aurait sans doute besoin quand Terri reviendrait, il lui avait demandé de rester tout près. Le moteur ronronna, et le véhicule s'avança.

— Bon voyage, cousin. Embrasse-la pour moi, dit Vincent, qui accompagna Bastien sur le trottoir.

Puis, plus sérieusement, il ajouta :

— Je suis heureux pour toi, Bastien.

— Merci, Vincent, répliqua-t-il avant de prendre place sur la banquette arrière.

— De rien. Ne bousille pas tout, d'accord ? Elle est parfaite pour toi. Bien mieux que cette grenouille de bénitier de Joséphine.

Bastien eut l'air surpris. Il retint son geste, alors qu'il allait claquer la portière.

— Je croyais que tu aimais bien Joséphine ?

Vincent grimaça et secoua la tête.

— Aucun d'entre nous ne l'appréciait. Mais tu croyais l'aimer, alors nous nous faisions une raison. La bonne nouvelle, c'est qu'avec Terri nous ne sommes pas obligés de nous forcer. Elle est adorable.

Vincent ferma la portière et lui adressa un signe, pouce levé. La voiture démarra.

Chapitre 19

— Terri !

Terri leva la tête et repéra aussitôt Dave. Comment aurait-elle pu le rater ? Beau, grand, les cheveux prématurément blanchis, il ne passait pas inaperçu. Se forçant à sourire, elle franchit les portes et s'avança vers lui.

— Dave ! Merci d'être venu me chercher.

— Aucun problème. (Il l'étreignit en guise de bienvenue et prit la poignée de sa valise.) Comment s'est passé ton vol ?

— Il m'a paru interminable, soupira-t-elle.

— Comme toujours. Dommage qu'ils se soient débarrassés du Concorde.

— Oui.

— Tu as une mine…

Son beau-frère hésita à le dire, mais il n'en eut pas besoin. Terri savait de quoi elle avait l'air.

— Affreuse ? suggéra-t-elle.

— Eh bien, je ne l'aurais pas dit aussi crûment, mais oui, tu as une mine affreuse, admit-il, l'air soudain inquiet.

— Elle a sans doute trop fait la fête à New York et elle est épuisée. C'est une bonne chose qu'elle soit rentrée. Elle va pouvoir se reposer.

— Sandi ! (Terri se retourna pour prendre dans ses bras la petite rousse qui venait d'apparaître.) Quand je ne t'ai pas vue, j'ai cru que tu avais trop de travail.

— C'est le cas, mais rien n'aurait pu l'empêcher de venir chercher sa belle-sœur préférée, affirma Dave avec fermeté, en passant son bras libre autour des épaules de sa femme.

— Tu peux le dire, acquiesça-t-elle en lui rendant son étreinte.

Elle sourit et expliqua :

— J'étais aux toilettes… comme toujours quand les choses importantes arrivent.

Ses paroles firent rire Dave et sourire vraiment Terri pour la première fois depuis qu'elle s'était enfuie du mariage de Kate et Lucern.

— Allons-y, dit Dave. Ramenons Terri à la maison.

Il poussa les deux femmes vers l'ascenseur qui desservait le parking. Ils lui relatèrent les détails du trajet aller et tout ce qui s'était passé en son absence, et Terri put se contenter de les écouter tout en intégrant le fait qu'elle était de retour chez elle. Sauf qu'elle n'avait pas cette impression. Plus rien n'était pareil. Leur accent… elle avait vécu parmi eux pendant plus de dix ans, et elle l'avait sans doute pris un peu elle-même… mais il sonnait étrangement à ses oreilles, à présent. Les voitures qu'ils dépassaient pour gagner l'emplacement où Dave avait garé sa Jaguar noire avaient de drôles de formes à côté des véhicules américains, plus grands et élancés. Même conduire à gauche lui semblait incongru. En vérité, Terri s'était très vite réajustée à la vie aux États-Unis, et l'Angleterre était redevenue une terre étrangère.

— Alors, dis-nous comment s'est passé le mariage. Tout a été comme sur des roulettes ?

Terri ne put retenir un petit éclat de rire.

Face à cette réponse, Sandi, qui s'était retournée sur son siège pour l'inclure dans la conversation, haussa les sourcils.

— Il va falloir nous expliquer ça, ma belle, dit-elle. On dirait que ça a été toute une histoire.

— Le mariage, commença Terri avec un sourire vide.

Et elle se lança dans le récit de toutes les catastrophes qui avaient failli gâcher les noces de Kate, et ce que Bastien et elle avaient accompli pour parer à chaque nouvelle situation. Cela lui prit tout le trajet jusqu'à Huddersfield. Elle finissait quand ils tournèrent dans la rue où vivaient Sandi et Dave.

— Nous nous sommes dit qu'il valait mieux prendre le thé avant de te ramener, expliqua son beau-frère. Nous savons que tu n'as rien de comestible chez toi pour le moment, et comme ça tu auras aussi l'occasion de souffler un peu. On s'arrêtera chez *Sainsbury's* en chemin, pour faire des courses. Ça te va ?

— Oui, c'est parfait. Merci.

Elle croisa le regard de Dave dans le rétroviseur et lui adressa un signe de tête. Oui, cela lui convenait parfaitement. Elle n'était pas vraiment impatiente de se retrouver seule dans son minuscule cottage. Terri savait qu'à l'instant où ils partiraient, toutes les émotions et les souvenirs qu'elle refoulait la submergeraient.

— Je vais préparer le thé pendant que vous rattrapez le temps perdu, les filles, proposa Dave en se garant.

— Tu es une perle, Dave, assura Terri d'un ton plein d'affection.

— Tu l'as dit, renchérit Sandi alors qu'ils sortaient de la voiture. Et mieux encore.

— Toi aussi, petite fleur, répliqua son mari.

Il lui prit la main et l'embrassa vivement sur le front avant de pivoter vers la maison.

Terri sourit en suivant le couple à l'intérieur, mais son cœur saignait à la vue de leurs démonstrations d'affection. Cela lui rappelait Bastien.

— Bien, dit Sandi quand elles furent dans le salon, en se laissant tomber sur le canapé. (Elle haussa un sourcil à l'adresse de Terri.) Maintenant que nous sommes seules, tu veux bien me parler de ce Bastien et de ce qu'il a fait pour te briser le cœur ?

Terri se raidit, puis elle regarda vivement sa belle-sœur.

— Qu'est-ce qui te fait croire qu'il m'a brisé le cœur ? demanda-t-elle enfin. Ou que je l'aime, d'ailleurs ?

— Oh, s'il te plaît. (Sandi laissa entendre un petit rire.) Tu ne prononces pas une phrase sans qu'elle contienne le nom « Bastien ». Et tu n'es pas revenue plus tôt que prévu, avec une tête à faire peur, parce que tout se passait bien. Alors, crache le morceau. Qu'est-ce qu'il a fait ?

— En fait, rien du tout. C'est moi qui l'ai quitté, avoua Terri avec lenteur.

Et elle lui raconta les deux dernières semaines par le menu, sans omettre aucun détail. Elle ne s'arrêta pas même quand Dave vint les rejoindre et prit place sur le canapé à côté de sa femme. Ce fut comme si Terri se purgeait l'âme.

Le couple l'écouta en silence, sans dire un mot, jusqu'à ce que Terri se taise et se renfonce dans son siège en attendant leur opinion. Elle pensait que Sandi serait compatissante, mais Dave allait sans doute la traiter d'idiote. Aussi fut-elle prise de court quand sa belle-sœur secoua la tête en disant :

— Tu es vraiment stupide.

Sous le choc, Terri se raidit, mais Sandi n'avait pas terminé.

— Tu as trouvé le grand, le véritable amour de ta vie, ton âme sœur, et tu l'as rejeté, tu as laissé la peur tout gâcher ? Idiote ! (Alors que Terri la regardait, interdite, Sandi se flanqua une claque sur les cuisses, puis croisa les bras.) Eh bien voilà. Je suppose que tu vas nous annoncer que tu déménages pour la France ?

— Quoi ? dit Terri, confuse.

— Je suppose que tu nous aimes.

—Évidemment ! Je ne sais pas ce que j'aurais fait sans vous deux après la mort d'Ian et…

—Alors, l'interrompit Sandi en haussant les épaules, tu ferais mieux d'aller vivre en France, loin de nous. Plus tu passes de temps ici, plus tu vas nous aimer… et tu sais qu'un jour nous mourrons aussi.

—Ce n'est pas la même chose, protesta-t-elle.

—Bien sûr que si ! L'amour, c'est l'amour. Et un deuil, c'est un deuil ! Nous aimons tous, et nous souffrons tous quand nous perdons un être cher. Le truc, c'est de profiter de l'instant présent. Pas de courir comme un lapin en tournant le dos aux bonnes choses parce qu'elles pourraient nous être arrachées un jour ou l'autre.

—Mais…

—Tu regrettes le temps passé avec Ian ? Tu y renoncerais, tu l'effacerais de ta mémoire si tu le pouvais, pour ne plus ressentir la douleur de l'avoir perdu ? s'enquit Sandi. Et ta mère ? Tu aurais préféré qu'elle meure en te donnant le jour plutôt que d'avoir eu à traverser ça à dix-neuf ans ?

» Et, comme je viens de le dire, il y a Dave et moi. Si l'un de nous tombait malade, cesserais-tu de venir nous rendre visite ? Si je passais la porte et que j'étais renversée par un bus, regretterais-tu de m'avoir connue à cause de la peine que te causerait ma mort ? Est-ce que ça ferait moins mal aujourd'hui que demain, ou la semaine prochaine, ou dans un an ?

—Non, bien sûr que non.

—C'est parce que tu nous aimes, Terri. Et tu aimes ce Bastien. La seule différence, c'est que tu renonces à lui avant de le *devoir*. Tu souffres pour *rien*. Tu es responsable de ce que tu ressens. Tu te conduis comme une idiote.

—Tu ne trouves pas que tu es un peu dure, petite fleur ? demanda Dave.

— Tu crois ? (Sandi se tourna vers lui et haussa les sourcils.) Qu'est-ce que tu ressentirais si je t'abandonnais, pas parce que tu aurais mal agi, ou parce que je ne t'aimerais plus, mais parce que je serais amoureuse de toi et que tu serais malade ? Tout ça parce que je risquerais d'en souffrir plus tard ?

Dave écarquilla les yeux, et Sandi hocha la tête.

— Tu vois ? C'est ce que ressent ce Bastien en ce moment même. Terri le punit parce qu'elle l'aime et qu'il ose être malade, être humain. Il a mal, et il ignore pourquoi. Il ne comprend pas ce qu'il a pu faire pour qu'elle parte.

— Mais Dave t'aime, souligna Terri.

— Comme Bastien t'aime, rétorqua Sandi. Tout ce que tu m'as dit à son sujet me le confirme. Et te voilà, à vous faire du mal à tous les deux, uniquement parce que tu es lâche. Vivre demande du courage, Terri. Vivre vraiment. Suivre ses rêves, aimer quelqu'un, affronter chaque jour. Les agoraphobes restent enfermés chez eux parce qu'ils sont terrifiés par ce qui pourrait arriver… mais, aussi longtemps qu'ils restent planqués, ils ne sauront jamais ce qui pourrait arriver. Tu es une agoraphobe émotionnelle. Tu en es une depuis qu'Ian est mort. Tu évites de t'engager pour ne pas être blessée. Mais il est temps que tu rejoignes le monde des vivants, ma fille, et que tu cesses d'agir comme si c'était toi qui étais couchée dans cette tombe froide. Je parie qu'Ian donnerait tout pour être en vie et amoureux, et toi, tu as tout ça et tu y renonces.

Sandi secoua la tête et quitta la pièce en tapant des pieds, tout en marmonnant :

— Je retourne bosser. Parfois, les gens me rendent folle.

Terri se mordit la lèvre et regarda Dave, qui lui tapota le bras pour la rassurer.

— Elle est stressée par ce délai qu'elle doit respecter. Elle t'aime. Et moi aussi. Et nous détestons te voir malheureuse. Tu l'es depuis si longtemps, Terri. Et ça nous bouleverse de te voir refuser de vivre quelque chose de bien.

— Mais il est condamné, Dave, protesta-t-elle. Je ne peux pas de nouveau traverser ce genre d'épreuve.

— Tu es sûre qu'il va mourir ? Tu en es absolument certaine ? C'est peut-être une maladie chronique, mais pas mortelle. Ou peut-être a-t-il cinq ou dix ans devant lui. Tu veux vraiment les manquer pour t'éviter six mois à un an de chagrin ? Je ne dis pas que ce sera facile à la fin, mais tu ne peux pas profiter du temps que vous avez sans t'inquiéter de ce que tu perdras ? Sandi a raison, tu sais. Elle pourrait sortir et mourir demain. Moi aussi. Ou bien toi. Même si Bastien est condamné, il pourrait te survivre. On ne peut pas vivre sur des peut-être. Parce que rien n'est gravé dans la pierre.

Terri baissa la tête, l'esprit tournant en rond. Le mot-clé de ces dernières trente-six heures semblait être « confusion ». Elle était épuisée et avait du mal à réfléchir.

— Tu as l'air crevée, commenta Dave. Pourquoi tu ne t'allonges pas pour te reposer un peu ? Je te réveillerai quand le thé sera prêt.

— Oui, je crois que je vais suivre ton conseil, murmura Terri. Je n'ai pas dormi depuis plus d'une journée, et j'ai passé plus de treize heures dans des aéroports et des avions.

— Alors tu as besoin de te reposer. Couche-toi.

Il prit l'un des coussins qui trônaient à chaque bout du canapé et le lui mit sous la tête. Puis il attrapa le plaid posé sur le fauteuil et l'en couvrit.

— Merci, souffla Terri. Sandi a de la chance de t'avoir. Moi aussi.

— Hum.

Dave se racla la gorge, un peu gêné. Puis il haussa les épaules, marmonna qu'elle devait fermer les yeux et sortit.

Terri dormit. Ils ne la réveillèrent pas pour le thé, ni le dîner, et elle passa la nuit dans leur salon. Elle se réveilla à 5 heures, se sentant comme un sac de patates. Mais un sac de patates bien reposé. Souriant un peu, elle se leva et plia la couverture qu'on avait étendue sur elle, puis le plaid. Elle prit des vêtements propres dans sa valise, monta à l'étage et réussit à prendre une douche sans réveiller le couple qui dormait au bout du couloir. Ensuite, Terri se brossa les dents, s'habilla et retourna en bas. Elle se fit du thé dans la cuisine et l'emporta dehors, pour s'asseoir à la table de jardin. Là, elle regarda sans les voir les herbes folles tout en réfléchissant aux paroles de Sandi et à tout ce qu'elle savait elle-même.

En réalité, Terri ignorait si Bastien était condamné. Pourtant, tous les indices pointaient dans cette direction. Elle décida de partir du principe qu'elle avait raison pour prendre sa décision, parce qu'elle devait savoir ce qu'elle voulait si Bastien allait mourir. Si ce n'était pas le cas, la réponse était simple : elle désirait être avec lui. Mais un mariage, c'était pour le meilleur *et* pour le pire, dans la santé *et* la maladie… Il n'était dit nulle part un truc du genre : *aussi longtemps que vous serez en bonne santé et heureux*. Terri avait besoin de savoir si elle aimait suffisamment Bastien pour rester à ses côtés dans les mauvais moments. Si elle serait assez forte pour cela.

Le regard rivé sur le mur de briques qui entourait la maison de Dave et Sandi, elle imagina les années à venir, sans lui. Le monde semblait bien triste sans Bastien. Puis elle pensa à ce qu'ils pourraient partager. Les rires, les conversations… et ils travaillaient si bien ensemble en temps de crise. Terri avait envie de ce genre de relation. Elle ne voulait pas la perdre après en avoir eu juste un avant-goût. Mais en fait, c'était déjà le cas. Sandi avait raison. Elle y avait renoncé. Quant à traverser la maladie avec lui, elle l'avait déjà fait à deux reprises. Et elle savait qu'elle demanderait des nouvelles de Bastien à Kate. Elle ne pourrait pas s'en empêcher. Et, additionnées à ses expériences passées, elles suffiraient à nourrir son imagination, à comprendre ses souffrances, et elle aurait mal avec lui, qu'elle soit physiquement près de lui ou pas.

Terri comprit qu'elle était bien lâche et stupide. Elle renonçait à des mois, des années peut-être de bonheur, en anticipant le malheur à venir. Mais la vie n'offrait aucune garantie. Même si Bastien était condamné, il était possible qu'elle le précède dans la tombe, comme Dave l'avait suggéré.

Terri bondit sur ses pieds et rentra pour rincer sa tasse. Puis elle écrivit un message à Dave et Sandi et décrocha le téléphone pour appeler un taxi.

— Si tu peux attendre dix minutes pendant que je m'habille, je t'emmènerai.

Terri se tourna vers la porte, où Dave se tenait, vêtu d'un pantalon en laine polaire et d'un tee-shirt. Elle avait oublié que c'était un lève-tôt.

— Si je prends un taxi, ça t'évitera de faire encore un long trajet.

— Je dois aller chez *Sainsbury's* pour acheter deux ou trois trucs. Et je sais que tu voudras t'y arrêter avant de rentrer chez toi.

Il ne lui laissa pas une chance de refuser et remonta en courant. Deux minutes plus tard, Sandi apparut en robe de chambre, bâillant à se décrocher la mâchoire.

— Oh. (Elle secoua la tête pour s'éclaircir les idées et étudia Terri.) Je suis désolée pour ce que j'ai dit.

— Ne le sois pas. Tu avais raison.

Sandi haussa les épaules.

— Mais j'aurais pu être un peu plus diplomate.

Terri l'étreignit en souriant.

— Je t'aime.

— Tu vas le retrouver, dit Sandi, et il y avait de la tristesse dans son regard quand elles se séparèrent. Tu devrais pouvoir dégotter un poste dans l'une de leurs universités. Je sais que tu seras heureuse. Mais tu vas terriblement nous manquer.

Terri sentit sa gorge se serrer. Elle avait dépendu de ce couple si longtemps. Sandi et Dave avaient été sa seule famille pendant plus d'un tiers de sa vie. Elle se força à sourire.

— Oh, ne vendons pas la peau de l'ours avant de l'avoir tué. Il ne veut peut-être pas de moi.

Sandi ricana.

— C'est ça !

— Et s'il voulait de moi avant, ce n'est peut-être plus le cas maintenant.

— Il te pardonnera, prédit sa belle-sœur. Il faudra juste que tu rampes et que tu admettes que tu as été une belle idiote.

Terri gloussa, puis elle se tourna vers la porte en entendant Dave redescendre tout aussi vite qu'il était monté.

— Bon, je suis prêt. Je reviens dès que possible, petite fleur.

Il embrassa Sandi, attrapa la poignée de la valise de Terri, marqua une pause et se retourna pour un autre baiser. Puis il se dirigea vers la sortie.

— Roule prudemment, dit Sandi, qui les avait accompagnés sur le seuil.

— Promis. Maintenant, retourne te coucher. Tu as veillé tard la nuit dernière.

— Emmerdeur, marmonna-t-elle d'un ton affectueux.

— J'ai entendu !

— Évidemment, répliqua-t-elle avec un large sourire, puis elle agita la main à l'adresse de Terri et rentra dans la maisonnette.

Terri secoua la tête, amusée, en prenant place sur le siège passager de la Jaguar.

— Vous étiez faits l'un pour l'autre.

— Tu peux le dire, acquiesça Dave.

Il démarra en souriant et lança son bolide sur la chaussée.

Bastien sommeillait à l'avant de sa voiture de location quand il entendit un moteur rugir derrière lui. Clignant des yeux, il vit une Jaguar noire s'arrêter. Deux personnes se trouvaient à bord. Il fallut un moment à son cerveau embrumé de sommeil pour reconnaître Terri, puis il aperçut l'homme qui l'accompagnait et il fut réveillé d'un coup, comme par une douche froide. Il était 7 heures. Elle n'était pas chez elle la veille, quand il était arrivé, et il s'était assis dans sa voiture pour l'attendre, garé devant le petit cottage. Et il s'était assoupi. Il avait mal dormi, inquiet, se demandant si elle avait raté une correspondance ou eu quelque problème. Mais elle était là... et avec un homme ? Bastien se dit qu'il allait le tuer.

Ouvrant la portière, il se glissa dehors. Puis, les mains sur les hanches, il regarda le couple sortir de la Jaguar.

— Bastien !

Terri semblait plus choquée qu'heureuse de le voir, décida-t-il. Et cela ne fit rien pour améliorer son humeur. Son cerveau aurait eu besoin de plus de sommeil. Et son corps tout entier était assoiffé de sang. Depuis combien de temps ne s'était-il pas nourri ? Sans doute bien trop. Peut-être allait-il mordre l'autre type avant de le tuer.

— Dave, je te présente Bastien, dit Terri à l'homme grand, avec des cheveux blancs, qui sortait sa valise du véhicule.

Prématurément blanchis, corrigea Bastien quand l'intéressé claqua le coffre et s'avança vers lui.

Il fit un pas en avant.

— Bastien, je te présente David Simpson, mon beau-frère. Dave et sa femme Sandi sont venus me chercher hier à l'aéroport, et j'ai passé la nuit sur leur canapé.

Bastien sentit sa colère s'évaporer. Son beau-frère. Et il avait une femme.

— Oh, dit-il, puis il tendit la main. Heureux de vous rencontrer.

— Moi de même, répondit Dave en souriant.

Et, au lieu d'une poignée de main, il lui donna la valise de Terri.

Bastien baissa les yeux sur ce qu'il tenait pendant que Dave étreignait la jeune femme.

— Je dois y aller. Sandi va s'inquiéter. Appelle pour nous dire ce qu'il en est.

Bastien releva la tête quand le moteur rugit. La Jaguar démarra.

— Jolie voiture.

— C'est la joie et la fierté de Dave, expliqua Terri. Tu veux entrer ?

Bastien acquiesça et la suivit sur le trottoir, se rendant compte qu'elle portait un sac de courses. Apparemment, son beau-frère l'avait emmenée se ravitailler avant de la déposer chez elle. Il suivit Terri à l'intérieur de la maison, balayant tout du regard, curieux, alors qu'il fermait la porte derrière lui. C'était petit mais douillet, et décoré avec goût, remarqua-t-il. Puis Terri pivota pour lui faire face.

— Je suis désolée, balbutia-t-elle. Je suis désolée, Bastien. Je n'aurais pas dû m'enfuir ainsi.

— Terri…

— Non, attends. Laisse-moi parler, insista-t-elle. J'ai fait une erreur. Une stupide erreur parce que j'ai eu peur. Je… je t'aime, Bastien. Et l'idée que tu puisses être malade et de devoir te regarder traverser tout ce qu'Ian et ma mère ont traversé me terrifie, mais je suis prête à le faire si je peux passer le temps qui te reste avec toi. Je prendrai le pire comme le meilleur. Je…

— Je ne suis pas malade, l'interrompit-il.

Terri se tut et le regarda sans comprendre.

— Quoi ?

— Je ne suis pas malade.

— Mais, les fioles dans ton frigo ?

— Les fioles ? (Puis il comprit de quoi elle parlait.) Le sérum pour Vincent ?

— Le sérum pour Vincent ?

— Oui. Tu sais, pour son problème de digestion. Le labo me l'a envoyé pour qu'il l'essaie. C'est un nouveau médicament, et nous espérons que ce sera le bon, répondit-il en choisissant soigneusement ses mots pour lui dire la vérité, sans que ce soit l'*entière* vérité.

Pas encore.

Terri se laissa tomber sur le canapé.

— Le sérum pour Vincent.

— Oui.

— Et le sang, la potence à intraveineuse ?

— La potence à intraveineuse ? Celle dans le placard de la grande chambre ? demanda-t-il avec surprise.

Terri hocha la tête.

— Elle y est depuis longtemps. Lissianna en a eu besoin à une époque de sa vie, mais c'est terminé maintenant. Nous ne nous en sommes jamais débarrassés, voilà tout.

— Lissianna ? couina-t-elle.

— Oui, Lissianna.

— Et le sang ? demanda-t-elle, pleine d'espoir.

Bastien hésita. Cela devenait épineux.

Terri poursuivit :

— Kate a dit que tu avais quelque chose à me dire, elle a laissé entendre que nous devrions franchir un obstacle avant de savoir si nous avions une chance.

— C'est vrai, admit-il, content de n'avoir pas à expliquer les poches de sang tout de suite. Nous allons devoir aborder ce sujet si tu acceptes de m'épouser, mais il ne s'agit pas d'une maladie. Je ne suis pas malade du tout.

— Tu veux m'épouser ? s'enquit Terri d'un ton ravi.

Bastien leva les yeux au ciel.

— Terri, ma chérie, je viens de prendre un avion pour te courir après. Ce n'était pas juste pour te demander de sortir avec moi.

— Oh, Bastien !

Elle se propulsa du canapé, et Bastien la rattrapa avec un grognement surpris. Puis elle lui couvrit le visage de petits bisous.

— Terri, ma chérie, du calme, il faut que nous parlions.

— Plus tard, murmura-t-elle. J'ai été si malheureuse depuis que j'ai surpris la conversation de Kate et de Lissianna dans les toilettes. Je... (Elle marqua une pause et scruta son visage.) De quoi parlaient-elles, au juste, en disant que je comprendrais, à cause d'Ian. Je croyais qu'elles disaient que tu étais en train de mourir, et que je pourrais comprendre et affronter cela parce que j'avais de l'expérience grâce à la mort de mon mari.

— Nous avons des choses à nous dire, répéta Bastien en soupirant.

— Eh bien, vas-y.

— Ce n'est pas une chose qu'on lâche comme ça, Terri.

— Et voilà, tu me rends de nouveau nerveuse !

— Je suis désolé, mais c'est… (Lui prenant la main, il la tira de nouveau vers le canapé et s'assit à côté d'elle.) Ce n'est pas quelque chose de mauvais.

— Non ?

— Non.

Il balaya du regard le salon du cottage de Terri, remarquant distraitement que c'était un lieu charmant et confortable, tandis qu'il essayait de trouver le meilleur moyen de lui révéler son secret.

— Tu as vu un film intitulé *Le Loup-garou de Londres* ?

Elle lâcha un rire perplexe.

— L'histoire de cet étudiant américain transformé en loup-garou en Grande-Bretagne ? Oui, qui ne l'a pas vu ?

Il hocha la tête.

— Eh bien, je ne suis pas américain, et je ne suis pas un loup-garou, et nous ne sommes pas à Londres.

Terri cligna des yeux à ces commentaires. Puis elle dit avec lenteur :

— Non, nous sommes à Huddersfield.

— Et je suis canadien, et un vampire, termina-t-il sur un ton enjoué.

— Hum… hum… Bastien, tu es sûr que ça va ?

— Terri…

— C'est l'idée que tu te fais d'une bonne blague ?

Elle commençait à être en colère, constata-t-il, alarmé. Comment diable Étienne et Lucern avaient-ils dit à Rachel et à Kate qu'ils étaient des vampires ?

— Terri, ma chérie. Ce n'est pas une plaisanterie. Je suis un vampire.

— Oh, je vois.

Elle était hargneuse. Ce qu'il trouva intéressant, parce qu'il ne l'avait jamais vue ainsi. Ou peut-être avec la vendeuse, chez *Victoria's Secret*. Puis il se ravisa ; non, elle l'avait juste remise à sa place. Et plutôt gentiment.

— Tu es un vampire. (Elle avait un ton incrédule et hochait la tête de bas en haut d'une manière qui n'augurait rien de bon.) Parfait. Alors, mords-moi.

Terri tendit le bras dans un geste de défi, et Bastien fronça les sourcils.

— Terri, je n'ai pas envie de te mordre, dit-il, puis il voulut se montrer honnête. Enfin, j'avoue que là, maintenant, j'ai un peu faim, mais ce n'est pas une raison pour...

— Mords-moi ! cracha-t-elle. Si tu es un vampire, mords-moi.

Bastien étudia son bras un instant, puis il le prit, le porta à ses lèvres et le mordit.

— Aïe !

Terri bondit du canapé, retirant son bras en vitesse. Heureusement, Bastien rétracta ses crocs, sinon il lui aurait arraché la veine et un morceau de chair.

— Tu m'as mordue ! Tu as des crocs !

— Tu me crois, maintenant ?

Serrant son bras contre sa poitrine, elle commença à reculer.

— S'il te plaît, n'aie pas peur de moi, Terri. Je t'aime, dit Bastien avec douceur, en faisant un pas vers elle, la main tendue, suppliant, et il fut soulagé quand elle hésita. Chérie, c'est une bonne chose. Tu n'auras jamais à t'inquiéter de me voir mourir d'une longue et terrible maladie. Je ne partirai pas comme Ian et ta mère.

Elle le regardait sans ciller.

— Ton père est mort ? Il a reçu un pieu dans le cœur ?

— Non. Il s'est consumé. Nous pouvons mourir brûlés.

Puis il ajouta vivement :

— Mais ce n'est pas une longue maladie. Aucune des façons dont nous pouvons périr n'est lente.

— Alors, le sang dans ton frigo…

— De la nourriture. Nous ne mordons plus les humains, pas à moins que ce soit nécessaire.

— Tu n'es pas humain.

— En fait, si, nous le sommes. En quelque sorte. C'est surtout une question de nationalité. Nous sommes pratiquement immortels, et atlantes plutôt que britanniques, ou, dans mon cas et dans celui de ma famille, canadiens. (Il marqua une pause et fronça les sourcils ; il s'y prenait vraiment très mal.) Écoute, ma chérie, assieds-toi, je vais tout te raconter. Notre vampirisme s'explique de manière scientifique. Il ne s'agit pas d'une malédiction ou d'un truc dans le genre. Nous avons une âme. Toutes ces histoires de prédateurs démoniaques et nocturnes sont… eh bien, il s'agit d'une énorme méprise.

Terri ne se rassit pas, mais plissa les yeux.

— Alors, les vampires peuvent supporter la lumière du jour ?

— Oui. (Il se rembrunit.) Mais le soleil provoque de gros dégâts, bien sûr. Et pour compenser nous devons boire plus de sang, mais nous pouvons l'affronter sans partir en flammes.

Elle sembla accepter cette réponse ; elle l'avait vu marcher au soleil, après tout.

— Quel âge as-tu ? demanda-t-elle.

Bastien soupira.

— Quatre cent douze ans.

— Quatre cent… Seigneur. (Elle se laissa tomber sur le canapé et se raidit.) Alors, toutes ces choses que tu savais quand nous visitions le musée, c'est parce que tu y étais ?

— J'étais là, oui, quand elles se sont passées, reconnut-il. Je n'étais pas né au Moyen Âge, bien sûr, mais des années 1600 à nos jours…

— C'est tout ? demanda-t-elle.

Puis elle secoua la tête et marmonna :

— C'est dingue.

— Non, c'est de la science, expliqua Bastien. Tu vois, les chercheurs atlantes ont créé des nanos pour réparer et régénérer le corps, mais ils utilisent le sang à un rythme effréné pour y parvenir. Donc, nous devons en ingérer pour les nourrir et rester en bonne santé. Nous buvons du sang pour survivre, comme les diabétiques ont besoin de s'injecter de l'insuline parce qu'ils n'en produisent pas assez.

— Des Atlantes, murmura Terri. Voilà que je suis tombée amoureuse de l'Homme de l'Atlantide. (Elle releva vivement les yeux.) Tu n'as pas les mains et les pieds palmés, ou un truc comme ça, hein ?

Bastien soupira, essayant de se montrer patient. Les mythes abondaient autour de l'Atlantide et des vampires. Dieu merci, aucun ne reliait les deux.

— Bébé, tu m'as vu nu. Complètement nu. Tu sais que je n'ai ni nageoire ni ouïe.

— Oh, oui. (Elle resta silencieuse un moment, puis elle se racla la gorge.) Bastien ?

— Oui ? répondit-il, plein d'espoir.

— Je crois que j'aimerais que tu t'en ailles maintenant. J'ai besoin de temps pour… euh… digérer tout ça.

Il sentit son estomac se serrer.

— Combien de temps ?

— Je ne sais pas, avoua-t-elle.

Bastien la regarda une minute, puis il se leva et gagna la porte. Là, il marqua une pause et se retourna vers elle.

— Tu n'en parleras à personne, n'est-ce pas ?

— Bien sûr que non. Et d'ailleurs, on me prendrait pour une dingue.

Il acquiesça.

— Bien. Parce que tu mettrais ma famille tout entière en danger… y compris Kate.

— Kate ?

Terri releva vivement la tête.

Bastien opina du chef.

— Lucern l'a transformée. Elle est sa compagne pour la vie.

— Elle était consentante ?

— Évidemment ! cracha Bastien. Nous ne transformons pas les gens sans leur permission. Enfin, nous l'avons fait avec Rachel, reconnut-il, mais c'était une situation exceptionnelle. Elle allait mourir et nous devions la sauver.

— Rachel est devenue une vampire ?

— Oui.

— Et Greg ?

— Un simple psychologue canadien… jusqu'à ce que Lissianna et lui tombent amoureux et qu'elle en fasse l'un des nôtres.

Terri hocha lentement la tête.

— Alors, si je voulais être ta compagne, il faudrait que j'accepte d'être transformée aussi ?

— Oui, du moins si tel était ton souhait.

— Et si je ne le voulais pas ?

— Alors je serais obligé de te regarder vieillir, devenir faible et mourir, comme tu l'as fait avec Ian et ta mère… sauf que ce serait sur une plus longue période, bien sûr. Je le ferais pour toi, Terri. Et je t'aimerais jusqu'à la fin de mes jours. Ça me tuerait, mais… nous prenons un compagnon pour la vie, dans notre famille. (Il ouvrit la porte et fit un pas dehors.) Je serai à l'*Hôtel George* pour deux nuits, puis je retournerai en Amérique.

Terri le salua de la tête, et il fit de même. Puis il ferma derrière lui et retourna vers sa voiture de location.

Bastien ignorait s'il avait pris la bonne décision en la laissant seule, avec ce qu'elle savait. Il risquait peut-être la vie de tous les membres de sa famille. Mais l'amour était une question de confiance, et il accordait la sienne à Terri. Elle l'aimait, et même si elle n'était pas capable d'accepter ce qu'il était, elle ne lui ferait jamais de mal.

Terri déballa son sandwich aux crevettes, mordit dedans et le posa en soupirant, regardant par la fenêtre de son bureau. C'était son préféré, d'ordinaire, mais il lui semblait fade. Plus rien n'avait de saveur depuis qu'elle avait quitté New York. Et Bastien.

Elle grimaça et reprit son déjeuner. Cela faisait presque une semaine que Bastien avait refermé la porte du cottage sur lui. Et si elle lui avait dit qu'il lui fallait du temps pour digérer ses paroles… eh bien, elle avait toujours une indigestion. Elle n'arrivait pas à saisir ce qu'il était. Elle avait compris ce qu'il avait dit, et même s'il y avait sans doute encore bien des choses à expliquer, elle avait aussi saisi le sens de la partie concernant les nanos et le sang. Mais comprendre, croire et accepter étaient des notions très différentes. Terri comprenait ce qu'il disait être, elle croyait cela possible, mais elle avait du mal à l'accepter. Son histoire d'amour digne d'un conte de fées n'était pas si parfaite, après tout. Le prince charmant était un buveur de sang.

— Ça a l'air bon.

Terri leva les yeux en entendant le commentaire, puis bondit sur ses pieds.

— Kate !

—Salut.

Souriant, sa cousine retira ses lunettes de soleil, traversa la pièce et contourna le bureau avec l'intention évidente de la serrer dans ses bras.

Effrayée, Terri tendit aussitôt la main pour l'arrêter, puis elle cligna des yeux en voyant qu'elle brandissait son sandwich comme quelque soubrette du Moyen Âge l'aurait fait avec un crucifix.

—Tu en veux ? proposa-t-elle gauchement.

Kate regarda le sandwich, éclata de rire et le prit. Puis elle le jeta dans la corbeille à papier sous le bureau de Terri et la tira vers la porte.

—Viens, allons déjeuner chez *Harvey Nichols*.

—Oh, mais *Harvey Nichols* est hors de prix, protesta Terri, traînant les pieds.

Elle fut stupéfaite que cela ne ralentisse même pas Kate. Terri s'était demandé si les vampires avaient vraiment une force supérieure à celle des simples humains, comme dans les films.

—Oui, répondit Kate, comme si elle s'était exprimée tout haut.

Elle prit la veste légère de Terri au portemanteau et continua à l'entraîner dehors.

—Tu peux lire dans mes pensées ? s'enquit Terri, choquée.

—Oui. Ça aussi c'est vrai, annonça Kate.

—Alors, pendant tout ce temps, Bastien savait tout ce qui me passait par la tête ?

Elle était horrifiée.

—Non. Ton esprit lui est fermé. Et c'est pour ça que vous êtes parfaits l'un pour l'autre.

—Ah oui ?

—Crois-moi sur parole.

—Kate, je ne pense pas…

Terri se tut quand sa cousine s'arrêta net et fit volte-face pour la regarder, les yeux plissés.

— Terri, c'est moi, Kate. La même Kate que tu connais depuis toujours. La cousine qui t'aime et que tu aimes. Celle qui allait chercher des têtards avec toi. Rien n'a changé. Et ça me bouleverse que tu puisses avoir peur de moi parce que ma condition médicale a changé.

Elle marqua une pause, puis ajouta :

— Surtout que je prends du temps sur ma lune de miel pour venir ici et essayer de réparer les bêtises de Bastien.

— Ta lune de miel ? murmura Terri.

— Oui. Ma lune de miel, répéta Kate. Quand Marguerite m'a appelée pour me dire ce qui s'était passé, j'ai insisté pour que Lucern et moi changions un peu nos plans pour inclure Huddersfield, en Angleterre, à notre tour d'Europe. Puis j'ai abandonné Lucern à son sort à l'*Hôtel George* pour prendre le train pour Leeds, tout ça parce que je t'aime. Je veux que tu sois heureuse. Je ne te ferai jamais de mal. Si j'avais voulu te mordre, j'en aurais eu l'occasion plus d'une fois pendant que tu vivais avec moi, à New York. Mais je ne l'ai pas fait. Je ne mords pas. Alors, maintenant, viens déjeuner avec moi, s'il te plaît, et laisse-moi t'aider à donner un sens à tout ça. Comme ça, tu pourras prendre une décision basée sur des faits.

Terri hésita, puis elle hocha la tête.

— D'accord.

Chapitre 20

— Tu ne m'écoutes pas, Bastien, l'accusa Marguerite Argeneau.

— Si, bien sûr, mère, se défendit-il avec impatience.

Il ne prit pas la peine de lever les yeux du dossier qu'il lisait.

— Alors, qu'est-ce que je viens de dire ?

Bastien posa les papiers qu'il étudiait et se renfonça dans son siège pour lui accorder toute son attention. Ce qu'elle ne remarqua même pas. Elle était trop occupée à faire les cent pas devant son bureau. Soupirant de lassitude, il déclara :

— Tu as dit que tu avais reçu une lettre d'un membre de la famille ce matin…

— De Vincent, l'interrompit-elle.

— Très bien. De Vincent, répéta-t-il comme un bon fils, puis il fronça les sourcils. Pourquoi est-ce que Vincent t'écrirait, puisqu'il vit dans l'appartement avec nous ? Il aurait pu…

— Seigneur Dieu, sur quelle planète vis-tu ?

S'arrêtant devant lui, elle le fusilla du regard, bras croisés sur la poitrine, puis elle poussa un gros soupir et lui rappela :

— Vincent est retourné en Californie.

— Vraiment ?

— Oui. Il a pris l'avion il y a une semaine.

— Et sa pièce ? demanda Bastien, perplexe. *Dracula*, la comédie musicale.

Elle fit un geste de la main et recommença à tourner en rond.

— Elle s'est arrêtée il y a deux semaines.

— Déjà ? (Il écarquilla les yeux.) J'aurais dû aller à la première, mais j'ignorais que ça se jouait déjà. Ou bien je le savais ?

Ils lui avaient peut-être dit, et il ne leur avait prêté aucune attention. Ou cela lui était sorti de la tête. Cela lui arrivait souvent depuis le départ de Terri.

Marguerite s'immobilisa de nouveau pour répondre avec une grande patience :

— Il n'y a jamais eu de représentation.

Il haussa les sourcils.

— Pourquoi ?

— Ils ont dû abandonner le projet. Bien trop de membres de l'équipe et de la distribution sont tombés malades.

— Quel genre de maladie ?

Soudain, Bastien était soupçonneux.

Marguerite hésita.

— Qui sait ?

Il ne put s'empêcher de remarquer que sa mère évitait son regard.

— Mère, insista-t-il, un avertissement dans la voix.

Elle soupira et avoua :

— Ils n'étaient pas sûrs, mais apparemment, ils ont été frappés par une anémie contagieuse.

— Une anémie contagieuse, répéta Bastien, écœuré.

Cela n'existait pas, bien sûr. Il savait désormais où Vincent était allé pour se nourrir, chaque fois qu'il sortait « chasser », depuis son arrivée à New York. Il secoua la tête, stupéfait.

— Il a réussi à gâcher sa chance d'avoir un premier rôle dans une pièce. Seigneur, comment a-t-il pu faire ça ? Mais à quoi pensait-il ?

— Je ne crois pas qu'il ait réfléchi, soupira Marguerite. Je le soupçonne d'avoir eu le trac. Un premier rôle, c'est…

— Il ne m'a pas semblé nerveux, l'interrompit Bastien d'un ton sans réplique.

Il connaissait Vincent depuis quatre siècles et rien ne le rendait jamais « nerveux ».

— Tu as raison, reconnut sa mère à contrecœur, puis son visage s'éclaira : Mais bien sûr !

— Quoi ?

Bastien se disait pourtant qu'il n'avait sans doute pas envie de savoir.

— Eh bien, il mangeait pour se réconforter.

— Pour se réconforter ? lui fit-il écho, incrédule.

— Oui, acquiesça Marguerite. Eh bien, il y a Étienne et Lissianna, tous deux très heureux avec leurs conjoints respectifs. Et Lucern vient de se marier. Et tu as rencontré Terri… Il a dû se sentir seul, prendre conscience de son statut de célibataire, et il s'est un peu laissé aller.

— Seigneur Dieu.

Bastien se renfonça dans son fauteuil et secoua la tête.

— Le pauvre garçon, poursuivit-elle.

— Oui, le pauvre garçon, ricana Bastien.

Il leva les yeux au ciel. Sa mère avait toujours eu un faible pour Vincent. C'était incontestablement son neveu préféré.

— Je devrais peut-être aller lui rendre visite, murmura-t-elle, pensive.

Bastien se redressa à cette idée.

— Mais certainement. Tu es si compréhensive, tu pourrais sans doute l'aider.

— En effet. (Elle ramassa son sac à main sur le bureau.) Un séjour en Californie serait amusant en cette saison.

— J'ai entendu dire que c'était la période rêvée, acquiesça-t-il pour l'encourager.

— Oui, je crois que je vais y aller. (Elle passa la bandoulière sur son épaule, puis marqua une pause pour l'observer.) Tu sais que je t'aime et que je ne t'abandonnerais pas pour courir en Californie m'occuper de Vincent si je ne savais pas qu'on se charge déjà de ton problème.

Bastien releva vivement la tête. Son commentaire l'avait pris de court.

— Je n'ai pas de problème, gronda-t-il, puis il ajouta : Et que veux-tu dire par « on s'en charge déjà » ?

Marguerite fit mine de ne pas avoir entendu la question. Tournant le dos à son fils, elle gagna la porte.

— Bon, je pars pour la Californie. Vincent insistera sûrement pour m'accueillir chez lui, alors appelle-moi là-bas si tu as… des nouvelles.

— Attends ! Mère !

Bastien commença à se lever, puis il se figea et se laissa retomber dans son fauteuil quand la porte se referma derrière elle. Il regarda le battant sans le voir pendant une minute, se demandant de quoi elle avait bien pu vouloir parler. Bastien supposait que le problème auquel elle avait fait référence, c'était son cœur brisé. Mais le reste n'avait aucun sens. Ou plutôt, les possibilités étaient bien trop nombreuses. Sans doute allait-il recevoir des coups de téléphone d'une dizaine de psychothérapeutes new-yorkaises au cours des jours à venir… et toutes seraient célibataires, bien sûr… et voudraient l'entretenir de sa mère.

Bastien se passa les mains dans les cheveux, soudain nerveux. Marguerite Argeneau devait être la femme la plus agaçante qui soit, et elle ne pouvait tout simplement pas se mêler de ses affaires…

Et elle est le problème de Vincent, pensa-t-il. *Du moins pour quelque temps.*

— Désolé, Vinny, murmura-t-il.

Et il sourit de la tempête qui allait bientôt souffler sur la vie de son cousin, mais cela ne dura pas. Si agaçante et insistante puisse-t-elle être, Marguerite Argeneau obtenait souvent ce qu'elle voulait. Elle avait réussi à faire revenir Kate vers Lucern quand la jeune femme s'était enfuie à New York. Et elle avait envoyé Thomas pour rabibocher Étienne et Rachel quand ils s'étaient séparés. Quel dommage qu'elle n'ait pas levé le petit doigt pour essayer de lui ramener Terri.

Mais il n'aurait pas voulu qu'elle interfère dans ses amours, n'est-ce pas ?

Meredith parlait au téléphone quand Terri entra dans son bureau. La femme s'arrêta net au beau milieu d'une phrase pour la regarder, bouche bée. Puis elle raccrocha sans un au revoir ni une explication.

— Je suis tellement contente de vous revoir.

Terri sourit.

— C'est réciproque, Meredith.

— Croyez-moi, il ne s'agit pas seulement d'une formule de politesse, Terri. Ça vient du cœur. (L'assistante se leva, prit son sac et sa veste et contourna son bureau.) Il est tellement malheureux depuis son retour d'Angleterre. Il vous aime, vous savez.

— Oui, sourit la jeune femme. Il me l'a dit, à Huddersfield. Le problème, c'est que je n'étais pas sûre de pouvoir affronter ce que vous êtes tous.

Kate lui avait dit que tous les employés du niveau supérieur des Entreprises Argeneau étaient des vampires.

La majorité des autres n'en étaient pas, mais ceux qui occupaient des postes importants, oui. Ainsi, si l'un d'eux avait un grief contre la famille Argeneau, il n'irait pas révéler au monde entier ce qu'il savait à leur sujet.

Meredith s'arrêta devant elle et hocha la tête.

— Et aujourd'hui ?

— Aujourd'hui, je suis sans emploi, sans domicile fixe et… ici, répondit Terri avec ironie.

Elle avait donné sa démission et réussi à vendre le cottage avant son départ. Elle avait l'intention de chercher un emploi aux États-Unis, à Toronto ou où que Bastien ait envie de vivre. S'il voulait encore d'elle.

La secrétaire se pencha pour l'étreindre en souriant.

— Bienvenue dans la famille ! (Puis elle se tourna pour montrer la porte du bureau de Bastien.) C'est ouvert. Entrez, il sera heureux de vous voir. Moi, je vais déjeuner.

— Merci, répondit Terri.

Elle attendit que Meredith soit partie pour frapper.

— Entrez ! aboya une voix d'homme.

Elle obéit.

— Meredith, où diable ai-je bien pu poser… (Son ton surmené mourut quand il la reconnut.) Terri.

— Tu ne m'as posée nulle part, tu m'as simplement laissée à Huddersfield.

Elle ferma la porte et traversa la pièce, plus très sûre que Kate et Meredith aient eu raison. Bastien n'avait pas l'air content de la voir.

Bastien fut un peu perdu, puis il se rappela ses dernières paroles, *« Meredith, où diable ai-je bien pu poser… »*, et il comprit.

— J'ai attendu deux jours.

— Je réfléchis lentement, répondit Terri d'un ton d'excuse. Et parfois, je suis un peu bouchée. Kate a dû venir pour m'éviter de me perdre dans les vieux clichés.

— Les vieux clichés ?

— Tu sais, trente-trois ans de films de vampire peuvent laisser des traces, expliqua-t-elle en haussant les épaules. Je butais sur le mot, sans voir l'homme derrière. Ou la femme. (Elle s'arrêta devant son bureau.) Quand Kate a débarqué dans mon bureau, j'ai eu peur d'elle.

— Kate t'a rendu visite à l'université ?

Terri acquiesça, un petit sourire faisant frémir ses lèvres.

— Elle a dit qu'elle savait que tu avais raté ton explication.

— Je n'ai rien raté du tout ! protesta Bastien.

— Ah non ? « Tu as vu le film *Le Loup-garou de Londres* ? », dit-elle, citant ses paroles.

Elle secoua la tête en riant.

Bastien rougit. Bon, d'accord… cela n'avait peut-être pas été la meilleure entrée en matière. Depuis, il avait pensé à une dizaine de façons de lui apprendre la vérité à son sujet.

— J'étais sous pression, s'excusa-t-il. (Il haussa les épaules et se rassit pour l'observer.) Tu vas me dire ce que tu fais ici ?

— Je suis ici parce que je t'aime.

Il se raidit. Son ton était plein d'espoir.

— Et parce que j'espère que tu m'aimes encore.

Bastien la regarda pendant un long moment, partagé entre la pulsion de sauter par-dessus son bureau pour la prendre dans ses bras et lui prouver qu'il l'aimait encore, et le désir d'être prudent.

— Et qu'en est-il de… (Il se montra lui-même.)… ma condition médicale ?

Terri éclata de rire.

— Ta condition médicale ?

Il soupira.

— Tu sais ce que je veux dire.

Elle hésita, puis demanda :

— M'aimes-tu encore, Bastien ? Ou as-tu été tellement blessé parce que j'ai eu besoin de temps pour y voir clair que tu ne veux plus rien avoir à faire avec moi ?

— Je t'aime toujours, admit-il. Et il en sera ainsi pour les quatre ou cinq cents ans à venir. Après ça, nous pourrions avoir à y travailler un peu.

Terri contourna le bureau en souriant.

Bastien la regarda, toujours inquiet et incapable de bouger... puis il émit un grognement de surprise quand elle s'assit sur ses genoux.

— Je peux accepter ta « condition médicale », dit-elle. Et je veux passer ma vie, longue ou courte, avec toi. Maintenant, si ça ne te dérange pas, pourrais-tu me faire l'amour ? (Elle noua les bras autour de son cou.) Je sais que nous avons encore beaucoup de choses à nous dire, mais j'ai vraiment besoin de me sentir de nouveau proche de toi. J'ai eu si froid et si mal à l'intérieur depuis ton départ.

Bastien sentit l'engourdissement qui s'était saisi de lui trois semaines auparavant se dissiper. Et il fut compatissant. C'était exactement ce qu'il avait ressenti : le froid, la solitude. On aurait dit qu'elle avait emporté toute la joie en l'abandonnant. Bastien lui passa les bras autour de la taille et se pencha pour l'embrasser.

Elle était chaude contre lui, et sa bouche était si douce, mais ce fut à l'instant où elle soupira qu'il sentit sa passion commencer à s'éveiller. Elle lui avait manqué. La toucher, lui parler, simplement être avec elle... Oui, tout cela lui avait cruellement manqué. Ainsi que ses soupirs, ses gémissements, la manière dont son corps bougeait contre le sien.

Bastien glissa une main jusqu'à sa poitrine, prit un sein et le serra avec douceur, et un léger soupir échappa à Terri. Elle se cambra et gémit en réponse à sa caresse. Et Bastien sentit la glace protectrice qu'il avait laissé s'installer autour de son cœur craquer et se détacher. Et il eut mal dans la poitrine. Il comprenait désormais les mots : *je t'aime tant que ça fait mal.*

Son cœur était douloureux, et seule Terri pouvait le guérir.

— Terri, murmura-t-il, et il lui embrassa la joue. J'ai besoin de toi.

— Moi aussi j'ai besoin de toi, dit-elle, haletante.

Elle enfouit les mains dans ses cheveux et força sa bouche à revenir contre la sienne, et elle l'embrassa avec cette passion dont il se souvenait et qu'il désirait par-dessus tout. La douleur dans sa poitrine se dissipa, pour s'éveiller dans tout son corps.

Il avait envie d'elle à un tel point qu'il ne pensait pas pouvoir se montrer doux, attentif et patient. Il ressentait la pulsion de lui arracher ses vêtements et de s'enfoncer en elle. Il commença à déboutonner son chemisier, sans ménagement pour les boutons, et plusieurs sautèrent dans sa hâte de sentir sa peau sous ses doigts. Ce fut un soulagement quand il eut raison du dernier. Puis sa frustration se focalisa sur le soutien-gorge en satin noir que Terri portait dessous. Elle passa aussitôt une main entre eux pour le dégrafer sur le devant. Bastien se précipita sur ses seins, les couvrant de ses mains et pétrissant leur chair douce. Il s'écarta un peu et plongea pour prendre un mamelon dressé dans sa bouche.

— Nous devrions aller sur le canapé, marmonna-t-il contre sa peau.

— Non, répondit Terri.

Et il ressentit une profonde déception quand elle se leva pour se mettre hors de sa portée. Mais l'instant suivant, il comprit qu'elle n'avait pas plus envie de faire durer les préliminaires que lui. Avant qu'il n'ait eu le temps de se poser trop de questions, elle revint sur lui, à califourchon cette fois.

— Ah, tu portes de nouveau une jupe, souffla-t-il contre sa poitrine, avant de lécher le bout de sein près de ses lèvres. (Il lui caressa la cuisse à travers son collant.) Mais ce truc risque de nous gêner.

— Oh, non, pas du tout, lui assura-t-elle.

Elle lui prit la main et la guida sous sa jupe jusqu'à sa hanche.

Bastien ouvrit de grands yeux. Elle ne portait pas des collants, mais des bas. Et elle n'avait pas de culotte. Grognant autour de la chair dans sa bouche, il lui caressa les fesses en se demandant s'il était encore trop tôt pour la pénétrer.

Terri répondit à la question en changeant de position pour déboutonner et baisser la fermeture Éclair de son pantalon.

— Je te veux, Bastien. *Maintenant.*

— Merci, mon Dieu ! marmonna Bastien, glissant une main entre ses cuisses pour la caresser.

Il découvrit qu'elle était effectivement chaude, mouillée et prête à l'accueillir.

À l'instant où Terri le libéra, elle écarta sa main et ramena son bassin en position pour s'empaler lentement sur lui.

— Terri..., grogna Bastien alors qu'il se sentait glisser en elle.

Sa moiteur brûlante le fit prisonnier.

— Oui, souffla-t-elle en se soulevant, puis retombant sur lui.

— Oh.

Il enfouit sa tête dans son cou et pressa ses lèvres contre sa gorge. Mais, sentant ses crocs s'allonger pour la mordre, il se força à s'écarter et à l'embrasser sur la bouche. Terri lui rendit son baiser avec autant d'ardeur tout en continuant à le chevaucher. Son rythme languide le rendait dingue. Il avait envie qu'elle accélère après avoir été privé d'elle si longtemps.

Repoussant sa jupe un peu plus haut, il lui mit les mains sur les hanches pour mieux contrôler la situation.

Sur lui, Terri rompit leur baiser et haleta. Puis elle lui plaqua une main derrière la tête et guida sa bouche jusqu'à sa gorge. La tension qu'elle éprouvait était presque insupportable.

— Je t'en prie, Bastien !

Elle le suppliait de la faire jouir. Elle était si près… Et soudain, elle sentit ses crocs s'enfoncer dans sa peau, et elle se raidit de surprise.

Terri s'immobilisa, tous les muscles bandés, le corps sur le fil du rasoir et prêt à basculer, alors que Bastien continuait à donner de grands coups de reins tout en buvant. Et un orgasme à nul autre pareil l'emporta. Ce fut comme une explosion de sensations. Terri cria d'extase, resserrant les bras autour des épaules de Bastien. Les vagues de plaisir se succédèrent, jusqu'à ce qu'elle n'en puisse plus. Et tout devint noir.

— Tu t'es évanouie.

Terri cligna des yeux et les ouvrit à ces mots. Elle regarda Bastien, puis autour d'elle. Il l'avait portée sur le canapé. Elle était allongée, les vêtements défaits. Il était assis au bord de l'assise en cuir et écartait des mèches de ses cheveux de son front et ses joues.

— Tu m'as mordue, souffla-t-elle, incrédule.

Bastien grimaça.

— Je suis navré. J'ai essayé de ne pas le faire, mais tu m'as forcé à t'embrasser de nouveau dans le cou et…

— Chut, dit-elle pour qu'il cesse de s'excuser, et elle soupira. Seigneur, Kate m'avait prévenue que c'était quelque chose, mais c'était un euphémisme.

— Tu vas bien ? demanda-t-il, inquiet.

Terri hocha la tête avec lenteur. Elle se sentait bien. En fait, mieux que bien. Elle était en pleine forme. Elle chercha ses yeux des siens.

— Je t'aime, Bastien. Je suis désolée pour les trois dernières semaines, mais j'avais besoin de temps pour accepter. Tout semblait si facile, si naturel entre nous depuis le début. Comme un conte de fées.

— Qui a tourné au film d'horreur.

— Non, pas un film d'horreur, commença-t-elle, puis elle admit : D'accord, peut-être un peu, mais uniquement parce que ton explication…

— Je suis navré, l'interrompit-il. (Il laissa entendre un petit rire et se passa la main dans les cheveux.) Est-ce que tu peux croire que j'ai dû expliquer la situation à Rachel quand Étienne s'y est mal pris, et cette fois c'est moi qui ai failli tout gâcher ? Il faut croire que lorsqu'on est personnellement impliqué, ce n'est pas si facile.

— Je sais. Je comprends, lui assura Terri.

Elle s'assit tant bien que mal. Elle avait la tête qui tournait.

— J'étais si excité que je me suis laissé un peu emporter, avoua Bastien. Ça n'arrivera plus.

— Tu plaisantes ! s'écria-t-elle. J'espère bien que si. C'était…

Elle secoua la tête, à court de mot, tant cela avait été incroyable.

Bastien lâcha un petit sourire et dit :

— Je t'aime, Terri. Mais je ne suis pas parfait. J'ai fait des erreurs, et j'en commettrai d'autres. Je suis désolé…

— Chut. (Elle le fit taire et prit son visage entre ses mains.) Nul n'est parfait. Je ne le suis pas. Et toi non plus. Mais nous sommes parfaits l'un pour l'autre.

Ils s'embrassèrent avec douceur, puis Bastien s'écarta pour l'étudier.

— Alors, que comptes-tu faire pendant les quarante ou cinquante prochaines années ?

— Hum, sourit Terri. En fait, je n'ai rien de prévu pour le moment. Je viens de démissionner de mon boulot et de vendre ma maison, alors je ne sais pas trop quoi faire.

— Ah oui ? (Il sourit.) Ça te plairait de les passer avec moi ?

— J'ai cru que tu ne me le demanderais jamais.

— Hum.

Son expression changea, se faisant très sérieuse, et elle comprit que ce qu'il allait dire ensuite était important pour lui.

— Que dirais-tu de voir plus loin, de s'engager pour les quatre ou cinq siècles à venir, voire plus ? Il y a tellement de choses à voir en ce monde, et ce serait bien de les découvrir ensemble.

Terri leva la main pour lui caresser la joue et hocha la tête.

— Je crois que j'aimerais bien ça.

Bastien laissa entendre un gros soupir et l'étreignit.

— Bon sang, je t'aime tellement.

Terri rit, mais elle avait les larmes aux yeux.

— Moi aussi je t'aime.

— Viens.

Il bondit sur ses pieds et l'aida à se relever et à se rhabiller.

— Où allons-nous ? demanda Terri quand il la tira hors du bureau.

— À l'appartement, expliqua-t-il, s'arrêtant devant l'ascenseur et appuyant sur le bouton. (Les portes s'ouvrirent aussitôt et il l'entraîna à l'intérieur.) Il y a du champagne, un jacuzzi… et je veux te transformer sans plus attendre pour que nous puissions commencer notre vie ensemble.

Alors qu'ils commençaient à monter, il s'adossa au mur et l'attira dans ses bras.

— Je suis tellement impatient. Je suis sûr que la vie avec toi va être une véritable aventure.

Bastien se pencha pour l'embrasser, et Terri soupira. Au fond d'elle-même, elle savait qu'il avait raison. Il y aurait de bons et de mauvais moments, mais leur vie à deux serait une aventure.

Et, en parlant d'aventure… Bastien et elle avaient un mariage à organiser.

EN AVANT-PREMIÈRE

Découvrez un extrait de la suite des aventures de la famille Argeneau

(version non corrigée)

Traduit de l'anglais (États-Unis) par Zeynep Diker

Chapitre premier

— Vincent ? T'es là ? Si t'es là, décroche.

Vincent Argeneau souleva péniblement une paupière et scruta la chambre plongée dans la pénombre. Devinant les contours de sa table de travail grâce à la lumière qui filtrait par la porte entrouverte sur le couloir, il constata qu'il se trouvait chez lui, dans son bureau. Il s'était endormi sur le canapé.

— Vincent ?

— Ouais ?

Il se redressa, et balaya les lieux du regard pour débusquer le propriétaire de la voix avant de se rendre compte qu'elle provenait de son répondeur. Il secoua la tête, se releva et tituba à travers la pièce. Il s'empara du combiné sans fil, se laissa tomber dans un fauteuil, puis grommela :

— Bastien ?

— Vincent ? Désolé de te réveiller, cousin. J'ai attendu le plus tard possible pour te téléphoner.

Vincent grogna et se cala contre son siège, se frottant le visage de sa main libre.

— Quelle heure il est ?

— Dix-sept heures ici, à New York. Il doit être 14 heures à Los Angeles, répondit Bastien, l'air navré.

— Quatorze heures, marmonna Vincent.

Pas étonnant qu'il soit exténué. Debout depuis 9 heures du matin, il avait passé des tas de coups de fil avant de tirer les rideaux occultants et de s'étendre sur ce canapé au lieu d'aller se coucher dans son lit. Il n'avait pas voulu rater l'appel de Bastien.

— Tu es réveillé ?

— Ouais.

Vincent se gratta de nouveau le visage, puis tendit le bras pour allumer sa lampe de bureau. Ébloui par la luminosité accrue, il répondit :

— Je suis debout. Tu as réussi à joindre l'agence de détectives privés dont tu m'as tant vanté les mérites ?

— C'est pour ça que je ne pouvais pas attendre plus longtemps. Ils sont en route. Leur avion devait atterrir à l'aéroport international de Los Angeles il y a un quart d'heure.

— Seigneur ! (Vincent se redressa aussitôt sur son siège.) Quelle rapidité !

— Jackie ne perd pas de temps. Je lui ai expliqué la situation, et elle a réservé un vol sur-le-champ. Tu as de la chance. Elle venait de boucler une grosse affaire pour moi, et a pu déléguer ou reporter ses autres enquêtes en cours.

— Eh ben ! murmura Vincent. (Il comprit soudain le sens des dernières paroles de Bastien et fronça les sourcils.) Elle ? Le détective est une femme ?

— Oui, et elle est douée. Très douée. Elle traquera ton saboteur sans relâche, et toute cette histoire sera derrière toi en un rien de temps.

— Si tu le dis, répliqua Vincent à voix basse. Merci, Bastien. J'apprécie.

— Pas de problème. Ravi de pouvoir t'aider.

Vincent ouvrit la bouche pour poursuivre, mais s'arrêta net lorsqu'il entendit en fond sonore une voix féminine étouffée. Un large sourire illumina son visage.

— C'est Terri ?

— Oui. Elle te passe le bonjour, et me demande de te prévenir… (Il marqua un temps pour se racler la gorge.) Euh… Vincent, mère est en route, elle aussi.

— Quoi ?

Vincent se releva brusquement. Il n'en croyait pas ses oreilles. Tante Marguerite n'avait pas séjourné chez lui depuis des décennies. D'ordinaire, c'était Vincent qui lui rendait visite au Canada. Elle avait choisi la plus mauvaise période pour décider de profiter du soleil californien.

— Pourquoi ?

— Euh… eh bien… c'est une drôle d'histoire, en fait. (Bastien laissa échapper un rire nerveux.) Apparemment, elle aurait l'impression que la solitude te pèse et que la dépression te guette.

— Quoi ?

Vincent regarda le combiné, l'air ébahi.

— Oui. Elle pense que tu es bouleversé depuis que tu nous as vus à New York. Tu as assisté à mon rapprochement avec Terri, tu as observé mes frères et sœurs avec leurs compagnons de vie respectifs, alors que toi tu es toujours seul. Du coup, elle a décrété que quelqu'un devait se trouver à tes côtés pour te remonter le moral ou t'aider à remédier à la situation.

— Seigneur ! marmonna Vincent, passant une main dans sa chevelure.

— Ouais, je me doutais que tu réagirais comme ça, reprit Bastien d'un ton compatissant. J'ai bien essayé de l'en dissuader, mais… tu sais comment est mère quand elle s'est mis une idée en tête.

— Seigneur ! répéta Vincent.

— Son avion décolle plus tard, l'informa Bastien. Elle n'arrivera pas avant 18 heures, heure locale, et elle a déjà réservé une voiture, donc tu n'auras pas à aller la chercher.

— Est-ce qu'elle sait ce qui se trame ici ?

— Non, répondit Bastien. Et si tu ne veux pas qu'elle s'en mêle, je te conseille de ne rien lui dire.

Vincent laissa échapper un rire étouffé. Quel doux euphémisme ! Si Marguerite Argeneau savait que quelqu'un sabotait les affaires de son neveu, elle n'hésiterait pas à pourchasser elle-même le coupable pour régler l'affaire. Elle se montrait très protectrice à l'égard de ceux qu'elle aimait, et Vincent s'estimait plutôt chanceux de se compter dans cette catégorie.

— Bonté divine ! s'exclama-t-il, l'air désolé.

— Contente-toi de l'installer dans une chambre d'ami, refile-lui quelques brochures touristiques, et laisse-la se divertir toute seule, suggéra Bastien. Elle finira par se lasser, et repartir.

Vincent grimaça, se disant que rien n'était jamais aussi simple.

— Je suppose que je n'ai pas besoin d'aller chercher cette Jackie et…

Il marqua une pause, essayant de se rappeler le deuxième prénom mentionné par son cousin.

— Tiny, acheva Bastien. Non, ils ont loué une voiture eux aussi. Sinon, je t'aurais prévenu plus tôt.

— C'est vrai, soupira Vincent.

— Il doit te rester près d'une demi-heure pour te préparer avant leur arrivée. Je me suis dit que ça te suffirait.

— Ouais, acquiesça Vincent.

— D'accord. Bon, je vais te laisser émerger en douceur avant qu'ils débarquent.

— D'accord. Hé, dis à Terri…

Vincent s'interrompit, et jeta un coup d'œil dans le couloir lorsqu'on toqua à sa porte d'entrée. Il fronça les sourcils, se leva et sortit de son bureau, le combiné sans fil à la main.

— Attends, il y a quelqu'un devant chez moi, ajouta-t-il.

— C'est sans doute le colis que j'ai envoyé pour maman, expliqua Bastien. Si c'est ça, tu dois le ranger au réfrigérateur tout de suite.

— Ça doit être sympa d'avoir ses repas préparés et livrés à domicile, commenta Vincent sarcastique en longeant le couloir.

— On finira aussi par trouver une solution à ce problème, cousin, répondit Bastien tout bas, et Vincent se sentit coupable de râler.

Les équipes de chercheurs qui travaillaient pour Bastien s'échinaient depuis des années à mettre au point un remède contre le mal dont souffrait Vincent. Si rien n'avait encore été découvert, ce n'était pas faute d'essayer.

— C'est la livraison de sang ? demanda Bastien lorsque Vincent ouvrit grand la porte.

— Euh… non, répondit ce dernier, scrutant alternativement le duo posté sur les marches en marbre devant lui.

Jamais il n'avait vu un couple si improbable. La femme était blonde, l'homme brun. Elle, très menue et plantureuse, lui, un robuste colosse de près de deux mètres. Elle était vêtue d'un tailleur noir et d'un chemisier blanc, et lui, d'un confortable pantalon en velours côtelé et d'un pull couleur crème. Le contraste était saisissant.

— Vincent Argeneau ? demanda la femme. (Il acquiesça.) Je suis Jackie Morrisey, et voici Tiny McGraw. Je crois que Bastien vous a informé de notre venue, poursuivit-elle en lui tendant la main

Vincent l'examina, mais au lieu de la serrer, il referma la porte et colla de nouveau le combiné à son oreille avant de s'éloigner.

— Bastien, c'est une mortelle!

— Tu ne viens pas de claquer la porte au visage de Jackie, si ? s'enquit Bastien avec stupéfaction. J'ai entendu le bruit, Vincent. Bon sang ! Ne sois pas si grossier !

— Tu m'écoutes, oui ! reprit-il agacé. C'est une mortelle, j'te dis ! J'aurais pu passer outre le fait que c'est une femme, mais la personne que j'engage pour s'occuper de ce problème doit connaître notre spécificité. Elle…

— Jackie est au courant, rétorqua Bastien d'un ton sec. Tu pensais que j'allais t'envoyer une mortelle inexpérimentée ? Aie un peu confiance, que diable ! (Il soupira.) Écoute, son père a créé l'agence de détectives Morrisey, et je ne compte même plus les affaires qu'il a résolues pour nous. Elle connaît notre existence depuis son adolescence, et a toujours gardé le secret. Jackie dirige la société depuis la mort de son père. Elle peut faire preuve d'une certaine arrogance à notre égard, mais c'est la meilleure dans ce domaine. Maintenant, ouvre cette fichue porte et laisse entrer la dame.

— Mais, c'est une mortelle et… une fille, gémit Vincent, visiblement toujours contrarié par la situation.

— Je raccroche, Vincent.

Bastien mit fin à la communication. Vincent observa le combiné, la mine renfrognée, et faillit rappeler son cousin, puis réflexion faite s'avança de nouveau vers l'entrée. Il avait besoin d'aide pour traquer le saboteur décidé à faire couler son entreprise. Il allait accorder une chance à Mlle Morrisey et à son gigantesque acolyte. S'ils parvenaient à mettre de l'ordre dans ce bazar, tant mieux. S'ils échouaient, il pourrait seriner Bastien avec cette histoire pendant des siècles.

À cette idée, un grand sourire se dessina sur ses lèvres, et Vincent tendit la main vers la poignée.

— Quel mufle !

Jackie fusilla du regard la porte qu'on venait de lui claquer au visage. Le vol avait duré longtemps et elle était épuisée. Elle ne s'était pas attendue à une telle réception après avoir tout laissé en plan pour sauter dans le premier avion et voler au secours de Vincent Argeneau.

— Nous avons connu meilleur accueil, acquiesça Tiny, le timbre aussi grave et puissant qu'un éboulement rocheux.

L'euphémisme arracha un ricanement à Jackie. Elle jeta un coup d'œil intrigué au géant qui s'était déplacé sur le côté du large perron en marbre du pavillon à deux étages. Elle haussa un sourcil interrogateur lorsqu'il lorgna à travers l'une des étroites fenêtres situées de part et d'autre de l'entrée, mais fut distraite par le murmure qu'elle put distinguer à travers la porte en chêne sombre.

Perplexe, Jackie se pencha en avant et pressa l'oreille contre le bois, essayant de comprendre ce que Vincent Argeneau racontait. Elle plissa les yeux, et se mit à fulminer quand elle l'entendit s'indigner qu'elle soit une mortelle et une fille.

Soudain, la porte s'ouvrit de nouveau, et Jackie se redressa brusquement. Elle sentit ses joues s'enflammer, car elle venait d'être surprise en flagrant délit d'indiscrétion, ce qui décupla sa colère. Elle était d'humeur offensive, et sans lui laisser l'occasion de dire un mot, elle lui débita les données du dossier qu'elle avait mémorisées dans l'avion.

— Vous êtes né en 1592 de Victor et Marion Argeneau, tous deux vampires… ou immortels, comme vous préférez être appelés. Marion était très proche de sa belle-sœur Marguerite Argeneau, et vous êtes né deux mois avant le fils de cette dernière, Bastien. Vous avez grandi et passé beaucoup de temps ensemble. Vous êtes aussi proches que des frères. Votre mère est morte en 1695, ligotée à un piquet et brûlée alors qu'elle était enceinte. Depuis, votre père mène une existence solitaire, vouée à son travail comme exécuteur au sein du Conseil. Vous le voyez très peu.

» Vous avez décidé de devenir acteur lorsque vous avez rencontré Shakespeare à l'âge de dix ans. Vous avez parcouru le monde sans rester plus d'une dizaine d'années au même endroit, puis avez poursuivi votre route d'un bout à l'autre du globe. Vous habitez en Californie depuis huit ans. Avant cela, vous en avez vécu dix en Angleterre, et encore avant vous avez séjourné en Russie, en Espagne et en France. Vous possédez des parts dans les Entreprises Argeneau, mais êtes aussi le propriétaire de V.A. Inc. qui détient des actions dans plusieurs firmes. L'une d'elles est votre propre société de production, qui en ce moment ne produit plus rien, car une suite d'événements que vous qualifiez de sabotages vous a contraint à cesser toute activité.

Jackie se tut, et savoura avec satisfaction l'expression qu'elle lisait sur le visage de Vincent Argeneau. Il paraissait abasourdi. Bien fait pour lui. Elle n'était venue que pour rendre service à Bastien. Il y avait bien d'autres affaires qu'elle aurait préféré traiter, mais ce type s'en souciait-il seulement ? Non. Il lui claquait la porte au nez, puis se permettait de râler parce qu'elle était une mortelle et une fille. Jackie avait l'habitude d'être jugée d'après son sexe et son gabarit. Parfois, cela l'agaçait, mais elle parvenait à ne pas s'en offusquer. Cependant, il était hors de question qu'elle supporte les préjugés à l'encontre de son espèce sans broncher. Elle était humaine, et fière de l'être. Selon elle, certains de ces prédateurs nocturnes se montraient bien trop suffisants. Ils passaient la journée à dormir, s'abreuvaient de poches de sang la nuit, et se croyaient supérieurs parce qu'ils n'attrapaient jamais de rhume et bénéficiaient d'une santé de fer.

À cette pensée, Jackie se rappela un détail qu'elle avait oublié de mentionner.

— Vous avez hérité de l'anomalie génétique de votre père qui ne vous permet pas de vous sustenter grâce aux poches de sang comme les autres membres de votre espèce. Si vous deviez suivre ce régime, vous mourriez. Vous êtes obligé de chasser votre proie et de vous nourrir de donneurs vivants.

Elle arqua les sourcils et ajouta :

— Tiny et moi ne figurons pas au menu. Si vous nous mordez, nous prenons le premier avion pour New York. Compris ?

Jackie n'attendit pas qu'il réponde. Elle décida qu'elle avait passé assez de temps sur le palier, et franchit le seuil, consciente que Tiny lui emboîtait le pas.

— La sécurité ici est inexistante, déclara Jackie, scrutant chaque pièce tandis qu'elle remontait le couloir. Votre portail était grand ouvert. Nous sommes entrés sans problème. N'importe qui le peut.

— Ma maison est parfaitement sécurisée.

Vincent Argeneau paraissait agacé, mais semblait néanmoins avoir surmonté le choc qu'elle lui avait causé quand elle avait récité l'histoire détaillée de sa vie avec le débit d'une mitraillette.

— Il le faudrait pourtant, l'informa Jackie, avant de souligner : Maintenant que vous avez suspendu vos productions, votre saboteur est privé de sa cible première. Il va en chercher une autre et, si j'étais lui, votre villa serait le premier lieu qui me viendrait à l'esprit.

Jackie atteignit le bout du couloir et jeta un coup d'œil en arrière. Elle ne fut pas le moins du monde surprise de le voir examiner son entrée avec inquiétude. La détective n'avait pas entendu le cliquetis de la serrure lorsqu'il avait refermé la porte un moment plus tôt. Il revint sur ses pas pour la verrouiller, et elle sourit intérieurement tandis qu'elle entrait dans la cuisine.

Une fois à l'intérieur, Tiny se contenta d'attendre tandis que Jackie déambulait, ouvrant et refermant les placards, le temps que Vincent les rejoigne. Elle inspectait les rayons vides de son réfrigérateur quand il fit irruption dans la pièce.

— Il y a beaucoup de verre dans cette maison, constata Jackie. Des portes-fenêtres, des portes vitrées coulissantes et des vitraux de haute qualité. Y avez-vous au moins installé un système de sécurité ?

Son hésitation à répondre était particulièrement révélatrice.

— Que cherchez-vous ? demanda Vincent au lieu de reconnaître qu'il ne possédait pas d'alarme.

Jackie haussa les épaules.

— Si Tiny et moi devons séjourner ici, je dois savoir ce dont nous avons besoin. Comme je m'en doutais, vos armoires ne contiennent pas un gramme de nourriture, et je ne parle même pas de la vaisselle, des couverts ou des appareils ménagers, ajouta-t-elle d'un ton sarcastique.

Elle referma la porte du réfrigérateur, et jeta un coup d'œil furtif à son bras droit.

— Tu ferais mieux de commencer à rédiger une liste, Tiny. Notes-y tout le nécessaire.

— Vous allez rester ici ? s'écria Vincent horrifié.

BRAGELONNE – MILADY,
C'EST AUSSI LE CLUB :

Pour recevoir le magazine *Neverland* annonçant les parutions de Bragelonne & Milady et participer à des concours et des rencontres exclusives avec les auteurs et les illustrateurs, rien de plus facile !

Faites-nous parvenir votre nom et vos coordonnées complètes (adresse postale indispensable), ainsi que votre date de naissance, à l'adresse suivante :

Bragelonne
60-62, rue d'Hauteville
75010 Paris

club@bragelonne.fr

Venez aussi visiter nos sites Internet :
www.bragelonne.fr
www.milady.fr
graphics.milady.fr

Vous y trouverez toutes les nouveautés, les couvertures, les biographies des auteurs et des illustrateurs, et même des textes inédits, des interviews, un forum, des blogs et bien d'autres surprises !

Achevé d'imprimer en mai 2011
Par CPI Brodard & Taupin - La Flèche (France)
N° d'impression : 64131
Dépôt légal : juin 2011
Imprimé en France
81120534-1